目　录

Contents

象墓

写实派小说作家方阵丛书

杨卫华 著

中国财富出版社

图书在版编目（CIP）数据

象墓/杨卫华著．—北京：中国财富出版社，2014.3
（写实派小说作家方阵丛书）
ISBN 978-7-5047-5110-2

Ⅰ.①象… Ⅱ.①杨… Ⅲ.①长篇小说—中国—当代 Ⅳ.①I247.5

中国版本图书馆 CIP 数据核字（2014）第 019276 号

策划编辑 李慧智　　责任印制 方朋远
责任编辑 张彩霞　　责任校对 饶莉莉

出版发行 中国财富出版社
社　　址 北京市丰台区南四环西路 188 号 5 区 20 楼　　邮政编码 100070
电　　话 010-52227568（发行部）　　010-52227588 转 307（总编室）
010-68589540（读者服务部）　　010-52227588 转 305（质检部）
网　　址 http://www.cfpress.com.cn
经　　销 新华书店
印　　刷 北京兴星伟业印刷有限公司
书　　号 ISBN 978-7-5047-5110-2/I·0128
开　　本 710mm×1000mm 1/16　　版　　次 2014 年 3 月第 1 版
印　　张 16.25　　印　　次 2014 年 3 月第 1 次印刷
字　　数 309 千字　　定　　价 32.80 元

楔　子

灯光如梦幻迷离，音乐似碧波荡漾。

每天晚上的这个时候，“夜来香”咖啡屋总是门庭若市。包厢已经爆满，就连大厅里也是座无虚席。

客人们或浅笑低语，或把盏对饮……气氛浪漫典雅，又不失温馨祥和。

这时，一位扎着马尾辫的清瘦男士快步走入大厅，向大厅里环视一圈后，亮开嗓门说：“先生们，女士们，我是星河影视集团正在摄制的电视连续剧《烈焰红唇》的导演助理张聪，有件事想请在座的各位贵宾帮忙。”

众人抬起头，纷纷用略带诧异的目光望向他。

“我们《烈焰红唇》剧组依据剧情发展，需要增拍一场枪杀场景，地点就选在这里，刚才已经和这里的老板沟通过了，得到老板的首肯，同时想请在座的各位贵宾客串一回群众演员……”

张聪再次快速环视一圈，见众人没表现出太多异议，咧嘴露出一个很职业化的笑容，继续说：“我们的演员已经布置在你们中间，枪击发生时会发出惨叫声，当然还会摔倒在地上。你们只要装出很害怕的样子，躲到桌子底下就行了，不等导演喊 OK，请不要站起身来。”

说着，他从腰包中取出一沓百元大钞，在每人的桌上放下一张，“这是大家的演出费，而且你们今晚喝的咖啡全部由剧组买单。谢谢你们配合，辛苦了！”

这下可把大家给乐坏了，有人大声欢呼起来。

临窗边的座位上有位戴眼镜的中年男子，犹豫了一下，站起身来想走，但见对面的两位大学生模样的年轻小伙子兴致颇高，就又重新坐下，笑笑说：“你们年轻人很喜欢这样的好事吧？”

长得白净文气点的年轻人笑着直点头，说：“教授，我们就当是玩游戏吧。”

另一位皮肤黝黑、虎头虎脑的小伙子，对白脸青年说：“景初，既然教授不喜欢，我们还是走吧。”

中年男子笑笑说：“没事的，震阳，就像景初说的，就当是玩游戏吧。”

这时，张聪已经派发完劳务费，退到门边，指着屋外说：“我们的摄制组人员已经准备就绪，请大家进入状态。”

众人透过咖啡屋的落地玻璃窗望出去，果然看到门外的大街上停着一辆商务车，车门前站着几位戴太阳帽、大框墨镜的人，看样子是剧组中的工作人员。

张聪刚说完，就有位扛着摄像机的男青年走进来，选了个位置站好，然后向张聪做了个“OK”手势。张聪冲男青年点了下头，转身离开。

门口人影一闪，一位戴墨镜的瘦高男子幽灵般闪入大厅，掏出手枪来“砰、砰”连开两枪，大厅上立刻响起一声惨叫，然后“哗啦”一声，桌翻人倒。

众人一看，中枪的人就是那位被称作“教授”的中年男子。他仰天翻倒在地上，一手捂住胸口，指缝间血流如注；另一手指着墨镜杀手叫道：“你……你……”满脸震惊，脸上的表情因痛苦而扭曲变形，嘴角流下一串长长的血水。

坐在他对面的两位年轻人惊恐万分地站起身来，叫“景初”的青年大叫：“教授，教授，怎么会这样？不好，杀人啦！”

震阳也跟着大叫：“杀人啦，杀人啦！”

众人“呼啦”一下，全躲到桌子底下，心中暗暗佩服，这三位演员的表演真是到位，简直跟真的一模一样。

教授胸部连中两枪，血水很快就淌到身下，顺着地板流淌开来。

景初和震阳争着上前扶起教授。景初腾出一手帮教授捂住伤口。震阳则放声大叫：“快来人啊！杀人了，是真的杀人了，快报警，抓凶手啊！”

教授不住抽搐，用尽全力说：“景初、震阳，‘中野四号’其实……其实……”连咳几声，口中鲜血喷涌。

景初着急地问：“教授，其实什么呀？”

教授失血过多，意识渐渐模糊，用尽最后的力气说了句：“帮我……照顾好小纯……”就一头垂了下去。

景初和震阳放声大哭。

众人蹲在桌子底下，还在等张聪喊“OK”。

教授的鲜血流到一位男顾客的身边，他意外地发现这血是热的，还有血腥味，顿时惊慌失措地大叫起来：“血！是真血！”

众人将信将疑，纷纷从桌子底下爬了出来。

教授早已气绝身亡。

张聪、摄像青年、“墨镜杀手”和停在街上的那辆商务车早已不知去向……

第1章　初显身手

树上的知了像死了爹娘一样，声嘶力竭地叫得人心烦。

罗依农从肯德基店里出来，迈开大步向几百米外的健身俱乐部走去，热浪立刻如潮水般涌上来将他包围。

中午的太阳在头顶毒辣辣地喷射着怒火，仿佛恨不得把世间万物熔为一炉。大街上热浪汹涌，走在人行道树下的阴影中，依然被烤得大汗淋漓。

阳光透过林间缝隙，把大大小小的光斑，落在他麦麸色的脸上，并随着他的步伐快速地向后流动，就像是一群发光鱼轻快地游过。

耐克鞋、七分牛仔中裤、白色V字领莱卡棉高弹力修身短袖T恤，衬托着罗依农高大英挺、健壮的身躯，显得休闲而又活力四射。

他手中拎着个方便袋，袋里装着肯德基“全家桶”，这是上午和田甜打赌时，输给她的彩头。一想到那个争强好胜的丫头，嘴角忍不住闪过一个无奈而又舒心的笑容。

走到离健身俱乐部不远的小胡同口时，猛然听到小胡同里传来女子的尖叫声。

罗依农一怔，本能地停下脚步，刚转过头去想看看是怎么一回事，小胡同里猛地蹿出一辆红色摩托车，车上骑着两位戴大框墨镜的男青年。

也不知是因为摩托车的车速太快，还是驾车人过于慌张，摩托车摇摇晃晃，把持不住似的，竟然对准罗依农直冲过去。

就在摩托车将要撞上罗依农身体的一刹那，他大吼一声，一拳猛击而出，“嘭”的一声，打在摩托车的车头上，硬生生地将摩托车打得方向一偏，斜冲出去。

他这临危一拳，势若奔雷，驾驶摩托车的男青年再也把不住方向，连车带人直撞向竖在街道边的水泥电线杆。

罗依农见势不妙，“哎哟”一声，甩手扔掉“全家桶”，闪电般冲上前，张开双臂，将骑在车上的两位墨镜男拦腰抱住，双臂一用力，将两人硬生生抱离车身。

“砰”的一声响，摩托车迎头撞在水泥电线杆上，车头前大灯顿时被撞得粉碎，车子重重倒在地上。

罗依农放下那两名墨镜男，没好气地说：“好险！开这么快，撞到人怎么办……”

还没说完，胡同中的女声又响了起来：“快抓住他们！抢包贼！”

罗依农一愣，见其中一名墨镜男的手中果然拿着个女包，大喝：“你们是抢包贼?”

那两名墨镜男还没从刚才的惊险场面中回过神来，闻言一惊，互看一眼，突然双双发出一声低吼，冲罗依农挥拳就打。

罗依农疾身一闪，反手抓住拿包那人的手臂，冷笑着说：“和我动武，真是关公面前耍大刀，快把包给我！”手腕一用力，被抓住手臂的墨镜男顿时痛得怪声大叫。

另一位墨镜男见此情形，知道遇到了“狠人”，目中凶光一闪，从腰间抽出一把弹簧钢匕，挥手直刺向罗依农小腹。

罗依农年少时随他爸爸在泰国做生意，跟当地的一位泰拳名家练习拳术，略有小成，几年前才回国。两年前因为一部《拳霸》的泰国电影，使泰拳风靡一时。各地的健身俱乐部、拳馆顺应潮流，增加了泰拳教习一项，他在朋友的引荐下来到H市，在本市的健身俱乐部中出任泰拳教练。

泰拳是一种实战性很强且威力巨大的徒手搏击术，素以“拳拳到肉，脚脚穿心”的凌厉攻势而名动武坛。不过，罗依农可不想伤人，见钢匕刺到身前，他身体向后急闪，飞脚把墨镜男手中的钢匕给踢得飞了出去。

这时，胡同里奔出一位少女，大叫：“把包还给我！你们这两个强盗！”

被罗依农抓住手臂的墨镜男急于脱身，大骂：“王八蛋，你找死！”另一手拎起抢来的女包，对准罗依农的脑门狠狠地砸了过去。

罗依农本能地挥拳一挡，“哗啦”一声，女包突然暴裂，镜子、唇膏等包内物品飞溅一地。

少女见状，惊叫起来：“哎哟，我的包！”

罗依农没想到会失手打破她的包，不由得一愣，那名墨镜男趁机挣脱他的手掌，和同伙拔腿就跑，连撞坏的摩托车也不要了。

“哪里逃！”罗依农想追上去，不料那少女抢身挡在他身前，大声说：“你弄坏了我的包，就这么想跑了吗?”

罗依农连忙停下身，说：“不好意思，我……”骤然看清眼前的少女明眸巧鼻，玉齿粉唇，美得不可方物，心头像被人猛地挠了一下似的，竟然再也说不出话来。

那少女见罗依农瞪着双眼，满脸尴尬地看着自己，像被吓傻了一般，不由得呵呵一笑，说：“我不这么说，你是不会停下身来的。这两个坏蛋穷凶极恶，你一个人追上去会有危险，包坏了没事，反正包内的东西还在，就算了吧。”

她眉目如画，巧笑嫣然，尤其是笑起来的时候，鼻梁两侧的皮肤微微皱起，那模样三分俏皮，七分可爱；说话的声音更是纯净、柔美得像山里的清泉。

罗依农感觉天地间吹来一缕清风，水银泻地般涌入他心湖，激起涟漪无数。

“我……我会把包赔你的。”

少女嫣然一笑，说：“没事的，我小叔会给我买新的，是你帮了我的忙，哪能让你赔呢?”说着，蹲下身去捡散落在地上的物品。

罗依农愣愣地看着她，竟然不知道说什么才好。

少女抬头见他一副傻相，微笑着说:“你刚才的表现真是神勇，让我……咦，怎么不见了?”她神情骤然一变。

罗依农心头一颤，见少女的脸色一下子变得苍白吓人，忙问：“是什么不见了?”

少女听而不闻，自顾自地说：“原来那两个坏蛋不是普通的飞车党，他们是专门来抢我 U 盘的，可他们是怎么知道的?”

罗依农着急地问：“到底是什么东西不见了?”

少女斟酌了一下，说：“是一个 U 盘，里面储存的东西对我来说非常非常重要!”她竟然连用了两个“非常”，焦虑之情溢于言表。

罗依农见她满面焦急，连忙帮着四处寻找，就连马路边的缝隙也没放过，可还是没有找到。

少女脸色惨白，说：“应该是被那两个坏蛋拿走了。”

罗依农问：“那两个坏蛋是什么人? 我去找他们要回来!”

少女默默地摇摇头说：“不用了，我也不清楚他们的底细。唉，你斗不过他们的，谁都斗不过他们。”她把刚刚捡起的东西又全都丢弃在地上，对罗依农说了声：“谢谢你。”然后，失魂落魄地转身离去。

看着她渐渐远去的背影，罗依农的心中难过到极点，从少女的神情可以看出，她丢失的东西非常重要，可是她却不想让罗依农帮忙寻找，是因为不想他涉险。

罗依农心事重重地从地上拿起“全家桶”，擦了一下额头的汗水，也是一副失魂落魄的样子，向健身俱乐部走去。

才走进健身俱乐部的大门，田甜就冲了过来，一把抢过“全家桶”，大声嚷着：“死猪头，小气鬼，才输了份‘肯德基’，又不是输了架波音 747，就这么心不甘情不愿的，像害得你倾了家荡了产似的，去趟肯德基也要大半天。”说完便拿出鸡翅狼吞虎咽地大吃起来。

田甜今年二十一岁，是俱乐部中最年轻，也是最漂亮的健身操教练。她长发盘头，身着黑色紧身T恤、七分裤、体操鞋，这身装扮将她曼妙身姿包裹得更加玲珑有致。

她抱着全家桶吃了一会儿，见罗依农闷不吭声，双眉紧锁，脸色不悦，心中有点奇怪，问：“怎么啦？怎么突然变得傻乎乎的？不会这么娇嫩，才出去这么一会儿就中暑了吧？”

罗依农还在想着那位少女的事，眼前翻来覆去都是她满脸惨绝的神情。心不在焉地说：“没什么，我……我在想件事。”

田甜秀眉一挺，玲珑小鼻微微一皱，嘟着嘴说：“出去买了份肯德基回来，就学会装深沉了。你可不要告诉我，刚刚发生了一场马路艳遇。”

罗依农回过神来，叹了口气，说：“我不得不感叹，你真的有未卜先知的神奇功能……”

“真有艳遇？”田甜跳了起来，很夸张地大叫，“那人是谁……哎哟，猪头，你买的到底是‘全家桶’，还是‘垃圾桶’啊？”说着，从“全家桶”中拿出一块手指大小的东西，仔细一看，竟然是个U盘。

罗依农惊得目瞪口呆，从田甜手中拿过U盘顿时就傻了。

料想是少女的皮包破裂时，包中的物品飞溅出来，这个U盘刚巧掉到了“全家桶”里，怪不得当时怎么也找不到。

田甜笑着说：“让我尝尝这炸U盘的味道……”

罗依农却已拔腿向门外狂奔而去。

“哦，你干什么呀？算了吧，不要去找他们理论啦！”她以为罗依农要去肯德基店讨说法。

罗依农一口气跑到刚才遇到少女的地方，才想起她早已离开，他甚至不知道她姓什么叫什么，更加不知道她的联络方式。

午后骄阳似火，大街上热浪蒸腾。罗依农站在街头一直傻傻地等到天黑，也不见少女再出现，看看时间不早，快到他晚间教拳的时间了，才不得不回到俱乐部。

田甜见到他像见到外星人一样，吃惊了好一会儿才蹦出一句话：“你去遨游太空啊？人都被晒成黑猩猩了。”

罗依农心情不爽，懒得和她斗嘴，闷声不响地去了拳房。教完两个小时的课程，洗完澡，吃过夜宵后，回到家已经十点多钟。他心事重重地躺到床上，眼前再次浮现出那少女无助的眼神，仿佛可以感受到她内心的绝望。

他好几次告诉自己，他和她不过如飘萍一聚，随风而散，何必念念不忘。可是，她的U盘还在他的手上，虽然轻巧却一样可以压得他心情沉重。这个U盘对她又十分重要……不知道U盘中有没有她的信息？

一想至此，罗依农跳下床，把U盘插入笔记本电脑，点开可移动盘后，盘内只有一个叫“中野四号”的文件夹。当他想再打开这个文件夹时，显示屏上跳出一个提示框：请输入密码。这个文件夹加了密，必须有密码方能打开。

罗依农的好奇心上来了，在搜索引擎中输入“中野四号”的字样，竟然搜索到上百条信息。逐条点开后发现，这些信息都是同一个ID叫“中野先生”的人所发，而其中的内容，大致相同，却让人匪夷所思。内容是：自古相传，野生亚洲象临死前，都能预感到自己的末日来临，会主动跑到它们的墓地迎接死亡。可以想象的是，象墓之中象牙堆积如山，那会是一笔如何巨大的财富？千百年来，有多少人冒着生命危险，跋山涉水，深入丛林探秘，却始终未能找到传说中的象墓。直到十多年前，H市也就是本市，有位姓于的研究野生生物的教授，在西南南滚河林区对亚洲象进行科研考察时，无意中破译亚洲象的生理密码，成功发现一处象墓，称为“中野四号”，从而使长期困扰生物界的大象墓地，终于浮出水面。于教授把自己的科研成果和“中野四号”象墓的地理坐标图绘制成绝密文档……

罗依农心头猛地一跳：少女U盘中的“中野四号”文档，难道就是于教授当年留下来的绝密资料？

他继续往下看：于教授虽然发现了“中野四号”象墓，但他恪守职业道德，立刻封闭消息，但还是被人泄露，引起黑道帮会的注意，在多次以重金相诱，遭到于教授严词拒绝后，黑帮雇用杀手将其暗杀。但黑帮并没有得到想要的东西，而“中野四号”却因于教授的身亡而绝传。

直到十年后，中野先生解读出于教授当年破译出的亚洲象生理密码，计算出“中野四号”象墓的地理坐标。但他不敢独掠其美，愿与有志于研究野生象的志同道合者分享。有意者可以将自身的真实资料和相片，通过电子邮件传递给他，他将择优选择五六人，择时组成探险队，一同前往西南探密。

罗依农哑然失笑，网上这样的信息实在是太多，漏洞百出，不值得相信。

刚想关闭浏览器，显示器角上突然跳出一则图片新闻，说今天下午，本市环城高架桥上发生一起重大车祸，一辆快速行驶的桑塔纳轿车突然失控，冲下落差十多米高的高架桥，车中两名乘客全都遇难。造成事故的原因到底是意外还是人为？警方还在进一步调查。由于两名死者身上均找不到有效证件，目前还无法确认这两人的身份。因此，警方希望得到市民的协助。这时，画面上出现了两名死者的面部图片。

当罗依农看清这两人的长相时，无比震惊地从座椅上跳了起来。这两名死者竟然就是中午时，和他打过一架的那个抢包贼！

世上的事怎么会这么巧？

罗依农的心莫名地紧张起来。

这两人的死会不会和他们抢包有关？

他们抢劫那位少女，到底是有意出击，还是无意中碰上？

如果是专门盯上她的，那会不会和她包中的U盘有关？……

太多的疑问纠缠在他的头脑中，乱得像一团麻。虽然这些问题中的任何一个，都让人急于找到答案，但最最让他关心的，莫过于少女的U盘中，为什么会有“中野四号”绝密文档？

此后的几天，罗依农有事没事，就在大街上转悠，希望能再次遇到那位少女。

可天大地大，人海茫茫，两个互相不知姓名的陌生人，再想随缘而遇，简直比发生日全食的概率还低。

如此过了十天左右。

这天下午，罗依农教完一节课，正坐在练武场边休息。

田甜满脸怒气地冲进来，大声说：“猪头，有位看上去很有钱也很漂亮的女生，指名道姓要进你的班做插班生，经理让我问你一下，要不要答应？”问完后双眼一瞪，咬牙切齿地怒视着他，那样子仿佛恨不得扑上去咬上几口似的。

罗依农一愣，想了一下，说：“谁啊？我所认识的女生中，除了你还算漂亮外，好像没有其他人了。”

田甜一听这话，顿时心花怒放，喜上眉梢，嘴角一扬，说：“算你坦诚，那我就不和你计较，我马上让经理回绝了她！”

话音刚落，门口响起一个清纯的声音：“罗教练，您就不能给我一个机会吗？”

罗依农如遭电击，浑身一震，蓦然回首，众里寻她千百度的身影，已经悄然站在他面前。他无比惊喜地说：“怎么是你？……”一激动竟然连话也说不出来了。来者就是上回丢失U盘的那位少女。

少女淡淡一笑，很浅很浅，却极具感染力，让人有春风拂面的感觉。说：“我的名字叫于筱洁，上次见罗教练独斗歹徒，神勇无敌，所以想拜您为师，学些防身之术。您能让我做插班生吗？”那天她失魂落魄地走时，并没有问罗依农的姓名，却记得他胸前挂的工作卡上写的健身俱乐部名称，找

上门来一问，自然很快就找到了他。

罗依农连连点头，说："当然可以，当然可以。"

田甜见罗依农一副神魂颠倒的样子，恨得直咬牙，不冷不热地说："点头点得这么用力，小心别把脖子折断了。"

于筱洁抿嘴一笑，上前拉着田甜的手说："你是罗教练的女朋友吧？你们郎才女貌真是般配。不知我能不能和你交个朋友？"

罗依农连忙叫了起来："不是的，我和田甜只是……只是……"

田甜对罗依农有意思，那是俱乐部中尽人皆知的事。可罗依农一直装聋作哑，不是他不喜欢她，而是平日里两人吵吵闹闹，感觉更像哥们。

罗依农怕说得太直白，会伤田甜的心；不说清楚，又怕于筱洁误会，一时之间找不到合适的词汇。

田甜横了他一眼，说："他身边美女如云，我算什么……"眼圈一红，转身就走。

于筱洁尴尬地笑笑，说："我好像很不受欢迎。"

罗依农连忙说："不，不是的，田甜是在和我闹别扭。"然后想到什么似的，跑去休息室，从自己的包中拿出 U 盘，递给于筱洁，说："真是不好意思，U 盘掉在我买的'全家桶'中，难怪当时找不到。后来一直联络不到你，只好替你保管着。"

于筱洁满脸惊喜，叫道："今天我来对了！还好，没丢，谢谢您！"她拿过 U 盘放在鼻间闻了一下，打趣着说："还能闻到肯德基的香味呢。"

罗依农哈哈一笑，说："由于我的鲁莽，造成了你的困惑。要不我请你吃肯德基吧，算是向你道歉。"

于筱洁想了一下，说："不如等您下班后，我们去听风茶楼吧，我喜欢清静一点的地方，我有话要和您说。"

罗依农受宠若惊，当然是满口答应。

听风茶楼位于城东竹溪湖畔，这里环境幽静，风景雅致。茶楼临湖而建，半幢建筑凌架于湖面之上，飞檐翘角，古色古香。踏着厚实的木楼板，坐在仿红木靠背椅上，品着香茗。朦胧灯光下，听着脚下水波打在木柱上的拍击声，心也仿佛随着碧波荡漾。

两人订了临窗的座位。于筱洁点了茉莉花茶，罗依农要了壶普洱茶，又要了两份松子菊花软糕。

夜幕四起，天未全黑，湖面上泛着点点淡青色的水光。湖对岸是成片起伏的竹林，在暮色中更显得如墨般浓烈；天边的最后一抹残阳，无力地拖着长长的光影，渐渐消失在城市与苍穹的连接处。

暑气稍退，清风徐来。贴着水面吹来的晚风中，夹杂着竹子的清香。

于筱洁浅呷一口香茶，目光灼灼地看向罗依农，微笑着说：“您心中是不是有很多疑惑？不妨先听我说，若还有不明之处，等一下再问出来。”

罗依农见她双颊飞红，笑靥如花，但笑意仅浮于眼帘，眼底隐忧若隐若现。联想到“中野四号”一事，心想眼前这纤纤弱女子，表面上看和同龄人一样，脸上更多表现出来的是青涩与清纯，只是不知她内心隐藏着多少秘密，又担负着怎样的困扰。罗依农淡淡一笑，说：“我们也许还算不上老朋友，但毕竟不是头一回见面，你用得着这么客气，用‘您’相称吗？”

于筱洁终于笑出声来，说：“那我直呼你名字依农吧。依农你真是豪爽，是筱洁不对，刻意保持着生分，又如何能做到坦诚？”

罗依农笑笑说：“筱洁，我绝没有觊觎你内心秘密的想法，更何况我们毕竟相交未深。”

“白头如新，倾盖如故。我信得过你。筱洁自幼家破人亡，人事巨变，积重难解，累累往事已压得我喘不过气来。我需要个信得过的朋友，来听听我的唠叨。”说话间，她的眼角眉梢似有沧桑浮现。

罗依农心中一动，继而泛起微微的感动，和她只能算作初识，她竟然就这么相信自己。再往深处一想，心中不免疑窦丛生。想她花样年华，人见人爱的娇俏模样，难道身边还会少了可以交心的朋友？

于筱洁把目光投向窗外湖面，轻声说：“这事还得从十年前说起，我爸一生从事野生生物的研究，特别是野生亚洲象。”

罗依农一惊，恍然大悟又略带意外地问：“你爸就是那位发现了‘中野四号’象墓的于教授？”

“原来你也知道这事，近来网上传得沸沸扬扬，关注此事的人越来越多。”她眼底的隐忧更加明显，无奈地苦笑一下，“当年，我爸就是因为发现‘中野四号’象墓而惨遭杀害，凶手至今逍遥法外。那个U盘中存放着我爸留下的‘中野四号’绝密文档，对我来说真的很重要，因为我一直坚信，只要能打开这个文档，就能找到我爸被害的真相。”

“那你打开了没有？”

“没有。”

于筱洁的爸爸于商道早年离异，当年突然遇害，临终前只来得及把女儿托付给自己的学生陈景初和施震阳，别的都没有来得及交代，包括打开这个“中野四号”绝密文档的密码。这十年来于筱洁就一直住在陈景初家里。

罗依农说：“既然你用了十年的时间，都无法找回密码，我想这世上就再也没人能打得开这个文档了。”

于筱洁摇头说："不是的。我也是最近才找到这个文档的。"

"那你此前一直都不知道你爸留下这么一个东西吗?"

于筱洁默默地点了下头，说："近来，有位自称中野先生的人，扬言解读出我爸当年破解的野生象生理密码，打算组成探险队，前往云南探密。事实上我一直怀疑我爸当年留下了极其重要的东西，但我一直没能找到。最近终于在我家书房的书柜隔层中，找到了一个电脑磁盘，里面存放着'中野四号'文档，但我也不知道密码，根本就无法打开。就把绝密文档拷入U盘，那天本是想请计算机高手帮着解开密码，不料竟然被人盯上了，差点被抢，幸好你帮了大忙。"

罗依农沉思片刻，问："这十年来你很少回家，或从没试着想找过你爸留下的什么东西吗?"

"我差不多一个月回家两次，会整理一下物品，同时请家政公司的人搞搞卫生。这十年来，我几乎把家里能搬动的东西都移动过了，为的就是希望能找到什么线索。"

"你以前从没发现过那个磁盘，可是最近却发现了，是不是因为你不知道那个书柜隔层的存在?"

于筱洁突然抬头怔怔地看着他，眼中露出悚然一惊的神色。

那天她回家后，像往常一样亲手擦拭她爸爸书房书柜上的灰尘，意外地发现书柜内壁的角缝里露出一角纸片，虽然很不起眼，却足够被她发现。试着用手在内壁上轻轻一按，然后就发现一个隔层，以及存放在里面的一个电脑磁盘，和一份民政局盖过章的她爸妈的离婚协议书。这个书柜她擦拭过无数次，以前怎么就没发现这露出的纸片呢?

"你的意思是说，这个磁盘是有人故意放在那里，又故意让我发现的?"于筱洁突然变得激动起来。"是谁，谁要这么干?"

在此之前，罗依农的生活和她从没有过交集。所以她后面这个问题只能问她自己。

罗依农问："如果真的是有人故意把磁盘放在那里让你发现，那么可以肯定，那人一定密切关注着你的一举一动。这些年来，你的身边没发现任何可疑之人吗?"

于筱洁默默地想了一下，摇头说："没发现。当年我爸遇害时，是和他的两名得意弟子陈景初和施震阳在一起，临终前他把我托付给他俩照顾。谁知在事发约一年半后，施震阳突然失踪，不久后在云南南滚河野生象出没的林区，有人发现他的身影，据说和国际象牙走私团伙纠缠在一起。警方怀疑他和我爸的遇害有关，随后展开调查，并在网上通缉。可是我对此事一直持怀疑态度，包括我小叔。”

“你小叔？”

“是我爸的另一名学生，他叫陈景初。我一直称呼他和施震阳为小叔。施小叔失踪后，我就一直住在陈家。”

罗依农只觉得陈景初这名字听着耳熟，但一时想不起在哪里听到过。“你拿到中野四号的磁盘后，没和你小叔商量吗？”

于筱洁说：“我小叔是四方集团总裁，他工作很忙。”

“哦。原来是他！”罗依农平时不太关注商场上的人和事，但再怎么闭目塞听，四方集团的大名总还是听说过的。那是本市的一家知名企业，尤其在国际贸易方面做得风生水起，隔三差五媒体上就要提一下，特别在慈善、社交、助学等方面，更是不遗余力。只是这位陈景初总裁，只闻其人，不见其面，从来不在各大媒体上亲自露面。

“其实我小叔从没放弃过对当年血案的追查，这些年来以各种方式探究真相。但他是绝不允许我插手这事的，说那起血案可能牵涉到黑帮团伙，怕我涉险，当初他还因此帮我改了名字。可一想到我爸冤死十年，至今真相未明，我就顾不得小叔的好意相劝了。”

说到陈景初时，于筱洁眼中有异样的眼波流过，甚至在这一刹那，脸上闪过幸福小女人的陶醉样。

罗依农的心中没来由地一堵，但马上自嘲地一笑，她年少时孤身一人，在陈景初家生活了十年，对他的依赖可想而知。自己和她今日初识，又有什么理由可计较呢？“筱洁，我有种预感……”手机突然响了。

罗依农取出手机一看，是在《古都晨报》当记者的好友章义打来的。“胖胖，怎么啦？”胖胖是章义的绰号。

“你小子色胆包天啊，不清楚对方的底细也敢泡，你们已经被人家盯上了还不知道吧？”章义用略带戏谑的口吻说着。

“什么？”罗依农一愣，“什么盯上了？”

章义说：“你翻过点心盘底来看一下就知道了。兄弟我已经提醒过你了，惹出桃色麻烦，你自己扛着哈。”说完就挂了。

于筱洁见罗依农接通电话后，飞快地看了自己一眼，马上知道这个电话和自己有关。等他挂了电话，便很小心地问：“我给你添麻烦了吗？”

罗依农笑笑说：“没事，是朋友在和我开玩笑。”终于还是耐不住好奇心，翻过点心盘子一看，盘子底下果然贴着一枚纽扣大小的银灰色窃听器，脸上的笑容顿时僵住。

于筱洁也是满脸震惊，问：“这是怎么回事？”

罗依农也不说话，甩手把盘子狠狠扔出窗外。

盘子在湖面上砸起一朵小小的水花，很快就沉了下去。罗依农强压住心头的怒气，说："筱洁，我们一直在某些人的监视之下……"

"哗啦！"窗外的湖面上突然蹿起两朵水花，两个黑色人影从水底掠起，幽灵般蹿上窗户。其中一人手一扬，一道白光飞旋着劈向罗依农的脑门。另一人大喝声："于小姐，我家老板有些话要当面和你探讨！"纵身直扑向于筱洁。

罗依农有点意外，但他从小在特殊环境中长大，早已练就了处乱不惊，沉着应变。他把头微微一侧，那道白光贴着他的耳根划过，重重砸在地板上，碎成无数片，正是他刚才扔入湖中的那个点心盘子。

罗依农稳住身形，低喝声中，双拳直击，分打两名偷袭者。

那两名偷袭者本来是商量好了分工合作，一人缠住罗依农，另一人乘机劫走于筱洁，原以为不用费太大力气，却没料到罗依农身手如此了得。只见他拳似奔雷，虎虎生威，铁拳尚未及体，拳风袭面，竟然有火辣辣的疼痛感。二人知道遭遇劲敌，这才意识到应该先摆平罗依农。

可惜罗依农根本就不给他们这样的机会。

"砰！"欲对于筱洁不利的那位偷袭者被罗依农的左拳打中，疾身连闪，左肩头像被大铁锤击中，肩胛骨发出清脆的碎裂声响，强大的冲击力使得他无法稳住身形，倒飞出窗口，跌入湖中。

另一名偷袭者见同伴遭受重创，顿时胆战心寒，抽身想溜。

罗依农大喝声："还想走吗？"一把抓住对方胸口的衣服，用力高举过头顶想往地板上狠狠一摔。

不料，那名偷袭者身上穿着鲨鱼皮连体泳衣，头戴蛙镜，浑身上下湿漉漉的，滑不溜秋，根本就无处着力。

罗依农一个没抓稳，才举到半空中，就被对方挣脱出手，怒喝声中，挥手打出一拳，正中那人臀部。

那人惨叫着重重摔在地板上，不过又以无与伦比的速度爬起身来，见罗依农纵身扑了上来，来不及夺路而逃，身体一弓，在茶桌腿上狠踹一脚，像个特大号的弹丸一样，猛地撞向茶楼临湖一面的镂空雕花木壁，破裂声中，穿壁而过，冲入湖中，遁水而逃。

这一刹那的巨变，立刻惊动了整座茶楼。不管是喝茶的，还是茶楼的服务生，纷纷跑过来打探情况。

茶楼经理看着满地狼藉，受损的杯盘和茶楼的木质墙体，惊得眼珠子差点从眼眶中掉下来。

罗依农像头豹子一样，四顾环视，他担心这些人中还有歹徒潜伏。

于筱洁快速地从包中取出一大沓钱，塞在茶楼经理的手中，说声：“对不起，我们全赔了。”然后回过身来拉了罗依农一把，“依农，我们走吧！”

两人在众人惊诧不安的注目礼中，泰然自若地离开听风茶楼。

第 2 章　以身为饵

第二天的《古都晨报》以较大篇幅，图文并茂地报道了昨晚发生在听风茶楼的这一起冲突事件，一时间成为街头巷尾的热议话题。

图片上的罗依农背对着镜头，双拳出击，连他后颈侧凸起的青筋也隐约可见，不得不让人联想到这两拳的劲道。

处在罗依农拳风之下的两名偷袭者，都是蛙镜、泳帽，看不清长相，但在紧身鲨鱼皮连体泳衣的包裹之下，突现出两人都是体格强壮高大，昭示着骇人的力量。

相比之下，于筱洁离镜头最远，但她给拍到的是正面照，虽然编辑很有心地用马赛克对她面部略作了外理，但熟悉她的人，还是能辨认出她身上独有的神韵。

文章标题更是骇人听闻：富家女茶楼私会型男引发武力冲突，“中野四号”神秘再现勾起十年前血案。

罗依农看清文章的署名记者：章义。顿时气不打一处来，电话打过去，那小子竟然很心虚地关机，直恨得牙根发痒。好不容易挨到下班，打算连夜杀到他家里找他算账。哪知道，一走出健身俱乐部的大门，就发现章义坐在门前的台阶上等他。

章义微胖，细皮嫩肉，长着一张胖乎乎的娃娃脸，特有肉感。罗依农曾取笑他身上不断积累的赘肉，他却大言不惭地说，他的人格过于强大，瘦小的身体包容不下，所以只得不断扩容。他生性乐观热情，朋友们都亲昵称之为“胖胖”。

一见到罗依农，章义“噌”的一下跳起身来，满脸嬉笑地跑上前，说：“老罗，我是来挨揍的。”

罗依农横了他一眼，说声：“好！”一拳突然飞出。

章义没想到他说打就打，连忙大吼声：“慢！”铁拳在他眉心前半寸处停下，凌厉的拳风差点把他的眼镜震落下来。他当然清楚罗依农拳上的分量，越想越是后怕，再迎上他凌厉的眼神，这才惊觉罗依农可能真动了怒，顿时额上直冒冷汗，“你……你来真的啊？”

“是你自己让我打的，我这不是在满足你生理上的强烈需求吗？”

章义听出罗依农的话中不无调侃之意，再想起他武功超凡，铁拳收发自如，心头稍宽，说：“在你惩罚我之前，为什么不听我解释一下？”

罗依农说：“不听，我先教训一下你这个卖友求荣的家伙！”罗依农来到这城市没几年，他又不太善于交际，结识的朋友并不多，称得上知心朋友的更少，偏偏章义是其中的一个。

章义装出一副可怜相，说：“老罗，你也不同情我一下。现在报社内部竞争惨烈，我又没有什么关系可以攀附，靠得就是一个‘拼’字。我已经连续两个多月没挖到有分量的稿件了，上周主编发话，要是这半个月内我再不能有所表现，就得拍屁股走人。我要是失了业，就搬去你家，吃你的，住你的，你得养着我。”

罗依农“切”了一声，说：“我对你没有包养的兴趣。就算这样，你也不能踩着朋友的脑门博上位啊！”

“你就当为我牺牲，被我利用一次。而且我这着棋还真是下对了，晚报今天的总销量和门户网站的点击率直线上升，反响空前的好，今天一整天编辑部的电话快被读者打爆了。我们主编要我顺藤摸瓜，深度挖掘……”

“所以你想再来摸摸我这个交友不慎的大傻瓜的老底吗？”

“哈哈。”章义光顾着炫耀他的得意事，没注意到罗依农脸上的怒意更甚。连忙干笑两声，转移话题：“老罗，你难道没有话要对我说吗？”

罗依农没好气地说：“你还希望我感恩戴德地对你感谢一番吗？”

章义笑着说：“感谢倒是不必，我是想你至少应该问我一下，为什么我知道有人偷听你们谈情说爱？我怎会未卜先知，提前埋伏在听风茶楼，拍到你大显神威的精彩场面？我又怎么知道这事和‘中野四号’有关……”

“首先我得提醒你，我和于筱洁并不是在谈情说爱。其次还是要提醒你，你说的这几点我是非常想弄清楚，但不是我发问，而应该是你主动向我坦白交代，争取我的宽容。”罗依农没好气地说。

章义哈哈一笑，说：“好，那你听我慢慢道来。不过我现在饿得发慌，不吃点东西，没力气坦白啊，兄弟。”

罗依农连声冷笑起来：“行啊，胖胖，你小子在报社里潜心修炼，脸皮越修越厚，我都被你卖了，你还想蹭我的饭啊？你那一版面稿费不会少，你不破点小财，对不起你老章家的列祖列宗啊！”

“行，行，”章义连声说，“当然是我请客。”

两人到了对面的粤菜馆。菜馆老板姓顾，操着一口广东口音浓郁的普通话。罗依农和章义是这里的常客，一来二去，顾老板和他俩混熟了，知道他俩的口味，不用他们点菜，很快就送上来三菜一汤。一盘果蔬沙拉，蒜香烧汁牛柳、蟹仔元贝木瓜船和一份花生排骨煲莲藕汤，外加六瓶冰镇啤酒。

章义在两个杯子中倒满啤酒，然后迫不及待地端起一杯，在罗依农面前的杯沿上碰了一下，喝下一大口，说："昨天临近下班时，田甜打电话给我，哭着告诉我，说你和一个很漂亮的女生，约好了晚上去听风茶楼幽会，让我设法破坏你们的好事……"见罗依农面露不愉，连忙改口，"你知道的，其实……其实田甜不是这个意思，她的意思是，和你约会的女生很神秘，怕你吃亏，所以让我赶过去暗中相帮，也好有个照应。"

"你俩未卜先知，简直就是当代瑜亮啊！"

章义不理会罗依农话中带刺，继续说："我赶到听风茶楼时，你们都还没到，我挑了个光线稍暗的座位，没多大一会儿，你们就陆续到来。美色当前，你自然是心无旁骛，专心致志地对着那位 MM，也就没发现你的好兄弟我正默默地守护着你。"

当时，罗依农的心态一直处于兴奋状态，把注意力都集中在于筱洁的身上，的确没留意茶楼上的其他客人。现在回想起来，自己当时的神态肯定不雅，不由得脸上发烫。

章义从斜挎包中取出一沓相片，从中取出一张递到罗依农面前。相片显然是偷拍的，取景框都没摆正。从景物上看应该是昨晚的听风茶楼，焦点集中在一位头发挑染了金黄色的男青年身上，他侧脸低头，端着茶杯样子很悠闲，但怪异的是他正翻着白眼，目光落在临窗边的罗依农和于筱洁身上。金发男青年的对面还摆着一个茶杯，但座位上却空着。

章义指着金发男青年说："金毛仔一直盯着你们看，就算他低头喝茶时，目光也不曾离开过你们。"所以相片中的他，看起来像在翻白眼。

罗依农问："他就是监听我们谈话的人？"

章义摇头说："不是。你没看见他对面的座位空着吗？他们本来是两个人，刚落座不久，另一人就去了洗手间。我本来也没注意到他们，只是……只是你知道我的老毛病，一遇到紧张情况，手心就出汗，我一想到这么盯你的梢，万一被你发现，我就惨了。越想越紧张，手心一直出汗，打算去洗手间洗个手，不料走到洗手间门口就听到有人在里面提你的名字。我连忙竖起耳朵细听，才知道你们的谈话被偷听了，洗手间里的那个人一面偷听你们谈话，一边通过手机把你们的谈话内容传递出去，也是这个时候，我听到了'中野四号'，回家上网一查，再细想一下，也就猜了个大概。"

罗依农连喝两大口啤酒，问："摸清他们的底细了吗？"

章义说："我正想说你，你小子也不擦亮一下眼睛，那位姓于的美眉是什么来路，你知不知道？她平白无故地黏上你，你不会真的以为自己魅力无限，引得天下美女尽折腰吧？兄弟，醒醒吧，别色迷心窍，中了人家的美人计，引祸上身，惹上麻烦！田甜多好的姑娘啊，难得她这么对你死心塌地，为了守在你身边，宁愿放弃做前途无量的设计师。你可别吃着碗里的，惦记着锅里的。"

罗依农皱眉说："别说得这么难听好不好？仿佛这世上就你一个好人似的。筱洁把什么事情都跟我说了，包括她的身世。她并没要求我帮她什么……"

"完了，这叫欲擒故纵，手段不算高明，但用对了时间、地点和人物！"

"你在写作文啊？还弄出个三要素来。尽说些废话，快交代，你到底有没有弄清对方是什么人？"

"不知道，山人只是一名记者，不是侦探。"

"那你怎么知道那伙人在我们的点心盘下安了窃听器？"

章义端起酒杯，悠然地喝了一口，说："山人虽然只是一名记者，却有侦探的思维……"见罗依农咬牙瞪着自己，连忙呵呵一笑，"我在厕所中听那人用接收器偷听你们谈话，马上联想到刚才服务生给你们上点心时，端着盘子经过金毛仔身边时，他假装无意中伸脚，刚好绊了服务生一下。服务生手一晃，盘子差点掉地上。金毛仔伸手替他托住盘子，还很客气地道了歉……"

章义一边说着，一边拿起餐桌上果蔬沙拉的盘子做样子，"我猜想就是这个时候，金毛仔乘机把窃听器安在了你们的点心盘子……"话未说完，他突然顿住，脸上的表情就像一不小心吞了只苍蝇。果蔬沙拉盘子的底下，竟然也安着一枚纽扣大小的银灰色窃听器。

罗依农见他神情古怪，心知有异，刚想细问。忽然见他向自己眨了下眼睛，不由得一怔，随即心领神会地一笑，说："行，算你聪明。要是你能弄清他们是什么来路，我就更加对你佩服得五体投地。"

章义放下盘子，故意压低声音，问："老罗，你坦白交代，于筱洁真没有向你透露什么吗？"说着连眨了几下眼睛。

罗依农斟酌了一下，说："没有。你也知道，昨晚我们并没有说太多的话，就算她想跟我说，可惜没来得及说出来。不过，后来我们分手后，她又发了条短信给我，说是经人介绍，她在太平巷中找到一位计算机高手，已经把'中野四号'文档送过去请那人帮助解码，她担心自己遭人监视，不方便出门，希望我能帮她过去把文档取回来。”

章义瞪着罗依农，那样子仿佛恨不得把他鼻子咬下来。太平巷是他和另一位好友欧阳默共同租住的地方。不过他马上明白了罗依农的用意，太平巷是老城区，居住的居民不多，万一在那里发生冲突，可以把扰民的程度降到最低。还有重要的一点，那里巷道狭长，把对方引到那里，围堵住并逼其现身，无疑是最佳地点。“你确定没记错是在太平巷?”

“我又不是七老八十的老头，怎么可能记错。”

“那你打算什么时候过去取东西?”

“我本来打算下班就过去，结果被你缠上，耽搁了。”

“好，现在就去，应该还来得及。”

太平巷离这里不远，打的过去，起步价内就可以到达。

两人在太平巷口下车，并肩走在青石板铺成的街道上。昏黄的路灯光把两人的身影拉得很长。

走入六七百米后，转入一条宽不到一米的小弄。灯光和星光照不透小弄，弄内漆黑一片。

罗依农说：“这么阴暗的地方，你每次加班回家，不会走错地方啊?”

章义没好气地说：“你有听说过瞎子在自己家里迷路的吗?”

罗依农笑着说：“瞎子眼瞎心不瞎，有时反而会比明眼人看得还清楚。”

“赞成！我现在就感觉自己是睁眼瞎，交友不慎，引祸上身。”

“拜托，这话我说还差不多。是你把我卖了，我才是受害者，好不好?”

正说着，到了一幢两层小木楼前，楼上的窗户中透着灯光。

罗依农站在楼下对着楼上窗户大叫：“欧阳默，下来开门，我是罗依农，来取东西啦!”

楼上有人应了声：“知道了，等一下，马上下来。”

屋内很快传来脚踩木楼梯的声响，然后“吱呀”一声门开了，大片灯光像潮水般涌出来。

灯光中站着位只穿了条三角内裤的青年男子，没好气地说：“又不是什么值钱的东西，你用得着这么急着取回去!”

罗依农和章义进屋，随手把门带上。章义压低声音说：“默默，什么也别问，上楼。”“默默”的全名叫欧阳默，长得眉目俊秀，身材修长，有型有款，是位平面设计师，在家接些广告公司、影楼修饰图片的活，同时兼职网模。用他自己的话说，只要是力所能及的赚钱活他都干。只是他过日子没规划，混得并不好，只能窝在这种又破又乱的老城区。

“干什么呀？鬼鬼祟祟的。”欧阳默轻声嘀咕着，转身上楼。从电脑抽屉中取出一张光盘，交到罗依农的手上，没好气地说："这种重口味的片子又不是没见过，你还当宝了是吧？拿去吧，好像我不还你了似的。"

罗依农接过光盘，和章义交换一下眼色，说："走，我们回去再看。"

章义点头说："好……哎哟！"才说了一个"好"字，耳边突然响起轻微的破空声响，窗外飞来一团黑影，正好打中他的脚踝，惨叫声中，一个踉跄就倒了下去。

罗依农和欧阳默都大吃一惊，罗依农离他最近，连忙伸手相扶。就在这时，"砰"的一声，格子窗四分五裂，一条黑色人影闪电般闯入，一下子就扑到罗依农的身边，劈手一拳直奔他的脑门。

罗依农早有防备，大喝一声，飞身急闪。

哪知道那人志不在伤人，拳到中途突然变招，一把夺过罗依农手中的光盘，都来不及转身，快速倒退，向窗边逃窜。

罗依农大喝："来了还想走吗?!"一招"鳄鱼摆尾"，旋风般踢出。这是泰拳中的厉害招式，又称"后旋踢"。他蓄势而发，力有千斤，饶得那人身手敏捷，一闪再闪，还是被罗依农的脚尖在左胸侧扫了一下。

泰拳起源于中国少林的单手碎砖，以及用肘击断木板等功夫，发扬于五百年前的艾尤塔雅，曾在苏可泰皇朝时期盛行一时。那时泰国因领土问题经常和邻国交战，泰拳在和敌人空手赤拳交战的格斗中，发扬光大。运用双拳、双肘、双膝和双脚八个部位作为攻击武器，所以又称为"八臂拳术"，讲究的是"快、准、狠"，是一种实战性极强且威力巨大的徒手搏击术。

虽然罗依农只是脚尖扫中那人，却依然是那人不堪承受之重。他闷哼声中，身法明显一滞，心中清楚地知道自己肋骨已经断了几根。但在这种情况下，只有忍痛逃命。

一旁的欧阳默回过神来，大叫："这算什么，强盗啊！"猛扑上去想抱住那位不速之客。

不料那人重伤之下，虎威犹存，随手一带，欧阳默就把持不住，原地旋了个大圈，然后连退几步，倒下去时重重地压在章义身上，痛得他连声惨叫。

那人趁乱跳上窗台，伸手抓住窗棂，想借力翻上屋顶。

罗依农怒喝："你给我留下！"纵身直扑上去，抱住那人胸膛，双手在他腋下轻轻一掀，那人的双臂顿时从肩胛骨处脱臼。

那人又痛又惊，他的身体已经挂在窗台外，双手突然失去作用，整个人顿时向楼下跌落。绝望之中，双脚死死夹住罗依农的身体，两人纠缠在一起，同时从二楼窗台跌落。

危急关头，罗依农疾手抓住窗台边的雨水管道。不要说这些铁皮管年久腐败，就算是新近安装上去的，也承受不住他们两人的重量，不但被扯下一大截，连同墙体上的水泥块也扯落下一大块，但这也化解了他们不少的下坠之势。

罗依农奋力将那人压在身下，“砰”的一声，那人后背最先着地，哼也没哼一下，就晕了过去。罗依农毫发无伤，站起身来拍去身上的尘土，用脚踢了一下那人，喝道：“装死吗？这么不经摔！”

巨大的声响引起周围居民的注意，有不少人探出头来询问发生什么事。

罗依农大笑，说：“没事，抓到一个小毛贼，这就扭送去派出所。”

章义和欧阳默一瘸一拐地跑下楼，见到地上躺着的黑衣人，两人都惊愕不已。

欧阳默取来手电筒一照，是个满脸横肉、长相凶悍健壮的光头青年。

章义对罗依农竖起大拇指，说：“行啊，还真被你逮到了，可是我和默默就惨了，这个地方只怕待不下去了。”这间房子是他和欧阳默共同租住之地，经过这么一闹，他们自然不能再住下去，不管对方的背景复不复杂，都不是他们惹得起的。

罗依农笑道：“舍不得孩子套不住狼，舍不得你的房子就查不出真相。再说这片老城区到了年底就要拆除，你们住在这里像难民似的，也该换个地方了。”

章义说：“我们不就是图个房租低廉吗？这里清静，几乎没什么打扰，很适合默默的工作。”

欧阳默问：“这到底是怎么回事？弄得跟警匪片似的。”

章义把大致经过一说，欧阳默一拍胸膛，说：“兄弟我没钱没房没车没女人，唯一有的，就是兄弟义气。老罗，我挺你！不管什么人想欺负到我们兄弟的头上，我第一个不答应。胖胖，我们搬家！”

章义说：“不是我胆小怕事，今天那篇报道一出，我已难善其身，是不想你搅入这趟混水中。”

罗依农满怀歉意地说：“对不起啊，默默、胖胖，是我连累你们了。”

章义和欧阳默同时无所谓地一笑，抢着说“没关系”，把罗依农着实感动了一下下。

章义指着地上的壮汉说：“先把他弄醒了问问清楚吧。”

罗依农想去掐黑衣壮汉的“人中”穴，就在他俯下身去的一刹那，壮汉的双眼突然睁开，低喝声中，双腿同时弹出，分踢罗依农的下阴和小腹。

这名壮汉看似粗蛮，实则奸诈阴险。他双肩脱臼，知道无法全身而退，摔到地上后，他皮厚肉糙，并没受伤。故意运气逼全身血液下行，使脸色看上去苍白无力，再双眼一翻，假装晕死过去，使得罗依农毫无防备。

生死关头，罗依农心念电转，双脚奋力一点地，头下脚上，凌空一个倒翻，从壮汉的头顶滚过。哪知道他双脚还没着地，突然听到一股劲风从脑后袭来，同时响起章义和欧阳默的惊叫声。

罗依农知道有人偷袭，心中暗叫声不妙，听声辨位，来不及回头，奋起一拳向后猛击。“噗”的一声轻响，浑身一震，全身的力量像被突然抽空了一样，竟然再也使不出半分力道，身体像团乌云般飘了出去，“哗啦”一声巨响，身体撞上一处矮墙，顿时撞出一处大缺口。

章义和欧阳默吓得大叫：“老罗，老罗！”两人惊慌万分地跑到断墙边，挥舞着双手扇开眼前的灰尘，只见罗依农已经从残墙断砖中爬起身来，却说了句奇怪的话：“八爪黑洞！”

“八爪黑洞？什么意思啊？”欧阳默用手电筒照了一下罗依农，见他满脸迷惑，一副傻傻的样子，不无担心地问章义：“老罗不会是伤到脑门，变傻了吧？”

章义笑着说：“放心吧，不会。这小子不是金刚转世，就是罗汉投胎，脑门子硬着呢，哪有这么容易受伤？”

罗依农擦去眼睫毛上的灰尘，见那名躺在地上的壮汉已经不知去向，问章义和欧阳默：“你们有没有看清刚才偷袭我的是什么人？”

章义气馁地说：“没有。我甚至都没看到人影，也不知道是人还是鬼。”

夜色深沉，章义和欧阳默的视力又都不太好，只感觉眼前有团黑影掠过，然后有股劲风像刀子般袭来，割在脸上火辣辣地疼痛，立刻泪流满面，哪里还能睁得开眼睛？然后就听到罗依农和人对招，接着是撞坏墙的声响，等他们恢复视力时，地上的那名壮汉已经被人抢走。自始至终，他们俩都没看清是谁闯出来救人，是怎么救走的人，然后又逃向何方。

要是他们俩刚才看得足够清楚，肯定会更加不安。偷袭罗依农之人身形矮小，轻如幽灵，快似闪电，一招击退罗依农后，随手捡起掉落在地上的光盘，同时抓起地上的那名壮汉，反手往自己背上一放，然后双脚轻轻一点，纵身跃起三四米高，斜飞向对面一幢小楼的墙体，眼看着就要撞上墙面时，伸脚在墙面上快速一踹，借力反方向飘出，转眼就到了对面的小楼顶上。

那黑影自身矮小，但背上的壮汉起码有一百五六十斤，黑影驮着壮汉依然身轻如燕，来去自如，从这幢屋顶掠到另一幢屋顶，几个纵提，渐渐远去，最后消失不见。

就在这两人快消失不见时，另一幢小楼的屋脊处探出两个脑袋。其中一人说："这……是人还……还是鬼啊？他……他妈的太玄幻了，我……我们老大真是料事如神，罗……罗……"一时口吃得厉害，难受得他在喉咙中发出"咯、咯、咯"的古怪声响。

另一人低声骂道："你小子一说话就便秘的老毛病怎么不见好转，还偏偏话特多，和你待在一起，老子肯定会被你诱发痔疮。"

"我……我激动啊，一激动就便……不，就口吃。你不觉得我们老大很……很……"

"很厉害，是吧？那还用说，老大自然厉害，一眼就看出罗依农和章义想玩引蛇出洞的小把戏，才会将计就计，把那伙云南来的南蛮子引到这里，让他们鹬蚌相争，本来是想让我俩趁机摸清南蛮子的来路。可是……唉，回去怎么交代啊？"

他俩在粤菜馆中，用窃听器偷听罗依农和章义的谈话，听到罗依农说，于筱洁已经找到计算机高手，破解了"中野四号"绝密文档的解读密码，以为逮到有分量的消息，眼看着就要立下大功一件，兴奋不已，连忙向他们的老大报告。结果被训了一顿，说他们不动脑子，罗依农和章义玩的这出戏，明显是引蛇出洞。当即要他们设法把那伙南蛮子引去太平巷，坐收渔翁之利，同时设法摸清南蛮子的底细。

可惜出乎他们意料的是，南蛮子的手底太硬，他们除了徒生望尘莫及的感叹之外，在心底泛滥的还有回去面临老大责罚的恐惧感。

罗依农心凉如水，他真的没想到于筱洁所面临的对手竟然如此扎手。

欧阳默问："老罗，你刚才说的八爪黑洞是什么意思？"

罗依农站在夜色中良久无语，他在为于筱洁担心的同时，还有更深一层的不安，虽然他和偷袭之人只对接了一招，但对方那一招给他的震撼，足以把他封存在记忆深处，不愿轻易触及的隐痛，一下子搅上心头。

章义也发觉到罗依农的反常，不无紧张地问："老罗，你怎么啦？不会是真的受伤了吧？"

罗依农收回思绪，轻叹一声，说："没事，也许是我太平日子过得太久，感觉不准了。"

章义和欧阳默的房屋已经破损严重，不能再住在这里，他们和房东通了电话，表示对房屋损坏的地方愿意照价赔偿，然后收拾各自的东西，暂时借宿在罗依农那里，等找到合适的房子再搬过去。

三次正面冲突，都没能掀开对方的神秘面纱，罗依农极度不爽。昨晚他和于筱洁分手后，两人互相交换了手机号码，可是今天整整一天，他都无法打通她的手机。再想到章义的那篇稿件见报后，她的处境会更加不妙。还有

她的小叔陈景初会不会看到报纸？可他不知道她的详细住处，除了等待，别无他法。

田甜很生气！

她在生罗依农的气！一张俏脸绷得网球拍似的，谁贴上去都得弹开三十米。整个健身俱乐部的人都知道，谁也不敢去招惹她。

罗依农也知道，可他心中记挂着于筱洁，无法做到一心两用，当然主要是他不想去向她解释什么，他只不过和于筱洁相约喝茶，田甜简直有点反应过度，何况他和她之间并没有什么需要信守的承诺。

到了第二天下午，田甜见罗依农依然漠视自己的感受，心头恼火更甚，一触即发，偏偏这个时候章义找上门来。

章义满脸堆笑，在休息室的门上轻轻敲了几下。田甜回头见是他，眼中闪过一丝淡淡的失落，然后狠狠瞪了他一眼，扭过头不想理会。

章义脸上的笑意更浓，故作媚态地问："我是来免费当炮灰的，请问有人需要吗？"

田甜本来是有意拿章义当炮灰，好好发泄一下，谁知被他先说了出来，就不好再发作。想到自己苦苦等待的人没出现，不在意的人却来讨自己欢心，心头一酸，眼圈就红了，泪水差点就掉下来。

章义把田甜的情绪变化看在眼里，她能在自己面前露出脆弱的一面，说明她没把自己当成普通朋友，不免心头暗乐，说："还是那句老话，不要死心眼地吊在一棵树上等死，在旁边的树上也试试看，说不定更舒服。"

"你到底是来安慰我，还是存心来气我？"

"当然是来安慰你的，不过你也别指望我说出什么好听的话，谁叫我是你的备用胎呢？正胎不去，备用胎就永没扶正的日子。"章义喜欢田甜，穷追不舍，罗依农知道，田甜知道，认识他们的人都知道，偏偏田甜不领情。但章义毫不在乎，用他自己的话说，他追他的，只要追得光明正大，无关他人风月。几次三番遭到田甜拒绝后，依然锲而不舍，田甜不得不为他的痴心所感动，最后答应，倘若和罗依农修不成正果，她就和他牵手。

所以，一直以来，章义以备用胎自居，并很称职地担任着这个角色。

田甜满心凄苦，但章义略带自嘲的话，让她心酸，又忍不住想乐。

章义插科打诨，就是想分散她的注意力，说："男人都是驴，一条道走下去，不撞上南墙永远都不知道回头。其实你大可放宽心胸，做足姿态，云淡风清地看罗依农这头蠢驴狠狠地撞上于筱洁这堵南墙，不撞个头破血流……"

"你才是蠢驴呢！"田甜听章义骂罗依农是蠢驴，就不乐意了。

“唉，我这马屁又拍在马腿上了。大小姐，我的意思是，等你的罗哥哥撞上南墙后，一回头，自然就会看到你了，因为你一直屁颠屁颠地紧跟在他身后。”

田甜笑骂：“你才屁颠屁颠地紧跟在人家身后呢!”

章义见田甜终于笑了出来，自己的目的已经达到，嬉笑着说：“是啊，我是一直屁颠屁颠地紧跟在你身后，你要不要回头看我一眼，临幸我一下呢?”

田甜随手操起一个空矿泉水瓶砸在章义的头上，大笑着问：“这算不算临幸?”

章义双手抱头，装出一副很痛苦的样子，大叫：“这不算，除非再加上一点别的。”

“你还想要什么呀?”

“要求不高，晚上陪我看场电影，好不好? 你总不会冷面无情，残忍地拒绝我这苦命的痴情汉吧?”

田甜满脸鄙夷，问：“你就不能玩点新花样吗?”

章义一脸无所谓，说：“咱老花样都还没玩够，干吗要玩新的?”

临近下班时，罗依农接到一位陌生女子打来的电话：“您好，请问您是罗依农先生吗?”

“是的，请问你是哪位?”

“我是四方集团的总裁秘书。不知罗先生下班后有没有空? 我们陈总想请罗先生吃顿饭，同时有要紧的事想和您面谈。”

“四方集团? 陈总?”罗依农马上想到陈总就是于筱洁的小叔陈景初。

就算陈景初不来找他，他也正盘算着找陈景初打听于筱洁的情况。连忙说：“有空，请说地点。”

“请您走出大门，我们的司机已经候在门外。”

“好，谢谢。”

罗依农走出健身俱乐部的大门，一辆黑色卡宴缓缓驶到台阶前停下，一位年轻的男司机下车，很有礼貌地冲罗依农一点头，说：“您好，罗先生，请上车。”上前拉开车门。

罗依农也不问司机要去哪里，陈景初既然已经安排妥当，自己又何必多问。

卡宴很快就出了闹市区，行驶在环城公路上，看着车窗外一幢幢漂亮的建筑群，罗依农的目光不落在一个点上。他心乱如麻，既渴望从陈景初那里打听到于筱洁的消息，可是心底又莫名地不安，不知陈景初会不会怪自己多事，把事情越搅越大，反而将于筱洁推到风口浪尖，置身于极度危险之下。

卡宴终于在城南的一处农庄前停下来。罗依农在服务生的带领下来到临湖边的一处雅座。

陈景初独自坐在雅座上，正悠闲地喝着茶，见罗依农进来，微笑着站起身来，随手替罗依农拉开桌边的椅子，说："罗兄弟，请坐。"

出乎罗依农意料的是，这位传说中的四方集团总裁，比他想象中的要年轻得多。看上去也就三十出头，身材修长，举止温文尔雅。浓眉星目，白净面皮，光华内敛，英气逼人。双眉间淡淡的川字纹，让他成熟男子特有的沉稳中透着浓郁的书卷气。

罗依农入座，服务生陆续上菜。陈景初端起酒杯在罗依农的酒杯沿上轻轻碰了一下，说："我是个不拘小节的人，罗兄弟请别介意，我们这就当相识了，干一杯吧。"

"谢谢陈总！"罗依农端起酒杯一饮而尽。

陈景初点头说："罗兄弟果然是位爽快人，我就开门见山，有话直说。筱洁被我没收了手机，这两天关在家中，禁止她出门一步。"

"为什么？"罗依农一惊，随即若有所思地说，"你是担心她的安全？"

陈景初说："有些事我想筱洁应该和你交代过，我就不再重复。我恩师也就是筱洁的爸爸临终前把她托付给我，我就有责任让她过得平安。都怪我平时忙于工作，没能花太多的时间陪她，才让她又走了极端。要不是看到昨天晨报上的新闻，我都不知道她竟然惹出了这么大的麻烦。我知道她一直对她爸爸的意外过世耿耿于怀，可是时间已经过去了十年，而且其中牵扯到的秘密实在太惊人，她这么做无异于以自身为诱饵，总有一天会玩火自焚。"

陈景初见罗依农目光直愣愣地看着自己，脸上竟然不自觉地微微红了一下，掩饰性地轻咳一声，笑笑说："当然……那个、那个我还是有点私心的。毕竟……唉，十年前，血案发生后，我也曾很努力地四处奔波，寻找证据，不停地给警方施加压力，一门心思地想给恩师报仇。可是随着时间的变迁，我渐渐觉得，也许恩师更希望我照顾好筱洁，让她平安长大成人。我才毅然放弃学业，投身商界，经过这些年的打拼，终于有了自己的事业，有了平静而安定的生活……"

罗依农忽然明白了陈景初的意思。他现在有家有业，这份安定，这份宁静来之不易。于筱洁和罗依农这么一闹，一石激起千层浪，打乱的不仅仅是他们两人的生活，还有陈景初，乃至整个四方集团，也许还有更多不曾浮出水面的人。仇恨也许会给人带来动力，却一定不会给人带来好运。于商道若是地下有知，也一定更希望自己的女儿、学生平平安安地生活下去。

一念至此，罗依农有点如坐针毡的感觉，暗怪自己过于鲁莽，自以为是在帮于筱洁，说不定反而会害了她，甚至影响到更多人。连忙说："陈总，对不起，我没想那么多，也不知道事情会这么复杂，更没想到黑帮竟然这么大胆。本来我还以为黑帮那些家伙对'中野四号'志在必得，我们顺藤摸瓜，也许就能掀开他们的面纱，从而逮住十年前杀害于教授的真正凶手，这样，就是帮到了筱洁。"

"你错了，和筱洁犯了同样的错误，而且错得很离谱！"

罗依农悚然一惊，瞪大了眼睛看着陈景初。

陈景初喝了一口酒，慢条斯理地说："据我分析，你们招惹到的不是一股黑帮势力，至少有两股，甚至更多。两虎相争，不管谁强谁弱，你们都只不过是虎口的那片肥肉而已。"

罗依农又吃了一惊，说："两个黑帮，你凭什么这么说？"

"很简单。就拿你和筱洁在茶楼遇袭那件事来分析，有人用窃听器偷听你们谈话，用意很明显，他们只想得到秘密，并不想惊动你们。而从河水中跳上来偷袭你们的人，其目的可能是想劫持筱洁。这两伙人的目标不同，当然不会是同一伙人。"

罗依农回想当时的情景，不得不承认陈景初的推断不无道理，问："陈总可否知道这两伙人的底细？"

陈景初摇头说："我若知道就不紧张了。筱洁还有一件事可能没想到，她在她家老屋里找到的存有'中野四号'绝密文档的磁盘，并不是她无意中找到，而是有人故意放在那里给她的。"

"哦。"罗依农连连吃惊，这时反倒有点习惯了，细想一下，说，"我明白了。当年于教授遇害后，他手中存有'中野四号'绝密文档的磁盘，落入杀人凶手之手，可惜他穷尽十年时间，依然无法破解磁盘上的密码。直到有人以'中野先生'之名，在网上翻起十年前的沉案后，杀人凶手遂将计就计，故意让绝密磁盘出世，想借助筱洁之手解开磁盘。对不对？"

"对，所以筱洁完全是被那人利用了，可惜我昨天和她谈得这么透彻，她依然执迷不悟。"

其实陈景初若能站在于筱洁的立场想一下，也就多少释怀了。杀父之仇十年未雪，好不容易有了点线索，纵然知道出现在眼前的是火坑，她也得跳下去一探究竟。

陈景初忧心忡忡地说："我现在唯一能确定的是，有一股黑势力来自云南和缅甸边境，这伙人行踪诡异，手段残忍，唉……"

"啊！陈总你是怎么知道的？"罗依农的心猛地一跳，想到昨晚在太平巷中交过手的那位神秘人，神出鬼没的行踪，高深莫测的“八爪黑洞”；再想到于筱洁纤纤弱质，哪里经得起这样的风险，没来由地好一阵紧张。同时也就明白陈景初来找自己的原因，他应该是在婉转地提醒自己，帮于筱洁等于是在害她。

陈景初发现罗依农的表情变化，眼神突然变得很复杂。“还记得你第一次和筱洁相遇时的那两个抢包贼吗？那两人死了，表面上死于车祸，其实应该是被另一伙人害死的。警方已经查清了这两名死者的身份，均是云南那边有案底的人……”正说着，手机响了，他说了声“不好意思”，便接通电话，才说了两句，就脸色大变，放下电话，看着罗依农，满脸不安，说：“筱洁不见了。”

第3章　孤胆涉险

电影散场后，田甜和章义随着人流走上街头。街上华灯炫目，流金溢彩。灯光幻影中，情人对对，丽影双双。

今晚上映的是一部喜剧片，章义没心没肺地笑得很是开怀；田甜心不在焉，又不忍拂章义的意，勉强坐到剧终，意兴索然。

章义兴犹未尽，说：“时间还早，我们再去吃串串吧。”

田甜说：“你去吧，我得回一趟俱乐部，我把手机忘衣柜里了。”这两天她心情不好，总是丢三落四。

“我一个人去吃有什么意思，要不我先陪你去俱乐部吧。”不等田甜同意，刚巧有辆出租车驶过，他马上伸手拦了下来。

其实田甜并不在意手机在不在身边，心想反正也没人找她（除了罗依农，其他人打她的电话，她全部自动忽略），只是想一个人静静，又找不出好的借口把章义撵走。

两人打车去健身俱乐部。俱乐部的夜间健身班才刚下课，还有工作人员在打扫场地。田甜跑进去拿了手机出来，正想着该怎么不露痕迹地婉拒掉章义，又不伤到他的自尊，突然斜刺里冲出一条人影，田甜一个躲闪不及，被撞个正着，两人差点同时倒下，幸好章义眼疾手快，把他们同时拉住。

田甜好不气恼，不等站稳身体就大声呵斥：“喂，你干吗，怎么这么冒冒失失？”

那人稳住身形，连声说：“对不起，对不起……咦，你不是田甜吗？”

田甜听到说话的是位女生，心中颇为意外，再听她叫出自己的名字，就更加惊讶，仔细一看，大叫起来：“于筱洁，怎么是你？你怎么啦?”

于筱洁上气不接下气，有几缕乱发飞散开来黏在额上，和上一回见到她时恬淡优雅的神态相比，多少有点狼狈。

章义问：“于小姐，你这是怎么啦？是不是出什么事了?”

于筱洁稍稍犹豫，说：“请问罗依农下班了没有?”

田甜脸上的神情一变，冷冷地说：“他今天上白天班，晚上好像约了谁见面，我还以为是你呢。他最近命犯桃花，成了大忙人，你有什么要事请提前预约他。”

“哦，这样啊。”于筱洁的口气中透着遗憾，然后笑笑，说，“其实我找他没什么事。我……我出来跑步，刚巧路过这里，又刚巧遇到你们，随口问一下而已。不好意思，我这个样子，让你们见笑了，那个……那个，再见。”说完，拔腿就跑。

田甜“切”了一声，望着于筱洁渐渐远去的背影，说，“骗谁呢，哪有穿着拖鞋出来跑步的？分明是想勾引罗依农那个猪头。”

“哎哟，不对！”章义突然一拍脑门，“穿着拖鞋出来跑步是不正常，可是她穿成这个样子幽会……哦，穿成这样子出来勾引男人也不正常。”

“她穿成怎样啊?”田甜刚才见到于筱洁，满腹愤恨加上醋劲，只记得她穿了一件长裙，其他倒没细看。

章义说：“她的裙子上破了好几个口子，上面沾满了污垢，不对劲啊。”越想越不对，“我跟上去看看，田甜你自己回家，千万小心。”

田甜没好气地说：“你们男人的眼睛真是毒，她才在我们眼前站了这么几秒钟，你就把她从头到脚看得这么仔细，哼，要不要帮你约她出来喝茶喝酒喝咖啡啊?”

章义听出田甜语气中的不快，连忙说：“我注意她，是因为老罗说从昨天开始一直联系不到她。好了，田甜，除了你以外的一切女人，我最多只看在眼里，绝不记在心里。当然，在我心中，这世上已经不可能有比你更漂亮的女人了。我担心她有危险，等一下再和你通电话。”说完就追了上去。

田甜大声说：“我也去，看看她又要耍什么花样！”她是健身操教练，平时勤于锻炼，体能不错。别看章义冲劲蛮强，可惜一身赘肉，持续不了多久，才跑出去五六十米，就被田甜赶了上来。

章义急得大叫：“留点面子啊！田甜，男人的尊严不能随意践踏！”

田甜大笑，说：“才不呢，哈哈，谁让你这副熊样！”

那天晚上，于筱洁和罗依农从听风茶楼分手后，回到住处流云山庄，尽管她一再佯装镇定，终究还是掩饰不住眼底流露出的慌乱，结果被等她回家的陈景初一眼看破，问她发生了什么事。

于筱洁自忖今晚闹出这么大的动静，无法瞒住陈景初，只得坦言相告。陈景初也不多说什么，只是要她交出手机，然后把她关入房中，要她在一个月内不准出门一步，并从公司叫来四名保安轮流看守。

于筱洁和陈景初一起生活了将近十年，对他的性格十分了解，知道他说出的话无从反抗，同时也知道他这么做的动机，是从保障自己的安全出发，担心她出去闯祸。所以她没有反抗，甚至连怨言也没说一句，一个人待在房中，除了睡觉就是看书，表现得十分配合。

可是杀父之仇岂能不报，尤其是在略有眉目之后。于筱洁当然不会就此妥协，沉默只是为了酝酿更大的暴发。在家待了两天，看守她的人见她安静听话，不免麻痹大意，渐渐放松警惕。

今天晚饭后，于筱洁看了一会儿书后，就上床休息。当值看守的那两名保安跟着她闷了两天，见陈景初外出，一时嘴馋难耐，买来酒食在房门外的客厅中解馋。

于筱洁并没有睡着，听到两名看守在门外痛饮尽欢，悄悄爬起身来，连睡衣也不敢换下，脚上只穿了双拖鞋，轻轻打开卫生间的气窗，用她事先把衣物撕碎后搓成的绳子拴在气窗横档上，然后慢慢滑下楼，结果身上的裙子被扯破了，但最终还是逃出了流云山庄。

这些年来，于筱洁在陈景初的百般呵护下，简直就像只养在笼中的金丝鸟，逃出家门，她发现自己举目无亲，根本就无处可去。想来想去，决定还是去找罗依农。虽然萍水相逢，但感觉他是可以信赖之人。

流云山庄坐落在城南那一片青山绿水间，风光旖旎，没有工业污染。这里修筑着成群的豪华别墅，是老百姓口中的富人区。离位于市中心的健身俱乐部，差不多有七八公里。于筱洁身穿睡衣在公路上打车，过往司机见她神色匆忙，衣衫不整，担心惹上麻烦，谁也不敢载她。她打不到车，又担心看守的保安随后追上来，不敢在公路上停留太长时间，只得走小路徒步走到市中心。谁知没走出多远，忽然发现身后有人跟踪，吓得她没命狂奔，一口气跑到健身俱乐部门外，没想到罗依农竟然已经下班了，同时明显感觉到田甜对自己不太友善，她不想节外生枝，只得落荒而逃。

于筱洁早已跑得精疲力竭，可她不想在田甜面前出丑。又跑出一阵后，心想大街之上，谅那些歹徒也不敢乱来，刚想停下来休息一下，猛然听到身后传来急促的脚步声，心中一紧张，都不敢回头细看，咬牙再跑。

跑出一阵后，见大街旁有条小弄，她想也不想就一头扎了进去。小弄两侧长满了两三米高的夹竹桃，枝叶茂盛，枝头繁花盛开，红的、白的，在昏黄的路灯下摇曳生姿，将长长的小弄遮得光影斑驳。

这时夜已深，小弄中几乎没有行人。于筱洁一拐入小弄，就惊觉自己错了，不应该跑入这么冷清的地方，这里的环境更加阴沉。心念方动，身旁的夹竹桃树丛中突然伸出一只大手，一下子捂在她的口鼻上。

于筱洁正向前跑着，突然被人拽住，闷哼一声，向后倒入一个坚实的胸怀中，一股男人特有的体味扑鼻而来。她才拼命挣扎了几下，隐隐闻到一股淡淡的药水味，顿时脑中一晕，很快就失去知觉。

路旁树丛一分，闪出一条并不高大的黑影，他快速伸出另一只手，托住于筱洁的身体，轻轻一用力，就把她给举了起来，然后扛在肩头。突然听到身后响起急促的脚步声，然后传来一声娇喝："放下她！"田甜旋风般扑到，对着那人的后腰就是狠狠一脚。

田甜的这些花拳绣腿也就只能唬唬人，那是她在俱乐部中，有时闲着没事，缠着罗依农学的，中看不中用，毫无攻击力。她对于筱洁丝毫没有好感，但她天生侠义，最见不得恃强凌弱，当即毫不犹豫地冲上来，情急之下飞脚就踢。

那人头也不回，反手劈出一掌，"砰"的一声打中田甜的脚底。田甜只觉得一股猛劲汹涌而至，"哎哟"大叫了声，吓得花容失色，身不由己地倒飞出去，心中大叫：完了，这下不摔个半身不遂，只怕也得腿断骨折，这个丑出大了。田甜作足了心理准备，打算承受巨大的疼痛，哪知道落地时，耳边响起章义杀猪般的惨叫声，然后感觉身下多了个软软的蒲团，竟然感觉不到痛楚。

田甜一骨碌爬起身来，见章义四肢叉开，仰面朝天地躺在地上当了她的肉垫，口中犹自惨叫声声，吓得她连声问："胖胖，有没有事？怎样啊？"

章义揉着肚子，龇牙咧齿地说："我现在终于知道胖子也有好处，肉多，经得起重压。"

田甜听他还有心情耍嘴皮子，就知道他没事，悬着的心放下大半，没好气地说："尽说废话，于筱洁被人劫走了，怎么办？快起来！"

章义跑不过田甜，落在她后头，忽然见她倒飞了回来，想也不想，纵身上去将她抱住，用他肉乎乎的身躯给她垫底。田甜固然毫发无伤，他自己却摔得浑身骨头散了架一样，挣扎了好几下才爬起身来，见于筱洁连同那名劫持者早已不知去向，说："好，我马上给老罗打电话，只有他才能救于筱洁！"

罗依农随陈景初赶回流云山庄。夜色之中也看不清山庄到底有多大，只

觉得眼前那一片仿古建筑群飞檐翘角，造型新奇，别致而又不失大气。节能型的太阳能路灯刚好把各幢楼宇，甚至花草亭台都照至通明，但又不显得张扬。总之，那是一种低调的奢华。

四五米高、布满铜钉的大门前站着五六个青壮年男子，见陈景初的车到了门前，一个个全都惶恐不安地低下头，今晚当值的那两名保安紧张得浑身发抖，腿一软就跪倒在地上。

罗依农暗暗心惊，四方集团做的是国际贸易，按理陈景初应该是位正经的生意人，眼前这副排场却让人心生不安。

陈景初下车，对跪在地上的两人低声喝道："你们这算什么？这副样子会让人误以为我是黑帮老大，还不快站起来！小林，筱洁是怎么逃出去的？派人去找了吗？"

人群中有人应了一声，把于筱洁出逃的经过大致讲了一下，最后说："我已经让公司保安队的队员全部归队加班，他们全都出去找于小姐了。"

陈景初"嗯"了一声，表示认可。

罗依农迫不及待地说："陈总，筱洁有没有特别好的朋友或亲人什么的？"

陈景初摇头说："筱洁来我家将近十年，从不见她有什么来往的亲戚。她一向深居简出，生性不爱热闹，几乎没什么朋友，也就……对了，她会不会去找你？"

罗依农想起于筱洁曾经说过已经把他当成了朋友，她走投无路之下，去投奔自己很有可能。她不知道他的住处，电话又联系不上，唯一能去的地方只有他上班的健身俱乐部。他当即大叫了声："有可能，我这就回去！"

陈景初亲自驾车，还没赶到市中心，罗依农的手机响了，一看来电是田甜的号码。罗依农不知田甜有什么事，接通后却听到章义的声音："老罗快来，于筱洁来俱乐部找你，结果被歹徒抓走了，你快来救她！"章义不愧是吃记者饭的，三言两语就把事件经过交代清楚。

陈景初像疯了一样，把黑色卡宴开得快要飞起来一样，幸好深夜时分路上的过往行人和车辆都已明显减少。

章义和田甜依然守在那条小弄里并且报了警，当罗依农和陈景初赶过来时，警方已先他俩赶到，并已开始调集人手，着手调查案情。

罗依农再次询问了章义事情发生的详细经过后，扭头看向田甜，问："田甜，你要不要紧？"

罗依农也就是这么随口一问，那是因为他清楚地知道，于筱洁被不明身份的人劫走，尽管自己心急如焚，但急也急不出什么。田甜和那名劫持者动过手，关心一下也是应该的。但在田甜听来，意义却完全不同。

田甜想到的是，于筱洁出了这么大的事，罗依农首先想到的还是自己的安危，看来在他的心里，自己还是占着重要位置的。心中一喜，鼻子竟然有点发酸，同时对于筱洁的醋意也明显减弱，说："我没事的，你快想想办法救于筱洁吧。"

陈景初下车后一直保持沉默，这时再也顾不得风度，责怪罗依农说："你看，我料得没错吧？我最最担心的事终于还是发生了，这可怎么办啊？"

罗依农心中愧疚更甚，说："陈总，对不起，不过事情已经发生，我们得赶快想办法救出筱洁。"

陈景初当然知道这个时候再怪罗依农也没用，长叹一声，问田甜："请问一下，你和那名歹徒动过手，有没有看清那人的长相，有没有什么特殊之处，我马上就加派人手，配合警方找人。"他说话的声音并不响，但语速明显加快，内心的焦急由此可见。

罗依农连忙说："这位是四方集团的总裁陈景初先生，筱洁自她父亲过世后，一直居住在陈总的家里。"

章义搞新闻报道工作，自然知道四方集团，当然也知晓陈景初的大名，连声说："幸会。"

田甜对商场上的人和事不感兴趣，听陈景初这么问起，想了一下，说："那名歹徒身材不高，比我差不多还矮了半个头，但浑身上下阴森森的，看着就吓人。光头，上身只穿了一条黑色的紧身背心，右肩头文着一个巴掌大的图案，好像是虎头，这里的路灯光太暗，我不太确定。他和我动手时没有回过头来，所以我没看清他的长相。"

"肩头文着虎头，这个文身图案不算特别，这个特征不够明显，这下查起来麻烦了。"陈景初忧心更重。

罗依农想起陈景初曾提起过，于筱洁至少招惹了两伙黑帮，其中一伙很有可能来自云南，不由得心中一动，忍不住说："会不会是云南那边的虎头帮？"

"虎头帮"三字对于陈景初和章义等人来说是完全陌生的。

罗依农因为早些年曾有一段在泰国生活的经历，加上他师父商洛的原因，对一些活动在云南与缅甸、老挝边界的黑帮和走私团伙有所了解。虎头帮就是其中之一，从事走私、偷渡、贩卖枪支毒品等犯罪活动，这些年来不断壮大，已经成为澜沧江至湄公河段势力最强大的水匪之一。帮中成员的右肩头文着一个虎头，左手虎口处则文着一只毒蝎子。帮主是一位美艳动人而又心狠手辣的中年妇人，自称"虎姑婆"，手下成员众多，其中最出名的四

大得力干将，号称“四大将”。

章义说：“老罗，按你的说法，虎头帮应该活跃在我国的南疆，这里离云南千里之遥，难道他们会为了筱洁而深入内地？”

这些黑帮团伙长年活动在我国南方的边境等地，那里山高林密，地形复杂，生存条件丰裕。一旦进入内地，万一泄露身份，那将是灭顶之灾。所以一般情况下，这些团伙绝不涉足内地。

这时有警员过来，请章义和田甜去警局做笔录，陈景初作为于筱洁的亲属，也得去警局补充于筱洁出事前的一些情况，以便配合警方的行动。

罗依农说：“你们去吧，我一定要把筱洁救回来！”

警方的反应相当及时，在最短的时间内在各交通要道口实施设卡排查，车站、码头等人员流动量大的地方重点布控，同时向周边各市发出协查请求。

时间很快就过去了三天，于筱洁如石沉大海，毫无音信。按照常理，若有人是为了敲诈陈景初，那起码得和陈景初提出条件，然而他未接到任何电话或信件。

罗依农这三天不知是怎么过来的。他向单位请了七天假，每天像发疯一样到处乱转，可是依然毫无头绪。整个人弄得又黑又瘦，眼眶深陷，连胡子也懒得刮，一副失魂落魄的样子，让田甜看着既心痛又心酸。

章义说：“老罗，你这是怎么啦，太不淡定了，不像你平时为人处世的风格。”

罗依农哑着嗓子说：“筱洁失踪了，我怎么淡定。我本来是想帮她的忙，谁知反而把事情弄得一团糟。我真是头脑简单，难怪田甜要称呼我猪头。”

章义说：“你不必自责，这根本就不是你的错。于筱洁想替父报仇，自然得涉险。不过你这样没有目标地乱转没用，人海茫茫，要找到那位肩头文着虎头的劫持者哪有这么容易？我倒有个想法，只要那伙人还没离开本市，总会露面。全市的各大宾馆、浴室、KTV等娱乐场所，以及登记在册的出租房，全在警方的控制之下，我们可以去夜店、大排档，三教九流、龙蛇混杂的地方，总能找到蛛丝马迹。不过你现在最重要的是，先吃点东西，再好好睡个觉，等到了晚上再出去。”

罗依农一想，章义这话不错，现在这个情况急也没用。当即回家洗了个澡，饱食一餐后，躺到床上想睡上一觉。哪知道眼睛一合上，浮现在眼前的全是于筱洁满含忧郁的眼神，心情更加烦乱，辗转难眠，也不知躺了多长时间才迷迷糊糊地睡着。一觉醒来已是晚上七八点钟，草草洗漱一下就出了门。

H市是江南有名的四大火炉城市之一，夏季闷热而冗长，气温居高不下。出门没走上几步，被热风一熏，罗依农刚穿上身的白T恤又被汗水湿透，湿答答地贴在身上极不舒服。他睡过一觉后，感觉神清气爽，舒服了不少。就干脆把白T恤脱了下来，像那些民工一样赤膊着上身，把T恤很随便地搭在肩上，露出健硕的身材。他这么在大街上快步一走，身上的各块肌肉像活了一样，不住跳动，一路上引来极高的回头率，有不少MM连声惊呼："型男，我喜欢！""帅哥，好强悍啊！"

罗依农从市中心广场，一路溜达到小吃一条街，装出一副闲庭信步的悠然样，一双眼睛却精芒四溢，不放过视力范围内的任何一丝疑点，特别是一些打扮另类的男生，可惜这一路走下来，并没有发现目标。

罗依农不死心，在小吃一条街又来回走了一圈后，一头扎进本市最大的夜店——乐吧。

乐吧由一处大型地下车库改建而成，在这里不分男女，不论贫贱，无论是蹦迪还是K歌，只求尽欢！

一走进乐吧的大门，中央空调强劲的冷气迎面袭来，其中伴随着震耳欲聋的DJ音乐，以及混杂其中的烟味、汗臭、啤酒味、脚丫子的臭味，甚至某些人身上散发出来的狐臭味，百味杂陈，把罗依农熏得干呕了几下，过了好一阵才渐渐适应过来。

灯光迷离，忽明忽暗；人影狂乱，如醉如痴。乐吧的大厅里放着上百张桌子，围成圆环状，桌上堆满了酒瓶和吃食，男男女女挤满了所有的桌椅，中间空出半个足球场大小的面积，几十条人影随着嘈杂的音乐，在疯狂地扭动着身子。

罗依农发现这里灯光跳跃，最多只能分辨得清人的轮廓，根本就看不清长相。他正寻思着要不要先去别的地方看看，忽然有条人影泥鳅般滑了过来。

罗依农顿生警觉，还没来得及作出反应，突然感觉有只手轻轻地贴在了自己的大腿上，并顺着大腿往上直摸向他的大腿根部。

罗依农条件反射似的往旁一闪，同时大喝声："谁?!"一拳打出却落了空，回过身却什么也没发现。耳边响起一个不男不女、不阴不阳的声音："想找于筱洁吗？请跟我来。不要报警，否则于筱洁性命不保！"

这里声乐喧天，彼此间交流得借助手势来完成。然而这句话罗依农却听得清清楚楚，仿佛那人是钻入他的耳朵里讲的。

罗依农不等那人说完，就一把抓了出去，却依然抓了个空。一瞥眼间，有条黑影在自己身前几步远外快速飘离，向大门外闪去。他来不及细想，飞

身追了出去。

两人一前一后出了乐吧，在大街上狂奔一阵后，转入一条相对冷清的街道。前面那人身轻如燕，脚步奇快，但他似乎不想甩掉罗依农，总是在前面保持着差不多远的距离，既不让罗依农追上，又不让他跟丢。

罗依农见那人能一语道破自己的目的，再见他身手非凡，看来这回是找对了人，想要救回于筱洁，就得从他身上下手，心头振奋，紧追不舍。

追出了半个多小时，罗依农依然没法向那人靠近一步，心中好不气馁。忍不住大叫："喂，你又不是老鼠，我也不是老猫，你跑什么呀?"

前面那人哈哈一笑，说："因为我喜欢被你追的感觉!"

罗依农气极，暗骂声"变态"，发劲再追。

再追出一程后，罗依农发现吹在身上的夜风变得凉爽，街两旁的高层建筑物明显变少，出现大片大片的旧式厂房和普通民居。原来他们这么一路追逃，已经出了市区，进入本市新近划定的开发新区。新区开发刚刚启动，原来的住户、企业已经搬空，而拆房队还没有大规模进场，留下成排成片的空房，显得寂静而荒凉。

罗依农眼观六路，耳听八方，丝毫不敢大意。

前面那人仿佛能感应到他的心思一样，停下身来大声说："你害怕了吗?胆小鬼，既然没胆量救女朋友，你这几天瞎转悠什么?"看来罗依农这几天的一举一动，全在对方的掌握之中。

罗依农大怒，为了于筱洁，就算明知前面有刀山火海，他也不可能退缩。大喝："老子我长这么大，还不知道什么叫害怕!"

那人又阴阳怪气地尖声大笑起来，说："好，那就跟我来吧，绝不会让你失望。"他说话时卷舌、平舌不分，带着浓重的粤港口音，说完后闪身转入一条岔道。

由于旧城改造，百废待兴，这里所有的设施几乎已报废。没有了路灯，天上的那一轮下弦月反而显得更加洁白明亮。

在几排旧厂房前，前面那人终于停下脚步，罗依农趁机抢到他面前。

那人身材修长，白净面皮，长眉入鬓，长相很是斯文清秀，但是看不出他的真实年纪。不说话时，给人的感觉温文儒雅，但只要他一开口，嘴角眉梢总有股轻佻妖冶之气在闪动。

那人借着月光把罗依农从头到脚细细看了一遍，口中啧啧有声地赞道："不错，不错！是我喜欢的类型。"

罗依农不想和他说疯话，厉声问："筱洁呢？快把她交出来!"

那人轻声一笑，说："小弟弟，你别这么大声吼，哥哥我胆小，会害怕的。那个姓于的小姑娘除了脸蛋会迷死人外，有什么好的？不如跟了我，哥哥会教你玩好多新鲜的玩意，包你从没体验过，快乐无比……”

“住口！”罗依农听他越说越下流，怒声厉喝，心头却是灵光一闪，猛地想起一个人来。“你是丁卯？虎头帮老板虎姑婆手下‘四大将’之一的妖将‘玉面人妖’丁卯，是不是？”

罗依农叫出“丁卯”两字，那人似乎微微一怔，随即很妩媚地笑了起来，说：“没想到我玉面郎威名远扬，连你这样的愣头青也知道。呵呵，既然知道哥哥我是谁，那你就该知道哥哥我喜好什么了吧？小弟弟，投哥哥所好吧，不会亏了你的。”

“放屁，果然是你这死人妖！”罗依农的心沉了下去。

据说丁卯长得很帅，再加上他自幼习武，体型健美，被虎头帮招募至旗下后，很快就得到虎姑婆的赏识，成为她最宠爱的男人。偏偏丁卯性喜渔色，淫浪无度，虎姑婆一怒之下，割了他的雄性标志。

去除尘根后，丁卯反而能静下心来钻研武功，终于在武学上有大成，成为虎头帮的四大将之一。只是从此性情大变，不男不女，专猎男色，才有了“玉面人妖”的绰号。

罗依农回想到刚才在乐吧中，自己一个没留意，竟然被他摸了大腿，心中好一阵恶心。“丁卯，你们好好地在南部边界，为什么要深入内地，又为什么要为难筱洁？她人呢？你快把她放了！”

“放了她，当然可以。但你得陪哥哥我玩个尽兴。”丁卯嘴含阴笑，目光淫邪。

罗依农怒不可遏，大喝：“我这就让你这无耻的臭人妖尽个兴！”疾身掠出，一记左勾拳携雷霆之势直奔丁卯面门。

丁卯尖叫声：“好！”就在罗依农的拳面离他鼻尖不到两寸时，他的身体向后突然飘出，轻若无物。他的鼻尖和罗依农的拳面始终保持着两寸左右的距离，那样子仿佛是被罗依农的拳风给推出去的。罗依农就是把拳打到底，也无法打中他的脸。

罗依农滑步向前移动，在左拳收回的同时，右拳又狠狠地打了出去。

丁卯大叫：“不错，怪不得泰国黑鬼快把你吹上天了，年纪轻轻能有这样的修为真是难得。虽然火候未到，假以时日，一定能有所成就！”

虽然丁卯为人淫邪，但谁也不敢小瞧他在武学上的修为，他能对罗依农说出这样的评价，那绝对是毫无半分虚言。

罗依农心中暗惊，丁卯竟然能在一招之间瞧破他拳术上的不足之处，这人果然是个劲敌。

丁卯不再故伎重演，不等罗依农的铁拳奔到面前，身体轻轻一纵，一个倒翻，从罗依农的头顶掠过，同时劈出一记手刀，飞斩他的颈侧大动脉。同时大叫："罗依农，你已经陷入我虎头帮的重重包围之下，你今晚死定了，没人救得了你！哈哈，你孤立无援，没人能救得了你！"

罗依农和丁卯可能谁都没有料到，此时，章义、田甜和欧阳默正急急赶来救援……

田甜这几天心情更加烦躁，心里像燃着一团火，看谁都不顺眼，惹她生气的人当然是罗依农。

罗依农把"于筱洁"三个字成天挂在嘴上，让人听着反感，她又怎能不生气？

她和罗依农相识已经两年多。这两年里他约她吃过饭喝过茶，看过电影打过球，踏过青漂过流；唯独没有牵过手、拥过抱、接过吻……朋友间能做的事，他们都做了；情侣间该做的事，他都止乎礼。

有时她不得不悲哀地想，自己难道真的就这么逊，让他无法起点别的念头？想就此放手吧，又于心不忍，罗依农从没把自己当外人看，特别是当他用深邃、温情的眼神注视她时，她感觉自己就像一块正在烈日下融化的冰激凌，她的宇宙彻底沦陷。

可除了眼神，他从没给过自己任何的表露，简直就是块石头！一想到这，她就气得咬牙。

整个健身俱乐部的人都知道田甜这几天心情不爽，像只充足气的轮胎，一有漏点就拼命地往外排气。所以谁都躲着她。

别人能躲则躲，唯独章义不能。他在工作之余抽出更多的时间陪在她的左右，用他的话说：沧海横流，方显情痴本色。

这天下午，章义开了报社的一辆半新不旧的尼桑，做一期社会民生调查，提前完成任务后，没有再回报社，而是候在健身俱乐部外等田甜下班。

田甜出门见到章义耷拉着脑袋，低眉顺眼，一副逆来顺受、受尽虐待的模样，没好气地说："我又不是慈禧太后，你这样子算什么啊？"

章义笑笑说："我这样子是不是更像个受气包？"

田甜气极反笑，说："既然和我在一起这么痛苦，你还来找我干什么？"

章义愁眉惨淡，说："可是见不到你我会更痛苦，简直是生不如死。"

田甜小嘴一撇，没说出话来，着实微微地感动了一下。心想：各人有各人的缘分，也许我和依农注定了有缘无分，过于执着，反而彼此痛苦，不如就此顺其自然。

想到此，田甜心情稍霁，便问章义要带她去什么地方？

章义说："当然是先去吃饭，然后再带你去一个好玩的地方，可以让你减轻压力、忘却烦恼的地方。"

田甜不相信地"切"了一声，说："无非是吃饭、喝茶、看电影那老三件，你还能翻出什么新花样？"

章义顿时就涨红了脸，说："饭当然是要吃的，你我又不是神仙。"

田甜看着他丰满的胖脸，很有手感的样子，忍不住伸手在他脸上拧了一把，说："我今天不想吃饭，只想喝酒。"

章义用手捂着脸，很夸张地惨叫着，脸上的表情却一点也不痛苦，更像是在欢快地叫床，问："你能喝吗？"

"哈！本姑娘十瓶不醉，要不要赌一把？"

章义连连摇头，说："不好，酒后容易乱性。"

"哈哈，就你这一脸虚胖的馒头样，借你十个胆，你也乱不起来！"

章义嘻嘻一笑，说："我是胆小如鼠，乱不起来，我是怕你这位巾帼英雄趁醉吃我豆腐。"

田甜脸一板，大声说："少废话，喝酒去！"

喝酒不一定要去酒吧，就像谈情不一定要去公园一样。每当夜幕降临时，街边夜排档就像雨后树桩边冒出的蘑菇，恣意而又鲜活。

田甜一口气要了二十瓶啤酒，把十瓶往自己脚边一放，另十瓶推到章义面前，说："喝！"拧开瓶盖，一仰脖子，大半瓶就灌了下去。

章义大叫："大姐，你要是醉倒在大街上，我可扛不动你啊！"

田甜说："不用扛，我就睡大街上，你帮我去买盘蚊香点着了就算尽到了做朋友的责任。"

章义一拍桌子，说："好，那我陪你睡大街，哈哈，我们幕天席地，算不算水到渠成啊？"

田甜狠狠地在他头上打了个爆栗，喝道："长舌男，就你话多，干！"丢下一个空瓶，随手又拿起一瓶。

田甜喝酒像喝水，五个空瓶很快就扔到了桌子底下。章义喝酒像喝药，田甜摸着肚皮大喊快撑死了时，他才喝了小半瓶。

章义说："知道吗？和你在一起的时候，我总是很有压力，总感觉自己什么都比不上你，更别说和老罗相比。不过，我现在可以很自傲地告诉你，你有一样比不上我，而且差距很大。"

五瓶啤酒一下肚，田甜连眼睛都红了，打着酒嗝，说："我比不上你胖。"

章义笑笑说："你比不上我豁达。不就是罗依农这几天忙着找于筱洁吗？就把你郁闷成这样，脸青得像石板，见了谁都横眉怒对，好像全世界的男人都背叛了你似的。你怎么就不看看我，我在你面前连个替补都排不上，我有抱怨过吗？"

田甜瞪大了眼珠，看了章义足足有五分钟，然后转身跑到街边的阴沟边，"哇哇"大吐，吐完后回到桌上冲章义哈哈直乐，说："你说这话时的神态，简直就是一个独守空房的怨妇。"

章义也笑了，说："痴男也罢，怨妇也罢，莫管心中愁与忧，今朝有酒今朝醉。我今天打算现出原形，陪你喝个痛快！"

这一场酒足足喝了三个小时，桌下塞满了一大堆空酒瓶。当他们两人勾肩搭背，踩着酒醉荷叶步，大声唱着歌，在大街上旁若无人地发着酒疯时，引得路人纷纷侧目。

章义七分醉三分醒，迷迷糊糊中想着这个样子不成体统，拽着田甜想把她拖回家，田甜大呼小叫就是不依："我……不回家，还要……玩，你不是说要玩点新……鲜的吗？"难得她醉成这样，还记得章义说过的话。

章义其实也远没尽兴，他长这么大，还是第一次这般放浪形骸，极度兴奋，大叫："好，那我们去乐吧跳舞唱歌，敢不敢？"

田甜打了个饱嗝，嚷着："这世上还有我……我不敢去的地方吗？"甩开章义，才走出几步，就有点把持不住身体，眼看着就要倒下去时，旁边冲上来一人，伸手扶住她，同时大声喝道："你们两个在闹什么啊？"是欧阳默。他刚从摄影棚中出来，听到有人喧哗，过来一看，竟然是章义和田甜。

章义上前拍拍欧阳默的肩膀，说："默默，我们去……乐吧，你去不去？"

欧阳默最近接到一单大生意。一家新开张的、以网络销售为主的公司，把所有的网模业务都交给了他。今天他在摄影棚中拍了上百张相片，累得腰酸腿麻，哪里还提得起这个劲？他没好气地说："你们两人都是荷尔蒙过剩，我不去！"

田甜也学着章义的样子，上前拍着欧阳默的肩膀，说："你不去，请……请自便，我们要去寻找快乐……"

欧阳默好不气恼，见他们两人都是一副神志不清的样子，自己要是没遇上也就算了，可现在遇到了，要是放任不管，万一出了什么事，可交代不过去。只得跟着他俩身后，由得他们一路跌跌撞撞走向乐吧。

三人好不容易到了乐吧门前，欧阳默再次拦下两人，本想叫辆出租车，把他们载回家，不料眼角的余光扫到一个熟悉的人影，连忙定神一看，却见那人目不斜视，紧盯着前方，健步如飞。而就在他前方不远处，同样有一人在急奔。

欧阳默好奇地说："那不是老罗吗？他像在追赶什么人。"

一听到罗依农，章义和田甜一下子清醒不少，睁大醉眼一看，田甜大叫："是那个猪头，他在干什么，我们快跟上去看看！"

罗依农和前面那人走得极快，简直可以用脚不沾地来形容。章义三人一路狂追，直追得上气不接下气，还是离罗依农他们越来越远。欧阳默一急，拦了辆出租车继续追踪。

夜已深，天边新月如钩。出了市区后，路上车辆行人渐少，欧阳默让司机把车的前大灯给关了，他们还不能确定罗依农在干什么，想先弄个清楚再说，所以不想引起前方两人的注意。

罗依农的心思全在前面那人的身上，根本就没有留意到后面有车辆跟踪，就算注意到了，他也无暇顾及。

欧阳默把出租车的车窗都摇下，被凉风一吹，章义和田甜酒醒了大半。田甜好奇地问："猪头是不是发现了什么线索？从没见他跑过这么快。"

章义连声"嗯"着，"老罗要是参赛下届伦敦奥运会的110米跨栏项目，刘翔就悬了。他们这是要去哪里啊？前面那些旧房子全是空的，不久就要拆了。"罗依农和前面那人转入路旁那片待拆区。

田甜说："管他呢，我们跟上去看看不就知道了……"正说着，从后面冲过来一辆六座面包车，那车竟然也没打灯，章义等人包括那名出租车司机，把注意力全放在目标身上，没注意后面有车超上来。

面包车超出出租车大半个车位后，突然急打方向，出其不意地挡在出租车跟前。出租车司机吓得大声怪叫，夜色中响起尖厉的刹车声。幸好欧阳默眼疾手快，在出租车的方向盘上帮着猛拉了一把，出租车斜冲而出，驶入路旁的绿化带，总算没吻上面包车。

"咔——"面包车也来了个紧刹车。

惊魂未定，出租车司机怒不可遏，跳下车冲到面包车前，在车门上猛地一拍，大吼："王八蛋，你怎么开车的？"

面包车缓缓摇下车窗玻璃，那司机慢条斯理地问："想打架吗？"

出租车司机气更大了，吼道："你……"面包车中突然飞出一拳，打在出租车司机的面门上，出租车司机哼也没哼一下，双眼一翻，就倒了下去。

第4章　命犯桃花

罗依农见丁卯的这一记手刀竟然如金属利器似的挟破空之声，刀风袭在脸上隐隐作痛，心中丝毫不敢大意，也大喝了声："好！"猛一低头闪过，左腿突然弹出，这是泰拳中的后旋踢，俗称"鳄鱼摆尾"，是很经典的一个招式，算不上绝杀。这样的招式，像丁卯这样的行家里手自然了然，当然也懂得破解之法。

可是令丁卯没想到的是，罗依农的武功并不只是纯粹的泰拳。用他师父的话说：习武的本意，无非是强身、健体、护命。关键时刻，不能拘泥于一门一派的招式，哪招能护命保身，哪招能克敌制胜，就用哪招。

罗依农接下去用的一招就不是泰拳，而是他在功夫影片中自个儿悟出来的。左腿落空后，他并没有急于收回左腿，而是以右脚为支点，顺势将自己的身体来了个大扭转，双拳如大铁锤般击出。

丁卯做梦也没想到，罗依农竟然会出这么一记怪招，吓得他怪叫一声，疾身后退，终究还是晚了一步，虽然躲过铁拳，以免实打实，左肋却被拳风扫中，肋部好一阵疼痛，不知有没有伤到肋骨，连忙倒退出去七八米，站在一幢旧楼的走廊上，用手捂住伤处，满脸痛楚，口中大叫："气死我了，气死我了！小弟弟，你太狠心了，哥哥我舍不得对你下重手，你却毫不留情，真行啊！"

丁卯在武学上的造诣绝不在罗依农之下，甚至修为更高，而且博学广识，学贯中外，对天下各门各派的武功都有所了解。但他有两个致命的弱点，一是自视过高，在他的潜意识里，总觉得罗依农还远不是自己的对手；二是他的性取向，见到罗依农俊朗英武，是自己喜欢的类型，心中暗喜，自然舍不得下重手。所以他受伤后犹自不甘心地大叫"气死我了"。

罗依农已经确定，虎头帮劫持于筱洁的目的在于"中野四号"，他们千里迢迢，深入内地，对"中野四号"是志在必得，要想救出于筱洁，除了动用武力几乎没有第二条路可走。丁卯不遗余力地把他引到这里，自然也必有所图。

罗依农不给丁卯喘气的机会，闪电般冲上去，挥拳直击。他有个想法，丁卯是虎头帮的四大将之一，要是能将他擒住，也许可以和虎姑婆交换筹码。

丁卯见罗依农像头豹子一样扑过来，浑身上下充满了力量，心头又爱又恨，叫道：“看来不给你点颜色瞧瞧，你就不知道哥哥的厉害！”他挺身迎上去，不料牵动肋部伤处，痛得他浑身一哆嗦，动作稍稍迟缓，顿时被罗依农一拳打中下巴，口血、鼻血同时喷涌而出。月光之下，乌黑发亮，强烈地冲击着视觉神经。

罗依农哈哈大笑，说：“这就是你要给我看的颜色吗？不错，够浓烈！再来！”

丁卯被打得连退了好几步，他知道自己今天已经失去先机，一着错，满盘皆输，还是走为上策。于是他并不答话，返身闪入空空的楼房内。

罗依农当然不肯轻易放过，纵身跟入。

月光透过破碎的窗户照进屋内，洒下银白的光影。地上到处是垃圾，以及破损的桌椅。

丁卯见罗依农穷追不舍，急得大叫：“黑鬼，热闹看得还不够吗？”

一进入屋内，罗依农格外警惕，以防遭到偷袭。听丁卯这么一吼，心中更加不敢大意。忽然听到身边的墙体发出奇怪的声响，依稀光影中，墙体的表面出现一条条裂缝，整堵墙正在慢慢开裂。

罗依农知道不妙，身体疾速倒退到门边。

“轰！”墙体猛然爆裂，震得整幢房子都微微摇晃，石屑粉末中蹿出一条黑影，发出一声怪吼，猛虎下山般扑到罗依农跟前，疾手一抓。

罗依农内心的震撼可想而知。他无法想象，以血肉之躯竟然可以凭空震裂红砖水泥构成的二十几公分厚的墙体，这样的功力听都没听说过。他怕屋内还有潜伏的高手，再见那黑影这一抓，指风四溢，破空作响，凌厉无比。不愿正撄其锋，身影一闪掠到门外。

那黑影一抓落空，低声怒喝，他也懒得绕到门口，随手对着墙壁狠狠推了一把。墙体简直就像米粉做的一样，立刻又破了一个大洞。黑影踏着断砖，从破洞中缓缓走出，月光如水银泻地般洒在他的脑门上，乌黑发亮，倒是配得上“黑鬼”这个绰号。

罗依农见那黑影身高最多不过一米六，但整个人长得方方正正，结实得像一段铁柱，黑马裤、黑背心，浑身上下散发出令人窒息的阴冷之气。最奇怪的是，这人的双手特别长，臂长过膝。双手一伸，又长又柔，灵活多变，简直是章鱼的触手。

丁卯返身回来，伏在窗台上看好戏，他心中实在是爱极了罗依农，怕他伤在自己的同伴手下，忍不住提醒说：“黑鬼的绰号叫做‘夺命章鱼’，小罗兄弟，小心守住你的命哈，可别真的让章鱼夺了去。”

“夺命章鱼”的真名叫空勒，是位泰裔华人，脸皮较常人稍黑，在四大将中号称“闯将”。武功半阴半阳，走两个极端，阴至极柔，阳至极刚，刚才他推墙用的就是硬功夫。

空勒怪声笑着说：“妖妖，你这见色忘义的家伙，见了帅点的男生，连你生死与共的老伙计都可以出卖。”

丁卯连声长笑，说：“黑鬼，你什么都好，就是不解风情，老板交代了要抓活的，在还没有弄清老大的意图之前，你可别伤了这帅哥。”

空勒又笑了起来，说：“是你自己舍不得这小子挂彩吧？”他和丁卯说着玩笑话，出手却毫不含糊，双手齐出，十根手指叉开了就像十根钢钩，又快又狠，每一把都抓向罗依农的周身要害。

在罗依农看来，眼前全是空勒的手爪影，变幻莫测，虚实难辨，一时间左躲右闪，连还手的机会都没有。

丁卯在一旁看了一阵，见罗依农对空勒的这套爪法一时摸不准门道，说：“黑鬼，你的这套鬼爪手真是精彩，虚虚实实，幻影重重，对手越想看个清楚，越会沉迷其中不能自拔，真是太厉害了，要是我年轻十岁，定会拜你为师。”

空勒听出丁卯是在故意提醒罗依农，便冷哼一声，心中极不舒服，他自然明白丁卯心中打的是什么算盘。

丁卯和空勒两人奉老板虎姑婆之命，随少主天使伊人深入内地，查访“中野四号”一事。昨晚，老大又传来指示，要他们设法拿下罗依农。空勒已经成功劫持住于筱洁抢得头功，要是他再擒住罗依农，再立一功，丁卯这趟差使就寸功未立，在老板面前自然不好交代。

丁卯这几句话大大提醒了罗依农。他想到空勒出手又快又狠，自己一味躲闪，完全处于被动的局面。想我罗依农大好男儿，哪能做只挨打不还手的软壳蛋。

一念至此，心中豪情顿生。见空勒的手爪在面前又变幻出无数爪影，怒喝一声，挥手就是狠狠一拳。他被空勒打得毫无还手之力，早憋了一肚子的怒气，这一拳的力量可想而知。

“嘭！”一声闷响，如击败革。而罗依农却惊恐地发现，自己的力气像在突然之间被抽空了一样，身体竟然不由自主地倒飞了出去，重重地摔在地上，同时口中大叫：“八爪黑洞，原来是你！”

几天前在太平巷中，罗依农曾遭遇偷袭，同样被八爪黑洞还击得飞了出去，还撞倒了短墙。只是他感觉空勒今天的还击远没有那天有力。

罗依农却不知道其中的原因。那天在太平巷中，空勒偷袭罗依农时，并不知道他的铁拳这般厉害，虽然用八爪黑洞还击了他，但自己的内脏还是被罗依农的拳风所伤，至今尚没痊愈，所以今天的实力大打折扣。

偏偏空勒是个死要面子的人。本来他完全可以闪身避开罗依农的这一拳，不必用八爪黑洞还击。但他觉得自己要是躲了就有失身份，尤其不想在丁卯面前丢了面子。结果，罗依农这一拳比上回那拳更猛，而空勒的八爪黑洞却比不上那天。此消彼长，空勒再吃暗亏，腹内翻江倒海一般，喉头发痒，他拼命忍着不让自己吐血，终于忍耐不住，眼前一黑，一头栽倒在地上。

这实在太出乎罗依农的意料，空勒看着这么难缠的人，竟然这么不经打。同样吃惊的还有丁卯，他没想到罗依农这么厉害，自己出于私心暗中相助他，万一日后空勒向虎姑婆告自己吃里扒外，就有点麻烦。而且如此一来，只怕今晚拿不下罗依农了。

罗依农大声说："我把你们这两个王八蛋交给警方，看你们以后还助纣为虐！"一个箭步蹿到空勒身前，忽然听到身后不远处传来一声呼唤："依农，救我——"最后那字还没喊完就没了声响。

刹那间，罗依农热血沸腾，他听出这是于筱洁的呼叫声。猛然回过头去，见二三十米外的一幢空楼内有微弱的亮光闪动，便大叫："筱洁别怕，我来救你！"再也顾不得空勒和丁卯，飞身向那幢空房奔去。

这里的空房全都是一个样子，屋内到处是成堆的垃圾。罗依农见那点亮光在楼上晃动，一口气奔上楼梯，见楼上的一个小房间内点着根蜡烛，他心心念念的于筱洁，像耶稣般被绑在木架子上，垂着头，一头乱发披散在脸上。

罗依农心头大痛，叫道："筱洁，你别怕，我来了！"冲上去抱住于筱洁的头，用手慌乱地抹去她罩在脸上的乱发，却惊愕地发现，抱在怀中的这张脸根本就不是于筱洁。就在他这一愣神间，他怀中的女子嘴一张，口中喷出一股浓烟，全喷在了罗依农的脸上。

罗依农发觉上当，连忙屏住呼吸，疾身倒退，可终究还是晚了一步，脑中一晕，思维在瞬间溃散，身体软绵绵地倒了下去。

木架上的那名女子睁大了一双水汪汪的大眼睛，看着地上的罗依农，连声娇笑起来，声音极度妩媚妖艳，充满了诱惑。

章义、田甜和欧阳默见出租车司机被打晕，都吓了一跳，连忙一齐下车。章义大声喝问："你们干什么打人？"

面包车车门一开，跳下来五六名大汉，一字排开，挡在章义等人的身前。他们一色的黑裤黑背心，光头耳钉，肩膀手臂上文着各种花纹。其中一

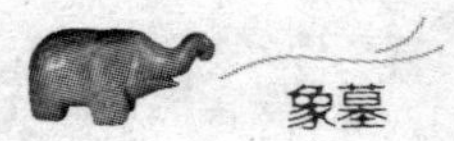

人嘿嘿一笑，说："你们挡了我们的道，害得我们兄弟行路不畅，损失惨重，你们打算怎么赔偿？"

章义三人一见架势，知道对方是故意来找碴儿的，不免心中暗惊，想不通自己哪里得罪了人，更加不知得罪了什么人。

欧阳默说："你们这是无理取闹！"

那人握了握拳头，手指骨发出清脆的关节声响，然后又甩甩脖子，哈哈一笑，说："是啊。老子这几天手痒得厉害，有力没处使，找你们几个玩玩，怎样？"

章义和欧阳默几时见过这种阵势，吓得脸都白了。章义哆嗦着说："大……大哥，这么晚了，没……什么好玩的，还是早点回家，洗洗睡吧。"

田甜见章义一副窝囊样，气不打一处来，上前几步摆了个架势，用食指冲为首的黑衣人指了指，说："想打架吗？放马过来，本姑娘这几天也手痒得很，要不你们几个一起上吧，本姑娘全包了！"

那几名黑衣人面面相觑，见田甜那架式摆得有模有样，一时摸不清她的深浅，为首那位拉过身边的一名兄弟，说："你，去和她试试招。"

那名兄弟吓得浑身一激灵，硬着头皮出列，冲田甜一抱拳，哆嗦着说："女……女……女侠，手……手……手……"

另一名大个子看不下去了，上前一把将他拉到身后，骂道："你他妈的胆小鬼，说话便秘成这样，滚一边去！"看看田甜摆的架势，太极不像太极，南拳不像南拳，问，"你这是什么门派？"

田甜哈哈一笑，说："傻了吧，这是正宗的武当派武功九宫神行掌。"

欧阳默捅了一下章义，轻声问："田甜这么了得……"忽然听到田甜大喝了声："隔山打牛劈空掌！"纵身跃起，对着大个子狠劈了一掌。

大个子见田甜声势撼人，担心她这一掌的威力不是自己能够承受的，慌忙往旁边一跳。

谁知田甜却是猛地回转身，同时大叫了声："快逃！"拉了把还在发愣中的章义和欧阳默，撒腿就跑。

章义和欧阳默还真以为田甜会那么一两下子，没想到是个大忽悠，回过神来跟着田甜没命逃窜。

那群人发现上了田甜的当，全被气得上蹿下跳，纷纷叫嚷着："追！追！"

章义三人一口气跑回市区，累得差点口吐白沫，回头一看，那伙黑衣人总算给甩了，心头一泄气，全都瘫倒在地上。过了好一会儿，欧阳默率先爬起身来，犹自喘着粗气说："糟了，那名出租车司机还留在那里，怎么办？"

章义上气不接下气，说："他没事……默默，你……你快报警，老罗有危险……"

田甜和欧阳默都吓了一跳，田甜问："这关依农什么事了？"

章义张着嘴、伸着舌头，只顾着喘气，那样子就像一条热坏了的哈巴狗。他懒得再说，只是挥了挥手，意思是让欧阳默赶快报警。欧阳默不敢怠慢，连忙掏出手机报警。

三人待在原地等警察赶来，田甜一再问章义是什么意思。

章义缓过气来后说："你们想啊，那伙人若真的想为难我们，我们逃得掉吗？"

田甜说："说的有道理，你痴肥臃肿，跑得比王八快不了多少，确实是人家只想赶走我们。"

章义叫了起来："我只是比你们略显丰满而已，哪里配得上痴肥臃肿这个词？请不要损毁我形象。"

田甜不耐烦地说："好，算我说错了。你快说，他们为什么要赶我们走？"

欧阳默说："胖胖说得有道理，他们只是想阻止我们跟踪老罗或前去救援，看来老罗孤身犯险，真的有麻烦。"

田甜听欧阳默也这么说，急得快哭了，问道："这可怎么办？警察怎么还不来啊？"

远处，隐隐传来警车的鸣叫声。

迷迷糊糊中，罗依农睁开双眼，首先映入眼帘的是一盏灯，惨白的灯光特别刺眼，同时也给了他不真实的感觉。

是梦境？还是……

罗依农不敢肯定，到底是梦境还是实境？想拧一下大腿，却意外地发现自己的双手双脚被固定着动不了。

怎么会这样？他忍不住用力挣扎了一下，忽然听到耳边有人"扑哧"轻轻笑了一声。

罗依农大吃一惊，连忙侧头，然后就看到一张脸。一头浓密的长发衬托着一张天使般的脸，冰肌玉肤，浓密的大眼，弯弯的眉毛，小巧玲珑的鼻子，嘴角微微上翘。这张脸用双手托着，就在罗依农的枕侧，精致的下巴几乎就要碰到罗依农的肩头。半透明的白色披纱轻飘飘地搭在胸前，玲珑曼妙的娇躯若隐若现。

罗依农连忙扭过头去，不敢细看。

那女子轻轻一笑，柔声问："你醒啦？睡得舒不舒服？"双眼眯成弯月，

眉宇间风情万种。

“你……你是谁？我这是在哪里？”罗依农万分惊讶，同时看清了这是一间房间，自己仰天躺在一张床上。回想到自己昏迷前的情景，看来自己已经失去了人身自由。

那女子笑得更欢，那声音好听得可以将人溺毙，她说：“我叫天使伊人，在等你醒来，然后陪我一起玩。”那温柔可人的样子，仿佛是守在床头等丈夫起床的妻子。

“玩？玩什么？”罗依农拼命回想着自己昏迷前一刹那，眼前飘过的那张脸，可惜当时光线太暗，大脑中竟然没有个具体的轮廓，因此也就无法确定到底是不是眼前之人迷倒了自己。“筱洁呢？你们把筱洁怎样了？”

天使伊人大笑起来，笑得极其放肆，笑声中似乎有种让人心跳加速的魔力。她把嘴附到罗依农的耳边，用梦呓般的声音说：“于筱洁长得比我漂亮吗？你想着她干吗？好好地陪我玩个游戏吧，你一定会沉迷其中，不能自拔。我是天使，会带你通往快乐的天堂。”

罗依农预感到什么，叫道：“我不玩……”忽然感觉有只轻柔的手掌落在他的胸膛上，滚烫的掌心就像一团火焰落入他心海。“你……”他忽然感觉自己没穿衣服。翘起头一看，发现自己四肢叉开，成大字状绑在床上，身上的衣服被扒得只剩下一条内裤。

天使伊人笑得更得意，简直就像是一只发春的母猫。“你不想玩也不行，你落在我的手上，只能任我发落。”她的手在罗依农的身体上慢慢地游动起来，轻柔得像风拂过。

骤然之间，罗依农全身起了鸡皮疙瘩，可惜这只是一瞬间的反应。他的身体不由他控制，对她的抚慰作出了最强烈的回应。他咬牙拼命忍着，可这种忍耐就像是受压的弹簧，压得越紧，表现出来的弹力就会越强。他浑身燥热，小腹处有团烈火熊熊升起，某个地方快速膨胀。气得他在心中大叫自己“混蛋！”

天使伊人的手更加放肆，在罗依农身上上下游走，附身到他的耳旁，用销魂蚀骨般的声音说：“罗大哥，你嘴上说不玩，心里其实是想的，是不是？我会让你快乐得像神仙一样……”

“你这疯子！贱货！”罗依农羞愤难当，破口大骂。

谁知罗依农不骂还好，他这一骂，天使伊人更来劲了，说：“我本来就是个贱货，人尽可夫、专门玩弄男人的疯子，哈哈，今晚你是我的新郎！”站起身来，香肩一抖，薄如蝉翼的披纱无声滑落，汉白玉雕像般玲珑洁白的玉体，曼妙的曲线，一览无余地呈现在他面前。

罗依农血脉贲张，身上热汗狂飙，连忙闭起眼睛，大吼：“滚！给我滚出去！”

天使伊人笑着说：“你躺在我的床上，让我滚去哪里啊？宝贝，我会让你体验到从没享受过的快乐。”她轻展玉腿跨到床上，轻轻地躺在罗依农的臂弯里。

罗依农大叫：“不要这样！滚！”

天使伊人呵呵一笑，说：“不这样也可以，要不我换个姿势，这样吧！”一翻身，舒展玉臂抱住罗依农滚烫的胸膛。

高47层的迎宾大厦是H市的标志性建筑，依山而建，傍水而立，风景秀美。

在位于43层的豪华套房内，强劲的中央空调把室温控制得仿若阳春三月。于筱洁在这里已经住了五天，好吃好睡，没人为难她，只是失去了人身自由。她每天坐在阳台的藤条椅上，透过真空玻璃窗，面无表情地观赏着城市远景。她时常目光散乱，没有一个聚焦点，有时一坐就是一整天。

这时，门铃响了一下，房门随后打开，空勒幽灵般飘到她身前。此时的他收敛起所有的锋芒，粗看之下，不过是个再普通不过的矮个男人。

“于小姐，不知你考虑得怎么样了？我们老板正在等待你的佳音。”

于筱洁缓缓回过头来，脸色苍白得没有一点血色。“我凭什么相信你们？为什么要和你们合作？也许你们就是十年前害死我爸的真凶！”

空勒说：“我再说一遍。就算你不相信我们，你也该相信中野先生吧？当年我们老板遭警方追捕，幸好得到中野先生相助才逃得一命，她一向知恩善报，一直想对中野先生有所回报。所以当中野先生请求我们老板帮你复仇，并设法查清十年前于商道教授被害一事时，我们老板一口答应下来。当然，我们也不是白白相助，中野先生说了，只要我们能帮他完成这两件事，他就将‘中野四号’相赠。”

于筱洁笑了起来，说：“‘中野四号’是我爸爸的研究成果，中野先生有什么权力赠送给你们？再说，我和中野先生根本就不认识，他为什么要帮我？你的这个谎言真是太可笑了！”

“真人面前不说假话，至于中野先生是不是和你相识，相信你心知肚明，我也不想细问。只是希望你能相信我们，和我们合作。”

于筱洁说：“就凭这点虚无不可信的理由，就让我和你们合作？”

空勒平静地说：“你没有选择，除非你想放弃复仇，放弃追查十年前的真相。你自己细想一下，其实你对我们根本就毫无利用价值。请相信我们的诚意吧。”这句话不无道理，于筱洁所能依仗的不过是手上的“中野四号”

绝密文档，可是她并不知道文档的密码，也就失去了存在的意义。

于筱洁沉吟半晌，说："我把替父复仇当作生存的唯一目标，哪怕粉身碎骨，也在所不惜，但要我和你们合作，去算计我最深爱的人，那可做不到。"

"那么罗依农对于小姐来说难道就是个不相干的人了吗?"

于筱洁大吃一惊，问："依农……他怎么了，出什么事了吗?"

空勒不再说话，而是拿出手机递到于筱洁面前。手机屏幕上出现一小段视频：罗依农仰天倒在地上，双目紧闭，处于昏迷状态。四名黑衣大汉用铁链将他的手脚锁了起来，然后抬起他……

"放开他！你们放开依农！你们想干什么?"于筱洁绝望地大叫起来，这些天来，在她的内心深处还藏着某种期盼，盼望着罗依农能像天神降临般出现在自己面前，然后打败所有坏蛋，把自己解救出来。然而现在，最后的一丝指望已然断绝。

"他是无辜的，你们放开他!"于筱洁无声地痛哭起来，"依农，都是我不好，连累了你……"

空勒冷冷地说："罗依农确实是无辜的，可他既然已沾上这趟浑水，势必要付出代价，要怪也只能怪这小子定力不够，过不了美人关。嘿嘿，可怜他到死都不知道自己死在谁的手上。"

"别，你们别杀他！我……"

"我们老板不是赶尽杀绝之人，她一向爱才，罗依农骁勇善战，是位难得一见的战将，我们老板已经发话了，只要他肯加入虎头帮，就可以对他网开一面。"

"以依农的脾气，怎么可能臣服于你们?"她和罗依农虽然相识才没几天，已深知他刚烈不屈的秉性不会轻易服人。

空勒淡淡一笑，说："以我们老板的脾气，像罗依农这样的人，若不能为她所用，她宁可毁了他。"

冷汗终于从于筱洁的额头淌下……

空勒说："中国有句老话说：退一步海阔天空。于小姐如果真的有心救罗依农也不是不可能，你有足够的筹码可以向老板讨价还价。"

于筱洁苦涩地一笑，说："我明白你的意思，容我再想想。"

"我可以等，不知别人会不会和我一样有耐心。听说罗依农已经被老板的千金弄进了她的闺房，这位千金小姐是位色中饿鬼，凡是被她看中的男人，不被她玩到脱阳绝不罢休……"正说着，他的手机响了一下，收到一条短信，打开一看，嘿嘿地怪笑起来。

于筱洁知道肯定没好事，咬牙怒视着他。

空勒说："春宫图，要不要看?"打开手机给于筱洁看。

这是一条彩信，罗依农只穿一条内裤躺在床上，一位长发垂肩的女子伏在他身边，不停地在他身上抚摸着。

于筱洁看得面红耳赤，连忙闭起眼睛大叫："下流！无耻！你们这群流氓！你们这群臭流氓……"终于大哭起来，"你们怎么可以这样，其实我已经打算和你们合作了，但是我真的讨厌你们用这种手段逼迫我!"

空勒得意地一笑，问："于小姐能不能再说得明确些?"

于筱洁银牙一咬，说："我答应你们，和你们合作，但你们必须马上放了罗依农，谁敢再动他一根毫毛，我马上咬舌自尽，不信你们试试!"

空勒呵呵一笑，说："好，我马上去回复老板。"

天使伊人的身体像块刚出炉的烧饼，紧紧地贴在罗依农的身上，喉咙里"呼哧"作响。

"啊，你……"两片红唇堵住罗依农的嘴。

罗依农急了，奋力挣扎，想把天使伊人从自己身上震下去，不料他手脚上的铁链缠绕四个床脚，再和整个大床拴在一起。他用力过猛，"咔嚓"一声，没把人震落，却把床脚给扯断了。一声巨响，两人随着大床坍塌到地板上。

床脚虽断，但铁链还连着整块床板，罗依农依然不能动弹。

天使伊人伏在罗依农的胸膛上咯咯直笑，说："你太强悍了，把床都能折腾到散架，为什么不把力气用在我身上，来啊。"骑到罗依农身上，正要采取主动，突然听到门上有人敲了几下，然后响起丁卯的声音："小姐，老板有最新指示，请接令。"

天使伊人春心荡漾，正在兴头上，对丁卯的打扰很是不乐意，大声说："知道了，等我完事后再接。"

丁卯大声说："不行，老板说，不许你碰罗依农一根毫毛，否则后果自负!"

天使伊人一怔，在罗依农身上忍不住打了个冷战，颇为不快地说："古人云：将在外，君命有所不受。我妈太过分了，我的好事她也要管!"

罗依农一听这话吃惊不小，才知道这贱人竟然是虎姑婆的女儿。

丁卯说："老板指示，罗依农只能降伏，不能污辱，你要是敢坏她老人家的大事，我可没法替你遮掩。"

天使伊人好不气恼，看看身下的罗依农，性感迷人，这样的男人生平仅见，已经叼在嘴上的肥肉，想吞又不敢吞，想放又实在是舍不得放下。满肚的怒气无处发泄，对丁卯喝道："是你自己想和我抢人吧？别抬我妈出来压人，我不吃这一套！"

话音刚落，房门被一脚踹开，丁卯一个箭步蹿了进来，说："老板交代，小姐要是敢不听号令，我可以将你……"猛然看清房内地板上活色生香的春宫图，顿时瞠目结舌。

天使伊人没想到丁卯真的就这么闯了进来，她再怎么淫荡，也仅限于床上，可不习惯在"同事"面前袒裸相见。她尖叫着跳起身，用手挡着胸脯，大喝："你找死啊，给我滚出去！"

然而丁卯对她视而不见，目光紧盯着地上的罗依农，那样子就像饿了十多天的野狼，突然见到眼前放着一大块肥肉。

天使伊人这才想起丁卯号称人妖，他的兴趣在于男人。眼中露出鄙夷厌恶的神色，怒骂了句："臭人妖，变态！"

丁卯像被狠狠抽了一鞭似的，浑身一震，想起当年被虎姑婆割去男根，害自己变得这般不男不女，受尽嘲笑，还得每天像狗一样奴颜婢膝地向她乞欢卖笑，恨得头上青筋根根凸起。然而人在屋檐下，不得不低头，要想活着只能忍耐。可是天使伊人这小娼妇，她凭什么可以这么污辱自己，眼中闪过一丝怨恨，咬着牙说："我是变态，但你这条母狗淫荡下贱，又能比我好得了多少？"

天使伊人除了她母亲虎姑婆之外，从来不敢有人对她有所反抗，在虎头帮帮众的眼里，无异于公主一样的尊贵，别说有人敢这样当面骂她，就是和她大声说话也没人敢，几时受过这种羞辱？顿时火冒三丈，大喝："你……"突然接触到丁卯怨恨、阴冷的眼光，心里一慌，再也不敢多说一句，一跺脚，拾起披纱裹住身体，怒气冲冲地跑了出去。

丁卯站在罗依农的身前，静默地又看了他好一阵，眼中的欲火最终慢慢熄灭，从身上取出钥匙，解开罗依农手脚上的铁链，说："再过十多分钟，大厦保安将换班，你看准时机，趁乱溜出去吧，你大好男儿，栽在这条小母狗手中就可惜了。"

罗依农简直不敢相信丁卯会这么轻易放过自己。他也顾不得这么多了，除去铁链，撕下半条床单围在腰间遮丑。

丁卯不再理会他，转身走了出去。

罗依农迟疑了一下，终于道了声谢："谢谢你，丁大哥。"

丁卯却是浑身一震，转过身来像看外星人一样看着罗依农，问："你叫我丁大哥？"

罗依农点头说："你刚才替我解了围，我真的很感激，谢谢你。"

丁卯满脸错愕，沉默了好几分钟，自嘲地笑了笑，嘀咕了声："真是个疯子。"转身离去，随手把门带上。

罗依农活动下筋骨，跑到窗前拉开窗帘往外张望。窗外轻雾迷离，夜色正浓。他发现自己处身于一幢高楼之上，俯瞰城市远景，璀璨灯火流光溢彩，似满天星子汇成星河。细看之下，还能看清条条大街，街上车灯寥落，估计已是后半夜。

罗依农打开房门，小心翼翼地走出房去。

就在这幢大楼的地下监控室中，十多米宽的监视墙上，几十台显示器和散布在大楼各处的上百个探头，组成近乎完美的监控体系。大楼的每一寸公用空间，都在探头重重叠叠的监视之下。

监视墙前，空勒跷着二郎腿，嘴上叼着雪茄，窝在电脑椅中，满脸得意地紧盯着其中一个画面。画面中罗依农正从总统套房的门口探出头来，小心谨慎地走向电梯。

想到罗依农自以为隐秘，却全在自己的掌控之中，空勒得意地大笑起来，冲刚走进门的丁卯嚷道："这就是所谓的猫和老鼠的游戏，我体会到猫的快乐了！"

丁卯阴冷地一笑，说："你开心得太早了，另一伙人呢？也许他们对罗依农并没有太多的敌意。"

空勒指了指左下方的一个监视器，黑乎乎的画面上晃动着十几条黑影，可以看出那些黑影训练有素，行动敏捷，分工明确，从他们身边的景物分析，应该还在大楼外。

丁卯说："这伙人纪律严明，身手了得，应该是江湖上的人，不知道是什么来路？"

空勒说："现在还不能确定，种种迹象表明，本地有一股非常神秘的江湖团伙，也许比我们想象中的还要强大。你还记得吗？那天阿豆和野马奉命抢于筱洁的手提包，结果被罗依农撞上，未能得逞。而阿豆和野马竟然未能回来复命，半路上发生车祸，双双死于非命，天底下哪有这么巧的事？分明是有人狠下杀手。"

丁卯想了一下，说："这就怪了，就算有人暗中控制着于筱洁，也没必要杀阿豆和野马，这样岂不是自暴其短，把事情搞大了吗？"

空勒说："我们老板是这么分析的，那伙人可能是想借助于筱洁之手破解'中野四号'文档的密码，阿豆和野马的凭空出现，差点坏了那伙人的好事。那伙人一怒之下，把阿豆和野马给摆平了，估计那伙人当时并不知道阿豆和野马的底细，把他们当成普通的流窜犯了。”

监视画面上，罗依农已经摸到了电梯门口，就在他手指将要按到“下”钮上时，犹豫了一下，然后返身走向楼梯口。

空勒笑了起来：“老板真是神了，她身在云南，却能运筹帷幄，连罗依农会走楼梯也料到了。”

丁卯说：“现在就看下面那伙人会不会走楼梯。”

“一定会的。就算他们不想，我们也会把他们逼到楼梯上，让他们双方好好打个照面。”

丁卯笑笑说：“罗依农真够可怜的，成了我们手中的棋子。”

空勒说：“这小子锋芒太露，定然得不到好下场。昨晚罗依农被你引入我们的埋伏圈时，他的三位朋友赶来救人，结果有人守在半路把他们拦了下来，那伙人真是高明，竟然猜到我们的用意，他们想借我们之手除去罗依农。”

“应该就是那伙人干的，你觉得会不会和陈景初有关?”

“就算无关，我想陈景初也一定很讨厌罗依农。”

“为什么?”

“因为罗依农比他年轻，于筱洁……哎哟，那伙人还有这一手!”

左下方的监视器上，那十几个黑影已经摸到了外墙脚下，其中一人取出一把类似枪弩的工具，向上瞄准射击，一根拇指粗的钢丝绳被急射而出。从另一台监视器上可以看到，这根钢丝绳被射入三楼一扇敞开的窗户内。

丁卯说：“用这个方法绕过大堂服务台，还行，值得一玩。黑鬼，你布下的局可别出差错啊。”

空勒很有把握地说：“只要罗依农和这伙人还没离开大楼，我就能让他们迎头相遇，再相互残杀，然后我们去收渔翁之利。”

罗依农的身影在监视器上依次出现，他正沿着楼梯向下飞奔。

丁卯说：“他快下到20楼了，那伙人还没摸上去，他们交战最理想的地点是我们整层租下的十三楼，黑鬼，你得阻止一下罗依农，别让他下得太快……”

正说着，画面中的罗依农似乎听到了什么声响，身影突然刹住。

空勒心头一紧，说：“怎么啦……”

突然，眼前一黑，停电了。

第5章 天使伊人

罗依农顺着楼梯一路飞奔向下，跑下十多层后忽然又想起一件事，不知于筱洁被虎头帮的人劫去后，是否关押在同一幢大楼中？最好能找个虎头帮的人来打听一下。

想到这里，他放慢脚步，跑到楼梯的转角处时，隐隐约约听到正对着楼梯的房间中，有人提到“罗依农”三字，那房间的门虚掩着，房内似乎有人在走动。

罗依农好奇心起，蹑手蹑脚走到房门口，附在门口侧耳细听，房中那人“嗯嗯啊啊”地正在用手机通着电话。房内只开了床头灯，光线昏暗，只能依稀看到一个高大的背影。

罗依农轻轻地在门上推了一下，想把门开得大些看清房中是什么人。不料那门发出一声很夸张的声响，房内之人马上警觉，放下手机回过身来喝了声：“谁?”

就在这时，停电了，整个楼道内漆黑一团。

罗依农知道不妙，疾身暴退。

猛然，房门被一把拉开，一股旋风卷到身前。罗依农知道已躲无可躲，挥手一拳打出，同时叫声：“闪开!”在不清楚对方身份的情况下，他不愿伤及无辜，这一拳只用五成力气，同时出声提醒。

不料对方的身手十分了得，轻喝声：“你给我进来!”竟然一把抓住罗依农的手腕。

罗依农大吃一惊，这才知道遇到劲敌，手腕在奋力挣脱的同时，另一手又打出一拳。

可惜罗依农这一拳才打到中途，对方突然发力，强大得令他一时稳不住身形，身体被带得双脚离地。几乎同时，一只大手在他小腹处一托，罗依农身不由己，身体在空中被掀了个跟斗，落下时“砰”的一声，四脚朝天重重摔在房间内的床上。

罗依农自出道以来，与高手间凭真功夫对决时，从没这样处于被动过（前一天失手被擒，是因为中了对方的迷药），当即双脚一点，想鱼跃而起。不料那人猛扑上来，将他重重地压在身下。

罗依农真的急了，屏气聚力，还没来得及再发作，一件硬物抵在他的脑

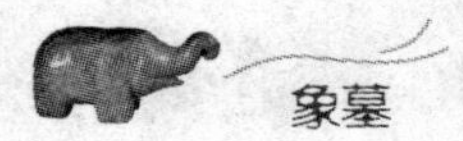

门上，对方同时低喝了声："别动，再挣扎就一枪崩了你！"

那硬物散发着金属特有的凉意，罗依农不敢再动，放弃抵抗，心随之跌入冰谷。

对方冷笑一声，说："老子的枪已经有大半年没开火，亢奋着呢，你别惹它。"随即取出手铐将罗依农的左手连同床架锁在一起。

那人翻身下床，先把房门关上，然后取出应急灯放在床头柜上，见罗依农赤身裸体的样子，不无惊讶地说："嘿，现在的小偷也玩裸体上阵，够前卫哈。哎哟……你、你是罗依农？"

罗依农听对方叫出自己的名字，心中好不诧异。再看对方和自己年纪相仿，浓眉大眼板寸头，神色镇定，身上穿着马裤和条纹T恤，不像是虎头帮的人，于是点头说："是的，我是罗依农，你是谁？"

那人咧嘴笑了起来，说："原来是你，怪不得，差点制不住你。你怎么弄成这个样子？我是市刑侦总队特别行动组的副组长程凌。"拿出证件递到罗依农面前，同时取下他手上的手铐。

"你这是……"

程凌说："今晚我们有特别行动，就是为了解救你和于筱洁，你看我连应急灯都带来了。"

于筱洁已经失踪好几天了，警方从接到报案的当晚就展开行动，根据陈景初和田甜等人提供的消息，将绑匪锁定为从外地流窜到本市的黑道组织。经过周密排查，特别是全市的宾馆酒店，以及娱乐场所等流动人员密集的地方，很快得到一条重要消息，早在一个月前，有云南客户出大手笔，包下迎宾大厦第十三层，然而这一个月来，几乎没怎么使用，入住的也就寥寥几人。再经过侦查，发现迎宾大厦疑云重重，当即把目标锁定在这里。

昨晚，警方又接到章义、田甜和欧阳默的报案，称罗依农神秘失踪，可能又是绑架于筱洁的同一伙匪徒所为。

警方经过周密调查，很快又得到线索，罗依农遭绑架后，极有可能被关押在迎宾大厦。

程凌说："这伙匪徒用非常手段掌控着整幢大楼的监控体系，所以我们请求电力局协助，关键时刻切断电源，打他们个措手不及。来，你先把衣服穿上。"他假扮成谈生意的客商，昨天入住迎宾大厦充当内应。他天生是个急性子，见约定的时间已到，还不见动静，不免心急，想出去打探一下，才打开房门，恰巧这时手机响起，忙返回房内接听电话，一时大意房门没关实，结果把罗依农给引了进来。

程凌从随身带的行李箱中翻出一套衣服，抛给罗依农。

罗依农边穿衣服边说："好，谢谢你们，请你们务必救出于筱……"

突然，楼下传来一阵密集的枪响。喧哗声、吆喝声同时响起，打破了夜的宁静。

听到枪声，程凌急了，说："你待在房中不要出去，于筱洁的事不用你操心！"拔出手枪，打开房门冲了出去。

楼下的枪声响过一阵后没了声音，而入住迎宾大厦的客人全被吵醒，又见停了电，纷纷惊恐万状地从房间内跑出来，一时间人声鼎沸，每一个楼层都乱作一团。

罗依农手忙脚乱地穿好衣服，心想：筱洁很有可能被关在这幢大楼的某一个房间内，何不趁乱去把她找出来。一念至此，开门出去，见楼道中站着不少人，有的打着了打火机，有的按亮了手机显示屏，都在互相打探消息。大楼停电后，中央空调停止工作，气温骤然升高，这让大伙更加不安。

罗依农不知道于筱洁被关在哪一层，盘算该上楼还是下楼，眨眼之间，楼道口似有黑影一闪，向上掠去，那身影快得仿若幽灵，相信一般人都只会当自己眼花了一下。罗依农只瞅到那人的背影，感觉那人身材不高。

"空勒！"就像是条件反射一样，罗依农脑海中很自然地跳出这个名字。他来不及多想，飞身追了上去。追上几层后，可以隐约听到上几层的楼梯上响着轻微的脚步声，那人正全力向楼顶逃窜。

楼顶建有楼顶花园，紫藤婀娜，蕉影婆娑，盛开的夜来香恣意挥洒着只能属于夏夜的芳香，没来由地让人心旷神怡。

月影星光下，看不到人影。

罗依农全神戒备，小心谨慎地走在花间小径上，后半夜的露珠沾在脚面上已经有了微微的凉意。"空勒，出来吧，我知道你躲在这里，警方已经包围了整幢大楼，你已经无路可逃！"

一棵盆栽五针松后，慢慢站起一条黑影来，"嘿嘿"冷笑了数声，说："罗依农，谁怕谁啊？你尽管放马过来！"

"果然是你。"罗依农心中好笑，空勒是多么傲气的人，竟然也有做缩头乌龟的时候。"你们太低估警方的力量了吧？"

其实虎头帮的人不是低估了警方，而是错估了对象。他们一直认为陈景初和黑道有染，陈景初为救于筱洁，应该以江湖手段来和虎头帮一决高下，不管怎样都不会让警方介入，否则不免自身难保。最重要的是，他们潜伏在陈景初身边的卧底传来消息，陈景初连夜集结人马，订下周密的行动步骤，打算全力出击，要将虎头帮的势力连根拔起。所以他们想好了一条妙计，故意放走罗依农，让他和陈景初的人在大厦中狭路相逢，虎头帮的人再暗中做些手脚，让他们双方兵戎相向，虎头帮则隔山观虎斗，等双方打得两败俱伤后再出来坐收渔利。

没想到的是，陈景初早已料到虎头帮的用意，暗中和警方合作，他所集结的人马其实全是刑侦队的便衣警察。刑警有备而来，先切断大厦的电源，让虎头帮的人自乱阵脚。丁卯、空勒等人仓皇突围，甚至发生枪战，还是有过半的帮众落网就擒。

这时，大厦恢复通电，刑警们逐层搜查虎头帮的漏网之鱼，同时向入住大厦的旅客作好解释和安抚工作，并真诚道歉。

罗依农说："空勒，警察马上就要搜到楼顶上来了，我看你还是主动投诚，争取宽大处理。"

空勒怪声笑了起来，说："罗依农，我们不妨做笔交易吧，包你不吃亏。"

罗依农笑着说："交易？我们之间能有什么交易可做的？我又为什么要答应你？"

"因为你心中还有个关于八爪黑洞的疑团，这世上除了我之外，没人能告诉你真相。"

罗依农突然沉默。

楼下声音嘈杂，有人叫嚷着"去楼顶看看"。空勒不免着急起来，说："你不想知道我为什么会八爪黑洞吗？当年问花堂堂主小布川发下鬼骨追杀令，率座下七千弟子追杀你师父商洛，说你师父偷了她的家传绝学八爪黑洞秘籍。你师父被逼得走投无路，孤勇怒战问花堂十三郎。十三郎五死八伤，商洛一战成名，而问花堂从此一蹶不振，几乎在江湖上除名……"

这些事罗依农全知道。商洛的武功惊天地泣鬼神，在当时打遍天下无敌手，但他依然无法查清八爪黑洞的事，还自己一个清白，终究郁郁寡欢而死。临终前要罗依农立誓，绝不去查清此事，并要他回归中土。

罗依农当然也知道，师父不让自己查清此事，是因为自己的武功还远远比不上师父当年，师父让自己远离是非，其实是在保护自己。可是自己难道真的能容忍让师父的一世威名受玷污吗？

"你想怎么交易？"罗依农沉声问。

空勒笑了，他听出了罗依农的妥协。"很简单，帮我逃生，我会给你一个满意的答案。"

"不行，你们这些人恶贯满盈，早该受到法律的严惩！"

空勒大笑起来，说："我虎头帮虽然为世人所不齿，但通常情况下我们只是以恶制恶，从不毒害普通百姓。再说似我们这些江湖中人，谁的手上没几条命案？就拿你师父商洛来说，当年和问花堂一役，问花十三郎中至少有五人死在他手上，你怎么没把你师父交给警方处置？我空勒不是贪生怕死之辈，只是不想死在这里。”

罗依农说：“说得好听，请问于筱洁呢？这么纯洁的女孩，她又妨碍到你们什么，你们为什么要劫持她？”

“匹夫无罪，怀璧其罪。不过你可以放心，她已经逃走了。你快回答我，时间不多了，要不要合作？我现在已经是这个样子，你也不必再担心我做什么坏事。”空勒慢慢地从盆景后移动身形，步履蹒跚地走到月光中，他的背上似乎还背着一个盒子。

罗依农发现空勒行动迟缓，左腿似乎僵硬了一般，几乎是拖着走动。仔细一看，又发现他身后留着一串带血的脚印，左腿膝关节处还在不停地冒着血。

原来，刚才虎头帮和警方交火，空勒被打中膝关节，他用重手法封住自己伤口处的经络要穴，屏住一口气冲到楼顶想逃生，不料伤势太重，腿骨彻底崩裂，整条腿失去知觉，终究功亏一篑。

罗依农不得不慎重考虑。空勒这样子除了束手就擒，已经别无选择。可是他也知道空勒这种人吃软不吃硬，一旦落入警方手中，就休想从他口中探得关于八爪黑洞的任何消息。

罗依农说：“好，我帮你。你现在先把八爪黑洞的事交代清楚。”

空勒说：“这事说来话长，三言两语哪能说得清楚，你先帮我逃生，然后你去湄公河畔帕拉峡谷找我，我会给你一个公道。”

湄公河是亚洲最重要的跨国水系，上游在中国境内称作澜沧江。帕拉峡谷位于中国、老挝、缅甸三国交界处，那里地形复杂，山势险峻，一向藏龙卧虎，龙蛇混杂。

罗依农大笑：“你想得美，帕拉峡谷这么长，到处是热带雨林，我到哪里去找你?!”

就在这时，楼梯口人影一闪，程凌持枪冲了上来，大喝：“空勒，举起手!”

空勒大喝一声，突然发作，一掌直奔罗依农的胸口。

罗依农大怒，大喝：“找死!”他心头一怒，才不管你守着什么秘密，一拳飞奔而出，势若奔雷。

“砰!”铁拳正中空勒的手掌，罗依农忽然发觉不对。

这是罗依农和空勒的第三次对招。前两次交手，铁拳对阵八爪黑洞，双方差不多势均力敌，罗依农均被八爪黑洞的反弹力弹出，没占得明显的优势。可这一次完全不同，这一拳打中空勒的手掌，竟然如石沉大海一般毫不受力。

罗依农一愣，空勒却受不住罗依农这雷霆一击，被打得飞了起来，飞过楼顶上的两层护栏向大楼外坠落。

“哎哟！”罗依农懊悔不迭，连怪自己用力太猛，更没想到空勒已是强弩之末，这么不堪一击。

程凌也吓了一跳，大叫：“罗依农，你太鲁莽了！”

两人跑到护栏边往外一看，顿时又被气得差点口吐鲜血。空勒并没有直接从楼顶摔到地上，而是在空中飘浮着，那姿态既悠闲又舒服。

原来，空勒后背上背着的那个盒子中，有个类似于降落伞一样的装置，还有一个小小的推进器，这是从国外走私来的。这个装置有个前置条件，必须要从一定的高度跳下才有用。空勒腿部中枪，自忖不能像丁卯一样强行突围，只得爬上楼顶，想借助这件先进的装备逃生。没想到逃到楼顶后，枪伤发作，竟然连凭空一跃的力气也使不出来，只得设法惹怒罗依农，借助他的拳劲，这才跳顶成功。

程凌连忙掏出手机向总队汇报了大致情况，请求分出警力围堵空勒。回头向罗依农看了一眼，说：“刚刚总队接到陈景初的电话，说于筱洁自行逃出虎头帮的控制，已经回家，你等一下跟我回去做笔录，我先去逮人！”说完就走。

听到于筱洁已经脱险，罗依农紧绷的神经立刻松懈下来。想想自己待在楼顶也没什么事，不如跟着程凌去追捕空勒。

迎宾大厦依山傍水，空勒跳下去的楼面恰好是傍水那一面，那湖自然形成，水域宽广。月光落在波光粼粼的湖面上，仿佛撒了一层散银，泛起银光万点。

空勒的降落伞由于推进器的作用，可以在空中适度调整方向，此时已经滑翔在湖面之上。刑警们追到湖边，只能眼睁睁地看着空勒缓缓地滑向湖中心。

罗依农不免有点奇怪，空勒腿脚重伤，掉在湖中还能自救吗？心中才起了这么一个念头，湖对面疾驰来一辆摩托艇，风驰电掣般到了湖中心。空勒才跌落到水中，摩托艇上的人就一把将他给提了起来，放在后座。空勒甩掉背上的空降装置，向岸上的刑警发出一声得意的长哨，绝尘而去。

当初，虎头帮看中迎宾大厦作为临时落脚点，就是看中这里地理条件优越，便于逃生。

罗依农做完笔录走出派出所时，已经快中午十二点钟，打电话给陈景初确认于筱洁的确已经回家后，心中长舒一口气。然后分别打电话给章义、田甜和欧阳默报了平安，让田甜帮自己再向单位请一天假，上街随便找了家餐馆饱餐一顿，回家洗过澡后，倒头就睡。

他这几天为了于筱洁的事，四处奔波，连续几天没有睡好。现在心事已了，浑身轻松，困倦感汹涌而至，这一觉睡得天昏地暗，直到田甜打电话来把他吵醒。

“猪头，起床了没有？上班要迟到啦！”

罗依农迷迷糊糊地按亮手机一看，竟然已经是第二天的早上七点多钟，不由得吓了一跳，这一觉睡得太强悍了。连忙起床洗漱，匆匆赶去俱乐部，俱乐部的同事像迎接凯旋的英雄一样，在门口列队欢迎。

罗依农惊讶地说：“你们这是干什么啊？这么隆重！”

田甜上前在他的肩膀上狠推了一把，笑骂：“死猪头，没想到你这潭水也挺深的哈！你就别装了，瞒得我好苦，害我为你担心，你该怎么补偿我？”

罗依农好奇地问：“我到底有什么事隐瞒你们了啊？”

田甜装出很生气的样子，说：“喂，你再装就是不把我们大伙当朋友！我们正翘首期盼着你给我们讲讲，你是如何充当警方卧底，打入虎头帮内部，一举端掉虎头帮这颗转移来我市的大毒瘤的！”

罗依农简直不敢相信自己的耳朵，说：“你说我是警方卧底？”

有人嚷道：“今天的《古都晨报》上写得清清楚楚，你就不用再故意摆出高姿态啦，我们都对你佩服着呢！”

《古都晨报》以“虎头帮千里奔袭，刑特警迎头痛击”为标题，用了整整三个版面的篇幅，将警方围剿虎头帮的事进行大肆渲染，主笔记者当然就是章义。

章义对整个事件进行深入了解，大致过程没错，唯独对罗依农在这起事件中所担当角色的描述出了偏差，把罗依农写成了警方的卧底，深入虎穴，里应外合……极具个人英雄色彩。而这些事迹应该是属于程凌的，不知是章义没弄清楚，还是别的什么原因，竟然添加到了罗依农的身上。

罗依农看完晨报后，十分生气。“胖胖这小子越来越混蛋，颠倒黑白、混淆是非的本领看涨，真话说的越来越少！”心想：被章义这么一瞎闹，自己以后都没脸见程凌了。

田甜忍着笑，说：“他说这是他赖以生存的基本功。哈哈，你对胖胖要是有意见，晚上当面说。今天晚上他在‘花样年华’订了一桌酒席为你庆功，你看看，胖胖还是挺够意思的吧？”

罗依农没好气地说：“不去！应该是为他自己庆功吧，这回终于上了篇

重头稿。”

田甜大笑说：“如果你对他不爽，就更应该去，狠狠地吃他一顿，不吃得他哭爹叫娘绝不罢休。对了，默默新交了个女朋友，听说是个富家女，美得可以让所有见过她的男人流鼻血，他们晚上会一起出席，你不想去惊艳一下？”

罗依农乐了，说：“行，这么热闹的事怎么可以少了我？当然去！默默这小子不错啊，这么快就名草有主了。”

花样年华 7B 雅座。

罗依农和田甜一起过来时，章义已经最先到了，他身边还坐着一人——于筱洁，这让罗依农颇为意外。

几天没见，于筱洁似乎清瘦了不少。她见田甜和罗依农一起进来，眼中微微闪过一丝失落，落在罗依农的眼中，使得他心中没来由地慌乱起来。想解释什么，又不知该怎么开口。

“筱洁，你还好吧？”罗依农斟酌再三，终于还是问出了口。

于筱洁同样把罗依农眼神中的波动尽收眼底，心想：他毕竟是在乎我的。心头一暖，展颜笑着说：“没事的，多谢你关心，你也没事吧，快请坐。”说着拉开身旁的座位，想让他坐在自己身边。

罗依农还没跨出步子，田甜早已抢过去坐了下来，笑道：“谢谢筱洁姐。筱洁姐涅槃重生，必有后福。你怎么不把陈总也请来，听说陈总对筱洁姐宠爱有加，视若珍宝。”她把“爱”咬得特别重，让人听出不一样的感觉。

于筱洁淡淡一笑，说：“小叔对我恩重如山，确实是好得不得了。这几天他为了我的事几乎荒废了工作，今天晚上在加班处理公司事务。他本来不想我出来，听说依农也在，也就放心了。”

“呵呵，想金屋藏娇啊，陈总对筱洁姐真是好得不一般。”田甜不依不饶，火药味更浓。

罗依农轻声喝道：“田甜，你胡说什么呀？”

章义怕气氛弄得过于尴尬，连忙打起了圆场，说：“我看这样，我们先坐下来喝茶，然后请筱洁说说她是怎么从虎口逃生的。等默默他们来了就开席。”

服务生替众人倒上茶。于筱洁笑着说：“我从他们手中逃出并不怎么惊险。我被他们关了几天，一直很安静很听话，看守人员难免会松懈……”

正说着，包厢的门开了，欧阳默手携着一位少女走进来。众人只觉得眼前一亮，连忙起身迎接。章义大声笑道：“默默，快来帮我们介绍一下。”

那少女看上去也就二十出头，一头浓密的长发衬托着一张绝美的脸，肌肤白得像骨瓷，乌黑的大眼，弯弯的眉毛，嘴角微微上翘，仿佛永远是一副微笑着的模样。

众人无不从心底里发出赞叹，眼前这小小女生美得仿佛不食人间烟火，她小鸟依人般偎依在欧阳默身边，两人不时地你看看我，我看看你，眉目传情，简直是天下有情人最最幸福的剪影。

田甜更是高兴得不得了。她一向这样，朋友过得好，比她自己过得好还开心。见欧阳默交上这么出色的女友，由衷地从内心深处为他祝福。于是上前拉着少女的手，叫着："好漂亮啊，你和默默真是一对璧人……"

突然，罗依农"哎哟"一声惊叫。

众人以为他出了什么状况，连忙回过头去一看。却见罗依农瞪大了双眼死死地盯着欧阳默的女朋友，吃惊得连嘴也张开了，那样子仿佛恨不得一口吞了她似的。

众人都发觉到罗依农的失态，每个人都颇觉尴尬。章义用手肘轻轻捅了一下罗依农，小声说："淡定，老罗，就算眼红也得表现得含蓄点，你这样太明显啦。"

欧阳默的脸上掠过一丝得意之色，自己的女友能让同伴们羡慕嫉妒，谁都会飘然一下。他轻轻搂住女友的肩膀，笑着说："我来为大家介绍一下，这是我女友沈伊人。"

于筱洁笑着说："所谓伊人，在水一方。好名字！我自己介绍，我叫于筱洁……"

"不行！"突然，罗依农大喝一声，把众人都吓了一跳。

欧阳默笑着问："老罗，什么不行啊？"

罗依农说："默默，你不能和这个女人交朋友，她……她、她……"

欧阳默脸色微微一变。

"为什么？"田甜问。

"因为……默默，你听我说，你俩不适合。"罗依农不知该怎么表达。

章义见罗依农欲言又止的样子，怕他说出不中听的话坏了气氛，连忙说："老罗，我们难得聚会一次，尽欢最要紧，你要是还有别的事，以后慢慢说吧。"他招呼众人坐下，给众人斟满酒，举起自己的酒杯，又说，"来，先干一杯，为我们难得一次的小聚。也为筱洁和伊人两位新朋友的加入！"

沈伊人双手捧起酒杯，巧笑嫣然地对罗依农说："罗依农大哥，不知什么原因，使你对我有了误会，伊人此前若有得罪过罗大哥的地方，以酒赔罪，请多包涵。"把酒杯伸到罗依农面前，等他碰杯。

罗依农愣愣地看着沈伊人，斟酌再三，对欧阳默说："默默，也许你会怪我，但我还是要说，沈伊人不配做你的女朋友。”

沈伊人满脸委屈，眼角泪光浮现，那样子更加楚楚动人，我见犹怜。

其他人都觉得罗依农这玩笑开得有点过分。

欧阳默的脸上终于挂不住了，厉声问：“罗依农，你这话是什么意思？你见不得我好是吧？你说，我俩为什么不能做男女朋友？”

罗依农叹口气，说：“因为她不适合你，具体我不便细说。”

欧阳默冷笑说：“你是不是想说，她不适合我，只适合你？罗依农，玩笑不是这么开的，我这算不算交友不慎，错把你当成了好朋友！”

罗依农知道不把事情挑破，纵然说破了嘴也没人相信，他宁愿欧阳默现在恨他，也不愿他越陷越深，将来承受更大的痛苦，于是说：“因为她不是好女孩，她是……她是……”

“她是什么?!”欧阳默大声问，脸也涨红了，那样子就像只怒发冲冠的大公鸡。

罗依农一咬牙，说：“她是条人尽可夫的母狗，是虎头……”

“啵——”欧阳默和沈伊人的酒同时泼到了罗依农的脸上。紧接着又是一声“啵——”田甜的酒也泼了上去。

欧阳默大吼：“姓罗的，你给我听着，从此后我和你情断义绝！”拉起沈伊人的手，柔声说，“伊人，我们走，不和这只疯狗一般见识。”两人携手而去。

走出门口的瞬间，沈伊人回过头来，目光悠悠地从罗依农木讷的脸上扫过，满含讥诮。

田甜怒不可遏，指着罗依农的鼻子大骂：“罗依农，你行啊，我真是瞎了眼——”泪水喷涌而出。她通常称罗依农为猪头，那是昵称。现在直呼其名，比骂还严重，近乎决裂。

章义好心好意请大家吃顿饭，没想到弄成这样，再看到田甜满脸绝望和痛楚，一时哭笑不得。说：“老罗，那个……你，唉，有点过分了。田甜，这事可能误会……”

田甜拉起章义的手，说：“走，我也不想再见到他！”这是田甜第一次主动拉章义的手。

章义受宠若惊，跟着她走得两脚生风。

刚刚还热闹非凡的包厢一下子就冷清了下来。罗依农面无表情，纵然全世界所有的人都误会他，他也必须把该说的话当面说清，因为他朋友不多，每一个朋友都被他视作生命中最最珍贵的财富。

于筱洁说：“依农，我相信你，不管你说什么、做什么，我都相信一定有你的理由。田甜她们虽然误会了你，但我想他们总有一天会明白的。”

罗依农苦笑一下，说：“谢谢。你也回去吧，要不要我送你?”

“不用，我自己开车来的。你不要难过了，好吗?”于筱洁在罗依农的手上握了一下，深情地说，“就算所有人都误会你，我也一样相信你!”

罗依农深深地点了下头，没有再说什么。四目相对，一切尽在不言中。

于筱洁当然相信罗依农所说的一切都是真的。从沈伊人一出现，她就发现对方很面熟，再看到罗依农的异常表现，她马上就联想到自己被软禁时，空勒给她看过的那段手机视频，视频中那个在罗依农身上极尽放荡的美艳女子，不就是刚才那位沈伊人吗?

于筱洁百无聊赖，开车在大街上闲逛了一阵，去必胜客吃了她最最喜欢的比萨饼，然后又去商场买了些日常用品。不知怎么着，她今天的心情似乎有点兴奋，思前想后，究其原因，再勇于直面自己的内心，竟然是因为罗依农遭到大家误会，而自己和他的距离感觉又近了一层。

意识到这一点，心头猛然一惊，自己什么时候竟然已经变得这么阴险可怕?可自己为什么希望罗依农众叛亲离呢?难道是因为希望田甜离他远点?想到这里，心头再次悚然一惊，忽然发现自己对他似乎真的有了点说不清道不明的感觉。

回到家已经十点多钟，不算太晚。停好车，上了二楼，手中拎着一大包东西懒得开灯，经过客厅时，忽然发现黑暗中有个亮点一明一暗的，稍稍一愣，扔掉手中的东西，“扑哧”一声笑了起来，用略带撒娇的口气说：“小叔，你在守株待兔啊?”

黑暗中响起陈景初低沉而温和的笑声，他说：“我这不是守到了吗?”

于筱洁按下客厅的水晶灯开关，陈景初好整以暇地坐在沙发上抽着烟。于筱洁说：“小叔，你怎么又抽烟了?”走过去把陈景初指间的香烟取下去，摁灭在茶几上的烟缸里，然后就势依着他坐下。

陈景初伸手将她轻轻拥入怀中，柔声问：“今晚应该玩得很开心吧?”

于筱洁说：“还好啦，小叔你以后不必等我，我会很小心的，保证不会再出什么事。”

陈景初一笑，再问：“罗依农很关心你，你是不是也很喜欢和他在一起?”

于筱洁眼珠一转，知道陈景初问这话的意思，说：“我和他是比较说得来，但我只把他当做普通朋友，我们没什么的!”

陈景初大笑，说：“你这么急着表明立场，显得有点心虚啊。”

于筱洁也大笑起来，然后噘着嘴说：“你人老珠黄，我嫌你老了，想要

换个年轻的，你被我甩了，怎么办？呵呵。”

陈景初故意装出很生气的样子，说：“好啊，我好不容易等到你长大，你却想把我甩了，没这么容易！”说着，手上抱得更紧了一些。

于筱洁张开双臂围住陈景初的腰，把脸轻轻地贴在他的胸膛上，感觉着他的温度和心跳。“小叔，谢谢你等了我这些年，依然这么无怨无悔。”

陈景初吻着她的发际，说：“傻瓜，谢什么？想想这十年来，我小心翼翼地呵护着你，看着你慢慢长大，细细品味之下，其实真的很幸福。这世上又有几个男人能守护着自己心爱的女孩，看着她蜕变，看着她成长？”

“小叔，你真好。”在这一刹那，于筱洁感动得甚至想放下一切，从此躲在陈景初的怀里，好好享受人生。“可是……”

“我知道你可是什么。筱洁，你爸爸的仇我们是要报，但你的人生不能仅仅只为报仇而存在。人的一生过于短暂，当眼前有幸福飘过时，哪怕只是短短的一瞬，也要懂得适时享受，不要拒绝，也不要犹豫，生活能给予我们的本来就不多。”

“小叔，我知道你想说什么，我也不会让你再等太久，请再给我一点时间好不好？不把心结解开，我无法把整个心捧给你。”

陈景初笑了，说：“单单把心给我怎么够，我还要更多。”他轻轻捧起于筱洁的头，嘴唇下滑，火辣辣地印在她的红唇之上。

于筱洁含糊地叫了声：“小叔……”心头悸动，幸福如潮水般将她淹没。

第6章　于家老宅

自从几天前，罗依农和虎头帮的人在太平巷中发生激战后，章义和欧阳默退掉了那边的租居房，暂时和罗依农挤在一起。但罗依农的房子只是一室一厅，三个大男人住在一起实在是太挤。章义搬去了报社宿舍，欧阳默的工作特殊，时常日夜颠倒，和罗依农难得有同时在家的时候。两天前他和罗依农在饭店发生冲突后，就一直没回过家。

这天晚上，天格外闷热，罗依农洗过冷水澡，只穿了条内裤，在房间里玩电脑。他在搜索引擎中输入“中野四号”字样，意外地发现相关信息又多了不少，那位名叫中野先生的人这段时间以来一直没闲着，不时在网上发布有关“中野四号”的各种消息，罗依农逐条看下来，没发现什么实质性的内容。

百无聊赖，关掉电脑躺在床上，看着头顶的吸顶灯发呆。

欧阳默这几天没回家，想必是住到了沈伊人那里，这个放荡的女人定会毁了他不可。

罗依农有点后悔那天处理事情过于直接，忽略了欧阳默能接受的程度，结果适得其反，反而把他推到了沈伊人的怀里。现在都不知道该怎么去和他沟通了，也不知他还生不生气？

正想着，突然听到开门的声响，有人进入客厅。

“默默，他终于肯回家了。”除了罗依农自己，也就欧阳默有这屋子的钥匙。

罗依农从床上一骨碌爬起身，没穿外套就直接开房门出去。“默默，你回来了。”打开客厅的吊灯，看清来人，顿时僵住。

站在客厅里的人并不是欧阳默，而是沈伊人。

“怎么是你？默默呢？”罗依农猛然想起自己这个样子过于不雅，更何况是孤男寡女，连忙想回卧室穿件外套。

沈伊人笑了起来，说：“你不必紧张，我是来替默默拿些换洗衣服的，马上就走，不会打扰你太久。”说完便抢在罗依农之前闪入卧室。

罗依农的外套全放在卧室里，沈伊人进去后，他不方便跟入，但穿成这样也不方便出门回避，站在客厅上好不尴尬。心头一紧张，浑身发热，汗水顺着脖子流淌下来。

沈伊人在卧室中慢腾腾地收拾着欧阳默的衣物，见罗依农一副狼狈不堪的样子，好不开心，便说：“你怎么这么紧张？是在害怕我吗？那你就放心吧，我现在已经有了默默。呵呵，默默也很有趣，感觉比你好玩多了。”

罗依农问：“沈伊人，你是故意找上默默的，是不是？你想干什么？”

“是啊，你既然不肯满足我，我只能另找目标。我想来想去，还是找你的朋友比较合适，每次和默默做那事时，我忍不住会把他想象成你……”

“住口！你……你简直是变态！”罗依农大怒。

沈伊人“咯咯咯”大笑起来，说：“你不是骂我母狗吗？我是一条变态的母狗，最忍受不住春闺寂寞，每晚无男人不欢……”

“别说了！你……到底要怎样才肯放过默默？”罗依农极度厌恶地看着眼前这个淫荡不堪的女子，真恨不得一把掐死她。

“这个么，说难也不难。”沈伊人扭着细腰走出房间，摆弄着各种妩媚的姿态扭到罗依农面前，用暧昧的目光把他上下打量一番，柔声说，“只要你能满足我一次，我就放过默默。”

“做不到！你给我滚出去！”罗依农恶心至极。

“别这么小气，就一次，好不好？我会让你欲仙欲死……”也不知她怎么弄了一下，身上的长裙突然滑落至脚面，露出浅紫色的蕾丝文胸、蕾丝内裤，和白净如瓷的肌肤，身材玲珑，曲线完美。不得不让人感叹造物主的残忍，如此惊艳绝美的身躯，偏偏包裹着一个丑陋无比的灵魂。

沈伊人双眉一扬，做了个极富挑逗性的动作，那意思是问：怎么样？感兴趣吗？

罗依农慌忙移开目光，大喝：“你想干什么？快把衣服穿起来！”

沈伊人看到罗依农窘迫不堪的样子，更加得意，媚笑着问：“依农哥哥，现在就我们两人，你怕什么呀？要不要我再脱啊？”

罗依农气愤交加，想动手把她推出屋去吧，又不敢触碰她的身体，无计可施之余，猛然想到这疯女人没有羞耻感，自己表现得越紧张，她就越轻狂。连忙收敛心神，目光故意在她身上溜了一下，说：“就你这种身材也敢脱，真是不知害臊！”

沈伊人笑得更放肆，说：“身材的好坏只能饱饱眼福，你不想享受一下其他的……”说着突然纵身一跳，叉开双腿迎面骑到罗依农的身上，双手抱住他的脖子，双腿死死地钳在他的腰部。

罗依农没想到这女人这么不要脸，大吼：“滚开，你这婊子！”想把她的身体推开，不料触手软绵绵的，竟然触碰到她胸前的那两个大团肉，心中一慌，一时没站稳，两人同时倒在沙发上，把沈伊人结结实实地压在身下。

沈伊人兴奋得近乎呻吟般叫着：“轻点啊，哥哥……”

“砰！”门被一把推开。沈伊人进屋时，并没有把门关实，只是虚掩着。

罗依农一惊，回头一看，脑中“轰”的一片空白。

欧阳默、章义和田甜天神降临般出现在他们面前，把罗依农和沈伊人纠缠在一起的这副丑态尽收眼底。

沈伊人大叫：“默默救我，哇——”放开罗依农，大哭起来。

罗依农终于甩掉沈伊人，直起身来，怒声说：“这女人真是太不要脸了！”

欧阳默像头红了眼的公牛，一个箭步蹿到罗依农的面前，大喝：“姓罗的，我和你拼了！”一拳击出。

罗依农要躲过这一拳并不难，但他接触到欧阳默眼中的怒火时，心中没来由地一慌，竟然不想再躲。“砰！”正中鼻梁，鼻血顿时喷涌而出。

章义冲上来拦腰抱住欧阳默，大叫：“默默，你先冷静一下，这里面肯定有误会，老罗不是这样的人！”

欧阳默连甩了几下，没能甩掉章义，愤怒地叫道：“你看他这个样子，像是误会吗?”

罗依农身上只穿了条内裤，而且在沈伊人的纠缠之下，两人肌肤相亲，尽管他心里没起什么邪念，可是身体的某个部位本能地起了反应，十分不雅。田甜红着脸别过头去不敢再看。

罗依农羞愤不已，说：“默默，不管你信不信，我绝不会做出对不起你的事，是这条……是沈伊人自己犯贱，纠缠着我……”

沈伊人哭得更大声，边哭边说：“你胡说！你怎么可以这样颠倒是非，血口喷人呢？默默，请你相信我，是他想强迫我。本来我想等你们来了再一起进屋的，可是一想你们马上就要到了，我没什么好怕的，就开门进来。没想到罗依农一见到我，就骂我……骂我是条母狗，每个男人都可干，就……扯我衣服，还说……还说……”

“还说什么?”欧阳默双目赤红，俊美的面孔因为愤怒而扭曲，那样子就像是一位手艺低劣的瓷匠捏出的一件报废品。

“我……我不敢说……”沈伊人看着欧阳默，装出一副可怜无比的神情。

“说!”欧阳默大吼。

沈伊人放低声音，说：“他说：好玩不过朋友妻。默默的女人，让我……”

“够了!”欧阳默怒到极点，也不知他哪来的力气，一下子甩掉章义，把章义甩得差点嘴啃泥，又是一拳打向罗依农。

罗依农这时已经冷静下来，知道沈伊人这是在蓄意陷害自己，挑拨他和朋友间的感情。见欧阳默的拳头奔到自己面前，疾手抓住他的拳头，说：“默默，你冷静地想一下，我会是这样的人吗?”

欧阳默大声说：“事实摆在面前，难道是伊人陷害你吗？她在进屋前打电话给我们，说你房间里亮着灯，说你正好在家，让我们三人赶紧过来，把前几天的误会解释一下，她不希望因为她而影响到我们多年的友谊。她明知道我们马上就到，难道还会故意引诱你？这不是自己找死吗?”

原来，这几天来沈伊人一直在欧阳默面前充当好人，替罗依农说话，说他可能是认错了人，才会误会自己，想帮他们把这个疙瘩解开。欧阳默当然也不想自己和罗依农这段友情就此夭折，就答应沈伊人找来章义和田甜，想请他俩帮着缓和关系，四人在对面街上的一间茶馆碰面聊天。

沈伊人想到欧阳默的衣物都还留在罗依农家里，就拿了欧阳默的钥匙去取衣物，她在进屋前，确实有打电话给欧阳默，说罗依农在家，要欧阳默和章义、田甜马上过去，今晚就把事情说清楚……

罗依农忽然发现自己已经有口难辩!

欧阳默大喝："姓罗的，就算我打不过你，也要和你拼命！我若连自己心爱的女人都保护不了，还算男人吗?"挥拳又要开打。

"等一下!"罗依农很冷静地说，"俗话说：朋友妻，不可戏。这个道理我还是懂的。默默，我们朋友几年，你觉得我会是这种见色忘义之徒吗？你可以误会我，但请不要玷污了我们的友情，因为那不仅仅是看不起我，同时也是看不起你自己!"

欧阳默怒目圆瞪，大声说："你别跟我谈友情，因为你不配!"说完拾起沈伊人的衣服，帮她穿到身上，将她轻轻地挽在怀里，"伊人，对不起，是我没保护好你。"

沈伊人含泪一笑，说："这不怪你，只怪我自己太傻，竟然没想到世间人心可以卑劣到这种程度。幸亏你们及时赶到，他才没能得逞。默默，你……你不会因此瞧不起我吧?"

欧阳默心痛地把沈伊人搂得更紧，说："不会的，是我不好，是我不该结交这样的朋友。"

沈伊人说："人心隔肚皮，你哪能知道呢？默默，你快带我走吧，我不想再在这里多留一分钟。"

"好。"欧阳默微微俯下身，把沈伊人横着抱了起来。"我们这就离开这里。"

沈伊人用双手环抱着欧阳默的脖子，像只受惊的小猫一样，蜷缩在他的怀里。

欧阳默把头低垂到沈伊人的胸前，心中难过得无以复加，任由泪水夺眶而出。

两人紧紧相拥，默默地走出门去。

章义从卧室取了件衣服让罗依农穿上。

罗依农穿上外套跌坐在沙发里，仰起头看着天花板，他想不通沈伊人为什么要陷害自己？令他头痛的是，经过这件事，他和欧阳默的情义只怕永无修复的可能。

田甜斜靠在客厅的门框上，静静地流着泪。上一次罗依农对沈伊人口出不逊，当时虽然令她气愤，但事后想想，他只不过说了几句过分的话，没做出什么出格的事，可这一次完全不同，事实就摆在眼前。而她是那么喜欢他，他是她心中完美无缺的神。没人能体会她心中那尊神像轰然倒塌后的绝望与惨痛。

章义看看罗依农，又看看田甜，过了好一会儿，牙齿一咬说："我必须把心中的话说出来，否则会对不起'朋友'两字。"

罗依农和田甜似乎都没有听到他在说话，谁也没有作出相应的反应。章义也不在意，继续说："本来老罗遭大家误会，特别是田甜的误会，对我来说是个难得的机会。可是我不能这么自私，我必须站出来替老罗说句公道话，老罗可能是被陷害了。"

"什么？陷害?!"田甜跳了起来，"死胖子，你猪油当茶喝，是喝多了还是脑子里也长满了猪油？沈伊人和罗依农无仇无恨的，为什么要陷害他?"

罗依农接口说："因为她是虎头帮老板虎姑婆的女儿天使伊人，她一再陷害我，是想搞臭我，让你们大家都怕了我，我就没法帮助于筱洁，搅入'中野四号'这件事中。"

章义和田甜果然动容。章义问："她是虎头帮的少当家？你是怎么知道的?"

罗依农把自己落在虎头帮中时的所见所闻说了，谈到沈伊人勾引自己的事，只是很简略地说了一下。

章义和田甜都是成年人，自然能想到那些事。田甜极度不爽，问："你和她真的没发生什么?"

罗依农没好气地说："我若真的是这种无耻的色鬼，还能对你手下留情吗?"

田甜的脸顿时就红了。她对罗依农这么痴心，罗依农如果真的贪恋女色，随便给她点好脸色，她就无法守住完璧之身。事实上，他连她的手都没碰过。

章义怕气氛过于尴尬，连忙转开话题，说："沈伊人今晚的表现过于反常，我不得不怀疑她的动机。"

欧阳默、沈伊人、章义和田甜四人，好好地在茶楼喝茶，沈伊人突然提出要去帮欧阳默拿换洗的衣服。夏天的衣物不过是些T恤、短裤之类，就算买新的也花不了多少钱，何必为了这些旧衣服费事呢？而且，她和罗依农已经闹过不快，明知罗依农一人在家的情况下，又为什么还要开门进去？应该回避才是，最起码也该等欧阳默到了再一同进屋。

田甜连连点头，说："不错，这些事确实做得有悖常理。猪头，你真的和那个女人没一腿吗?"

听到田甜叫出这声"猪头"，罗依农知道她已经相信自己的清白，心头涌起无限感慨，说："没有。"

田甜展颜一笑，说："好，那我们要不要报警，让警方把这个色女抓起来。"

章义说："这个不急，现在最要紧的，是想办法救出默默。让他尽早看

清这个女人的真面目。”

罗依农协助警方，重挫虎头帮的事迹见诸报端后，他成了市民崇拜的英雄。健身俱乐部一时人满为患，每天慕名而来，要求加入泰拳班的人，就够组成一个班。这让俱乐部经理又是欢喜又是忧，和罗依农再三商榷，最后给他配了三名助教，增加两个班，加上原来那个班，分成上午、下午和晚上三班。他成了总教练，也就更忙。

这天晚班下课后，罗依农洗好澡，才走出俱乐部大门，就看见门前台阶下停着一辆银色帕萨特领驭。车子并没有熄火，车窗玻璃已经摇下，于筱洁坐在驾驶室里，手臂靠在车窗上，冲罗依农摆摆手，说：“大忙人，人家都是男等女，我是女等男，你得请客。”

罗依农大笑，说：“好，没问题。你就是想吃满汉全席我也请了！”

这是自于筱洁遭绑架以来，两人第一次单独相见。罗依农惊喜万分，一路小跑冲下台阶，跳上领驭，说：“见到你好意外。”

于筱洁一笑，踩下油门，车子驶上大街，慢慢汇入车海。她说：“一直想当面感谢你为救我而涉险。可是前几天见你心情不好，又不知道该怎么宽慰你，只能耐心等你自行恢复。现在看来你好像情绪不错。”

罗依农说：“胖胖和田甜都相信我是无辜的，他们决定帮我揭开沈伊人的真面目。”

“这样啊，那我也就放心了。幸好我立场坚定，我就知道你不是那样的人。这是不是叫作倾盖如故？”

“筱洁，谢谢你如此信任我。说真话，那天见胖胖、默默和田甜他们，这些多年的好友一个个气愤地离我而去，我真的有种众叛亲离、彷徨无助的感觉。但想到这世上至少还有你是相信我的，眼前总算还能看到一丝光明。”

于筱洁哈哈大笑，说：“我一直以为只有小女子才会多愁善感，没想到连你这样的男人也会有彷徨的时候。”

汽车转过一个弯，进入一条小街，很快在一家名叫“自由自在”的冰激凌连锁店前停了下来。

于筱洁说：“冰激凌是我的最爱。小叔常说这是垃圾食品，不让我多吃，今天你得放纵我一下，让我大饱口福。”

罗依农从没进过这种店，此前只知道冰激凌是种冷饮食品，没想到品种花式可以这么多。可以炸着吃、烤着吃、串着吃……两人选了个座位坐下，于筱洁就迫不及待地为自己要了冰激凌火锅，冰激凌铁板烧，外加一份两人用的情人谷，又问：“依农，你想吃什么？”

看着稀奇古怪的食谱名目，罗依农真不知道会是些怎样的食物。

于筱洁看出罗依农有些不自在，打趣着说：“你没和田甜来过这种店吗？”

罗依农颇有些尴尬地说：“她不吃甜食。”

于筱洁一笑，再问：“你们一般去哪里玩？”

罗依农更加不自在，说：“我们有时会去郊外走走，我喜欢郊外空气清新。”

于筱洁说：“太好了，和我趣味相投。你明天应该轮到休息吧？我们今晚玩到半夜，你不介意吧？”

罗依农说：“我当然没事，只是你回家晚了，你小叔不会担心吗？”

于筱洁说：“没事，他出差去了北京，鞭长莫及，管不到我，呵呵。”

不知怎么着，罗依农心中有点酸溜溜的感觉。心想：怪不得会主动出来找我，原来是因为陈景初不在家。

于筱洁帮罗依农点了份“刀山火海”和“鱼香肉丝冰激凌”。

服务生把他们所点的冰激凌一端上来，于筱洁就毫无矜持地大快朵颐。罗依农被她无比享受的吃相所感染，对一向不太待见的奶精类食品也大吃起来。

这一通大吃，很快就过去了一个多小时，看看时间不早，于筱洁意犹未尽地说：“今晚就到这里，下次再来。走，我们出去兜风。”

领驭驶离闹市区，下了环城道，罗依农马上知道她这是要去江边。

城里人最爱去郊游的地方，应该就是江边。特别是每年的汛期过后，江水水位下降，两岸裸露出大片大片的河床，铺满了光滑滚圆的鹅卵石和白色的细沙，就和天涯海角的海滩相仿。在盛夏的夜晚，沐浴着江上吹来的凉风，赤足踩在白净的细沙上，脚心还能感受到白天阳光的炽热。因此，吸引了大批的市民来此纳凉、消闲，特别是年轻人。在刚入夏时，田甜曾缠着罗依农来过这里一次。

夜已深，有的市民开始陆续回城，但因为明天是周末，还有不少情侣在沙滩上尽情地玩乐着，传来阵阵欢笑声。

于筱洁找了块大点的鹅卵石迎风坐下，自怨自艾地问：“为什么他们都比我快乐？”

罗依农听后一怔，猛然发现那天他和田甜来这里玩时，田甜也问过同样的话。不过她的口气中没有于筱洁的幽怨，而更多的是不甘。她甚至跑去在江边烧烤的那群年轻人当中，不一会儿就和他们打得一团火热，那晚他也蹭到了一串烤鸡翅，两根烤红肠。

那晚田甜兴致很高，两人一直玩到凌晨，田甜还说：“要是能天天和你

在一起，天天这么快乐就好了。”

于筱洁发现罗依农神思不属，问：“依农，你在想什么？”

罗依农这才发现自己走了神，连忙说：“没想什么，这里的空气真好。”心中不无气馁地想到：自己和于筱洁在一起时，竟然会不知不觉地想到田甜，这算什么事呢？

于筱洁一笑，说：“那你怎么突然不说话了？我还以为你不喜欢这里。”

罗依农说：“我在等你说话。你今晚出来，该不会只是让我陪你吃冰激凌、吹吹江风这么简单吧？”

于筱洁假装生气地叫道：“在你面前我都快成透明人了……不过，我是真的有话要和你说。我想……我想请你帮我报杀父之仇，这事非常危险，你要慎重考虑，就算拒绝，我也不会怪你，我们依然是朋友。”

罗依农一怔，随即心头暗喜。她这么当面求自己帮忙，可见她没把自己当外人。连忙说：“我很乐意帮你做点什么事。”

“依农，你知道吗？其实……其实我是一个很有心眼的女人，并不像表面上这么善良。我……我觉得自己一直在利用你。”

罗依农笑了起来，说：“是吗？我怎么就不觉得，能被漂亮的女生利用，也是一件很有趣的事。”这是他第一次当面赞她的美丽，这话一经出口，气氛就变得有点不一样。

于筱洁掩饰地笑了笑，轻声说：“是真的。第一次和你见面，你帮我打退抢包贼，纯属意外。事后，我突然想到，为父报仇这事很危险，我一个人可能完成不了，得找个人帮忙，我就想到了你。你身上有股侠义之气，而且身手了得，无疑是最佳人选……”

“所以你特地跑到俱乐部，说要加入我的泰拳班，就是为了接近我？”

“是的。我甚至想……甚至想用自己的美色来诱惑你……”夜色之中看不清于筱洁的脸色，但她说话的口气明显变得局促不安。

罗依农大笑，说：“你觉得你的诱惑成功了吗？”

罗依农这一声笑，让于筱洁轻松了不少，知道他并不在意，也笑了，说：“成不成功关键在你。呵呵，可是你后来为了救我，不惜单枪匹马地向虎头帮挑战，让我非常感动。同时，我也发现自己错了，因为你是这样真诚，是位可以真心交往的朋友。但我必须把这事向你坦白，同时请求你的原谅，否则我心会不安的。”

罗依农说：“就算你真的想利用我，我也不会生气，谢谢你的坦诚。对了，筱洁，‘中野四号’的事你查得怎么样了？”

于筱洁说：“我还是没法破解那个文档。今天白天我又去了趟我家老宅，本想再去找找线索，没想到门前的台阶上有个脚印，像刚踩上去的……”

今天中午时分下了一场雷阵雨，于筱洁是在雷雨过后才去的老宅。她家的老宅多年没人居住，门前的台阶上长满了苔藓，夏季少雨，天气干燥，这些苔藓都干枯成灰褐色，雷阵雨过后，苔藓吸足水分，青青的像地毯一样。于筱洁意外地发现，每级台阶的苔藓上都踩着一个大大的脚印，一直延伸到屋檐下。

屋檐下铺着长长的条石，这些条石十分干燥，所以石面上并没有苔藓。上面也有一个大大的脚印，那脚印是绿色的，沾满了苔藓的叶绿素。

“可见那人也是在雷雨后去的，说不定还在我家里。我当时不敢贸然进屋，就躲在门前的一棵大树后观察，果然发现我家楼上窗口有个很大的人影一晃，那人还在我家里，不知在搞什么名堂。我当时很害怕，差不多是落荒而逃。”

罗依农连声叫着可惜：“你当时怎么不打个电话给我，我赶过去一定把他逮个正着!”

于筱洁说：“我当时很紧张，没想到这一点。我一直在思考着一个问题，另外也有人关注着我家老宅，那人在我家里寻找什么呢？会不会和‘中野四号’有关？我爸当年有没有还留下别的什么线索？”

罗依农想了一下，说：“这个简单，明天我正好休息，就陪你去你家老宅一趟，帮你找找。有些你熟视无睹的事物，往往会忽略它的存在，说不定就隐藏着重大线索。”

H 大学西侧有座小山，山势不高，占地面积却不小，山上长满了各种杂树。山前的那一片老旧房子就是 H 大学的教职员工住宅区，大部分房屋都是上个世纪六七十年代所建。灰扑扑的水泥墙面，全部集体龟裂，每幢小楼门前都有五六级水泥台阶。这是一个老的住宅区，只住着一些上了年纪的退休教职工，有些老人搬去和子女住在一起，有大量的房屋闲置着。于筱洁家的老宅就混杂在这些老建筑之中。

屋前绿树成荫，十分的阴凉幽静。

于家老宅三间两层，门前的台阶上果然长满了苔藓。夏天水分蒸发快，昨天的那场雷雨留下的水分早已蒸发干净，这些苔藓又变成了灰褐色。

开门进去，一股许久无人居住的生冷霉味扑鼻而来。底楼被分割成厨房间、餐厅、楼梯间和杂物间，杂物间里放着十多个瓦罐花盆，盆中的植物全都已经枯死。

于筱洁说：“我们上楼吧，我爸的物品全在二楼的书房里。”

踩着油漆斑驳的木楼梯，脚底下发出的“咯吱”声，仿佛可以一下子把人的思维带到悠远的上世纪。

三楼左右两间分别是于商道和于筱洁的卧房，中间是一间不大的客厅，客厅南侧便是于商道的书房。

夏日的午后，阳光透过屋外茂密的香樟树的枝叶缝隙，从书房的玻璃窗中射进点点光影。一张大大的书桌临窗而放，桌前的藤条沙发被磨得油光锃亮。书桌上摊着本发黄的台历，永远地定格在十年前于商道遇害的那一天，旁边放着一盏铁制的仿古台灯。

书房东西两面墙边各摆着一排大大的书架，书架上整整齐齐地码着各种有关野生物的书籍。正中央的墙上挂着一个木质相框，相片中一对青年男女手握手，满脸幸福地站在一堵开满蔷薇花的花墙下。

于筱洁见罗依农把目光停在相片上，犹豫了一下，说："这是我爸妈唯一的一张合影，我爸一直舍不得把它摘下来。"这是于筱洁第一次谈到她的家事。

罗依农略微知道一些她爸爸于商道的事，却从没听她提起过她妈妈，一时忍不住好奇，问："你妈呢？怎么没听你提起过她。"

于筱洁微微一愣，然后淡淡地说："她已经不在人世了。"

"哦，对不起啊，我问得太唐突了……唉，真可惜，你爸妈在世时一定很恩爱，他们看上去很幸福的样子。"罗依农看着相片说。

相片中的于商道穿着白衬衫，戴着眼镜，身形削瘦，浑身上下透着知识分子特有的书卷气。于筱洁的妈妈长得十分漂亮，面相和于筱洁有五六分相似。一袭带蕾丝花边的连衣裙，头上戴着漂亮的遮阳帽，估计这个造型在当时一定很时尚。

"幸福？"于筱洁的嘴角闪过一丝自嘲的浅笑，说，"所谓的幸福总是短暂得像泡沫，有时我忍不住要怀疑，这世上到底有没有真正的幸福存在。"

罗依农一愣，问："筱洁，你怎么这么说？"

"我妈在我两岁半时就抛下我们父女，跟别的男人跑了。如果她能好好地守着我们，守着我们的家，也许我爸就不会死。"于筱洁的口气中流露着淡淡的怨恨。

"啊，怎么会这样？"罗依农没想到会触痛她内心的伤疤，尴尬得不知说什么好。

于商道一生痴迷野生物，常常带着学生出门考察，有时一出门就是两三个月，和于筱洁的妈妈聚少离多。她妈妈年纪轻轻，独守空房，寂寞难耐，经不住别的男人再三诱惑，终于抛夫弃女跟人跑了。于商道用事业上的进取，来麻痹感情上的创痛，竟然破解出亚洲象的生理密码，找到"中野四号”象墓，才会招致杀身之祸，也使得于筱洁成了孤儿。

罗依农问：“你爸过世后，你妈没来找过你吗？”

“在我妈抛弃我们父女时，我才两岁半，但也知道我妈已经不要我了，我没哭也没闹，心中对她只有恨。她跟别的男人成家后不久又生了个女儿，是我同母异父的妹妹，但我从没见过她，甚至都不知道她叫什么名字。在我爸遇害后，我妈曾经来找过我，想让我过去和他们一起生活，但我拒绝了。她后来又来看过我几次，我都避而不见。”于筱洁很平静地说着，仿佛说的事和她无关。

罗依农说：“你妈其实是爱你的，因她心中对你有愧疚，所以迟疑不决，不敢面对你。”

于筱洁轻声叹了口气，语气中泛起淡淡的伤感。“大概四年前的某一天，她突然打电话到我的学校宿舍，说很想见我一面，希望我能满足她的这个心愿。当时我心情十分激动，大声责问她，这十几年来，有没有想过来满足一下我的心愿？她沉默了好一会儿，终于无声地挂了电话。没过多久，我就得到一个消息，说她得绝症过世了，临终前一直叫着：纯纯，妈对不起你……”泪水终于从于筱洁的眼角滚出。

在于商道出事前，于筱洁的名字叫做于小纯。出事后，陈景初担心黑道上的人不放过她，才帮她改成现在的名字。

“我不知道我该恨她，还是该原谅她。有时我常常怪自己狠心，为什么就不去见她一面，让她了却了心愿再离开，这世上就会少一份遗憾多一份温情。”

“筱洁，这不是你的错，其实你已经原谅了她，不是吗？”

于筱洁默默地摇着头说：“后来，我想去打听她生前的状况，才发现我竟然都不知道她的住址，甚至连她后来的丈夫和女儿的名字都不知道。有时想想，我真的很绝情。呵呵，依农，这些事一直放在我心里从没对任何人谈起过，堵得我心烦，今天对你说了出来，感觉轻松多了。”

罗依农说：“事情已经过去，就不必再多想。再说你能时时记着他们，足见你的真心，他们会感受到的。”

书房中除了书籍，几乎没有别的东西，两人把所有的书一本本全取下来细细翻看，再把书架、地板全敲了个遍，也没发现新情况，这一折腾差不多忙碌了一个下午，看看日已偏西，于筱洁提议今天就到此为止。

罗依农想：这间屋子不知有多少人来明查暗搜过，就算还有什么蛛丝马迹，哪能这么容易发现。刚要说话，突然听到木梯上发出沉重的脚步声，有人上楼来了，而且来人气喘如牛，未见其人先闻其呼吸声。

罗依农和于筱洁对看一眼，两人均想：光天化日之下，来者又不蔽身形，应该不会是坏人。

来者在楼梯上大声问：“有人在家吗？”

罗依农应道：“在的，请问有什么事吗？”和于筱洁一起走出书房，走到楼梯间往下一看，不想被来者吓了一大跳。大脑中第一个反应是“圆”。他俩真没想到，一个人可以胖到这种程度，已经不能用“肥胖”两字来形容，感觉“圆”字更贴切些。

这个圆圆的男人，从楼梯一步步走上来，简直就像滚上来一个大肉球，因为肥胖，浑身是肉疙瘩，竟然看不出他有多大年纪。他每跨上一步，楼梯就发出一阵恐怖的“吱呀”声。于筱洁暗暗担心，她家的木质楼梯会不会不堪重负而爆裂。

胖男人好不容易上到二楼，狠劲地喘着粗气，头上大汗如雨，仿佛他脑门上方有个水莲蓬，正对着他不停地洒着水似的。

于筱洁把他上下打量一番，越看越觉得对方长得有趣，强忍着笑，问：“请问你找谁啊？”

胖男人喘着粗气说：“请问你家租房吗？我需要租套房子，听说你家的房子一直空着，你开个价吧。”

于筱洁说：“这房不租，你去别处看看吧。”忽然发现这胖子长得痴肥臃肿，眼睛却灵活得像老鼠，他和她说着话，同时眼睛滴溜溜一转，把楼上的情况尽收眼内。

“干吗不租啊？闲着也是闲着，租几个小钱，买点菜、买几件衣服也是好的。”说完这句话时，胖男人已经走到了书房门口。

罗依农也发觉到胖男人形迹可疑，心中顿生警觉，连忙抢上前挡在书房门口，喝道：“你想干吗？都说了不租，你还不快下去！”

胖男人听而不闻，自说自话：“这房子不错啊，光线不暗不明挺合我意，环境幽雅，很有文人雅士的意境……”说着他又转到了于筱洁以前居住的房间里。

罗依农恼了，大声喝斥：“朋友，请快点离开，你再不识相，别怪我把你扔下楼去！”

胖男人这才有所警觉，连看了罗依农几眼，见他目光咄咄逼人，才不敢再放肆，极不情愿地转身下楼，走在楼梯上犹自不服气地说：“我这身肉将近三百斤，才不相信有人能把我举起来再扔下楼去。”

于筱洁见罗依农又要发作，连忙说：“算了，依农，让他去吧。”

罗依农说：“我不是因为他无礼才生气，而是因为这人极不简单，你看他的眼睛像贼似的，让人看着不舒服。”这时手机响了，罗依农拿出来一看，竟然是程凌打来的。

罗依农好不意外，不知程凌找他有什么事，同时心中又隐隐地有些不自在，主要是因为章义那篇报道，把程凌的功劳都扣在了他的头上。

程凌问罗依农有没有空，他有要紧的事想找他面谈。罗依农想了想，干脆约他晚上到自己家中见面。

第 7 章　千头万绪

罗依农和于筱洁离开于家老宅后，上街胡乱吃了点东西，于筱洁知道他晚上还有事就主动告辞。

罗依农在所住小区的小卖部里买了十几罐啤酒和几包袋装卤鸡腿，回家先洗了个澡，换了身干净的衣服，然后坐在客厅里等程凌，脑海中细细回想着在于家老宅看到的景物，他总觉得有哪个地方不妥，可究竟不妥在哪里却说不上来。

到了约定的时间，程凌准时按响门铃。进门见到客厅的小茶几上放着啤酒和饮料，毫不客气地在沙发上一坐，拿起一罐啤酒打开了，连喝几大口，然后笑着说：“就冲你这点待客之道，我不想交你这位朋友也不行了。”

罗依农也笑了，他喜欢程凌的豪爽，先就章义那篇报道的事向他道歉。

程凌大笑，说：“是我故意让章义这么写的。”

“为什么？我可不想掠他人之美，来成就自己的英雄之名。”罗依农心中有点不快。

“首先，我所做的一切只是我的分内事，这是应该做的，不值一提。其次，现今的社会需要英雄，需要见义勇为者。围观落水者，却无人相救；小女童被车轧，十八位路人冷漠无视。像这种让人心寒又心痛的报道充斥各大媒体，某些国人丧失的不仅仅是中华民族曾经引以为傲的侠义之心，而是做人最起码的良知。太平盛世也需要英雄站出来激励人心，我只希望你的事迹可以激活某种人渐渐冷去的血性。”

“我这么做可不是想逞个人英雄，我是在帮朋友。”

程凌看出罗依农脸上的不快，笑了，说：“我这么做是有目的的。”

其实，早在于筱洁被虎头帮绑架之前，市刑侦总队就已经在关注“中野四号”的事，毕竟这事还牵扯到十年前于商道被谋杀的悬案。同时网警查出

在网上发布“中野四号”各种信息的那位中野先生的ID就在云南，而且一向在南方边境活动的虎头帮突然大规模出现在本市，警方自然而然地把这些事联系在了一起。

“虽然这次虎头帮在本市折戟沉沙，但他们千里迢迢有备而来，绝不会就此罢休，而且落网的只是一些帮中的小角色，几个重要人物全逃了，他们肯定还会再次兴风作浪。我们决定放长线钓大鱼，我们还需要你的帮忙，这就是我今晚来找你的目的。”

罗依农想也不想，点头说：“行，这个没问题，只要能帮筱洁找出杀害她爸爸的真凶，要我怎么做都可以。”

“当年于教授被杀时，是和他的两名学生陈景初和施震阳在一起，当时案发现场还有不少目击证人。近段时间，我们再次询访了陈景初和其他几位目击者，所说的和当初的笔录并无多大出入，毕竟时隔太久，许多细节都已经想不起来了。当初于教授遇害后不久，施震阳突然失踪，当时警方怀疑他和于教授被害有关，甚至还发出了通缉令，可这么多年过去了，依然没有他的一丁点消息，估计已经不在人世。最近，中野先生突然再拿‘中野四号’做文章，而于筱洁又意外地得到‘中野四号’绝密文档，你不觉得这太巧了吗?”

罗依农说：“这个我和陈景初探讨过了，应该是有人想借助筱洁之手解开‘中野四号’之谜，又想打野生象象牙的主意了。最大的怀疑对象就是中野先生和虎头帮这些人。”

“如果真是这样，中野先生就不应该在网上发帖，难道他生怕别人不知道他又在惦记那些象牙了吗?”

罗依农想了下，觉得程凌这话说得不无道理，问：“那你认为中野先生为什么要这么做?”

程凌说：“我觉得他是在引蛇出洞。”

“引蛇出洞？什么蛇?”罗依农问。

程凌说：“就是当年杀害于教授的那条眼镜蛇。我猜想中野先生也很想知道杀害于教授的那条眼镜蛇的真实身份，一直在暗中求索不得，所以他才会顺势一引。”

罗依农再问：“虎头帮会不会就是当年暗杀于教授的真凶？还有中野先生和虎头帮会不会是一伙的?”

“在真凶浮出水面之前，警方既没法排除虎头帮的嫌疑，也没有足够的证据证明虎头帮的清白。不过，虎头帮的崛起还不到十年，他们真正引起世人注意，也才是最近五六年的事。从当年杀害于教授的作案手法来看，作案者有组织，有预谋，手法干净利落，作案后没留下任何蛛丝马迹，绝对是老江湖。当时，警方就怀疑他们在本市有据点。可惜这十年来，这伙人像真的消失了一样。对了，我有条重要消息告诉你，于筱洁可能和虎头帮达成了某种协议，这是我今天来找你的另一个原因。”

“什么？筱洁和虎头帮联手？开什么玩笑！”罗依农大笑，这简直是他本年度听到的最好笑的笑话。

程凌一笑，也不说话，从随身带的公文包中取出一张内存卡，插入罗依农的笔记本电脑，点开播放器后，跳出一段视频，于筱洁的身影出现在画面上。

罗依农不知道程凌是什么用意，只得很用心地观看。只见于筱洁从一间房中走出来，房外是一条长长的通道，似乎是在酒店宾馆中，她很从容地走向通道的另一头，身影越变越小，然后画面跳转，这回拍到的是她的正面，她从远而近，快到镜头前时，转弯走到电梯间前等电梯……

罗依农小心翼翼地问：“这好像是在迎宾大厦？”

程凌点头说：“是啊，于筱洁被劫持后，一直被关在迎宾大厦，和你关在同一幢楼，只是不同房间而已。”

“你让我看这段视频是什么意思？筱洁好像没出什么问题啊？”

程凌一笑，说：“你别紧张。你觉得画面中的于筱洁看上去神色紧张吗？”

罗依农心中一动，已经明白他的意思，但还是问：“这是筱洁在被劫持期间，在迎宾大厦内活动的监控录像？”

程凌说：“这是于筱洁获得人身自由那天，离开迎宾大厦时的监控录像。这是我们清剿虎头帮后，从大厦监控室中调取出的视频资料。于筱洁对我们说她是趁看押人员不注意，自己偷偷逃出来的，可是你看她的神情，像是‘偷偷出逃’吗？后来，我们审讯了落网的虎头帮人员，证实于筱洁是他们放她离开的。”

罗依农不以为然地说：“这又说明了什么呢？虎头帮想从她的身上得到‘中野四号’，后来发现她也不清楚，自然得把她给放了。”

“既然这样，于筱洁为什么要撒谎呢？还有，你觉得虎头帮的人有这么好糊弄吗？”

“可是筱洁没理由和虎头帮合作。她凭什么相信他们？”

“也许他们双方达成了某种共识，所以我想请你帮忙，设法弄清他们合作的原因……”

“办不到！”罗依农拒绝得很干脆。“我不可能对她存有异心，这样做的

话，我……我……”

“你会觉得对不起她，是不是？但你要知道，你这么做其实是在帮她。所谓当局者迷，旁观者清，你多留一个心眼，反而会把事情看得更清更透，也可以防止她走错路，甚至上别人的当！”

“我……”罗依农忽然发现自己已经没有拒绝的理由。

“顺便再提醒你一下，你可能同时招惹了另一伙人。他们对你敌意很重，甚至可以说不置你于死地而心不甘。”

罗依农一怔，问：“这话怎么说？”

“你和虎头帮交战那天，你的朋友章义、田甜和欧阳默赶去相助，结果被一伙来历不明的人拦下，这事你应该早已知道。可你有没有细想过，那伙人只是把章义三人赶回市中心，并没有为难他们，甚至任由他们报警。这又是为什么呢？”程凌问。

罗依农说：“我明白。那伙人不让章义他们帮我，是想借助虎头帮之手将我除去。然后不介意他们报警，当然是想让警方出面对付虎头帮。可说是一箭双雕，坐观虎斗，稳收渔利。”

程凌一笑点头，说：“还有一事，国际刑警专门负责跨国走私案件的专案组，前几天打电话给总队，询问于教授当年被害的始末，他们可能会派专员来我市，很有可能和于筱洁接触，你提醒于筱洁好好配合，要查清她爸爸的案件，可能还得借助国际刑警之手。”

罗依农好生奇怪，这事怎么越扯越大，不但扯上了跨国走私，还扯到了国际刑警。

程凌说：“这事还得从‘中野四号’说起。国际上大多数的国家都明令禁止象牙交易，使得象牙价格直线飞涨，这给野生象招来灭顶之灾。一些犯罪团伙捕杀野生象，掠取象牙，跨国走私，以牟取暴利。‘中野四号’最最吸引人的地方，就是因为涉及象墓中的象牙，据说那是一笔富可敌国的财富。当年于教授被害一案，就有可能涉及跨国犯罪团伙，特别是十多年前在云南边陲猖狂一时的‘绿野苍龙’一伙。”

绿野苍龙俗称龙帮，在十多年前，其知名度远远在问花堂之上，在东南亚一带可说是无人不知，无人不晓，当时的规模也远非现在的虎头帮可以比拟。该犯罪团伙纪律严明，手段毒辣，专门从事跨国走私文物、象牙、军火等大多数国家明令禁止的物品，当然还涉及贩毒、贩卖人口、偷渡等不法行为，而且不达目的绝不罢休。龙头老大布衣先生据说是位高学历、高智商的绝世高人，一向神龙见首不见尾，没人知道他的真实身份，甚至没人见过他的庐山真面目，就连他最最得力的亲信，也是只闻其声，不识其人。

中国、缅甸和越南的三国警方和国际刑警几度合作，都未能将这伙人绳之以法。后来，缅甸警方几经周折，出高价买通布衣先生手下的一位重要人物，买得重要线索，三国警方和国际刑警全力围剿，终于重创龙帮。布衣先生顽抗到底，最后引爆藏在身上的炸药，到死都没有暴露他的真实身份。

程凌说："种种迹象表明，龙帮这颗大毒瘤并没清除彻底，经过这十多年的雌伏养息，大有死灰复燃的迹象。国际刑警可能已经掌握了一些这方面的线索，虽然他们没有明说，估计和'中野四号'有关。这些事我本不该对你透露，但我不明说，又怕你对这事不重视。兄弟，男人做事要从大处着眼，别太过贪恋儿女情长啊。"

罗依农被他说得满脸通红，赌气说："这是你们警察的事，关我什么事？我就是喜欢风花雪月，儿女情长，怎么样？"

程凌呵呵一笑，说："我当然不能怎么样，请你记得保护好自己吧。再次提醒你一下，虎头帮遭受重创并不等于这事暂告一个段落，相反，这盘棋局才刚刚展开，而你和于筱洁无疑是过了河的卒子，已经没有回头路可走。"说着，从电脑上拔下内存卡，站起身来，"谢谢你的啤酒和鸡腿，等忙过这一阵，我回请你，晚安。"

当于筱洁一袭白色长裙，天使般飘然出尘地站在沈伊人面前时，沈伊人足足看了她五六分钟，然后眼中闪过一丝落寞，脸上却灿然一笑，说："很纯，很美，也很有气质，相信大多数男人会很欣赏你这样的美女，但仅仅是欣赏而已。男人除了欣赏美女外，还会欣赏字画、瓷器等艺术品，真正能令他们着迷的，也许还是我这种能令他们欲死欲仙、欲罢不能的……"

"够了！"于筱洁眉头紧皱，目光凛冽，"我不是来听你卖弄你的丑事的。"

沈伊人的嘴角闪过一丝冷笑，问："那请问于大小姐大驾光临我这里有什么要事？总不会只是来摆个谱吧？"

于筱洁说："你留下来的目的已经达到，请你离开这里，离开欧阳默，以后不要再作弄罗依农。"

沈伊人突然大笑，厉声问："我的目的？你知道我留下来的目的？"

"是，因为你是虎头帮老板虎姑婆的女儿。如果我猜得没错，应该是你妈让你留下来设法拉拢我和罗依农，以便让他帮我把'中野四号'的战火传递去云南，也就是你们虎头帮的势力范围之内。"

沈伊人收敛笑容，郑重其事地点点头，说："谁说漂亮的女人只是花瓶，至少这句话用在你我的身上不适合。呵呵，就算你猜到了那又怎样？"

虎姑婆和于筱洁达成协议，虎头帮帮于筱洁追查杀害她父亲的真凶，而于筱洁则负责把所有觊觎“中野四号”的人引去云南。但单凭她一个人的力量根本就办不到，她得有人相助，最好的人选就是罗依农。沈伊人黏上欧阳默，又故意陷害罗依农，挑拨他和几位朋友之间的关系，就是想把他给孤立起来，给于筱洁创造展示温柔可人、善解人意的机会，确立她在罗依农心中红颜知己的形象。

于筱洁说：“我和依农关系进展正常，根本不需要你用这种下作手段去作弄他。我还是那句话，谢谢你的好意，我心领了，但是我不需要这样的帮助，请你离开这里，离开欧阳默。”

沈伊人气极反笑，说：“我把你的意图解读成：你舍不得罗依农被我再三挑逗。你不会是真的喜欢上他了吧？”

于筱洁说：“这不关你的事，我也没必要向你解释，你爱怎么想请自便。”

“既然这样，我和欧阳默好，又关你什么事了？我可以很厚颜无耻地告诉你，我第一个看上的人是罗依农，但他的心似乎在你，也有可能是田甜的身上，我只得退而求其次，默默也很好啊。再说句淫贱无耻的话，和我上过床的男人数不胜数，但默默是最特别的一个，我喜欢他，还舍不得离开他。”

于筱洁的眼中露出鄙夷的目光，说：“我不想知道你的风流韵事，我只知道你继续留在这里，会打乱我的计划，到时如果出了什么差错，你妈怪罪下来，你担当得起吗？”

于筱洁的目光刺痛了沈伊人，她突然目露凶光，喝道：“于筱洁，你别在我面前装清纯。别以为我不知道你和陈景初的关系，你敢指天发誓，你俩之间清清白白，绝无苟且之事吗？”

于筱洁的脸色突然煞白。

沈伊人见一招切中于筱洁的要穴，得意地大笑起来，说：“五十步笑百步，哈哈，如果罗依农知道你和陈景初的暧昧关系，他会怎样？”

于筱洁的脸色由白转青，“你……你……”

“是不是又想拿我妈来压我？好，我承认，我是很怕我妈，但你也别逼我，逼急了我是什么事都做得出来的。”虎姑婆身为一介女流，却能统领着有上千号手下的虎头帮，她的手段可想而知，就算是身为女儿的沈伊人也不敢挑战母亲的强硬作风。

两女怒目而视，这一番唇枪舌战，谁也没占到优势。

于筱洁讨厌沈伊人其实还有另一层原因，她在空勒的手机视频中看到过沈伊人百般挑逗罗依农，那场景过于暧昧，过于火爆，过于少儿不宜，只要一想起这段视频，就会隐隐刺痛于筱洁心底最柔弱的部位，这究竟是出于嫉妒，还是同性相斥，连她自己也有点莫名其妙。反正她讨厌沈伊人，而且不是一般的讨厌。

可是，稍稍冷静下来后，于筱洁又清楚地知道，和沈伊人这么僵持，对自己一点好处也没有，对方毕竟是虎姑婆的女儿，自己若真的想和虎头帮合作，最好对她客气友善一些。

良久，于筱洁展颜一笑，说："姐姐我苦口婆心劝你早点离开，其实是出于好意，我想警方应该知道你还留在本市，你就不为自己的安全担心吗？"

沈伊人不喜欢于筱洁的程度可以用深恶痛绝来形容，不知是因为于筱洁看上去比她清纯可爱得多，还是因为内心悲哀地发现，于筱洁的气质确实要比自己高雅一些。尽管虎姑婆打电话给她，再三叮嘱不准为难于筱洁，可她控制不住自己。现在见于筱洁主动示好，乐得随台阶下人，也笑了，说："谢谢筱洁姐的好意，妹妹我没有案底在身，我想警方总不会平白无故地抓人吧？不过，我会好好考虑姐姐的话的。"

两人转瞬之间都是笑意盈面，姐姐长妹妹短地叫得亲热，刚刚剑拔弩张的气氛在瞬间消失于无形，不知情的人以为她们正说着体己话呢。

于筱洁笑着说："既然这样，姐姐就告辞了，愿妹妹早日回家，一路平安。"

尽管俱乐部经理给罗依农配了三位助教，可是泰拳的运动强度太高，教完一天的课程，就是铁打的身体也会感觉到累。

罗依农洗完澡出来，用毛巾胡乱擦了下湿头发，准备下班，忽然想起今天一整天田甜都没在自己眼前出现过，不免有点意外。"难道她身体不舒服？"连忙赶去健身操房，正好见到田甜背着包出来打算下班回家，两人迎面遇上。

"田甜，你……你……我……"罗依农见田甜面色红润，十分正常啊。

"怎么啦？"田甜见罗依农这几天总是一个人躲起来，有时一副心事重重的样子，似乎在思索着什么；有时会一个人傻傻地笑，笑得很甜蜜，那样子不用想都知道，一定是在想于筱洁。她不想自寻烦恼，所以今天一整天都没去看罗依农。"猪头，你干吗啊？说话吞吞吐吐的？"

罗依农说："我……我是想问你下班后有没有空？"

"啊？你……你想约我啊，有空，有空。"田甜的惊喜之情溢于言表。同时心中有种恍然大悟的感觉，暗想自己以前可能表现得过于主动，罗依农才会对自己的热情视而不见，今天自己只不过暂缓了一天，他就耐不住寂寞主动贴上来。看来毛爷爷当年打游击战时提出的那一条原则"敌退我进，敌进我退"在现代情场上一样适用。

罗依农见田甜满脸抑制不住的喜悦，知道她可能误会了自己的意思，可是这种情况下又不好说得太白。“今晚太热了，我想回去也睡不着，反正时间还早，不如上街逛逛。你没别的事吧？”

田甜笑了笑，说：“感觉你对我越来越生分了。你以前可不是这样的，你想做什么事时从来不问我有没有空，一向都是拉了我就走。最近怎么变得有涵养了？”

罗依农大笑，他最最欣赏田甜的地方就是她的直爽，她一向都是这样有话直说，从来不把话闷在肚子里，有时感觉她比章义和欧阳默他们更有男儿气。当下不再顾忌，拍了一下她的肩膀，说：“走，上街，你想吃什么？我都请你。”

田甜一笑，说：“好！走吧。”心中却是没来由地好一阵失落，心想：终究还是今非昔比啊。要是在以往，罗依农绝不会是这么拍一下她的肩膀，而应该是直接拉了她的手就跑，有一回她甚至只来得及换下一只体操鞋，就被他拖去一个露天公园看流星雨。

夏季的都市，要在入夜后才会展示出它的繁华。大街上摩肩接踵到处是人，车流灯海，把喧嚣与繁华诠释到极致。

两人均手握着冰激凌在人流中穿梭。田甜见一家影楼的橱窗重新作了布置，新展示出来的那几套婚纱，新颖典雅的款式，令人站在这盛夏的街头都能感觉到丝丝凉意，把她激动得哇哇直叫：“老天啊，太漂亮了，漂亮到无可奈何的程度！”隔着玻璃窗，仰望着橱窗内高高站立着的塑胶模特，羡慕得快要流口水了。

罗依农严重鄙视，说：“别这样好不好？花痴似的，你们女人是不是对婚纱啊，鲜花啊，这种华丽的东西特有好感？”

田甜头也不回，望着婚纱说：“你要打击我的话，请针对我一个人，别一竿子打翻整船的女人好不好？不过，像我这样的女人并不少见，你看看，那边不是也有一位吗？”

影楼大门另一侧的橱窗外，也黏着一位女生，那样子比田甜好不了多少。

罗依农忍不住大笑，说：“你的同类，要不要过去认识一下，也许可以结拜成姐妹……咦，那不是筱洁吗？”那边的女生刚巧转过头来，竟然是于筱洁。

于筱洁当初学的是时装设计，虽然毕业后陈景初把她养在家里，不让她出去找工作，但出于女人的天性和所学专业的原因，她一直都很关注每季时装的走向。每次走在大街上，最爱逛的总是那些时装店。

她今晚闲着没事，一个人在大街上闲逛，看到这家影楼新展示的婚纱很有个性，流连在橱窗前揣摩着设计师的心境，忽然听到有人在叫自己的名字，扭过头一看，竟然是罗依农。街头偶遇，难免会有更多惊喜。她大叫了声："依农，我正想去找……"快步跑了过去，才跑出几步，猛然看到他身边还站着田甜，兴奋的情绪一下子冷却了大半。

罗依农看到于筱洁脸上的表情僵了僵，就知道她在想什么，连忙说："我和田甜刚刚下班，闲着没事，就一起上街走走。"

田甜见到于筱洁，心里也不免咯噔了一下，心中不得不感叹墨菲定律的玄妙，她最不想遇到的于筱洁，总是在最最不希望见到她的时候碰巧遇上。再听到罗依农刚才说的这句话，仿佛是想急于和自己撇清什么似的，不由得心中有气，便说："依农约我下班后上街来玩，没想到这么巧遇上你，筱洁你是一个人出来的还是约了其他的人？"

于筱洁听出田甜的口气中颇有炫耀的成分，自己若说没人约，只是一个人上街，似乎会很没面子。但如果说约了人了，可以想象到的是，田甜会马上说：那不打扰你了，再见，祝玩得开心。

罗依农说："筱洁一向喜欢清静，不太喜欢约人上街……"

正说着，一辆黑色卡宴在街边缓缓停下，车门一开，陈景初很优雅地走下车来，冲于筱洁叫道："筱洁，原来你在这里，怪不得打电话回家，说你出门了。"

"小叔，你怎么来了？"不知怎么的，于筱洁的声音听上去有点发涩。

陈景初快步走到众人面前，和罗依农、田甜打了个招呼，笑着对于筱洁说："我有千里眼，能看到你在这里玩，所以就追过来了。"

于筱洁也笑了，问："小叔这么急着找我，是不是有什么要紧的事啊？"

"什么话？只能有要紧的事才可以找你吗？"陈景初微笑着，目光深邃而柔和地注视着于筱洁，上前一步，轻轻地搂住她的肩膀，柔声说，"我明天就要出国了，这一去起码得半个多月，你今晚就不想好好陪我吗？"

于筱洁脸上一热，眼中闪过一丝慌乱，飞快地看了罗依农一眼，见他满脸错愕，不由得在心头长叹一声，强作欢笑说："小叔是个大忙人，平时想见你一面那才叫一个难，难得你今晚有这个雅兴让我陪你说说话，我自然很乐意的。不过呢，我可不能白陪你，你回来时得给我带礼物哦。"

陈景初笑着说："说得好没良心，好像我平时出门从没给你带礼物似的。我的心都可以给你，还有什么不能给的？"

于筱洁脸上的尴尬更明显，问："你是不是要带我去哪里？"

陈景初说："你先陪我去买些日用品吧。"

于筱洁点头答应。陈景初向罗依农和田甜很礼貌地道别，搂着于筱洁一起离去。

罗依农怔怔地望着卡宴驰去的方向，心中像吞了只苍蝇一样，说不出的难受。

田甜却是心情大好，对于筱洁的反感顿时如云烟消散，卡宴早已不见了踪影，她还在由衷地赞道："陈景初温文尔雅，对筱洁姐百依百顺；筱洁姐温柔大方，又善解人意，他们两人真是天生的一对啊！"

罗依农的心情烦乱到极点，没好气地说："你没听到筱洁叫陈景初小叔吗？他们是叔侄关系！"

田甜笑着说："那是他们之间的昵称，我有个小姐妹还称呼她男朋友'干爹'呢。"

罗依农说："真是物以类聚，只有你才会有这么古怪的朋友！我回家了！"

罗依农抛下田甜独自走在回家的路上，心中空荡荡的，他自小就长在泰国，承受着身在异国他乡的寂寞。自从进入泰拳馆后，身边渐渐多了一些朋友，特别是田甜。两人在一起时，总能玩得很开心，他也知道她对自己的感情，可他总觉得和她在一起时少了点什么。也许是他压抑太久的情感，有了田甜这样的外因催动还不够，还没法激起他内心的狂热。直到见到于筱洁的那一刹那，忽然发现他黑暗的天空中亮起了一颗星，尽管星光微弱，却足以照亮他小小的世界……

第 8 章　冒险游戏

此后的几天，罗依农的情绪明显低落，整天一副心事重重的样子，有时一整天也说不了几句话。

田甜理解罗依农的感受，没有给他过多的安慰，真正的情伤要靠自己愈合，只能寄希望于时间。

时间也许不能弥补伤痕，但至少可以沉淀感情。

罗依农毕竟不是陈景初，他学不会他的老谋深算，自然也就做不到他那样的举重若轻。

陈景初应该也预感到了于筱洁和罗依农可能要发生的故事，便这么不失时机地现身，轻描淡写的几句话，云淡风轻的几个举动，就将一场情事巧妙地扼杀于无形。

“姜果真还是老的辣！”田甜正想得入神，手机忽然响了，一看号码是章义打来的。“现在是工作时间，大哥，你不会又想开小差吧？”

章义说：“田甜，我终于打探到默默和沈伊人租住的地方了，你快点带老罗过来，让他施展出杀伤力无限的美男计，把沈伊人打回原形。”

自从上次欧阳默和罗依农翻脸后，就和沈伊人消失得无影无踪，甚至连手机号码也换了，谁也找不到他。章义利用他的记者身份，一直在明查暗访。

田甜望了一眼泰拳班的练武厅，为难地说：“你怎么不直接打电话给猪头？”

章义说：“我打过了，可是他没接。我知道他上课时，手机一般不放在身边的。”

“他这几天心情不好，我估计他暂时没什么兴趣对这事较真，就算我去说也没用……”

章义急了，说：“你这是什么话啊？这是在帮欧阳默脱离苦海，懂不懂？时间拖得越久，默默就会陷得越深，到时就会越痛苦。我们做朋友的不帮，还有谁能帮他？我现在就守在他们居住的小区大门口，默默出去拍广告了，沈伊人独自在家，是个大好机会，不能错过。你快把老罗带过来，现在就看你的手段！”

“好了，好了，知道了，讨厌你的激将法！”挂了电话，田甜稍稍合计一下，快步跑到罗依农面前，说：“胖胖已经找到默默了，据说沈伊人把默默折磨得不成人形，他让我们赶快过去救人！”

罗依农大吃一惊，连忙向俱乐部经理请了假，和田甜一起赶去章义指定的地点。

那是一处居民小区，欧阳默和沈伊人不想受人打扰，在普通居民小区租房同居在这里。章义在小区门口早已等得不耐烦，一见到罗依农，把一支录音笔递到他手中，说：“7 幢 402 室，现在沈伊人一人在家，老罗，你要把持住啊！”

罗依农这才知道上了田甜的当，不过既来之则安之，毕竟欧阳默的事也拖不得。

沈伊人正在上网看电视，听到门铃响，走到门口从猫眼中往外一看，竟然是罗依农，不免有点好奇，但马上就猜到了对方的来意，先拿出手机拨了个号码，然后打开防盗门。

罗依农不想和沈伊人多说什么，直截了当地说：“沈伊人，我还是那句

话，希望你离开欧阳默，他从小身世凄苦，你不能再害他。”

沈伊人一笑，把门关上，媚笑着说：“让我离开他，可以。但我寂寞难耐，除非你能替代他来陪我。”

罗依农脸色一沉，喝道：“住口！你有脸说出这种话，我可没脸听。你说，到底要怎样才肯从欧阳默身边消失？”

“你陪我一次，好不好？我要的不多，就一次。你知道的，我阅人无数，经验丰富，会让你很舒服的……”

“住口！”面对这么无耻淫荡的女人，罗依农有点无能为力的感觉。

沈伊人大笑起来，说：“我长得并不比于筱洁、田甜她们差，有些手段说不定比她们更高超，你要不要试试？”说着就要解衣服。

罗依农见目的已经达到，他不想再纠缠下去，骂了声：“无耻！”转身就要离开。

“等一下！”沈伊人神色自若，问，“我才说了这么几句话你就走，你就不怕录音录得还不够多吗？”

罗依农才跨出去的脚步顿时僵住。

“要不要我多配合一会儿，再说些更下流无耻的话，满足你棒打鸳鸯的剧情的发展需要？”

罗依农没想到沈伊人精明到这等程度，一时说不出话来。

沈伊人笑得更欢，拿起手机向罗依农晃了晃，说：“不过呢，这段录音你不必再拿给默默听，我和他的手机一直处于通话状态，他不但听到我们的全部对话，估计马上就会赶过来，他的工作地点就在小区对面……”

她的话还没说完，门再次被打开，欧阳默像头怒狮般冲进来，一拳直奔罗依农的鼻梁，同时大吼：“罗依农，你给我滚出去！”

真如沈伊人说的那样，欧阳默听到手机中罗依农和沈伊人的对话，像疯了一样奔来，守在小区门口的章义和田甜想拦住他，结果差点双双被撂倒，只得跟着他上来。章义大叫：“老罗，我们拦不住！”

罗依农把头一偏，轻松闪过欧阳默的拳头，叫道：“默默，你快醒醒吧，离开沈伊人，她会害死你的！”

欧阳默怒到极点，吼道：“我就算被她害死，那也是心甘情愿，用不着你管！”另一拳又打了出去。

这回罗依农没闪，而是疾手抓住欧阳默的手腕，身形一错，另一手在他腰间一托，在其他人的惊叫声中，欧阳默腾云驾雾般飞了起来，飞过茶几，重重地摔在皮沙发中。

罗依农喝道：“想死还不容易吗？我来摔死你！”

欧阳默知道自己根本就不是罗依农的对手，倒在沙发中仰天大叫：“罗依农，我恨你！你为什么一定要这么残忍地毁灭我的美梦？为什么？这些年来，我活得多么的累，每天都在现实与梦想之间挣扎到精疲力竭，我也想好好地享受生活，可是生活从没大方地给过我什么，直到遇到伊人。和她在一起的这些日子，是我有生以来最最快乐的时光……”

欧阳默是个弃儿，出生一周不到就被狠心的父母抛弃，自幼在孤儿院中长大，对父爱、母爱等亲情的强烈渴望，最终累积成心理上的缺憾。和罗依农、章义等几位好朋友在一起时，虽然也很快乐，但友情给得了坦诚，给得了温暖，也给得了嘘寒问暖，却替代不了润物细无声般的亲情。

“其实我的内心很脆弱，每次遇到挫折时就想哭，时常抱怨命运为什么要这么对我？可是在你们面前时我得假装坚强，我要把我最精彩的一面展示给大家，因为我是个男人。可是，在伊人面前，我可以卸下所有的伪装……”欧阳默躺在沙发里梦呓般喃喃自语。

罗依农说：“她可以陪着你笑，由着你唠叨，你还可以在她怀里痛痛快快地哭，是不是……”

“是！”欧阳默突然跳起身来，“我知道你想说我这是恋母情结，就算真是这样，我也乐得沉迷其间。你为什么要破坏这一切？你是不是见不得我过得好啊？”

章义忍不住说：“默默，你别这样，我们大家都是为你好。沈伊人也许现在对你很好，可是她是什么样的人，你知道吗？”

欧阳默说：“我知道。其实罗依农第一次说伊人的那些坏话时，我心里就信了，因为我清楚罗依农的为人。”

“既然这样，那你为什么还要和她在一起？”罗依农问。

欧阳默说：“因为她有一个不堪的过往，难道就要一辈子背负无耻的罪名吗？我没法改变她的过去，但我可以守住她的将来，她答应过我的。”

沈伊人突然放声大笑起来，仿佛看到了天下最好笑的事似的。

欧阳默见她神情有点反常，心惊地问：“伊人，你笑什么啊？你是答应过我从此好好做我的女人的。”

沈伊人笑着问：“默默，你真的一点儿也不在意我的过去吗？我可是你们男人口中的淫娃荡妇。”

欧阳默连连摇头，说：“不管你过去是什么，我都不在乎。”

沈伊人脸色突变，目光凌厉得吓人，咬牙说：“你现在说不在乎我的过去，过不了多久就会斤斤计较，专翻我的旧账。哈哈，男人啊，我早就看透了，你们可以道貌岸然地，像讨伐过街老鼠一样地对我这种淫娃荡妇笔诛口

伐，内心深处却巴不得全天下的女人没一个是好货，这样你们才可以为所欲为！”

欧阳默吓得脸都白了，连声说：“是真的不在乎，伊人，我对你是真心的。”

沈伊人怪笑起来，说：“欧阳默，你太天真了，老实告诉你吧。我以前和你说的全是假话，我看中的人是罗依农，送货上门他都不要我，所以我才找上你，利用你来打击他，谁让你是他最好的朋友呢。我也不可能相信你，我从来不信世上会有真正的感情，谁知道你们男人的承诺能有多久的保质期？”

“不是的，你骗人，你说过要和我重新开始的！”欧阳默急得连眼泪都流了下来。

沈伊人呵呵一笑，说：“忘了补充一句，女人的承诺就像梦话，说过就算，谁当真，谁就是白痴。游戏到此结束，各位，拜拜。”她挥挥衣袖，不带走一丝遗憾，洒脱地转过身，飘然走出门去。可就在她走到门口的一刹那，泪水终于从眼角无声滑落……

昨天傍晚时，沈伊人接到她母亲虎姑婆的电话，要她马上离开欧阳默，离开 H 市，回云南，不得有误。她可以猜到，这一定是于筱洁向她妈暗中施加了压力。

于筱洁自从几天前和罗依农、田甜在影楼前偶遇，陈景初突然出现，并和她大秀恩爱后，这些天来，她心里一直惴惴不安。似乎是担心罗依农从此不再理会自己；又似乎是因为她和陈景初的感情浮出水面后，心中竟然多了些说不清道不明的失落感。偏偏罗依农像真的生气了一样，也没主动打电话给她。

他明知道陈景初已经出国去了。

于筱洁郁闷到不行，权衡再三，决定还是主动约罗依农见上一面，不管怎样，总得试着弥补一番，在她的复仇计划中，没有罗依农不行。

罗依农很爽快地答应了于筱洁晚上一起吃饭，从他的口气中听不出有什么异样，于筱洁的心里稍稍安定。

谁知他们到了约定的饭店，才刚刚坐定，田甜突然给罗依农打来电话，焦急万分地说：“不好了，猪头，沈伊人把默默甩了后，今天上午她一个人不声不响地回云南了，默默像疯了一样，乘坐下午的航班追去云南，刚刚接到他从昆明打来的电话，说他已经下了飞机，正要赶去位于澜沧江畔的虎头帮总舵寻找沈伊人，他说自己也不知道还能不能回来，所以打个电话，算作道别，同时要我转告你，他并没有真正恨你，还说……唉，算了，就这些。”

欧阳默对田甜还说了句：希望你能和老罗修成正果。

“啊，这怎么可以?！快阻止他，太危险了，他会把命丢在那里的！”罗依农惊得大叫起来。

田甜说：“我和胖胖也是这么想的，现在默默的手机已经打不通，我们决定马上赶去云南阻止他，已经预订了机票，你要不要一起去?”

“去，我和你们一起去，默默真是疯了！”

田甜轻声一笑，说：“我预订了三张去云南的机票，我就知道你绝不会丢下他不管的。我们现在已经在去机场的路上，你也马上赶过去，我们在机场会合。”

挂了电话，罗依农把欧阳默的事向于筱洁大致说了一下，然后说声对不起，都来不及等她回应抬腿就走。

看着罗依农匆匆离去的身影，于筱洁秀眉紧皱，她怎么也没料到事情会出现这样的变故，然后暗怪沈伊人多事，打乱了她的全部计划。考虑再三，终于掏出手机，预订了一张明天上午飞往云南的机票，然后又拨通了某个电话号码……

三个小时的航程很快就结束，罗依农、章义和田甜走出昆明巫家坝国际机场时，才凌晨三点多钟。从昆明至西双版纳境内的澜沧江，直线距离就有三百多公里，而且沿途尽是崇山峻岭，茂密的热带雨林，道路十分难走，最最要命的是，他们并不知道虎头帮总舵的确切位置。

罗依农找了家旅馆略作休整，早上七点多钟，三人搭上了开往南方的长途客车，一路转乘，从昆明出发，途经玉溪、墨江、思茅，到达澜沧江边的景洪市时，已是夜色阑珊，灯火迷离。

休息一晚后，第二天，三人分头出去打听虎头帮的消息。虎头帮属于江湖上的黑势力帮派，又岂是普通百姓能知道的，结果一天下来，一无所获，三人一筹莫展。

章义说：“这可怎么办？澜沧江流域，幅员广袤，地理复杂多变，生活着大量的少数民族，和他们在交流上也有隔阂，这下麻烦了，不知默默一个人跑去了哪里。”

田甜突然双眉一扬，想到一个主意，说：“我们真正的目标是默默，又不是虎头帮。我想到一个办法，我们拿了他的相片，去车站、码头、宾馆、饭店等地方寻找，甚至还可以去询问那些出租车、人力车、黄牛车司机，出钱悬赏，还怕找不到人吗?”

罗依农和章义均表示赞同。

他们三人的手机中都存有欧阳默的单身照或和他的合影，章义选了一张

正面照，拿去照相馆印了十多份，等天亮后立刻行动，没想到这次出击立竿见影。中午时分，他们在车站上遇到一位黄牛车司机，他拿着相片只看了一眼，神情颇为不爽地说："这个家伙啊，昨天下午时见过，后来跟别人走了，去哪里我可不知道。"

罗依农见黄牛车司机神情冷淡，估计欧阳默前天在这里雇车时，这位司机没选中，所以他心中不爽。连忙拿出两张百元大钞，塞到司机的手中，说："大哥，请帮个忙，我有很要紧的事需要马上找到他。"

章义毕竟见多识广，立刻又加了一句："这是件性命攸关的大事，你要是知情不报，可能会惹上麻烦。"

那司机果然有点怕了，心想：反正钱已经到手，何必多惹麻烦？于是向前面不远处的一棵棕榈树一指，说："看到树下那辆面包车了吗？就是那辆车把你们的朋友拉走的，去找他吧。"

那是一辆银灰色六座小型面包车，半新不旧，车身上沾满了泥浆。驾驶室的车窗玻璃已经摇下，望过去只看到一双光脚丫子，高高地架在方向盘上。

罗依农三人连忙跑过去，还没到车前就听到面包车里发出的打鼾声。

罗依农小心翼翼地把头伸到车窗口，一股浓烈的脚丫子臭扑鼻而来，连忙屏住呼吸，快速往车内一看。里面的驾驶座椅放平了，上面仰天躺着一位四十多岁的中年男子，光着上身，下身只穿了一条西装短裤，板寸头，八字胡，脸上罩着副大墨镜，张大着嘴巴正睡得香。不过最引人注目的，还是那对脚掌，又大又长又厚，脚底长满了老茧，好像一年四季都不穿鞋似的。

罗依农在车门上轻轻敲了几下，叫了声："师傅，打扰你一下。"

那中年男子睡得正香，听到声响，猛地一下翻身坐起，叫道："出车的，出车的，一公里两块，远近不限，最多六人，多一人外加十块。"

罗依农一笑，把手中相片递到他面前，问："请问师傅有没有见过这个人？"

中年男子听罗依农的口气不像是要雇车，脸上露出不耐烦，取下大墨镜，目光在相片上扫了一下，说："见过，怎么了？这人是通缉犯啊？"

罗依农连忙说："不是的，他是我们的朋友，他是不是乘坐过你的车？"

"是啊，昨天下午，你们是不是也想要去他去的地方？"中年男子又来了精神。

罗依农心中暗喜，连连点头说："是的，是的，你还记得地点吗？你能载我们过去吗？"

中年男子一听生意成了，咧嘴一笑，露出满口被烟熏黑的牙齿，兴奋地说："当然记得，上车，还愣着干什么?!"

小面包车很快就出了景洪市，沿着公路向西北方向而行。沿途尽是连绵的崇山峻岭，飘逸的热带树木，明艳的奇花异草，新奇的村落民宅……若不是惦记着欧阳默，罗依农、章义和田甜三人，几乎要沉醉在这片绝美的南国风光里。

中年男子自我介绍姓贺，是土生土长的景洪市民。他说欧阳默去了一个很远的地方，差不多要一天的行程，现在这段路程还算平坦，后半段就没这么舒服了，要有心理准备。他只能把他们送到一个叫曼其的村落，昨天他把欧阳默也只送到那里，至于后面怎么走，他就不知道了。

章义问："贺师傅，我那朋友在你的车上没透露要去什么地方吗？比如向你打听某个地方怎么走？或打听什么人住什么地方？"

贺师傅歪着脑袋细想了一会儿，说："你们那朋友看上去心情不太好，一路上几乎没说什么话，我只记得他问过我知不知道桑桥小筑?"

"桑桥小筑?"田甜好奇地问，"贺师傅你知道这个地方吗?"

贺师傅说："知道啊，开过几年车的人就算没去过那个地方，也该听说过，那是一个小客栈，就在曼其村内。曼其村那里风景很美，虽然还没开发，但偶尔也会有一些游客，所以村里有位叫沈如玉的女人开了这么一家小客栈，那个女人，唉，简直不是人……"

"不是人?"罗依农三人吓了一跳。章义问："贺师傅，你这话是什么意思?"

贺师傅又叹了口气，说："凡是见过沈如玉的人，有的说她是神仙，也有的说她是魔鬼，就是从来没人说她是个人。呵呵，当然我也只是道听途说，不值得相信，等你们见到她自然就明白了。"

三人互看一眼，都默默地点了点头。罗依农却不知怎么着想到了沈伊人，和那个姓沈的女老板是同一个姓，不知她们之间有没有关系?

中午时分，小车在一个路边小镇上略作休整，众人吃过饭，买了一些干粮和饮水后再次起程。

此后的路况越来越差，而且大多是山路，道路九曲十八弯，折腾得人头晕目眩，路面更是高低不平，小车上下颠簸得像蛙跳。田甜再也忍耐不住，伏在车窗上大呕特呕，把中午吃的饭呕个精光，最后连苦水也呕尽了，脸色发青，瘫倒在座椅上，像堆烂泥般再也直不起身来。

夜雾慢慢升起，暮色悄然降临。到达曼其村时，天差不多全黑了。

曼其村坐落在一个四面环山的小山坳里，四周重峦叠嶂，山峰直插云霄，沿着弯弯曲曲的山间小路进入村中，那感觉就像到了井底。

十几幢小木楼、小竹楼错落有致地伫立在暮色中。

桑桥小筑比想象中要精致得多，也幽静得多。这里地处偏僻，十天半月难得有生人进入。这家小客栈大部分时日里都是闲着，像今晚这样一下子入住三位客人，算是生意很好的一天了。

把罗依农三人迎入客栈的是位高个子女人，她说沈老板有事出去了，她是来帮着照看小客栈的村民。这女人膀粗腰圆，一头长发很随意地绾在脑后，上身只穿了一个粗布肚兜，裸露着整个后背和胸前的大部分皮肤，一对丰乳至少有大半个露在外面。只是她皮肤黝黑，长相粗蛮，虎背熊腰，个子比罗依农还要高出半个头，当真是名"悍妇"。桑桥小筑只是幢小木楼，这悍妇大步一走，整幢小楼的每一块木板都会发出"吱咯吱咯"的声响，怎一个"地动山摇"可以形容？

章义附到罗依农耳边小声说："这女人穿得真是性感，可就算她一丝不挂，也勾不起男人的兴……"他说得很轻，就连离他们两步远的田甜也没听清，可走在他们前面好几步远的悍妇仿佛有顺风耳一样，猛然回头，目光像利箭一样射到章义的脸上，吓得他舌头打结竟然再也说不下去。

章义本来想要两个房间，但罗依农想到这里人生地不熟的，不要说眼前的这个大个子悍妇，就是这幢小木楼里的每一寸地方都透着神秘，让田甜一人住一个房间不放心，就要了一个稍大点的房间，三人住在一个房间里。

三人简单洗漱之后，进房安顿好行李，田甜一头栽倒在床上，口中犹自叫着："欧阳默，你欠我一个天大的人情，下辈子记得做牛做马来报答我啊！"

章义笑着说："他下辈子也轮不到，下下辈子再说。"

罗依农问："你们饿不饿？我去让他们先弄点吃的……"正说着，突然听到楼下传来婉转的笑声。这笑声并不煽情，可是听到的人都会不由自主地受到感染，从内心深处感到愉快，然后也跟着笑起来。就连累得几乎只剩下一口气的田甜，听到这笑声后，脸上也绽开了笑容，然后从床上爬了起来。

"沈如玉！"三人同时叫出这个名字。然后，他们就看到了这位"简直不是人"的沈如玉。再然后，三人均心中暗想：这位沈如玉如花似玉，果然不是人。

沈如玉看上去也就三十多岁，一头黑发松松垮垮地盘在脑后，发髻上插着一枚筷子长短的银簪，银簪上铸着一朵铜钱大小、殷红的玫瑰。她弯弯的柳叶眉，眉间带俏；细长的丹凤眼，眼中含情。皮肤白到透明，似乎能看到皮下淡青色的脉络，绝美的五官轮廓更是让人怀疑这是否乃凡胎俗子之身。她手上托着一个食盘，盘中放着四碟小菜、三碗米饭，外加一壶米酒和三个酒杯，三双筷子。她就是这么随意地走来，却是仪态万千，风情万种，似乎时间都可以为之停顿。

沈如玉见罗依农三人都是这么怔怔地看着自己，不由微微一笑，这种场面司空见惯，若不是这样，那才奇了怪了。“欢迎三位贵宾入住桑桥小筑，只是天色已晚，来不及准备丰盛的饭菜，真是抱歉，请将就着用吧。”

罗依农连忙收心敛神，说：“沈老板客气了，太麻烦你了。”

沈如玉嘴一抿，嘴角微微上翘，只泛起淡淡的笑意，却让人在恍惚间，有了面朝大海春暖花开的感觉。“应该的，请用晚餐。”放下食盘转身离去。

她一离开，仿佛整个世界都失去了色彩。

过了良久，听到田甜骂了声：“你这死胖子，原来也是个花心大萝卜。”

罗依农回过头去一看，原来章义双眼直愣愣地望着沈如玉离去的方向，嘴角都有口水挂下来了。

田甜叹了口气，说：“幸好她看上去年纪比我们都要大些。”

章义用手抹去嘴角的口水，没头没脑地说了句：“我只希望这只是个梦境，我会很快把她忘记。”

三人是真的累了，草草吃过晚饭，都早早上床睡觉。

房中只有两张床，田甜和章义各睡了一张，章义本想让罗依农和他挤一下，但床太小，两人挤在一起睡连翻下身也不行，罗依农干脆和衣睡在木地板上。

地板上虽然凉快，但硬得令人骨头痛。罗依农翻来覆去换了好几个睡姿，还是睡不踏实，脑海中不时地回顾着这两天来的境遇，心中隐隐觉得有哪个地方不太对劲，可是这西南边陲之地，风土民情和中土本来就有太多的不同，要说出具体不对劲的地方，还真说不出来。

章义和田甜都已发出轻微的鼾声，显然都睡着了。

罗依农暗中对自己说快睡吧，明天说不定还有更辛苦的行程，强迫自己收敛心神，杂念渐渐退去，有个身影却悄然浮上心头。

“筱洁。”罗依农在心中默念着这个名字，不知怎么着，身在异地他乡，夜深人静时，忽然想到于筱洁，思念之情分外强烈，并在一刹那间有着想见她一面的强烈冲动。

“筱洁，你现在在干什么？我有好多话要问你。你和陈总是不是真的仅仅是叔侄关系？我们相识的日子虽然不长，可是我把你当成了最亲密的人。你呢？你又把我当成了什么人？”他和于筱洁相识以来，虽然有过几次单独相处的时间，但每一次总是在谈论着她的父仇，仿佛他们俩仅仅只是为了她的父仇而相识的，然而罗依农心里所期待的显然更多……

正胡思乱想着，听到章义起床的声响，罗依农心中暗暗好笑："一定是胖胖饮料喝得太多，才睡了这么一会儿就要上厕所。"

章义蹑手蹑脚地开门出去。

今晚无月，星光暗淡，唯有凉风习习。厕所在楼下，章义沿着木楼梯到了底楼。其实他的内急并不十分明显，只是睡着睡着忽然感觉胸闷气躁，内心深处似乎有个声音在不停地招呼着他一样，因此就这么迷迷糊糊地下了楼。

站在楼下，被凉风一吹，头脑清醒不少，心想深更半夜的，自己一个人站在这里总是不好，刚想转身回房，耳边忽然响起一声女人的娇笑，很轻，若有若无。

章义的心弦像被一双柔弱无骨的手轻轻地拨动了一下，随即脱口问道："谁？"

"咯咯咯……"那女人又笑了起来。

这回章义听得更清楚了，笑声婉转动听，仿佛是沈如玉，就从楼梯左侧的一间房间里传出的。仔细地看，还能看见从门缝中漏出的灯光。

章义一时好奇心起，悄悄掩到门外，透过门缝往内细看。房间内点着一盏光线昏黄的白炽灯，灯下放着一张四仙桌，正对着门的座位上空着，两侧各坐着一人。其中一人低头靠在桌上，肩膀不住颤动，似乎正在哭泣。从这人的身形上看应该是位年轻男子，而且有点眼熟，只是他身上穿着傣族男子的服饰，一时想不起是谁。他对面坐着一位大个子女人，就是接待章义他们入住的那位悍妇。只是不知道刚才的笑声是谁发出的，悍妇的笑声应该没这么好听。

就在这时，低头靠在桌上的青年男子抬起头来，虽然只是个侧面，但还是看清楚了，竟然是欧阳默。章义又惊又喜，大叫了声："欧阳！"猛地推门进去。

欧阳默似乎吃了一惊，惊愕得想站起身来，不料那悍妇狠狠地横了章义一眼，低声骂了句："不知死活的东西！"突然伸手一点，正中章义胸口。

章义只觉得心口一闷，直挺挺地倒了下去。

罗依农等了好久，还不见章义回房，心中着急起来。爬起身来见田甜睡得正香，不忍心打扰她，独自开门出房，顺着楼梯到了楼下，跑去厕所一看里面没人，再围着小楼跑了一圈，根本就不见章义的身影。想打他手机吧，发现没有信号。

"胖胖，胖胖！你在哪里？"罗依农急得叫了起来。在这种陌生的地方，章义能去哪里？难道出了什么意外？一念至此，浑身直冒冷汗。

罗依农急得快疯了，他刚才怕惊醒其他人，没有大声呼叫，这时再也顾不得什么，放开嗓门大叫了声："胖胖！"忽然听到楼梯右侧的房间里有人含糊地应了一声，这才发现这间房中亮着灯。

罗依农再也顾不得什么，快步奔到房门口，伸手在门上敲了几下，问："胖胖，是你在里面吗？快回答我！"

房中那人"嗯"了一下就没了声音。罗依农犹豫再三，终于凑到门缝上往里一看，发现门内挂着一袭粉色布帘，布帘内似乎有人在动，但看不真切。

"胖胖，到底是不是你？"罗依农在门上又连敲了几下，还是不见开门，心中一急，用力一推。门原来只是虚掩着，门臼处发出清脆的开门声。

屋内灯光昏黄，进门两米处从顶端直挂下来一袭宽大的布帘，帘内有人略带惊慌地轻哼了一声。

"胖胖？你在里面吗？"罗依农分外小心。

布帘终于动了下，似乎是被人的手臂带动的，有个女人用近乎呻吟的声音叫了声："快，救救我……"

罗依农大吃一惊，连忙快步蹿上前一把扯开布帘，却听得"哗啦"一声，眼前白光飞掠，然后感到头上脸上点点清凉，水花劈头盖脸地泼了过来。

"啊——"罗依农不知发生了什么，本能地想后退，不料水花中扑出一条白色人影，张开双臂，一下抱住他的脑袋。

罗依农大急，连忙挣扎，忽然感到脸鼻触碰到两个柔软而富有弹性的肉团，女人特有的体香扑鼻而来，几乎把他淹没其中，猛然想起这应该是女人的双峰，吓得他稍稍一愣神，对方双臂一用力，罗依农一个没把持住，被她拉得倒栽下去，"扑通"水花四溅。

布帘内竟然是个盛满水的大木水桶。

罗依农急了，双手在木桶壁上一用力，想奋力直起身来，不料用力过猛，"哗"的一声脆响，木桶四分五裂。

罗依农的身体失去支撑，一时稳不住身形，和那人同时摔在地上。那人被压在下面，背部被散裂的木板磕得生疼，忍不住低哼了声。罗依农趁机挣脱她的手臂，单掌在地上一按，鱼跃而起。

地上全是水。碎裂的木片上半躺着一个完全赤裸的女人。修长的玉腿，坚挺的胸脯，平坦的小腹，皮肤光泽如缎般匀润……女人的身体完美得超越了凡俗的想象。

"沈……沈老板，你这是在干……干什么啊？"罗依农看清地上的女人竟

然是桑桥小筑的老板沈如玉，惊愕、尴尬顿时在脸上一齐涌现。

沈如玉并不急于起身，仍旧半躺在碎木片上，她甚至没有摆弄出任何姿态，却依然顾盼生辉，神情优雅得可以让每一个男人热血沸腾。她自然很清楚地知道，女人半坐半躺，欲迎还休的样子，无疑对男人的杀伤力最大。她当然对自己也很有信心，没有一个男人能抗拒她的魅力，纵然她现在坐在一堆牛粪上，男人们也只有臣服的份。她呵呵一笑，说："我在勾引你啊，你不知道吗？"

罗依农当然知道。她做得这么明显，瞎子也看得出来。

本来，罗依农在心底严重鄙视她的下贱行径。但在她坦言相告后，忽然发现感觉不同了，她的这一点不齿行径似乎就这么一下子变得理所当然，甚至光明正大。

世间好多事往往就是这样，明明所做的事龌龊到可以人神共愤的地步，但只要当事人肯放下身段，厚着脸皮供认不讳，再大的错都可以变得不那么严重，变得情有可原，甚至可以博取同情。

罗依农的脸一下子就红了，仿佛做了什么亏心事，忙掩饰着说："这样不好吧？我……我是来找我朋友的。"

沈如玉笑得更妩媚，目光温柔得可以把人溺毙。"我对你的朋友不感兴趣，我的兴趣仅限于你。"

罗依农在和她说话的当口，迅速将屋中审视一圈，没发现什么可疑之处。但他不想给沈如玉太多难堪，很有礼貌地说："在找到我的朋友之前，无论面对什么人，我都不会有兴趣。不好意思，打扰到你洗澡，万分抱歉，晚安。"他转身退出屋去，随手把门关上。

目送着罗依农退出屋去，沈如玉眼中的火焰渐渐消退，最后变得冷若冰霜。她低头看着自己的身体，顾影自怜地轻轻抚摸着，口中低声骂着："真是个瞎子！"

突然，耳边响起一声冷哼，她骤然睁开眼，眼中闪过一丝恼怒，但嘴角很快就露出一抹笑意，问："你哼什么？生气了？眼红还是心有不甘啊？"

后墙上的木窗被一把掀开，那名悍妇翻窗进入，脸色铁青地站在沈如玉面前，满脸怒容，说："这回你该信了吧？你老了，别以为每一个男人都还会吃你这一套。"

沈如玉一笑，说："罗依农果然与众不同，我就不相信他会过得了我这一关？"

悍妇神情更加烦躁，粗声说："还不快起来，就不怕木屑扎破你的光屁股，罗依农马上就要找回来了。"

沈如玉依然风情万种，说：“我坐得太久，脚都麻了，站不起来了，你能不能扶我一把？”

悍妇恨铁不成钢似的跺了下脚，骂道：“我才不帮呢，你最好早点死在男人的身底下，否则……”极不甘心地伸出手去。

“否则怎样啊？”沈老板勾住她的手指一借力，晃悠悠地站起身来，假装站立不稳，顺势倒入她的怀里……

第9章　棋逢敌手

罗依农到了门外，心犹自狂跳不止，眼前似乎依然晃动着沈如玉近乎完美的胴体……站在屋外的夜色中，被夜风一吹，几乎湿透的身上微微感觉到凉意，心也随之沉静下来。心想：自己耽搁了这么一会儿的时间，胖胖会不会已回房睡觉了呢？

他摸黑上楼，打开房门后，发现房内静得可怕，甚至连田甜的呼吸声都听不清了。心中一紧，感觉不妙，连忙按下墙边的电灯开关，却发现客房的一侧墙上窗门大开，而田甜的床上早已空无一人。

“田甜！田甜——”罗依农再也顾不得什么，放声大叫起来。“田甜，胖胖！”

洪亮的声音在群山间回荡，可是没人给他回音，罗依农的冷汗开始从额头渗出，连声音也微微发抖。“田甜，胖胖，你们在哪里？快回答我——”他像疯了一样，把楼上几间客房全部打开来逐一寻找，可每一间客房都是空荡荡的。

恐惧感像电流一样袭遍全身，他从不担心自身的安危，而是害怕失去朋友。

“怎么办？”脑中灵光一闪，连忙返身直扑楼下。这时他再也无所顾忌，一脚踹开楼下左侧的房门，口中大叫：“沈如玉，你们到底是什么人……”

地上的水渍还在流淌，水面上的泡沫还没散尽，空气中还弥漫着沈如玉淡淡的体香……可是，人呢？

房中没有人影。

罗依农把整幢桑桥小筑的客房全部打开，同时打开所有的电灯，整幢桑桥小筑亮得像座信号塔，却依然找不到半个人影。

罗依农像疯了一样，找遍了整个桑桥小筑的里里外外，然后钻入小客栈

四周的树林中寻找，依然一无所获。

狂汗，如雨水横流，手脚忍不住颤抖。他长这么大，从来都没这么害怕过，就连当年跟随师父商洛逃避问花堂七千弟子的全力追杀时，他都没这么害怕过。

“沈如玉，你给我出来，你们用这种下三烂的阴毒手段，来对付我的朋友，简直连狗熊都不如！有种的，冲着我来！田甜，胖胖，你们在哪里？你们快出来啊！”罗依农用足了力气喊出的这几句话，相信整个山村的人，甚至整个山谷中的一切生物都可以听见。

忽然，罗依农发现一个奇怪的问题，夜深人静的，他大声喧哗了这么久，没有人出来理会他不说，整个山坳中除了桑桥小筑亮着灯，其余的小楼连半点灯光都没有，这也太反常了。按照常理，总会有人起床点灯看个究竟。这时又幡然醒悟，自己刚进村时，总感觉这里有点不对劲，当时想不清到底不对劲在哪里，现在总算明白了。他们进山时天刚黑，才黄昏时段，可是小山村中却黑灯瞎火，竟然没有一户村民点灯。现在看来……

罗依农忽然从心底打了个冷战，那些小楼根本就是空着的，根本就没有人居住，这幢桑桥小筑根本就是一个陷阱，专门捕猎自己的陷阱！

他跑到另外一座小竹楼前，向楼上大喊了几声：“有人吗？快出来！没人应我，我可要拆楼啦！”说完抱住小楼的竹桩猛摇了几下，小楼发出恐怖的声音，甚至连屋顶的竹片都被摇了下来，还是没人出来应声。他如法炮制，连试了几家，都是一样的结果。由此可以得出结论，这个小山村其实是个空村。

极度震惊之下，罗依农反而冷静下来。

除了虎头帮，他并没有得罪过其他的人，更何况这里已经在虎头帮的势力范围之内。他们有备而来，自己这么闹根本就无济于事。

罗依农跑回桑桥小筑，回到楼上客房，他们的行李还在。他从章义的背包中找出手电筒，到了打开的窗户边。田甜应该是被人从窗户劫走的，用手电往窗下一照，下面长着一些半人高的杂草。他伸手在窗台上一按，纵身跳到楼下。仔细寻找，还是能发现草丛被人踏过的痕迹。

罗依农顺着足迹一路向前寻找，很快就出了小山村，到了山坡上，山坡上长着大片竹林，竹子又粗又壮，十分茂密。

竹子一多，林下的杂草就少。才跟到竹林边，罗依农就跟不下去了。就在他犹豫着要不要进竹林中找找时，忽然听到林中有人“嘿嘿”冷笑了几声。

“谁?！有种就给我滚出来！”罗依农艺高人胆大，向着声音传来的方向冲了进去。

竹林中有人暴喝了声："罗依农，你他妈的才是狗熊！妈的！"

罗依农听到林中响起轻微的脚步滑动声，紧接着脑后劲风灌耳，知道有敌来袭，百忙中回头一看，隐隐看到身后出现一个高大的人影，正飞脚扫向自己。他连忙伸脚在身旁的竹子上猛踹一脚，借力斜掠了出去。还没站稳身形，就听到他刚才站着的地方响起巨大的碎裂声响，一棵碗口粗的竹子竟然被那人一脚扫断。

竹子坚硬而富有韧性，能一脚将碗口粗的竹竿踢暴，那得何等强劲的腿上功夫?

罗依农心中暗暗着急，山野之地藏龙卧虎本不奇怪，可是遭遇这样的强敌，一旦被他纠缠上了，打上个大半天也未必能分出胜负，那田甜和章义怎么办?

那黑影一脚落空，怒喝声："算你逃得快，再来！"猱身再上。他身高腿长，出腿如旋风扫落叶，又快又狠。

竹林之中夜色更加浓郁，罗依农长期生活在都市之中，习惯了华灯霓虹，对这样的黑暗环境很难适应。他根本看不清对方，只能依稀看到有一团黑影在快速移动，全靠听声辨位来左躲右闪，一时之间险象环生。心想：在这种地方交手，自己对地形不熟，对环境的适应能力也没对方强，明显吃亏。必须得尽快扭转颓势，否则，自己再有个不测，那就真的全军覆没了。

黑影见罗依农快速向竹林外撤退，立刻就明白他的用意，怪声冷笑，叫道："罗依农，你他妈的尽挨打不还手，这算哪门子英雄好汉?"他抢到罗依农前面，挡住他的去路，又是一阵猛踢。

罗依农连他的人影都看不清楚，哪能看得出他的腿法，只能退！

再退！

……

一退再退，罗依农发现自己已经彻底陷入竹林深处。

竹林深处，漆黑如墨，罗依农已经被黑暗吞没。

那黑影终于停下攻击。在这种地方罗依农已经迷失，他不需要再乘胜追击。罗依农现在最大的敌人是黑暗，让老天来收拾他，无疑是对他最好的打击，黑影只要守着不让他走出竹林就行。

罗依农已经成了睁眼瞎，内心焦急如焚，恨不得踏平这片竹林，踏平这座山，可是他做不到，他从来都不知道黑暗竟然这么可怕，这么令人绝望。

罗依农小心翼翼地摸索着走了几步。在山上辨别方向要比平地相对容易一些，因为山是有一定倾斜度的，纵然分不清东南西北，上坡、下坡还是能分得出来的。才走出几步，忽然听到正前方有一道极细的破空声像刀锋般划了过来，他不明所以，只得后退，然后就听到有什么物件重重打在竹子上而折断的声响。而他这么一退，刚才摸索着走出的那几步也就白费了。

罗依农不甘心，努力放轻脚步，稍稍偏离一点方向再走，没走出几步，对方故伎重演，他再次被逼回原地。如此几番折腾，罗依农心中的怒火终于被点燃。大吼："老子不发威，你就当我是好欺负的吗？不就是一片竹林，你以为真的能阻挡得了我吗？"一拳奔出，黑暗之中响起竹子爆裂和倒塌的声响。

罗依农一不做二不休，铁拳如飞，好一阵猛打，"咔嚓"之声不绝于耳，竟然被他一口气打折了几十株竹子，身体四周腾出一块不小的空间。忽然，他意外地发现，眼前影影绰绰，渐渐现出了事物的轮廓。抬头一看，一抹曙光照亮了天边，原来天空已经破晓。

晨雾里，微光中，一条黑影伫立在离罗依农十多米远处的一棵竹子下。"好！果然不愧是罗依农，够猛！"

罗依农一肚子的怒火没处发作，喝道："还有更猛的，给你尝尝！"飞步奔到黑影身前，挥拳就打。

黑影见罗依农这拳积怒而发，势若奔雷，估量着自己不能毫发无伤地接下。但他一向心气高傲，尤其不想在罗依农面前表露出怯懦，于是侧身一闪，避过罗依农的铁拳锋芒后，一步跳到空地中央，叫道："来，我们好好打一架！"

曙光透过竹叶梢头，洒下缕缕白光，罗依农总算看清了眼前这位纠缠了自己大半夜的家伙，稍稍一愣，随即怒喝了声："原来是你！"

眼前之人四十多岁，板寸头，八字胡，皮肤黝黑，眼睛不大，却目露精光。正是昨天开面包车把罗依农三人送进山的那位贺师傅。

罗依农气得直咬牙，问："原来你早就挖好了陷阱等我们钻！"

贺师傅"嘿嘿"一笑，说："只怪你们几个太嫩，在景洪市内满大街打听虎头帮的消息，我只得请君入瓮。"

罗依农忍着气再问："你是虎头帮的人？我的两位朋友呢？你把他们怎么样了？你……"忽然想起对方昨晚攻击自己时几乎全是用腿，猛然想起一个人来。"你是贺无影？虎头帮四大将之一的天将——通天腿王贺无影？"

贺师傅得意地一笑，说："算你有见识。丁卯和空勒把你夸得跟天神下凡似的，可惜我到现在都还没领教过你的真本领。"

丁卯和空勒在H市损兵折将，铩羽而归，他俩把失利的主因都推到罗依农的身上，把他说得神乎其神，神鬼莫敌，这样就可以减轻自己的责任。贺无影听说罗依农这么了得，激起了他的好胜之心，早就想找罗依农一较高下。

罗依农心底的怒火“噌噌”往上冒，自己和章义、田甜三人被贺无影弄到这山野荒凉之地狠狠耍了一回，田甜和章义的失踪，无疑是虎头帮的人干的，他俩至今下落不明；自己又被他在竹林中困了大半夜，错失救人的最佳时机……顿时怒不可遏！

贺无影见罗依农额头青筋根根凸起，知道他将要发作，便大叫：“罗依农，拿出你的真本事来，只要打赢了我，你的朋友自然会安然无事！”突然抢先发招，身形凭空跃起两米多高，连环飞腿直踢罗依农前胸。

虎头帮四大将在武学上各有千秋。丁卯个性和武功都走阴柔路线；空勒玩的是深沉；悍将司马归心生性最暴躁；而眼前的贺无影最为张狂，一向眼高于顶，从不轻易服人，是个很难缠的主，他身边的人都知道他的个性，谁也不敢去招惹，他平时连个切磋一下武功的人也找不到，难得今天遇到罗依农，早已心痒难耐。

贺无影自幼师承北腿名家，主修腿上功夫。北腿的特点是：手似两扇门，全靠脚打人。他的一百零八路无影绝命腿法，施展开来腿影重重，变幻莫测，一口气连踢了三十几脚。

罗依农自学成武功以来，在和丁卯、空勒交手之前，几乎没真正动过手，就算有同道中人相互切磋武功，对手大多是南派武功出身，对这种舒展大方、灵活多变的北派腿功，虽然早有耳闻，却还是第一次见识。一下子摸不准北腿的特点，被贺无影的一阵快打快攻打得节节败退。对方踢了三十几脚，他连退了三十几步，几乎在空地上倒走着兜了一圈。

贺无影这一阵快攻打得淋漓畅快，兴奋得嗷嗷直叫。但兴奋归兴奋，心头却越发不敢大意。他见罗依农虽然一直在退，但退而不乱，丝毫不露败相，一直在伺机反击。

无影绝命腿之所以成为贺无影的看家本领，主要因为这种腿法很适合他的个性，环环相扣，连绵不绝，一旦掌握主动，对手很难扭转局势。

罗依农在对方如山般腿影之下，找不到反击的契机。不进则退，所以他只有退。

再退……

……

退到不想再退！

终于迎锋而上！竟然闭起双眼猛击一拳！

贺无影已经连踢了几十脚，劲力犹未见衰竭，依然快到视线无法捕捉。

但如果用影视作品中慢镜头手法将他的动作表现出来，就能清楚地看到，踢出，收回，然后再踢出，收和攻总是有先后，就算是连环踢，两脚也不可能同时踢出。虽然这收和攻之间的速度快得几乎可以忽略，但高手过招捕捉的就是这毫厘的间隙。

罗依农这一拳就打在这个“间隙”上。

贺无影也在这一瞬间真正领悟了“时机”的含义。

罗依农的时机把握得恰到好处，铁拳穿透贺无影双腿交织成的重重腿网，重重地打在他屁股上。

贺无影像在荡起的秋千上脱手，成抛物状飞了出去。

贺无影皮糙肉厚，而且屁股是人身上最经得起打的地方。但罗依农这一拳还是把贺无影打得感觉股屁裂成了两半，差点大小便失禁。

贺无影在空中连翻了好几个跟斗，落下时，他疾手抓住一根手臂粗的竹子，可那竹子也承受不住他这么强大的冲劲，一声脆响，从中对折，不过也消去他不少下坠之势。竹林地里铺满了厚厚的落叶，摔在上面就像掉在垫子上一样，无关痛痒。

贺无影揉着屁股，忍着剧痛爬起身来，心中好不气恼。真是骄兵必败，他败在自己过于得理不饶人，如果和罗依农有来有往地好好过几招，他还是很有获胜的把握。抬头见罗依农像头云豹一样扑了上来，他知道自己此时已经丧失交战的能力和信心，只有忍痛逃窜。

竹林中密密麻麻地长满了竹子，稠密的地方连人也挤不过去，这给贺无影的逃跑带来好处。他一瘸一拐跑不快，可罗依农被竹子挡着同样追不快。两人一前一后绕过一个小斜坡，贺无影向坡下直冲，似乎有点刹不住身形，快到达山脚下时，他突然凭空一纵，跳出去好几米远，落在一簇茂密的矮竹子丛中，却听到“扑通”一声，似乎是落在水里。

罗依农追到山脚下，拨开竹丛一看，这才发现山脚下竟然有条两三米宽的小河，河两岸的竹子和杂草把河面遮得严严实实。他听到贺无影在水中游动的声响，叫道：“贺无影，你就这么跑了吗?”

贺无影说：“罗依农，你别太狂，你爷爷我迟早会来找你再打一架，你等着!”说着从水草丛中弄出一条竹筏，爬到筏上拿起搁在筏头的竹篙在水中一点，竹筏就射了出去。

罗依农急了，要是贺无影逃脱了，他要到哪里去救田甜和章义啊？大喝声：“你祖宗我今天还没打够，谁先逃跑谁就是孙子!”纵身跳入水中，发现水草中还停着好几条竹筏，连忙爬上其中一条，拿起竹篙一撑，驾着竹筏向贺无影追了上去。

这是条山间溪水汇成的河流，小河弯弯，流水潺潺。两条竹筏在水中随波逐流，快过轻舟。

贺无影哈哈大笑，大叫："罗依农，算你有种！"见罗依农的竹筏从后面快速追上来，筏首马上要撞上自己这条筏的筏尾。他的身体突然向后倒滑，手中六七米长的竹篙掉转篙头，"呼"的一声，大铁枪般向罗依农当胸直刺。

罗依农大叫："好！"用竹篙一挡，将贺无影的竹篙推开。自己的竹篙顺势横扫，攻打对方下盘。

贺无影屁股上的疼痛还没完全过去，腿脚跳闪不灵，差点被打中脚踝。

两人在竹筏上挥舞着竹篙恶斗，你来我往，就像是古战场上跃马提枪的大将，打得难解难分。

竹筏随着流水飘得飞快，才没多大一会儿的工夫，就已过了好几重山。小河两岸风光旖旎，景色绝佳，可惜罗依农根本就无暇分神欣赏。

贺无影和罗依农纠缠了这么长的时间，他自己都有点烦了，可是怎么也摆脱不了对方，一时狠劲上来，倒过竹篙较粗的一头，对准罗依农竹筏的筏首使劲击打了七八下。

这几条小竹筏用五六根竹竿捆扎而成，在水里放久了，捆扎用的绳子极易发霉变脆。贺无影才打了这么几篙子，罗依农那条竹筏的筏头绳就断裂开了。

罗依农眼看着竹筏就要散架，连忙快速退到筏尾，高举起竹篙，在竹筏上助跑几步，然后像撑竿跳一样，看准河岸边突起的一块岩石，在石面上一点，腾身而起，然后甩掉自己的竹篙，向贺无影的竹筏跳了过去。

贺无影早就防着他这一招，见状双臂一用力，竹篙横扫，向空中的罗依农狠狠抽打过去。

罗依农在空中看得清清楚楚，用力将身形一折，生生避过对方竹篙，再疾手一抓，紧紧抓住贺无影的竹篙，乘机落在他的竹筏上。

贺无影大叫："你给我下去！"他趁罗依农立足还不稳，用力推动竹篙，想把罗依农推下河去。

罗依农当然不答应，叫着："你给我下去！"反方向用力，也想把贺无影推下水去。

两人都是天生神力，在一条小小的竹筏上较力，竹筏哪经受得住啊？一声巨响，顿时四分五裂。

罗依农和贺无影同时觉得脚下一空，双双像下水饺似的掉入河中。

在还没有找到田甜和章义之前，罗依农绝不会放过贺无影，这是他找回他们的唯一途径。

罗依农在落水之前猛吸了口气，沉到水底后，不等浮出水面，努力睁开眼睛一找，这里的河水清得几乎可以见底，马上看见前面不远处有大片的白色气泡升起，气泡中有个黑影正在奋力冲向水面。他如鲨鱼般猛冲过去，张开双臂抱住那团黑影的后背。

虎头帮一向在澜沧江上讨生活，帮中的每一个人都是水中好手，贺无影更是好手中的好手。据说有一次他和人打赌，两人手握着手，双双潜入水底，看谁憋气的时间长。结果他在水底待了二十多分钟，对手活活被溺死在水中，等他钻出水面时，对手差不多连尸体都凉了。他没想到罗依农这么拼命，到了水中还不肯罢休，不由得恶从心底起，心想：是你自己急着找死，就怪不得老子心狠，拼着受老板怪罪，也得把这小子做了！反过双手抱住罗依农的腰部，不是浮向水面，而是用力向河底沉了下去。

罗依农马上知道贺无影的用意，心中暗暗冷笑，右手掌贴着他的衣服滑到他的肋下，突然发力。

贺无影做梦也没想到，罗依农的手掌贴在自己的身上竟然还能发出这么大的劲，肋下发出钻心的疼痛，不知肋骨是否被折断？这才惊觉自己上了当，奋力想挣脱对方的纠缠。可是罗依农当然不答应，尽管他已经憋气憋得难受。他手掌贴着贺无影的后背迅速上滑，一下子就到了他的后心处。

贺无影吓坏了，连忙屈腿后踢。他情急之下忽略了一件事，他们这是在水底，他攻出的腿脚受到水的阻力，威力不及平时的一成，根本就伤不到罗依农。

罗依农手掌再次发力，功力直透贺无影后背。贺无影喉头一痒，一口鲜血喷涌而出。

罗依农所用的功夫俗称沾衣发力，在咏春拳中称之为寸劲，是中华武术中的一种特殊的发力方式。攻击者的拳头或手掌在距离攻击目标很近，甚至贴到对方皮肤或衣服上时，才突然加速收缩肌肉发出的短促而强劲的爆发力，这看似简单平淡的一击，却足以产生致命的杀伤力！这种发力方式，在八极、心意、形意，特别是一些南方拳种中，都能找到类似的技术结构，他所学的泰拳就借鉴了这一种发力方式。

本来在陆地之上，贺无影腿法厉害，罗依农根本就靠不近他的身体。谁知到了水底，就完全不一样，两人近身肉搏，贺无影的北腿攻远不攻近，再加上水的阻力和浮力的双重作用，几乎无用武之地。

而罗依农的手掌已经贴到了贺无影的肉身上，发劲出击自然不受水的阻力作用，将寸劲发挥得妙到毫厘。

贺无影心想：完了，要是再在水底待下去，非得让罗依农把自己打成烂柿子不可。他用尽全力一甩，罗依农一个没抓稳，只撕下了他大半件衣服，贺无影双脚在河底的砾石上一踹，奋力向河面直冲。

罗依农感觉胸部快炸了一样，已经被憋得眼冒金星，他知道自己已经临近极点，再强撑下去，只怕要把命留在这里了，便也不再坚持，奋力向水面蹿去。

两人几乎同时钻出水面，都张大了嘴，大口呼吸着新鲜空气。

贺无影知道自己在水中讨不到半点便宜，不等缓过气来，就拼命逃窜。罗依农自然不答应，全力追赶。

贺无影本想逃到岸上，这样他的北腿就可以发挥威力。偏偏这一段水域两边都是石壁，光滑陡峭，猴猿难攀，连试了几处都以失败告终，只得继续在水中猛游。

罗依农的水性比不上贺无影，但他心头憋着一股气，穷追不舍。

贺无影已经被罗依农的寸劲震伤内脏，双手一用力就牵动胸内伤痛，动作不能太大，自然也游不快。一回头，见罗依农越来越近，急得大叫："罗依农，你这阴魂不散的家伙，古人交战，还有鸣金收兵，给个吃饭拉屎的时间，你就不怕累死啊！"他忽然想到一计，一个猛子扎入水中，潜入水底，躲在水草间，等罗依农追上来时，悄悄掩到他的身后，在他的后背上猛踹一脚。

贺无影这一脚用力不小，罗依农猝不及防，被他踹得直沉入水底，灌了一口水，害得他眼泪鼻涕全呛了出来。贺无影却借这一踹之力，蹿出去好几个身位，继续向前逃窜。等罗依农浮出水面时，两人的距离已经拉开了十多米远。

罗依农的一个小小疏忽，差点造成致命伤害，心中却对贺无影颇有点刮目相看，这人看似粗鲁，倒是有勇有谋，可惜没走正道。

水中运动最耗体力，两人从昨晚半夜时分打斗到现在日近中天，这十多个小时中，谁也没进食补充体力，体力都明显透支。贺无影又奋力游出一阵后，眼前阵阵发黑，知道自己再也坚持不下去了，奋力抢到岸边，爬上一块露出水面的大岩石，就像条肚子朝天的大青鱼一样躺在上面，累得只顾着喘气。

罗依农的情况比贺无影好不了多少，见他累得动不了，心中一阵狂喜，可惜自己也是强弩之末，追到岩石边就泄了劲，好不容易爬上去，抓住贺无影的手腕却使不出半分力气，最后学着他的样子也躺了下去。

两人都是用力喘着气，仿佛在争抢空气一样，呼吸声此起彼伏，很有节奏感。因为他们心里都明白，谁先缓过劲来，谁就能取得最后的胜利。

人的体内都有着一种不为意志所能控制的惰性。比如，当你凭着心头一口气，超强度超负荷工作时，也许不觉得特别累，可一旦停下来想休息一下再干时，才发现劲泄了之后，就很难再提起。

他们两个人现在的情况就是这样，又僵持了一会儿，贺无影突然放声大笑起来。

罗依农听他笑得古怪，以为他已经恢复了体力，不由得心中暗暗着急，问："你笑什么?"

贺无影又大笑了一阵，才收住笑声说："老子我纵横半辈子，今天总算遇到一位狠人。罗依农，我服了你。可惜你我道不同不相为谋，否则，真想交下你这位朋友。"这句话算是他的肺腑之言。

罗依农一笑，对贺无影直率的个性颇为赞许，说："可惜我还是不能把你怎么样。"

贺无影说："你的几位朋友现在全在老板手中，只要你还没现身，他们是不会有事的。"

罗依农说："我们这次来，只想找回欧阳默，并没有别的意思，你们老板这样针对我们，是不是有点过分了。"心中暗暗猜想，会不会因为章义当初那篇报道，把自己说成警方的卧底，害得虎头帮在H市折戟沉沙，虎姑婆才会对自己痛下杀手呢?

贺无影说："我们老板很赏识你，想邀请你加入虎头帮，不知你愿不愿意?如果你肯点头答应，不但马上放还你的几位朋友，就算还有别的事，也一并可以商量。"

罗依农不解地问："虎头帮高手辈出，人才济济，并不缺少我这样的人，为什么一定要我加入呢?"

贺无影叹了口气，说："这只是表面现象。虎头帮面临着强大的敌人，危机空前，所以我们老板求才若渴，迫切需要像你这种有实力的高手加入!"

虎头帮是一股江匪，主要活动在澜沧江上，专门从事各种非法犯罪活动。

2001年，中国、老挝、缅甸、泰国四国，在澜沧江至湄公河800多公里的航道实行自由通航。近十年来，单单中国通过该国际航道完成累计进出口额和边民互市贸易超过300亿元，由此可以看出该航道是多么繁盛。但由于跨国联合应急反应机制不健全，该航道已经沦为贩毒团伙逃避检查、实施绑架勒索、走私毒品等犯罪活动的黄金水道。

虎头帮干的就是黑吃黑。抓住这些有问题船只不敢报警的心理特点，强行收取过境费、保护费，从中牟取暴利。

贺无影说："十多年前，这里有个很出名的帮派，名叫绿野苍龙，也就是龙帮，不知你有没有听说过?"

那时，整个澜沧江乃至湄公河水域都是绿野苍龙的天下。直到他们的龙头老大布衣先生不慎命丧中国警方之手，这条横行了几十年的地头蛇终于土崩瓦解，其他各帮势力才纷纷崭露头角。虎头帮就是在这样的环境下，强势崛起，终于成为澜沧江上新一代的黑道霸主。

罗依农颇为不屑地说："你们称霸澜沧江还不够?难道还想成为世界级的恐怖分子?"

贺无影说："不是，我们走上这条不归路也是迫于无奈，还不是为了生活？可是现在连生存下去都成问题了，龙帮死灰复燃，要跟我们抢地盘。"

龙帮隐忍十多年后，突然风云再起，顿时掀起腥风血雨，他们首先针对的自然是头号强敌虎头帮，双方几度交手。龙帮出手狠绝，而且手中有先进的武器装备，虎头帮损兵折将，不得不暂时放弃澜沧江，躲进这深山老林息养，等待时机东山再起。

罗依农问："江湖是条不归路，既然你们已经放弃，不如另谋生路。"

"可我们咽不下这口气，最可气的是，我们连对方的老巢在哪都没摸清。不过，有一点可以肯定，龙帮狡兔三窟，H 市中肯定有他们在内地的一个窝点。"

这是虎头帮从抓获的俘虏口中得知的消息，不过俘虏知道的并不多。这也是虎姑婆为什么答应中野先生的请求，帮于筱洁报父仇的原因之一。

虎姑婆答应中野先生的请求，是出于多方面的考虑。首先是报了中野先生当初的救命之恩，还了人情；而且中野先生答应事成之后，双方共同挖掘象墓，资源共享。她考虑到龙帮势力强大，虎头帮不一定能夺回地盘，一旦失去赖以生存的条件，虎头帮将面临散伙的可能。所以挖掘象墓变得尤为重要。

其次，于筱洁刚好身在 H 市，而龙帮在 H 市也有落脚点，很有可能就是多年来藏身的老巢，若能神不知鬼不觉地打到龙帮的心脏，伤它元气，不但报了仇，出了怨气，夺回地盘也就大有可能。

当然，在虎姑婆眼中"中野四号"是重中之重，所以才会沉不住气派人去抢于筱洁装有"中野四号"文档的 U 盘，想独吞象墓，也因此惊动了警方和一些不该惊动的人。不过也因此发现了罗依农这位不可多得的人才，才费尽心机地想拉拢他入伙。

贺无影并没有把这些话全部告诉给罗依农，特别是中野先生、于筱洁和虎头帮这三者间错综复杂的关系，因为这是帮中的秘密，知道这秘密的，也就虎姑婆母女和四大将，更何况罗依农是敌人。

罗依农说：“江湖上帮派间的恩怨，我不想知道，也没兴趣过问，我只想找回我的三位朋友，然后就离开这里。不过，我还得劝你一句话，多行不义必自毙。你还是早日向警方自首，争取宽大处理吧。”

贺无影大笑起来，说：“我手上犯有多条命案，向警方投案等于自寻死路，还不如现在这样，至少可以多活几天。好了，我也不想跟你再纠缠，看在你不算特别讨厌的分儿上，指点你一条明路，沿着小河再上去两三公里，会有一个小山谷，那叫卧虎谷，我们老板和你的朋友们都在那里，能不能救出就得看你的本事了。我先走了，祝你好运！”说完跳入河水中，向着来时的方向游了回去。

罗依农也已经缓过劲来，虽然腹中饥饿难耐，但没什么事比尽快找回章义他们更重要的。一念至此，他鼓起勇气，跳回河中，奋力向前游去。

游出一公里半左右，小河出了峡谷段，两岸地势渐渐平坦。罗依农爬上岸，先找了个空旷的地方，停下来休息一阵，顺便把身上的衣服晒干。心想：这样下去不是办法，得先找些吃的东西来果腹。

河岸边是茂密的树林，林中多的是野香蕉、野葡萄、野柿子树，枝头挂满了青涩的果子。罗依农也不管果子是否成熟，爬上树去好一顿大吃，直吃得肚皮发胀，舌头发麻，总算恢复了力气。他找了棵大树，爬上树去向四下瞭望，依然是山连山，岭连岭，根本就看不到人家。

贺无影说再向前走一程，就能见到一个小山谷，虎姑婆把章义、田甜和欧阳默就关押在那里，不知是不是真的？不管怎么说，自己总得过去找一找。

走在稠密的热带雨林之中，是件很痛苦的事，林中湿度大，再被烈日一晒，整片树林中就成了一个天然大蒸笼，眼前水汽蒸腾，闷得人喘不过气来。

罗依农才走了没多大一会儿，才晾干的衣服又汗透了。心想：还不如走水道，遂又回到小河边，跳入水中游行。游出一程后，听到远处隐隐传来男人的唱歌声，心中顿时一喜，只要有人，就一切都好办。

歌声越来越响，听出是一首傣族歌曲。罗依农连忙爬上岸去张望，立刻就发现弯弯曲曲的小河上游，漂来一条竹筏，竹筏上站着两个人。

罗依农不知这两人是不是虎头帮的人，但能在这种地方出现必然不简单。他眼珠一转，计上心头，连忙又跳回河中，仰天浮在水面上。

歌声越来越近，没多大一会儿，身边隐隐响起竹筏乘风破浪的拍击声。

歌声骤然一停，有人惊叫起来：“哎哟，水面上浮着具尸体，那是谁啊？

小张，快撑过去看看，要不要把他捞上来？”

罗依农暗暗好笑，尽量让腹部露出水面，并控制着呼吸，让肚皮微微起伏。

竹筏在罗依农身边停下，有人说：“这是谁啊？好像不是帮中的兄弟。”

罗依农听他说到“帮中兄弟”几个字，已能确定这两人是虎头帮的人，心里也就踏实多了。

另一人说：“这人还没死透，你看他肚皮还有动静，还在呼吸。还是先把他救上来再说吧。”

两人一齐动手，费了好大的劲才把罗依农弄上竹筏，其中一人试了一下罗依农的心跳。说：“还活着，心跳挺正常的，只是晕了，先带回去再说吧。”

“这是谁啊？以前没见过。我们平白无故地把一个陌生人弄回去，老板会不会怪罪？”

“那怎么办？把他扔回河中？看这人的身体挺强壮的……啊，这人会不会就是罗依农啊？”

“罗依农？就是今天一大早，老板让众兄弟出去找的那个人？”他们两个在虎头帮中负责后勤，这是采购日用品回来。

“听说昨晚罗依农和老贺大打出手，可是后来两人都失踪了，老板派出去好几拨人都没找到他们，要是这人真是罗依农，那我们不就立下大功了吗？”顿时兴奋起来。

第 10 章　身陷虎穴

罗依农眯着眼睛偷偷一看，竹筏上的两人都是二十出头的年轻小伙子，其中一人穿戴着傣族男子的服饰，说话嗓音清亮，估计就是先前唱歌那人。另一人站在筏梢撑竿，五短身材，皮肤黝黑。竹筏上放着好几个竹篓，里面装满了物品，是他俩花了大半天时间采购回来的日用品。

竹筏轻捷便利，划得飞快，一篙子撑下去，就冲出去十多米远。没多大一会儿，罗依农就感觉它渐渐慢了下来，估计目的地卧虎谷快要到了。想到马上就要进入虎头帮的心脏地带，心中不免微微紧张。

竹筏一个转弯，进入支流。那条支流窄的地方只有两三米宽，和大点的水沟差不多。河两岸长满了杂草和高大的树木，几乎把河面完全遮盖。

从林荫水道上经过，凉风习习，好不舒服。

傣族青年说：“万一这人不是罗依农，而是龙帮的奸细，我们没弄清楚底细就把他给救了回来，那不是麻烦了吗?”

黑脸青年说：“有什么好麻烦的，大不了把人宰了，大卸八块，扔进山沟里喂野兽。”

竹筏终于停下，罗依农偷眼一看，满眼绿色，小河一侧有石砌的台阶，当做船埠头。

傣族青年又问：“要不要先去向老板报告我们救回来一个人?”

“你想死啊？这人的底细都还没摸清，你急什么？我们先偷偷把人弄回仓库，把他捆绑起来，等他醒了，逼问出真实身份再作打算。”黑脸青年明显比傣族青年要世故、心狠得多。

两人先搬货物，然后合力把罗依农抬上岸去。罗依农身体结实，体重不轻，两人费了九牛二虎之力才把他搬进杂货库。

傣族青年找来条绳索，刚想把罗依农的手脚捆绑起来，突然听到门外有人在叫：“小张，阿满，你们在哪里？快把仓库门开一下！”

仓库内的两人都吓了一大跳。被叫做“小张”的黑脸青年低声说：“阿满，快动手把这人绑起来，先藏好再说。”

两人手忙脚乱，把罗依农绑好，然后抬到一堆干柴后藏起来，并拿过几个空竹篓堆在他身上。

阿满说：“这人已经昏迷这么长时间了，万一在这个时候醒来，怎么办?”

罗依农差点笑出声来，自己都觉得晕的时间长得离谱。

小张说：“管不了这么多……”

这时屋外的人又叫开了：“小张，阿满，死哪里去了，太阳都快下山了怎么还不见人影!”

小张慌忙跑过去打开仓库门，满脸堆笑地说：“生哥，不好意思，昨晚那个……那个睡晚了，本想把仓库整理一下，竟然不知不觉睡着了。请见谅，请见谅。”

生哥哼了一声：“又在偷懒!”向后一招手，有两名青年抬着一位穿傣族服饰的小伙子进来。这位傣族小伙手脚被反绑着，嘴里塞着布团，双眼紧闭，也是一副昏睡不醒的样子。

阿满好奇地问：“这是干吗？这是谁啊？怎么不认识?”

生哥说：“你别多问，交代给你的事只管做好就行。”

阿满连连称是，问：“生哥有什么事，尽管吩咐。”

生哥说："老板要我先找个地方把这人藏起来，我想来想去，还是放在你们这里比较妥当，你们给我好生看着，要是出了什么差池，老子割了你俩的老二！"

阿满和小张面面相觑，面有难色，心中均骂：他妈的，你这王八蛋上门准没好事，有什么烫手山芋就往这边扔。但他俩在帮中地位低下，敢怒不敢言，还得赔尽笑脸。

生哥又说："这是个要紧人物，你们得看紧了。还有，万一小姐要是问起，你们就说没见过这个人。"

罗依农在竹篓下听得清清楚楚，心中一动，暗想：这会是什么人？为什么要瞒着沈伊人？难道……正想得出神，突然听到生哥提到自己的名字。

"刚刚收到老贺的飞鸽传书，称罗依农可能已经进入谷中，你们如果发现什么可疑的人物，记得马上报告给我。"这里山连山，岭连岭，莫说通信信号没法辐射到，大部分地区连电也没通上，现代化的各种通信工具在这里连玩具都不如，所以虎头帮的人要传递信息，还得用最古老的方式——飞鸽传书。

小张和阿满同时想到藏在身后竹篓下的人，互望一眼，顿时紧张起来，暗中叫苦不迭，心想今天真是霉运不断，怎么摊上这种麻烦事，不知那个小子是否就是罗依农？如果是真的……心中一急，冷汗直流。

生哥没注意到两人的表情变化，自顾自地说："反正你们给我灵活着点，别出什么差错。我得过去了，老板今天有重要的客人驾到，我得听差去。"又关照了一些小心火烛之类的事情就离开了仓库。

小张和阿满心中有鬼，巴不得他早点离开，赔着笑脸把他送到门外，等他走得看不见人影了，两人才收敛起笑容。

阿满问："怎么办？这下引祸上身了。"

小张把心一横，说："不管那人是不是罗依农，我看做了再说。万一真是那个扫把星，等他醒来就完蛋了，连老贺都打不过他，我们两人给他当靶子练拳都不够。"

阿满说："这样不太好吧，平白无故地杀人。"

小张把脸一沉，厉声说："你手上没死过人吗？别那么多废话，就按我说的做！"

两人返身走进仓库，见生哥送来的那名傣族青年一动不动地躺在地上，怕他出什么意外，阿满将他扶起来，让他背靠在柴堆上。

小张不耐烦地说："你是观音菩萨啊，这么好心干什么？这人死不了。真想不明白，你这样的人，也会出来混江湖。"

阿满一笑不搭腔，和小张走到柴堆后，搬开那些堆在罗依农身上的竹篓，却意外地发现，竹篓下早就没了人影。

“哎哟！”小张吓得浑身一哆嗦。“人呢？明明放在这里的，怎么一转眼就不见了呢？”小张急得大叫起来。“阿满，我们这下死定了……”话还没说完，不知从哪里飞过来一个绳套，刚好套在他的脖子上。“哎哟——”绳套一紧，小张被勒得说不出话来，舌头却伸得老长。

阿满吓了一大跳，仔细一看，就看到他们救回来的那个人，高高地坐在柴堆上，手中扯着绳索，那样子悠闲得像牵着一条宠物狗。他色厉内荏地喝道：“你、你干吗？快松手！”慌慌张张地从墙角处找来一把镰刀，割断小张脖子上的绳套。

小张终于缓过气来，一手拼命揉着脖子，一手指着罗依农问：“你……你到底是谁……”心中有所预料，害怕得牙齿直打战。

罗依农从柴堆上跳下来，笑笑说：“罗依农！你不是想拿我去邀功请赏吗？”

小张的猜测得到证实，吓得差点瘫倒，叫声：“哎哟！”转身想逃。罗依农早已轻轻一拳，打在他的后脑上，他哼也没哼一下就倒了下去。

阿满见罗依农这么神勇，眼中的恐惧更甚，说：“你别乱来，这里是虎头帮的心脏地带，我大吼一声，你就死了。”

罗依农说：“那你吼吧，是你们把我偷偷弄进来的，我怕什么呢？”

阿满满脸懊恼，不过到了这时，他也豁出去了，说：“罗依农，你有种去找司马归心吧，跟我们这些小喽啰较真，算什么英雄好汉。”

罗依农一笑，说：“阿满，听你说话，感觉你是个良知还没完全泯灭的人，只要你够聪明，我不会为难你的。”

阿满如释重负，笑笑说：“从小到大，身边的亲人都夸我聪明。”

罗依农说：“好，确实聪明。”他转到干柴堆的正前方，见柴堆前坐着位傣族青年。这时天快要黑了，仓库内越发阴暗，看不清傣族青年的长相。“喂，阿满，有手电筒或打火机吗？”

阿满犹豫了一下，从身上取出节能手电筒，一束白光射在傣族青年的脸上，罗依农终于看到一张熟悉的脸——欧阳默。

“默默，果然是你，快醒醒！”连忙替欧阳默松绑，扯下封口的布条，用手指掐住他的“人中”穴，不一会儿，欧阳默就醒了过来。

“默默，你没事吧？”

欧阳默听出是罗依农的声音，但他昏迷了这么久，一时不知自己身在何处，努力回想之前发生的事，说：“老罗，你们这是干什么啊？我不值得你们这样做。”

罗依农见他看到自己一点都不意外，似乎早就知道自己会现身一样。问：“你是不是见过胖胖和田甜了？他们在哪里？”

欧阳默说：“我是见到过胖胖，他已经被虎姑婆他们逮住了，田甜我没见着。老罗，你们太冲动了，这事我一个人承担就行，犯不着把你们都牵扯进来，这里太危险了。”

罗依农说：“就因为危险，所以我们才要来找你，因为我们不能失去你。”

欧阳默心中好生感动，鼻子一酸，泪水差点就滚落下来。

罗依农问：“你见到过虎姑婆了吗？”

欧阳默“嗯”了声，他和沈伊人在一起时，沈伊人曾谈到过她从小长大的地方，所以欧阳默大致知道地点，虽然他并不知道沈伊人的落脚点就是虎头帮的总部。他找到这里并不困难，可惜他才现身，就落入虎姑婆的控制之中，连沈伊人的面都没见着。

阿满很老实地在一旁帮忙打着手电，听罗依农和欧阳默把话说得差不多了，估计要轮到处理自己了，忙抢着说：“罗依农，你不能对我下手，其实把你从水中捞上来时，我就知道你是假昏迷。”

罗依农本来正在为难，感觉阿满人不算太坏，不想对他下手，可人心隔肚皮，自己不能冒险。听他这么一说，好奇地问：“既然这样，你为什么不当场揭穿我，还把我弄到山谷里来？”

阿满说：“虽然当时我并不知道你是谁，但我真的很希望你就是罗依农，因为从 H 市回来的兄弟们都把你夸得跟神一样，所以我想，如果还有人能拯救我们，那么这个人就是罗依农。”

罗依农更加好奇，说：“你似乎不太喜欢虎头帮，又为什么要留在这里呢？”

阿满叹口气，说：“我家里穷，出来想找份工作养家，经人介绍加入虎头帮，当时并不知道是黑帮，进来后才发现这些人心狠手辣，走的不是正道。可是已经上了贼船，再想全身而退就不可能了，除非不想活了。”

罗依农因为他师父的原因，对黑道规矩有所了解。暗中推敲着阿满的话，估量着他说的是不是实情。

阿满说：“我知道你还不敢相信我，我不让你为难。你们出门后沿着山路往里走，沿路的树丛中设有暗哨，你们可以穿上我们的衣服，我们的衣服上有特殊标志，暗哨手中的远红外识别器可以识别。进去里许的路程，你们就会见到几幢竹楼，那里就是我们老板住的地方。好了，就这样吧。”他从

身后的干柴堆里抽出一段手臂一般长短的木桩，反手狠狠地打在自己的脑门上，身体晃了几下就软倒在地上。

其实罗依农听阿满说出最后一番话，就已经相信了他，不打算为难他了，本来还想问他知不知道虎姑婆有什么重要的客人到访，没想到他出手这么快。又一想，这样也好，万一自己没法把章义他们救出，也不至于会连累到阿满。当即和欧阳默一起，把阿满和小张身上的衣服扒下来穿在自己身上，然后把他们两人都绑了，藏在那些竹篓底下。

天已经全黑了，山里的黑夜似乎格外浓烈，如墨般浓到化不开。

罗依农和欧阳默打着手电，按照阿满说的，沿着山路往里走。沿途尽是高大的树木，也不知道哪棵树后藏着暗哨，他们也不想知道，从容而行。

没走出多远，就能远远望见前面的树林中闪动着星星点点的灯光；再走出一程，夜风中夹杂着小型发电机组的声响。继续往前走，灯光中影影绰绰地能看出一幢幢小竹楼。

欧阳默轻声说："老罗，我们分头行事吧，胖胖和田甜就交给你了，你把他们救出后马上离开这里，不必管我，你放心，我一定会珍惜自己的生命的。"

"你想干什么？"罗依农问。

"我想去找沈伊人，我有话要当面对她说，不见到她我决不离开这里。"

罗依农知道欧阳默已经彻底陷入情网，不是三言两语就能令其回心转意的，不让他见一见沈伊人他是不会死心的。说："行，那你要小心，不管沈伊人对你什么态度，你都必须和我们一起回家。"

欧阳默连连点头，忽然想起夜色太黑罗依农看不清楚，连忙说："我知道，你放心。"说完快步奔入夜色之中。

罗依农走入村中，小心翼翼地绕着几幢竹楼走了一圈，每一幢竹楼都是差不多的样子，不知道章义和田甜被关押在哪一幢里面，心想着是否该抓个人来盘问一下。

就在罗依农彷徨不定时，突然听到一幢竹楼上传来"哗啦"一声，似乎是玻璃器皿被打碎的声音。那幢竹楼的楼上亮着灯，窗口有人影晃动。

罗依农摸到这幢楼下，沿着竹子楼梯上到二楼，悄悄掩到窗外。窗上钉着纱布，透过薄纱往里张望，他第一眼就看到了沈伊人。

沈伊人像尊雕像一样侧对着窗跪在地上，她对面放着一张床，床上盘膝坐着一个人。从罗依农这个角度看过去，床头的一袭布帘刚好挡住床上那人的上半身，只能看到盘坐的人赤着双脚。那双脚白净秀气，完美得像艺术品，脚腕上戴着银质脚镯。

难道床上坐着的人就是虎姑婆？若不是她，还有谁能让沈伊人下跪？没想到虎姑婆的脚长得这么好看，不知她的人长得怎样？突然想起沈如玉，不知沈如玉会不会就是虎姑婆？

沈伊人好半天没动，这时突然开口说话：“妈，你放他回去吧，求求你，只要你能放过他，我以后什么都听你的。”

罗依农已能确定屋内床上之人就是虎姑婆，心中好一阵紧张。这个女人凭着她巾帼不让须眉的气概统领着几千男儿不说，能让贺无影、空勒、丁卯这样的男人俯首称臣，就足以令人震撼。

虎姑婆没理会沈伊人。

过了好一会儿，沈伊人又重复着前一句话。听她的口气似乎在为某个人求情。

会不会是欧阳默呢？

若沈伊人真能为欧阳默而这么苦求虎姑婆，也算欧阳默没有和她白白相好一场，罗依农想。

沈伊人连说了几次，虎姑婆终于有点烦了，厉声问：“你还说没对欧阳默动心，既然不动心，他的死活又关你什么事？”

沈伊人在这里已经跪了大半天，心里渐渐失望，正盘算着该怎么办，没想到虎姑婆突然应声，连忙说：“妈，默默真的和别的男人不一样，他是个很单纯的人，我相信他的感情……”

“男人是什么东西？你相信男人就等于相信魔鬼！全天下的男人都是一个样！”

“妈，我一直都牢记着你的教诲，我一定不会深陷下去。可是默默他千里迢迢，追我到这里，就算我再无情，也不能对他不义，更加不能让他受到伤害。况且我相信他对我是真心的，我也不想让一个真正爱我的人为我送命。”

“够了！别在我面前说爱不爱的，你懂什么叫爱吗？所谓的真爱，只有在电影、电视、小说中才能找到！你妈我就是最好的例子，你醒醒吧！”

罗依农估计虎姑婆是个在感情上有过重大创伤的女人，所以才这么偏激，拼命地扼制着沈伊人和欧阳默的感情。本来他是非常反对沈伊人和欧阳默交往的，可是见到欧阳默为情痴狂，甚至连性命都不顾，再看到沈伊人这个骄纵蛮横的丫头，能这么为欧阳默求情，心中不免有所触动。沈伊人也许有个不堪的过往，但谁能没有过去呢？她若能从此真心悔过，一心对待欧阳默，又为什么不能既往不咎呢？

突然，沈伊人大叫了声：“好，那你把他杀了吧！最好把罗依农、于筱洁这些人全杀了!”说着想站起身来，不料跪得太久，一时没站稳反而跌坐在地上。

虎姑婆问：“你在威胁我？你是不是想说，我如果敢伤害欧阳默，你就把罗依农、于筱洁这几个人全杀了？”

沈伊人绷着脸不说话，那神情分明是默认了。

虎姑婆猛一拍床架，喝道：“你敢坏我大事，就别怪我不认你这个女儿!”

沈伊人也豁出去了，大声说：“你什么时候把我当过你的女儿？我只是你手中的一个玩偶，你想怎么玩就怎么玩，从小到大，我都得听你的，连自己的一点小小主意都不能有!”

虎姑婆气得不行，大骂：“死丫头，竟敢顶撞我，我这就派人去把欧阳默给杀了，看你敢怎样。”

沈伊人不依不饶，“噌”地站起身来，说：“你最好把我也一起杀了!”

“你……”

罗依农好不惊讶，没想到沈伊人为了欧阳默竟然敢和虎姑婆翻脸。看来，了解一个人真的不能以偏概全。

正想得出神，忽然听到脑后劲风灌耳，知道有人偷袭，连忙低头躲过，再想就地一滚。不料那人来得极快，甚至远远超出他预料的快，软肋处竟然被人一把抓住，然后身体被快速提起，耳边响起一声大喝：“给我进去!”那人一甩手，将罗依农向窗内掷了进去。

“哗啦”声中，窗户裂成碎片。

那股劲大得惊人，罗依农在空中连试了好几种身法，想把身上的力量卸去，却还是控制不住自己的身体，终于四脚朝天重重摔在地板上。

这是罗依农自出道以来，第一次败得这么狼狈。

不过他终究不是等闲之辈，在身体接触到地面的一刹那，他把全身功力运至后背，身体随即弹起，在别人看来仿佛他后背上长着弹簧似的。

罗依农还没站稳身体，一股旋风飞卷而至，他来不及回转身体，反手一拳狠狠打出。谁知对方不避不让，生生受了他这一拳。

罗依农知道不妙，疾身暴退，可还是晚了点，已然被对方拦腰抱住。他大吼一声，稳住身形，双肘回击。不料，对方双臂上有股强劲汹涌而至，一下攻破他的千斤坠，身体被高高举起，随着一声暴喝，他又被甩了出去。

罗依农在被甩飞出去的一刹那，抬脚回扫，踹中那人的肩头。两人都是身不由己，向相反的方向跌出去，接着是“砰，砰”两声倒地的声响，然后是撞坏室内物品的哗啦声。

罗依农被连摔两次，这次摔得格外重，浑身骨架像散了一样，痛得几乎站不起身来，心中震撼不已，偷袭他的人力量之强劲，出手之霸道，竟然尤在贺无影之上。耳边响起女人的娇笑声：“不错啊，罗依农不愧是罗依农，果然没让我失望。”

罗依农终于站直身体，退后半步摆了个架式，这才细细打量屋里的人。他首先要打量的自然是偷袭他的人，那人先罗依农一步爬起身来，并没有再出击，而是静静地站在窗边，冷冷地盯着他。那人身材高大壮实，一头长发很随意地绾在脑后，竟然就是在桑桥小筑见过的那个悍妇。“你……怎么是你？”罗依农惊愕到极点，想象不出一个女人竟然可以强悍到这种地步。

沈伊人笑了起来：“罗依农你没想到是她吧？不过等你知道她是谁后，你也许该小小得意一下。”她在罗依农被扔进屋时，马上退到床边，“她就是虎头帮四大将之首的悍将，无敌金刚司马归心，没人能够战胜她，你还差得远了。”

“在司马姐手下连过两招还能站得起身来，也算很不错了。”床上之人又发话了。

罗依农这才把目光移到床上。床上纱幔之中恰好也有两道目光射来，四目相对，罗依农有种目眩神迷的感觉，连忙把目光移开。

床上之人笑道：“怎么，不敢看我吗？呵呵，司马姐，你说我老了不中用了，你没见罗依农都不敢直视我吗？”她后半句话是对司马归心说的。

司马归心沉着脸没有说话，只是看向罗依农的目光变得更加阴冷。

罗依农这才看清床上帐幔中的人，果然就是沈如玉。心中虽然没有太多的意外，然而好奇之心反而更加强烈。这么一位风韵犹存、优雅到骨子里的女人竟然就是名震东南边陲的虎头帮之主虎姑婆。

沈如玉见罗依农目光灼灼地看着自己，微微一笑，风情万种，妩媚尽显。说：“罗依农，我是爱惜你的人才，才对你再三包容，你却一再坏我大事。我现在只要你一句话，想活着离开这里，就加入我虎头帮，成为我麾下第五员大将，若不愿……呵呵，那就不太好玩了。”

罗依农双眉一扬，厉声说：“罗依农只知道，是男人就要活得顶天立地，绝不做奴颜婢骨的裙下之臣！”

沈如玉淡淡一笑，说：“很好！司马姐，那就麻烦你了。”

司马归心也不说话，缓步向罗依农走来。

罗依农知道生死存亡在此一刻，司马归心的武功深不可测，自己绝非是她的对手，他只有抢得先机，力争主动。身体闪电般滑出，一下子就到了司马归心的身前，双拳轮番而出。他心中已经打定主意，不管她出什么招自己都不理，他只管打。

泰拳的招式精密而实用，罗依农浸淫其中十多年，功底深厚，每一拳都可开碑裂石。这一通猛打，拳影霍霍，劲气四溢，无懈可击，司马归心竟然找不到丝毫破绽，只得连连倒退。

罗依农一口气打出三四十拳，却连司马归心的衣角也没碰到，心中不免气馁。就这么心气稍泄，终于被司马归心逮到出手良机，突然和身猛扑上来。

罗依农只觉得眼前大团乌云压境，铁拳打到中途就被一股力量抵住，不等他撤招后退，乌云已经将他彻底吞噬。

“砰!”罗依农重重倒下，乌云像泰山压顶般直压而下。他被压得眼冒金星，身体像被压扁了一样疼痛难当，终于眼前一黑晕了过去。

罗依农是被冻醒的。他躺在坚硬的石壁上，石壁又潮又湿，在这样的盛夏时节，竟然寒意侵骨。

眼前一片漆黑，不知是在什么地方。他伸手向四周摸了一下，发现全是石壁，仿佛身处在石洞之中。回想到昏迷之前的情景，估计自己被虎头帮的人关了起来。

罗依农试着站起身，还好没有撞到头，看来这石洞不小，只是全身骨骼都还在隐隐发痛。他在黑暗中摸索着前进，脚下高低不平，到处是碎石。

他不知道哪个方向才是出口，走出一程后，忽然听到前面不远处有轻微的呼吸声。再细听一阵，确定这呼吸声来自人类。心中好一阵狂喜，轻轻舒展一下身体，除了骨骼间还有些隐痛外，再无别的大碍。

罗依农蹑手蹑脚向呼吸声靠近，那呼吸声随着两者间距离的接近，而越来越响。等到了一定的距离，他听声辨位，估计目标已经落入他的搏击范围之内，当即猛地冲出，一把抓了过去。

黑暗之中，骤然响起一声惊呼。罗依农忽然发现这声惊呼十分耳熟，心头一惊，手劲立刻松懈下来，忙问：“你是谁?”

“老……老罗？是老罗吗?”暗黑之中有人颤巍巍地问出声。

这时罗依农的手摸到一个胖胖的下巴，顿时惊喜无比地叫道：“胖胖，是你吗？田甜呢?”

“是我！还不快放开你的爪子，哎哟，痛死我了，你就不会轻点啊。”章义被罗依农一把抓住肩膀。罗依农这一击势在必得，手劲可想而知，章义的肩膀上立刻肿起五道血痕。幸好罗依农在不明对方身份的情况下，不愿贸然下狠手，否则他一拳过去，章义直奔天堂。

罗依农开心坏了，抱住章义大叫："胖胖，真的是你，太好了，田甜呢？她在哪里？"

章义和田甜被虎头帮抓住后，很快就被送入这石洞之中。两人又惊又怕，待在石洞中等着罗依农来解救。

但凡稍胖的人呼吸声要重些，所以罗依农只听出章义的声音，其实田甜就坐在章义身前的石块上。她听到罗依农这么关心自己的安危，心中好不感动，一头扎入罗依农的怀里，叫道："在，我在这里……"抱着罗依农坚实的身体，田甜忽然发现她什么都不怕了，"我本来好害怕，猪头，你知道吗？那天晚上，他们把我和胖胖抓住后扔在桑桥小筑的屋顶之上，我们听着你大声呼叫着我们的名字，急得四处乱找，可是我们说不了话……"想到那天的绝望与无助，田甜心有余悸。

罗依农把田甜搂在怀里，腾出另一手搂住章义的肩膀，说："只要我还活着，就绝不会丢下你们不管，都怪我那天粗心，竟然没想到上屋顶去找找。"

田甜说："这里到处是山，树林又这么茂密，我真的害怕你会找不到我们，我们就会死在这里……"

章义说："老罗，我们还是快点离开这里吧，这个地方冷得像坟墓一样，我简直快疯了。"

罗依农不无惭愧地说："我也是被他们抓来的，不过，你们放心，我一定想办法逃出去。哈哈，只要能找到你们，我就什么都不怕。"

章义说："我见过默默了，就在桑桥小筑里，可惜……"

罗依农说："他没事，我也见过他了。我们先想办法出去。"

章义说前面就是石洞的出口，只是洞口压着一块大石，根本就推不动。

罗依农过去试了一下，压在洞口的大石足有两三吨重，非人力可以搬动，也不知虎头帮的人是怎么弄来摆放在洞口的。

章义说："要不，我们去另一头试试。"有了罗依农在身边，他的底气也足了。

罗依农刚说了声"好"，忽然头顶之上射下来一束强光，同时有人叫道："罗依农，你醒了吗？"

声源就在头顶上方十多米的地方，那里开着一个洞口，就像天窗一样，抬头望上去还能看到微微的天光。罗依农听出那是沈伊人的声音，问："我已经醒了，你想怎样？"

沈伊人没了声音，同时关闭光源。过了好一会儿，罗依农感觉有什么东西从天窗口垂了下来，用手一捞，竟然捞到一条粗绳。心中好不诧异，问："沈伊人，你这是干什么?"

沈伊人伏在洞口说："还不快上来，磨蹭什么?"

罗依农想不出沈伊人为什么要救自己，但又想到自己三人已经落到这等地步，还怕什么呢？对章义和田甜说："我先上去看看，若没有事，再把你们拉上去。"

章义说："好，如果有事，你先管自己逃命要紧，别顾着我们了。"

田甜也说："是的，猪头，能逃出一人是一人，我们这两个累赘会把你拖累死的。"

罗依农一笑，说："我只知道你们是我的朋友，而且是这世上最好的朋友。"说完纵身跃起抓住绳索，双臂一用力，一下子就上去好几米，几个纵提，就到了天窗的洞口。

沈伊人守在洞口，伸出一手，说："快上来，抓紧时间。"

罗依农听出沈伊人似乎是真心想救自己，当下不再犹豫，也没去接沈伊人的手，而是一使劲，纵身蹿上洞口。他问："你为什么要救我们?"

沈伊人说："别问那么多，先把下面两人弄上来再说，时间紧迫。"说完后又补充了一句，"我知道不把下面那两人弄上来，你是不会独自离开的。"

罗依农让章义把绳索缠在田甜的腰上，再让田甜用双手紧紧拽住绳索，他双臂交替用力，很快就把田甜给拉了上来，然后再把绳子放下去，让章义自己爬上来。哪知道章义身胖体重，才爬上两三米就不行了，最后还是罗依农费了好大的劲，才把他给拉上来。

沈伊人迫不及待地说："你们不必问我为什么，要想活命就快跟我走，时间不多了。"

罗依农三人已经知道她是诚心相救，当然不再多话。

这个山洞在一座山的半山腰，山上灌木丛生，杂草比人还高。三人跟着沈伊人急匆匆地往山下赶，暗黑之中根本就看不清脚底路况，摔倒了爬起来再走，可说是连滚带爬，手脚被地上的棘蒺划破了也没感觉到。好不容易到了山下，又走出一程后，到了一条小河边，沈伊人从水草间牵出一条竹筏，对罗依农说："你们快上竹筏，沿着河道向前去，天亮之前就能离开这里，以后的路就要靠你们自己了。河上的几个暗哨被我下了点迷药，昏睡不醒，但药性不长，你们快走吧。"

第 11 章　龙争虎斗

罗依农见竹筏上似乎躺着个人，问："那是谁啊？"一经问出口，马上明白那人定是欧阳默，顿时也就什么都明白了。再问："沈伊人，你是为了默默，才不惜冒着遭你妈严惩的后果放走我们？"

沈伊人冷冷地说："不可以吗？在你眼中我只是个无情无义的婊子，是不是？哼，他能为我不顾性命，我又为什么不能为他有所付出？"她知道凭欧阳默一个人的能力是无法安全离开这里的，所以她只能再救出罗依农等人。

章义和田甜顿时全都明白过来，心中好生感动。田甜说："伊人，你和我们一起走吧，默默离不开你，我们也会把你当做好朋友的。"

沈伊人说："我不想离开我妈。你们也别误会了，我不忍心默默死在这里，并不等于我想嫁给他，我……我不是个好女人，不适合他。你们快走吧。"其实她自己心里清楚地知道，她若和欧阳默一起离开这里，那只会给他带来更大的灾难，因为她太清楚她母亲的手段了。

田甜还想劝说，沈伊人厉声说："还不快走，你们想全死在这里，再连累到我吗？"

这是一条相对稍宽点的竹筏，由八根竹子捆绑而成，载重量也相应增加。罗依农让章义和田甜分别守在欧阳默两头，然后蹲下身子，他自己站在筏尾撑竿。

三个人谁也不说话，各自想着自己的心事，却都不约而同地想到了沈伊人，其中以罗依农的心理落差最大。在他的心里，早已给沈伊人贴上了淫女的标签，没想到关键时刻竟然是她出手相救。细想之下，沈伊人之所以堕落到这等地步，可能和她自幼生长的环境有关，幸好她天良未泯。既然这样，自己也该放弃对她的成见。有道是：过去种种譬如昨日死，现在种种譬如今日生。

竹筏沿着水道撑出几公里后，欧阳默才苏醒过来，开口就问："伊人呢？她在哪里？她答应要和我一起离开的，为什么没见到她？我要去找她。"

罗依农说："默默，你先冷静一下，沈伊人这么做有她的苦衷。"当即把沈伊人救出众人，然后托付他把欧阳默救走的事说了。"我以前对她有所误解，是我不对，等有机会我会向她当面道歉。默默，她如果是真心喜欢你，我想她一定会来找你的，你也不必太在意一时的离别。”

欧阳默喃喃说道：“她不会来找我的，我知道，她一定不会来找我，她怕连累我，她母亲不许我们在一起。”

当时，欧阳默和罗依农在竹楼前分手后，他独自去寻找沈伊人，他也不知道沈伊人住在哪幢竹楼中，误闯入空勒的住处，结果被当场擒获。而那个时候沈伊人正在沈如玉的房中，观看着罗依农和司马归心的恶斗。

罗依农被活捉后，沈伊人从沈如玉那儿回自己的住处，半路遇上空勒派出的人押着欧阳默来向沈如玉邀功，她当即出手把欧阳默解救出来。

欧阳默向沈伊人表明心迹，希望和她生死相许。沈伊人审时度势，知道这缘分一定不能结出善果，却也舍不得他受到伤害，就用迷药将他迷翻，然后再去解救罗依农等人。

田甜说：“真爱无敌，如果你们是真心相爱，我相信你们一定能排除万难，最终走到一起，只是现在时候未到……”

正说着，罗依农突然“嘘”了一下，让众人噤声。

众人心头一紧。章义小声问：“老罗，你发现什么情况了吗？”

其他人都蹲在竹筏上，只有罗依农是站着的，所以他望的比较远。他刚才发现前面有两个亮点闪过，亮点闪动的同时有雪亮的光柱晃动，那应该是照明工具发出的光束。

田甜问：“会不会是虎头帮巡逻的人？”

罗依农说：“现在还不知道，不过我们得躲一下。”

在这么狭长的河道里，要躲起来十分困难。章义说：“要不我们先上岸，哎哟，来不及了。”

在他们前面几百米远的地方突然射出一道光柱，虽然只是一闪而没，但大家都看见了。

罗依农说：“他们来得很快，我们来不及上岸，先躲到水草丛中吧。”

河岸上长满了杂树，枝丫向河面伸展，茂密的枝叶垂到水面上遮住大片的河面。罗依农把竹筏撑到树叶丛中刚藏好，就听到河面上传来轻微的响声。透过枝叶缝隙往外一看，夜色之中，河面上驶来一艘橡皮艇。

那艘橡皮艇来得极快，却听不到任何机器马达声。艇上影影绰绰的，坐着五六人。

章义附到罗依农耳边，小声说：“橡皮艇是改装过的，用蓄电池组作动力，他们似乎不想被人发现……呀，后面还有。”

等橡皮艇驶近了才发现，后面还跟着好几艘，一艘艘从众人面前一一经过，竟然有八艘之多，每一艘上都坐着不少人。这些人谁也不说话，这么长的一串艇队，除了轻微的水波声，几乎没什么声响，在夜色中看来，仿佛是一队来自冥界地府的鬼船，令人心底生寒。

当最后一艘橡皮艇从他们藏身的地段经过后，艇队停了下来。

罗依农四人以为对方发现了他们的行踪，顿时紧张起来，哪知道那几艘艇却慢慢地围在一起，并没理会他们。原来这段水域相对宽阔一些，橡皮艇们围在一起商量起事来。

罗依农心中一动，小声对其他三人说："你们留在这里千万别出声，我过去打探一下，看看他们想干什么。"

田甜说："这样太危险了，还是别管他们吧。"

罗依农说了声"没事"，便悄悄下水，一个猛子扎到水底，估量着距离差不多时，钻入水草丛中，然后再慢慢把脑袋钻出水面。就听到有人在说话，声音不是很响，却极具威严。"我最后再强调一遍，这里离虎头帮的老巢卧虎谷已经越来越近，各位弟兄必须打起十二分的精神，仔细应对。老大一再重申，我们绿野苍龙忍辱负重十多年，这次风云再起，能否重返澜沧江，收复失地，就看这一仗。前几次和虎头帮交手，虽然我们略占上风，但虎头帮的根基未动，特别是他帮中精英并没损失。听说虎姑婆正在四处招兵，要和我们血拼，所以我们得趁他们元气还没恢复之前，抓住机会痛打落水狗似的把他们全部歼灭，以绝后患……"

罗依农大吃一惊，才知道这伙人竟然是早有耳闻的龙帮。更让他吃惊的是，龙帮为了和虎头帮争抢地盘，竟然劳师动众，趁夜奔袭。他只能把脑袋探出水面，因此看不到说话之人。

那人继续说："潜伏在虎头帮中的兄弟已经帮我们暗中布置好了，这河道中的暗哨应该已经被他全部毒死……"

罗依农惊得目瞪口呆，没想到龙帮出手这么凶狠。沈伊人为了让他们四人顺利出逃，用迷药把暗哨迷晕，却不知道这些暗哨早已被下了毒，虎姑婆再怎么精明，终究无法防范内贼。这下不知会死多少人？黑道帮派间的火拼其实也算不得什么骇人听闻，但有流血事件发生总是不好。

"各位弟兄的分工在出发前就已经明确，大伙各司其职，齐心协力，我们今晚定能一举拿下虎头帮。最后再特别重申一下，动手时一定要看清楚敌人，千万不能伤到于筱洁一根毫毛，否则老大会剥了我们大家的皮。她今晚就住在卧虎谷的贵宾楼中，那楼的位置已经让你们看过地图了，大家一定要记清楚……"

罗依农的脑中轰响了一下，怎么筱洁也在谷中，难道她也落入虎头帮之手了吗？难道在自己离开 H 市后，虎头帮的人乘机绑架了于筱洁？又一想，

不对，如果她是被绑架来的，怎么会有这么好的待遇，可以住在贵宾楼里？忽然记起程凌曾经说过的话，说于筱洁可能和虎头帮达成某种协议。

罗依农左思右想，得不出一个合理的解释，却听到那人提到自己的名字。“罗依农、欧阳默、章义和田甜都已经被虎头帮抓了起来，这几个人都不能留着，老大说他特别讨厌罗依农，不想再看到他出现在 H 市，所以见到这几个人时不用客气，谁打死罗依农，老大重重有赏。这几条人命我们会推到虎头帮的身上，让他们成为过街老鼠——人人喊打。”

连番震惊之后，罗依农反而静下心来，暗中寻思：这人所说的老大无疑就是龙帮的现任帮主布衣少爷，为什么他那么讨厌自己？自己有得罪过他吗？那人说“不想再看到自己出现在 H 市”，如此看来，那位老大就住在 H 市，绿野苍龙在 H 市果然有落脚点，此前程凌的推断没有错。

那人又关照，帮中弟兄间用手电筒打暗号，快速连闪两下说明是自己人。最后留下一艘橡皮艇和两名兄弟，让这两人埋伏在河道里，因为这条河是卧虎谷通往外界的唯一要道。万一有虎头帮的漏网之鱼逃到这里，伏在河上的人可以作最后的击杀。

交代完毕后，艇队依然成长蛇状，继续向谷中推进。

“怎么办？”罗依农在心中问自己。于筱洁竟然也在谷中，虽然刚才那人再三关照不许伤她一根毫毛，可是一旦双方打红了眼，失去理智怎么办？而且他发现龙帮众人手中都拿着现代化的武器，有的还是重型的大家伙，子弹无眼，万一伤到她怎么办？还有，万一虎头帮的人见大势已去，干脆来个玉石俱焚，她岂非要遭池鱼之灾？

那条留下来伏击的橡皮艇钻入近岸边的树枝丛下，打算隐藏起来。罗依农心中一动，顿时拿定主意，再次潜入水中，悄悄地掩到橡皮艇边，双手托着橡皮艇的一侧猛地一掀。

橡皮艇本身的分量就不重，再加上水中浮力的作用，罗依农几乎把整个艇都举出了水面。艇上那两人猝不及防，吓得怪叫起来，忙不迭地用双手紧紧抓住船舷。

罗依农就是要他们心慌意乱，放开手中的武器。当即纵身而起跃上橡皮艇，不等那两人反应过来，他一手抓住一人的脑袋，把两个脑袋用力一撞，那两人哼都没哼一下就晕了过去。

罗依农解下他们身上的武器，竟然人手一把 M10 型英格拉姆冲锋枪，然后用他们的腰带把他们捆绑起来，驾着橡皮艇来到竹筏旁，把听到的消息一说。欧阳默率先叫了起来：“我得回去，我要去救伊人！”

章义说：“人家手中有真家伙，你拿什么去救人？”

欧阳默说："这个我不管，就算是死，我也要和她死在一块！"

罗依农的心中也惦记着于筱洁，虽然绿野苍龙的老大对她下了特赦令，但是，他还是不放心，世上的事谁也说不准，不怕一万，只怕万一。

田甜见罗依农不说话，就知道他心中想的是什么，说："不知道龙帮有没有在整条河道里都布下伏兵，我们要是再往外闯，也许会中埋伏，不如我们都回去吧，明知山有虎，偏向虎山行。"

罗依农知道田甜是在帮自己说话，心中很是感激，说："这样做太危险，不如……不如……"他本想说，让章义带着田甜往外走，他和欧阳默回去谷中救人，可是又一想，万一前面的河道中真有龙帮的伏兵，那章义和田甜就险了。

欧阳默不能再等，从罗依农手中抢过一把冲锋枪，说："你们只管往外走，不必顾我。老罗，你们把橡皮艇让给我吧！"

章义说："我这人虽然胆子不大，但也知道朋友就该有难同当，我们一起回去！"说着跳到橡皮艇的驾驶座上，"你们快坐好，我要启动了。"

欧阳默心中好生感动，跳到橡皮艇上拍拍章义的肩膀，然后默默地坐下。田甜也跟着跳过来坐下，笑着说："我这还是第一次坐橡皮艇，怎么感觉和坐在沙发里差不多。呵呵，胖胖，等我们把人救出来后，把这艘艇也弄回家，以后到了周末，我们大伙就可以一起出去玩漂流。"

欧阳默眼眶一热，差点就流下泪来，心想：一生之中能交到这么几位好朋友，该知足了。

橡皮艇有动力设备，比竹筏快了好多倍。罗依农握着冲锋枪，站在艇头，密切注意着前方动静。耳旁风声呼啸，身边夜色撩人。心中却忐忑不安起来，自己不计后果地鲁莽行事，简直和飞蛾扑火无异，却还要搭上章义和田甜，会不会太自私了？

就在罗依农心中七上八下、举棋不定之时，突然远远传来一阵密集的枪声。众人心头一紧，纷纷站起身来远眺，紧接着一声巨响，一道火龙腾空而起，长长的火光直冲上云霄。

绿野苍龙已经向虎头帮开火了！

欧阳默咬紧牙关不哼声，却一把拉开章义，他自己坐到驾驶座上，开足马力向火光升起的地方飞驰。

罗依农心中同样着急，但他拼命提醒自己不要乱了方寸，一旦疏忽，满盘皆输，后果将会搭上四条人命。

橡皮艇渐渐靠岸。就在这时，前面的树丛突然快速闪过两个亮点，罗依农知道那是龙帮自己人和自己人打招呼的暗号，当即拿起橡皮艇上的手电筒也连按了两下，对方就没了声响。

枪声、爆炸声、喊杀声、哭叫声、悲号声如潮水般涌来，一波波地撞击着众人心底最脆弱的神经；熊熊火焰蹿上半空，仿佛连天上的云也烧着了，天空都变成了殷红。

橡皮艇才靠岸，欧阳默就迫不及待地往岸上跳，不料动作太大，发出很大的声响，守在树丛中那人立刻跑出来，低声喝道："谁？你这个时候跑来干什么？怎么不守在自己的位置上？"

罗依农心想坏了，这里漆黑一片，也不知对方在这里伏下了多少人，一旦暴露行踪，自己四人就有可能被打成马蜂窝。连忙说："我们是来报信的，贺无影不知怎么得到消息，带着大批人手赶来增援，河上的弟兄们支持不住，我们特来报信。"

那人愣住了，显然被这消息给惊住了。他快步跑到罗依农身前，说："这么紧迫的消息，为什么不发信号……"借着火光，忽然发现眼前四人十分面生，"啊，你们……"

罗依农劈手一掌打在那人颈侧。那人猛地跳起一米多高，然后一头倒栽下来，被罗依农伸手接住。那人身上也有一把冲锋枪，罗依农先把枪缴下，再把他轻轻拖入杂草丛中。这一连串的变故，竟然没发出多大的声响。

又一道火光蹿起，长长的火舌触目惊心，不知谷中有多少幢竹楼起火，枪声更加猛烈。

罗依农、欧阳默、章义和田甜四人，都是生长在太平盛世中的都市人，这样的场景也只有在影视作品中见过，别说亲身经历子弹横飞的战场，就是连枪声都是头一回听到。

章义前面意气用事，主动随欧阳默和罗依农回来，自以为有足够的胆量应对接下来的危险，哪知道还没靠近现场，光听听声音，就已经把他吓得双腿发抖，脸也青了。

欧阳默提着冲锋枪就要往谷中冲，罗依农连忙拉住他，说："你这样冲进去等于送死。现在那里乱成一片，根本就找不到沈伊人，我们唯一能做的就是尽快把绿野苍龙的人赶走。"

欧阳默急促地说："行，老罗，我已经没了主意，你说怎么办，我就怎么办。"

罗依农把手中的冲锋枪塞到章义手中，问："胖胖，这个你会用吗？"

章义用颤抖的声音问："我知道，用……用前先打开保险塞，你……想让我干……干吗？"

罗依农说："我和默默去救人，你们不能跟着我们，那样太危险，所以，田甜得由你保护，你带着她去找一个安全的地方藏起来，实在找不到地方，就去关押我们的那个山洞，那里比较偏僻，龙帮的人应该找不到那里，过后我会去找你们的。这枪你拿着，不到万不得已，千万别开枪。”

章义天生胆小，可罗依农说要他保护田甜，心中豪情顿生，点头说：“好，你放心吧，我一定不让田甜受到任何伤害。田甜，我们走！”

田甜跟着章义走出几步，突然回转过身，冲上前一下抱住罗依农，在他脸上快速一吻，说：“如果你有个三长两短，我也绝不独活！所以你要想让我活得好好的，你就得把自己的命看住了。”说完掉头就走。

罗依农在心头长叹一声，而章义则很夸张地一声长叹。

欧阳默拉了一下罗依农，说：“老罗，我们快冲过去，好像所有的竹楼都烧起来了！”

烈焰翻卷，火星飞溅，整个山谷都成了熔炉，滚滚热浪扑面而来。

卧虎谷是虎头帮的老巢，谷内住着二三百人，全是帮中的中坚力量，其余的人全分散在山外。绿野苍龙这次出动的也全是帮中精锐，但人手只有五六十人。按理，虎头帮在人手和地理上占着绝对优势，但龙帮在武器装备方面远远胜过虎头帮，而且他们有备而来，士气高涨，乘着夜深人静，长驱直入，一下子就争得主动。

这也是虎姑婆大意，她自认为卧虎谷隐没在深山老林之中，连警方都找不到，自然想不到龙帮能这么轻而易举地打入自己的心脏地带。再加上她这两天一直在忙于应付罗依农和欧阳默这几人，疏于防范，顿时被打了个措手不及，手下弟兄伤亡惨重，几乎所有的竹楼都在对方的火焰喷射器和枪榴燃烧弹的攻击下着火燃烧。

罗依农和欧阳默靠近火场时，枪声渐缓，龙帮的攻击暂时停了下来。五六十人成包围状，围住整片火海，一旦发现有人突围，则乱枪打死。

终于有人发现罗依农和欧阳默，立刻有人大声喝斥：“什么人？不准乱跑，否则开枪了！”

欧阳默心里想的全是沈伊人，情急之下，举起冲锋枪对准喊话的人扣下扳机，射出一簇子弹，对方应声而倒。

罗依农知道不妙，飞身跃起，一把抱住欧阳默就地一滚，耳边响起密集的枪声，身边的草丛中“嗤嗤”直响，子弹像雨点般落下来。同时有人大叫：“这边有敌人！杀！”一下子扑过来二三十人。

罗依农在欧阳默耳边大喊：“不要开枪，这样会暴露目标！”拉着他往密林丛中钻。也幸好这里到处是大树，对方射出的子弹多数被树干挡掉。

龙帮差不多有半数的人去追赶罗依农和欧阳默，围住火场的包围圈就出

现了一个大大的缺口，围堵的人群中有位戴着牛魔王面具的人，对站在身边的人吩咐了几句，身边的人立刻高声大叫起来：“弟兄们快返回原地，各就各位，别乱了阵脚，中了敌人的调虎离山之计！”

可惜他喊得还是晚了点，大火中突然响起一连串枪声，站在包围圈最里层的几名龙帮爪牙中弹倒下。戴牛魔王面具那人大喝一声：“大伙快伏下！”火场中飞出几十枚手榴弹，在龙帮的人群中炸开，升起朵朵蘑菇云。

虎姑婆毕竟是经过生死考验的人，江湖经验丰富。在对方强大的火力攻势下她错失先机后，立刻传令让帮中弟兄放弃抵抗，躲入逃生坑道。

她令人在密林深处建栅立寨，首要提防的是火灾。所以谷中这些竹楼底下都挖有逃生密道，可以逃到楼外。尽管如此，虎头帮的伤亡依然惨重，超过半数的成员在枪火中丧生，有的睡在床上，听到枪声醒来就已经被大火吞噬。

虎姑婆躲在密道中，看着自己打拼了大半辈子的基业在大火中化为灰烬，当真目眦俱裂。但她也知道此时还击，正撄其锋，只会损失更重，所以只能忍，等待良机的出现。可是，大火越烧越旺，密道中的温度越来越高，浓烟也慢慢渗透进来，再待下去，不是被火烤死就得被烟熏死。偏偏她在躲进密道前，被流弹打中肋部，血流不止。

幸好罗依农和欧阳默的出现，使得龙帮的包围圈出现缺口，虎姑婆当即果断下令突围。

司马归心身先士卒，手持冲锋枪狂扫，率先冲入对方阵营，所到之处，龙帮众人纷纷退避三舍。

牛魔王见司马归心英勇无敌，锐不可当，忍不住赞道：“无敌悍将司马归心果然名不虚传，虎姑婆有这样的人物支撑，虎头帮这几年能称霸一方也不是没有道理！”

司马归心一阵疯狂射击后，打完枪中的所有子弹，甩手把枪扔了出去，砸中一名龙帮爪牙的大腿，那名爪牙抱着腿倒在地上，痛得直打滚，腿骨只怕已经断成了几截。另有两名龙帮爪牙不认得这位悍妇，见她手中没了武器，心存轻敌之意，飞扑上来想将她生擒活捉，结果被她一手一个抓住脖子，再狠狠一甩，那两人把持不住自身，双双头撞大树，顿时脑浆迸裂。龙帮众人吓得胆战心寒。

虎头帮众人见司马归心这么神勇，士气大振，喊杀声直冲云霄。

追杀罗依农和欧阳默的那二三十名龙帮爪牙，听到激战声，连忙再杀回去，可是虎头帮的人和龙帮的人已经混杂在一起，不能再开枪射击，只得冲杀过去，短兵相接，近身肉搏。

罗依农和欧阳默也终于缓过劲来，跑出密林一看，烈焰火光中到处都是厮杀的人影。刀光拳影，血肉横飞，场面混乱而惨烈。殷红的鲜血，血淋淋的残肢，浓烈得触目惊心。

两人冲入人群，欧阳默大声呼叫沈伊人，有两名青年冲出来想阻止他，他也不管对方是虎头帮的还是绿野苍龙的，举起冲锋枪就打出一束子弹。

罗依农怕欧阳默乱打一气激起众怒，反而两边不讨好，冲上去拉着他说："这些人中没有沈伊人，我们冲进去找找。"

欧阳默找不到沈伊人的身影，心中急得六神无主，连声说："好。"越过人群冲入火场。

竹子遇到高温会分泌出一种类似油脂的汁液，可以助燃，所以竹楼越燃越旺。可以想象一下，紧挨在一起的几十幢竹楼同时燃烧，竹节受热爆裂的声响此起彼伏，有时响成一片，那是何等的壮观和惨烈。

一入火场，热浪席卷而至，吸入体内的空气也烫得仿佛可以把肺烤熟，令人难受到极点。罗依农和欧阳默才奔入十几步，头发、眉毛就已经被烤得卷了起来。

罗依农心中一直记挂着于筱洁，他只知道她住在贵宾楼里，却不知道贵宾楼在哪里。放眼望出去，所有的竹楼都在起火冒烟，该不会贵宾楼遭了池鱼之灾？心中一急，放声大叫起来："筱洁，筱洁，你在哪里？你在哪里啊？"

欧阳默学着罗依农的样子，大声呼叫沈伊人。

"轰——"一幢竹楼在烈火中坍塌，火星飞溅起几十米高，仿若满天繁星，无比绚丽。

罗依农更加着急，用尽全力呼叫，咽喉被热浪烤得发痛，嘴唇干裂得疼痛。随着时间一点点过去，身边的火焰也越来越猛烈，心头的绝望渐渐强烈。他怕再待下去，和欧阳默都会严重失水而晕厥。叫道："默默，我们先出去再说。"

欧阳默的体质比不上罗依农，身体状况更差，他见找不到沈伊人，赴死之心渐渐强烈，说："你先走，我再等一下……"他一开口说话，嘴唇裂出两道口子，鲜血马上滴了下来。

罗依农说："不行……"忽然，耳边似乎听到女人的尖叫，心头好一阵狂喜，侧耳细听，听出这声音来自左侧。他不敢说话，而是拉了欧阳默一把，伸手向左侧指点一下，欧阳默会意，两人向左奔去。

跑过两幢燃烧的竹楼，滚滚浓烟中终于发现有一幢竹楼还没起火，但在四周烈火的烘烤下，整幢楼都在冒着丝丝青烟，不时地响起竹节受热爆裂的声响，火苗一触即发。

罗依农放开喉咙大叫了声："筱洁，你在哪里?!"

欧阳默也跟着叫了声："伊人!"

竹楼上马上探出两个人来，其中一人喊着："依农!"另一人则叫着："默默!"果然是于筱洁和沈伊人两人。

原来，沈伊人送走罗依农、欧阳默、章义和田甜后，返身去了贵宾楼，她讨厌于筱洁，当然不会放过戏弄她的机会。她告诉于筱洁，罗依农被她妈抓起来，除非于筱洁能劝说动罗依农加入虎头帮，否则她妈绝不会让罗依农活着离开这里。她这么做，一来是想让于筱洁着急，二来是想试探一下，看于筱洁对罗依农到底动了多少真情。

于筱洁看出沈伊人目光狡黠，对她的话不敢全信，但她知道罗依农已经落入虎姑婆之手，暗想着怎样借助沈伊人之手救出罗依农，一面假意与她敷衍，一面思索着良策……当绿野苍龙的人发动攻击后，自然而然地把沈伊人也困在了贵宾楼中。

罗依农和欧阳默快步奔到楼上，不等他们站稳，沈伊人和于筱洁同时扑到他们面前。沈伊人毫不犹豫地一头扎入欧阳默的怀里，抱着他大哭起来。

于筱洁却犹豫了，尽管她现在真的很需要一个坚实的胸膛来安抚自己慌乱的心，可是她和罗依农此前从没有过过分亲热的举动，甚至连手也没牵过一下，虽然她清楚地知道罗依农对自己的心意，然而少女特有的矜持还是让她犹豫了一下。

罗依农见于筱洁除了脸上略显慌乱，并无大碍，悬着的心也总算放了下来，微微一笑，说了句："筱洁，还好你没事。"说着张开了双臂。

于筱洁从罗依农的眼中感受到关切，再想到他不顾枪林弹雨、烈火浓烟，冒着生命危险来营救自己，尽管两人相识的时间不长，可这份情谊却像已经历经了几个世纪的风雨一样坚不可摧，心中一时感动得不能自已，终于扑入罗依农的怀里。

罗依农心头狂跳，看着怀中佳人，感觉像在做梦一样。虽然四周浓烟翻滚，烈焰飞卷，烈火浓烟随时都可以将他们吞没，可是这一刹那的甜蜜，纵然让他用生命去交换，他也毫不迟疑。

于筱洁的泪水静静流下，说："依农，你知道吗?我心里好害怕，害怕自己要死在这里，以后再也见不到你了，真的很奇怪，在我临死前，我特别想念的人竟然是你……"心头却忍不住叹了口气，在认识罗依农之前她就已经把心给了别人，自认情比金坚，足以经得起任何风浪。可是现在，被包裹在他坚实有力的臂弯里，不得不气馁地承认，她很享受这个怀抱。

罗依农连连点头，心中充满了幸福感，竟然激动得说不出话来。

另一边，欧阳默和沈伊人抱得更紧。沈伊人见欧阳默嘴唇干裂成这样，心痛万分，大骂：“你这笨蛋，为什么还要回来？我们已经逃不出去了，你这是来送死！”

欧阳默浑身难受，心头却是甜的，用嘶哑的声音说：“我不怕死，只怕失去你，就是死我也要和你死在一块！”

沈伊人用拳头拼命地捶着欧阳默，口中叫着：“你这笨蛋，我不领你的情，我才不要你对我这么好……”泪水喷涌而出。

欧阳默说：“我就要对你好，今生今世我只对你一人好……”他用尽力气抱着沈伊人，相信此时此刻，世上再没有一种力量可以将他们分开。

就在两对年轻人抱在一起，忘了身在何处时，耳边突然响起一声冷笑。

罗依农悚然一惊，连忙放开于筱洁抬头一看，不知什么时候，竹楼上已经多了一人。那人一袭黑衣，头上戴着一个牛魔王面具，隐在面具眼洞后的一双眼睛冷芒如刀。

“是你！”罗依农认出这人就是绿野苍龙这次发动攻击的头领，刚才一直在发号施令，不知他是不是绿野苍龙的老大？

欧阳默和沈伊人也惊觉到有人侵入，手拉手，并肩和罗依农、于筱洁站在一起。

于筱洁怔怔地看着蒙面人，见他的眼神瞬息万变，最后渐渐被绝望和愤怒替代，心中没来由地一堵，颤声问：“你……你是谁？”

牛魔王不答话，冷冷地看了于筱洁好一阵，突然低喝声：“很好，走！”对着她一把抓了过去。

罗依农目不转睛地注视着牛魔王的一举一动，抢步上前，将于筱洁往自己身后一拉，同时一拳直击而出。

牛魔王不动如山，动如脱兔，侧身闪过罗依农的拳锋，变爪为掌直削他的左手脉门，同时飞腿横扫他的下三路。他知道这里形势危急，竹楼马上就要起火，只想速战速决，一举拿下罗依农。

罗依农也是差不多的想法，龙帮和虎头帮最终谁胜谁负还没定数，但这两家对于筱洁都是心怀鬼胎，无非是为了“中野四号”，他要想把于筱洁成功救走，最终都将无可避免地和这两家为敌。而且此地不宜久留。

两人都是以快打快，一眨眼间就交换了七八招。罗依农发现牛魔王的武功纯正深厚，绝不在他之下，两人真要一决高下，只怕得打上半天也未必能分出胜负。

牛魔王也看出和罗依农势均力敌，他不想在这里多浪费时间，翻身倒掠出两三米，从身上掏出手枪，对准罗依农，喝声："去死！"

一旁观战的于筱洁同样密切注视着牛魔王的举动，见他不败而退，知道不妙，飞身上前，挡在罗依农身前，叫道："你开枪吧！"

牛魔王的手指已经扣在扳机上，几乎就要扣下去，见状连忙停下，看着于筱洁，目光也因此变得更加阴冷。

罗依农叫道："筱洁你干什么？快让开！"想把她拉到身后，于筱洁却反手死死抱住他的腰，叫着："我不让，偏不让！"

牛魔王怪笑起来，沉声连说了两句："好，好。"突然向后飞掠，跳下竹楼如飞而去。

沈伊人擦着脸上的汗水，心有余悸地叫道："吓死我了，于筱洁算你狠，是你救了我们大家……"

正说着，忽然眼前火光一闪，贵宾楼终于起火。

沈伊人拿出楼上备用的小瓶矿泉水，欧阳默和罗依农连喝下两瓶后，把剩余的水全浇在沈伊人和于筱洁的头发、衣服上，然后四人一起跑下楼，向火场外逃窜。

火场外，龙帮和虎头帮已经从混战转变成两军对垒状，双方的人马各占一边，中间空出一大块场地，贺无影和一位长发青年正打得难解难分。

牛魔王站在己方的阵营前观战，但在虎头帮众人中，却不见沈如玉和司马归心的身影。

罗依农悚然动容，贺无影的武功他是知道的，和自己相比有过之而无不及。而和贺无影过招的青年看上去最多二十出头，长相俊美，漂染成棕褐色的齐肩长发，飘逸柔美。赤裸着上身，露出完美结实的条形肌。他身法飘逸，动作潇洒，惹来龙帮爪牙的阵阵喝彩，和贺无影拳来脚往，丝毫不露败相，且越战越勇。

贺无影面色阴冷，双眼赤红，仿佛快滴出血来。他本是位命案累累的通缉犯，在国内待不下去逃亡缅甸，结果被缅甸警方捕获，本要引渡回国，沈如玉听说他身手了得，又忠义两全，使出财色双重手段，打通缅甸官方要员，将他给偷偷弄了出来，在虎头帮中捧为重将。

贺无影感念沈如玉的救命之恩，对她极为忠心。他长驻在山谷外，负责外部消息和传递情报，昨天和罗依农大打一架后，回去曼其村休息，打算第二天回景洪市，突然接到情况，说虎头帮老巢遭到袭击，拼命赶来，才发现情况比他想象的还要糟糕。司马归心和丁卯拼死杀出一条血路，带着沈如玉和一伙亲信脱围，未能脱围的虎头帮人员已经被龙帮杀得只剩下几十人。他当真是又惊又怒，收拾残部，和对方作最后的拼杀。没想到对方阵营中冲出这么一个毛头青年，身手极其了得，他施展平生所学，竟然没能讨得半点好处。

罗依农、于筱洁、欧阳默和沈伊人四人从火场中现身，在虎头帮和龙帮中都引起了不小的骚动。贺无影见到沈伊人，大叫："小姐，你没事吧?"

沈伊人说："贺叔，我没事，你放心，我娘呢?"

贺无影并没见到沈如玉，只是从其他人口中得知她受了伤，但已安全逃脱，终究放心不下，可又一想：有司马归心在，她应该不会有事。说："她受了点小伤，应该没事。"见沈伊人安然无恙，心头振奋，出腿更加有力。

长发青年年轻气盛，对自己的武功一向极为自负，但他缺少在实战中以命相搏换来的经验，在贺无影虚虚实实、变幻不定的无影绝命腿的连番猛攻之下，渐渐露出败相。

在一旁观战的牛魔王看看时候不早，天快要亮了，龙帮的人得尽快撤离，这次偷袭虽然没能将虎姑婆歼灭，但虎头帮已经大伤元气，再也没有和他们抗衡的潜力。沉声喝道："秦威，撤!"

长发青年秦威得令，虚晃一招，疾身后退。贺无影当然不依，大喝："不留下性命，谁也不许走!"几步冲上，纵身跃起，直扑向秦威。

罗依农知道不好，大喊："别追，快退下!"

牛魔王冷哼一声，手一挥，草丛中喷出一道红光，迎面打中贺无影。"呼"的一下，立时燃起熊熊烈火。

贺无影顿时被火焰包围，成了火球，他怪声惨叫，从空中落下，倒在地上拼命翻滚。怎奈火焰喷射器中液体燃料是极易燃烧的油脂，燃烧时的瞬间温度可达四五百度，岂能轻易扑灭。

贺无影北腿功再厉害，终究是血肉之躯，如何能抵得住这样的高温焚烧，惨叫了没几声就倒在地上没了动静。

虎头帮众人和罗依农等人全都惊呆了。于筱洁吓得脸色发白，双腿发软，连站也站立不稳，若不是罗依农紧紧搂着她，她早已瘫倒在地上。

沈伊人跳着脚大叫："贺叔，贺叔——"失声痛哭起来。

虎头帮众人足足愣了好几秒才醒过神，有人冲龙帮大叫："你们这些王八蛋，耍无赖……"原来，贺无影现身时，就和龙帮的人说好了，以拳脚定胜负，不能使用现代武器。

绿野苍龙才不理会他们，牛魔王又大喝了声："打!"手下众人一齐开火，子弹纷飞，虎头帮的人躲闪不及，又倒下了十来个，其余的人伏在草丛中、大树后，奋起还击。

第12章　倾情一吻

枪林弹雨，又是一个血腥相残的场面。

罗依农有心阻止双方激战，但他的血肉之躯，也挡不住这真枪实弹。连声大叫："不要打，快住手！"可惜被枪声淹没，起不了半点作用。

欧阳默叫着："疯子，这些人全是疯子！"

突然，已经被吓得缩成一团的于筱洁猛地站起身来，向弹雨中走去。

罗依农吓坏了，大叫："筱洁，你干什么？"

沈伊人却明白了于筱洁的用意，心中一声长叹，她暗中和于筱洁较劲，却自认没有这份胆色，一时间输得心服口服，奔上前几步，拉着于筱洁的手，说："筱洁姐，我们一起过去。"

于筱洁脸色苍白，依然对她一笑，以示嘉许。

罗依农和欧阳默都明白了她俩的用意，她们要用自己的血肉之躯去阻止这场杀戮。连忙双双跟了上去，护在她们左右。

龙帮的人不想于筱洁死，而沈伊人是虎头帮的少主，这两人走在一起，谁敢向她们开火？

子弹在身边飞过，尖锐的破空声像刀锋一样，一刀刀切在罗依农心头最柔弱的地方，产生让人窒息的惊悚感。他刚才喝下去的两瓶矿泉水这时化作汗水全冒了出来，浑身汗如雨下。用四条鲜活生动的性命去下赌注，这个彩头会不会重了些？

战火稍有不慎就会将这四人彻底吞没。牛魔王气得直喘粗气，终于无可奈何地大喝了声："停！"

龙帮的人一停火，虎头帮马上也不开枪了。两帮人都眼睁睁地看着缓步走入交战区的两男两女，无不暗暗佩服这四人的胆色，竟然有人带头鼓起掌来。

牛魔王气得浑身直抖，无限恼怒地一挥手，带着大批手下快速退去。他们这次出击虽然没把虎头帮连根拔起，却也使得对方大伤元气，尤其是贺无影的丧生，使虎头帮的实力大大降低，只怕十年内都无法复原。

贺无影已经被烧成一具焦尸，于筱洁和沈伊人都不敢去看。罗依农无限感慨，再怎么强势的人，在现代文明面前，脆弱得毫无反抗之力。贺无影命案在身，这样的下场对他来说也许不算过分，可是他不该死在龙帮的人手下。再想到龙帮对于筱洁的企图十分明显，日后的麻烦会更多，真是前门拒虎，后门进狼，不免忧心更重。

欧阳默帮沈伊人清点虎头帮剩余人数，除了跟随沈如玉突围的十多人，住在山谷中的二百多人，竟然只剩下四十几人还活着，其中还包括了不少伤员。

那些竹楼的火势渐渐缓下，浓烟却更加厉害。沈如玉当初修筑这方基业时，考虑到山火可能引发的火灾隐患，所以在山谷四周开辟出一条长达里许的防火带，本意是防止山火对竹楼群的危害，反过来自然同样起作用。否则，一旦引起山林火灾，那后果就真的无法设想了。

虎头帮中没有受伤的人开始搜救伤者，然后掩埋死尸，等竹楼的火势缓下去后，再进火灾现场搜寻被困人员。

沈伊人又得到一个让她担忧的消息，她母亲沈如玉为流弹所伤，估计伤势不轻，否则她绝不会丢下这帮弟兄率先逃命。

这次虎头帮真的是损兵折将，大伤元气，帮主受伤不说，四大将中，贺无影丧命，空勒腿伤未愈，生不见人，死不见尸，不知是不是被大火烧成了灰？丁卯和司马归心一起保护沈如玉突围。

这时天色大亮，谷中残火也已经被虎头帮众人扑灭。罗依农记挂着章义和田甜，把于筱洁托付给欧阳默和沈伊人后，只身向山腰处的石洞奔去。还没到达半山腰，就听到前面树林中传来声声怒喝，不由得心头大急，加快步子奔上去，却见树林中两条人影正打得难解难分。

其中一人倚着树干，身旁放着个拐杖，长长的双手像章鱼的触手，时而软若无骨，时而坚硬如铁棒，正是虎头帮四大将之一的闯将夺命章鱼空勒。只是他现在的样子要多恐怖，就有多恐怖。他的皮肤本来就黑，现在更是黑得像刚从墨缸里捞上来，似乎是被烟熏黑的。身上的衣服全是被火烧出来的破洞，衣不遮体，胸口处破了个大血洞，不时地冒着血泡。

和空勒恶斗的竟然就是龙帮的那位长发青年秦威，他神态自若，出手依然强劲。

离他们几米远的地方，章义和田甜动也不动地躺在草丛中，似乎已经了无生气。

罗依农脑中“轰”的一下一片空白，全身血液仿佛在这一刹那停止流动。如果章义和田甜有什么不测，他不知道自己是否有勇气面对。

“胖胖……田甜……你们别吓我……”罗依农双腿抖得厉害，几乎都迈不开步子。

空勒浴血奋战，再加上腿脚不便，已是险象环生。他早就看见罗依农现

身，迫不及待地大叫：“罗依农，你还不快来帮我……你……你的朋友没事，他们只是晕了……”

“真的吗？”罗依农心头稍宽，双脚也有力了，飞步扑到章义和田甜跟前，伸手抱起田甜，发觉她身体还是暖的，再试了一下她的鼻息，还算正常。再试一下章义，他呼吸也正常，悬着的心总算放下大半。“田甜，你醒醒啊，田甜。”然后又轻轻推了章义几下，叫着他的名字，掐他们的“人中”穴，两人均毫无反应。不由得又担心起来，见两人都是牙关紧咬，脸色苍白，不知是怎么回事，便问：“空勒，我朋友到底怎么了？”

空勒极不耐烦地说：“他们只是中了我的截脉手，你帮我打退这小子，我自然会把他们弄醒。”他几天前在H市腿部中枪，整条腿几乎报废，回来后一直待在谷中静养。大火燃起后，他和虎头帮的大多数人一样被龙帮围困在火场中，后来沈如玉下令突围时，他知道自己腿脚不方便，跟不上众人，就走了相反的方向。他行动缓慢，费了好大的劲才逃到半山腰，正好发现躲在树丛中的章义和田甜。

章义和田甜都已经被枪声和喊杀声吓破了胆。章义手中有枪，却没有勇气开枪，结果双双被他擒下。

空勒知道这两人是罗依农的朋友，正考虑着该怎么处置，突然听到身后破空声响，知道有人偷袭，举起手中拐杖回身猛击，打落一块鸡蛋大的卵石。却不料来袭的卵石一先一后有两块，等他发现还有一块时，已经晚了，胸口被卵石击中，破了个大口子。

秦威施施然地走来，微笑着说：“空勒，我找得你好苦，这些年来，你有想我吗？”

空勒强忍着胸口剧痛，哈哈一笑，说：“当然，一日不见如隔三秋！”抢先出招。

两人在树丛中好一场恶斗。

空勒见秦威越战越勇，心里不免暗暗发慌，忍不住大叫：“罗依农，你还不快来帮我……”他已是强弩之末，稍不留神，被秦威打得倒翻出去，重重摔了个嘴啃泥，挣扎了好几下，竟然没能爬起身来。

秦威见状，得意地哈哈大笑，说：“空勒，就算你会八爪黑洞那又怎样？还不是照样死在我的手上！你不要怪我心狠，要怪就去怪小布川那个贱货吧！”抬脚就要往空勒的心口踹下去，忽然感到背后劲风袭体，来不及回身，于是斜掠而出。

罗依农一拳落空，不等招式变老，早已撤招换式，身体如影随形紧跟在秦威身后，双拳直击。

秦威听出罗依农拳风强劲，不敢托大硬接，只得纵身跃起，伸脚在旁边的树干上一点，一个倒翻，从罗依农头顶跃过，同时大喝了声："停!"

罗依农回过身，见秦威神情悠闲，但目光阴冷，使得他本来俊美白净的脸孔，多了几分煞气。

罗依农问："不敢动手了吗?"

秦威哈哈一笑，说："我今天可以和所有人动手，偏偏不想和你罗依农动手!"

"为什么?"

"因为我要找个机会，和你好好打一架，让你死得心服口服!"

罗依农气极反笑，说："你口气狂得可以，希望你手上的功夫别比你的嘴上功夫差才好。"

秦威一笑，说："你很快就会知道了，我也不会让你等太久。你只要好好守着你的命，千万别死得太早，否则我会抱憾终生的。"说完，转身下山，如飞而去。

秦威的话中满是仇恨，罗依农想不通自己到底什么时候结下这么扎手的仇家。

空勒倒在地上已经爬不起身来，叫着："罗依农……罗依农你快过来……"

罗依农跑过去，见他面色蜡黄，满头虚汗，眼光溃散，知道他大限将至，不由得动了恻隐之心，说："我马上救你，你再忍一下。"

空勒用力摇了下手，说："没用了，我已经不行了……你的两位朋友没事，你……只要帮他们推宫过血就行……"一阵猛咳，吐出一大摊鲜血。

罗依农说："你先别说话，护着心脉。"

空勒听而不闻继续说："他是来找我报仇的，他的……下一个目标就是你，你……要小心……"

罗依农问："我和他无怨无仇，他为什么要找我报仇?"

"因为他是当年问花十三郎……中的秦双成的儿子……"

罗依农豁然明白了，原来是这么一回事。当年，问花堂帮主小布川怀疑罗依农的师父商洛偷了她家的祖传绝学八爪黑洞的秘籍，派出手下问花十三郎追杀商洛，谁知商洛神功盖世，十三郎五死八伤，秦威的父亲秦双成就是这五名冤死鬼中的一名。

空勒喘着粗气说："其实……小布川的祖传秘籍并没丢失……她诬陷你师父，是因为……是因为她爱你师父……可她太骄傲了……"

小布川喜欢商洛，多次表白遭对方拒绝，终于因爱成恨。她生性偏激，

凡是她想要的东西，如果得不到那就会毁了，所以编了个借口诬蔑商洛偷了她家宝物，派出问花十三郎全力追杀，结果问花堂几乎因此折尽帮中好手，落得解帮散伙的下场。

而商洛也没什么好结果，终其一生都无法为自己洗尽冤屈，最终郁郁而死，抱憾终生。

罗依农问："你怎么会知道真相?"

空勒气若游丝，用力说："因为小布川……是我的姑姑……她……她……"一口气缓不过来，两腿一蹬，直奔黄泉。

罗依农欷歔不已。

空勒临死前的语气中，并没有表露出太多对生的眷恋，也许从他踏上江湖的那天起，就已经知道这是条不归路，生与死就像呼与吸一样的稀松平常……

罗依农折了些树枝把空勒的尸体罩住，等下山后再通知虎头帮的人来收尸。然后再帮章义和田甜推宫过血，把两人弄醒。

所谓的截脉手就是使人的经脉受阻，使得全身血液循环不畅，轻则引起昏迷，重则休克。章义和田甜人是醒了，但全身乏力，甚至连头也抬不起来，罗依农费了好大的劲才把他俩弄下山。

到了山下，满目狼藉，尸体随处可见。田甜又受不了了，吵着要回家，幸好于筱洁也待不下去了，众人一合计，罗依农带着章义、田甜、于筱洁先行回 H 市，欧阳默则陪同沈伊人把虎头帮这副烂摊子收拾一下，或找到沈如玉后，两人再一同回去。

临行前，罗依农再三关照欧阳默："江湖帮派间的恩怨不是你能处理的，尽快回家吧，我们都等着你。"

欧阳默点头说："你放心吧，为了你们这些朋友，我会好好活着。"

三天后，罗依农、章义、田甜和于筱洁平安回到 H 市。从飞机上下来，走出机场的一刹那，四人都长舒一口气，心中大有劫后重生、再世为人的感慨。

田甜和章义的身体已经复原，但他们两人受到的惊吓最大，田甜决定去找心理医生做康复治疗。章义稍好一些，毕竟是男生，况且他心中还惦念着另一件事。他身为记者，亲身经历黑帮的血腥相残，可他的随身相机放在行李包内，行李包落在了曼其村的桑桥小筑，历经生死，竟然没能拍到一张现场的相片，懊恼不已。

罗依农继续他的教练生涯，表面上波澜不惊，生活得很平静，但他的心里却一点也不平静。他在等，等于筱洁给他一个解释。

于筱洁为什么会出现在卧虎谷？她又为什么能入住贵宾楼，成为虎姑婆的座上贵宾？难道真如程凌所说，她已经和虎头帮达成了某种协议？

两天后，于筱洁约罗依农在咖啡馆见面，令罗依农意外的是，才两天不见，于筱洁瘦了不少，脸色也差，甚至都有了黑眼圈。

"筱洁，你怎么了？是身体不舒服吗？怎么瘦了这么多，要不要我带你去看医生？"

于筱洁摇了下头，淡淡一笑，说："可能是在云南那边受了点惊吓，回来的这几天睡眠总是不好，我想过几天就会好了，不会有事的。"

罗依农依然不放心地说："如果有什么不舒服，你可一定要告诉我。"

于筱洁抬头，静静地看着罗依农，眼前的男子是如此的鲜活生动，他眼中流露出的关心是那样的自然，又是那样的强烈，早已超出了普通男女朋友的范畴，面对着这份沉甸甸的情意，她既有点沾沾自喜，又有点茫然无措，甚至还有点想落荒而逃的感觉。

她当初主动结识罗依农，无非是想借助他的力量，协助自己替父复仇，一旦事成，则雁过无痕地和他说拜拜。可是……

罗依农见于筱洁静静地看着自己，只道她在等自己说话，哪里想得到她内心里正波起浪涌。他笑笑说："你这么看着我干吗？我的头发被火烤焦了，现在的样子是不是很像只羊驼？"

于筱洁抿嘴一笑。

罗依农终于发现她神思不属，笑得心事重重，问："你到底怎么了？有什么心事就说出来嘛。"

于筱洁斟酌再三，说："依农，有件事我一直想告诉你，以前没有勇气说，可是现在，如果再不说，我怕……我怕……"

罗依农没有追问，只是默默地看着她，从她的眼神中可以看出她内心的纷乱。

"其实我和景初的关系，不仅仅是叔侄关系，其实……其实我们是未婚夫妇，我是他的未婚妻。"

"我不相信，你骗我！"罗依农突然大吼一声，把咖啡馆中其他的客人都惊得纷纷探出头来张望。其实这个消息对罗依农不算太意外，他多少有点心理准备，但是无法接受于筱洁亲口说出来。

"你是怕你的事连累到我，所以才这么说，想让我离你远点是不是？那我可以明确地告诉你，我不怕！"罗依农情绪激动，额头上青筋根根暴起。

于筱洁说："是真的，我在他身边生活了十年，他也守了我十年，他三十好几都没成家，就是在等我长大。等我大到可以嫁给他做妻子时，我们就完婚。"

"那你爱他吗？"

于筱洁的脸色一下子变得苍白，这些天来，她一直在问自己这个问题。

在认识罗依农之前，于筱洁从没怀疑过自己对陈景初的感情，她认为自己很爱很爱他。她也爱得很用心，用尽所有的力量去爱，爱到无力自拔，爱到孤注一掷。可是随着和罗依农的深入交往，她渐渐开始怀疑自己的感情。

"筱洁，我知道你对陈总的依赖，但那不是爱情，更多的是亲情。因为他养了你十年，所以你对他怀着感恩之心。恩情和爱情是不一样的……"

"你是不是想说，我真正爱的人是你？只是我自己还搞不清而已？"于筱洁突然笑了起来，"其实我一直在利用你，我和虎姑婆早已达成协议，她帮我复仇，我则以'中野四号'象墓回赠，可我身单力薄，需要个帮手，所以才找上你，你只是我利用的工具！"

"如果真是这样，你这次又为什么要赶去云南？因为你担心我会因为默默的事激怒虎姑婆，怕她对我下狠手，才亲自赶去为我说情，是不是？"

"我……"于筱洁忽然发现，她自己都找不到一个合适的理由来解释她的所作所为，只能紧咬着嘴唇不说话。

罗依农说："在卧虎谷中的贵宾楼里，当龙帮的人将枪口对准我时，你想也不想就挡在我面前，你知道那是多么的危险，只要他的手指轻轻一扳，你就得死。可你一点也不犹豫，因为那时你心中记挂的只有我的安危，对不对？"

"不对，因为我知道他不会对我开枪的。"于筱洁的嘴唇已经被她咬得渗出了血。

"筱洁，别再说谎话了，其实你也知道自己已经不知不觉地爱上了我，对不对？我也爱你，我们一起去向陈总坦白，请他成全，好不好？"

"不好！我根本就不爱你，一直都是在利用你！你懂不懂？"于筱洁满面通红，声音明显放大。

罗依农问："你今天约我出来，就是为了要告诉我这个真相？"

"是！"于筱洁"噌"地站起身来，"还有，我不打算为我爸复仇了，他人都没了这么多年，有些人和事已经在我们的意愿之外悄然改变，所以你以后不用再管我的事……"

罗依农颇为吃惊地看着于筱洁，问："你是不是发现了什么？还是因为你担心我会像虎头帮的那些人一样被乱枪打死？你在担心我，是不是？"

"不是！你别说了！"于筱洁突然大叫一声，双手捂住耳朵冲了出去。

"筱洁——"罗依农取出两张百元大钞扔在桌上，快步追了上去。

于筱洁跑到大街上，十字路口刚好亮起绿灯。她在人行道快步奔跑着，才跑到马路中央，就被罗依农从后面追上来紧紧抱住。

“放开我！”于筱洁拼命挣扎。

罗依农扳过她的身体，让她面对面地看着自己，说：“筱洁，看着我的眼睛，老实回答我，你爱我吗？”

于筱洁不敢看，她知道那双眼睛中的深情浓烈得可以淹没她的整个世界，但她还有她的执着，她的挣扎，她还不甘心就此沦陷。

“说啊，你爱不爱我？”罗依农双臂用力，把她抱得更紧。

于筱洁的身体紧紧地贴在罗依农的身上，感受得到他狂热的心跳，尤其是他身上特有的男人气息将她包围，让她在这一瞬间意乱情迷。

“我爱你，可是……”于筱洁说不下去了，罗依农滚烫的双唇已经印在她的嘴上。

大街之上，车海人流，往来如梭，他们紧紧地拥吻在一起，似乎已经忘了身外的一切。

可就在不远处的街道边，一辆黑色卡宴静静地停在那里，陈景初面无表情地看着大街上这对超然物外、激情相拥的男女。

于筱洁一个人回到家，把家里所有的灯都打开，然后窝在大厅的沙发里，像只慵懒的小猫蜷缩成一团。纷乱的思绪，寂寞的夜晚，明亮的灯光依然驱不走笼在心头的阴影。

“如果爸爸在天有灵，他是希望我为他复仇，还是希望我忘记过去，过得幸福快乐？”这个问题在她从云南回来的路上，就开始纠缠着她，想了几天几夜，想得茶饭不思，容颜憔悴，却依然得不到一个明确的回答。

手机突然响起，拿起一看来电号码，是陈景初打来的。“筱洁，你在干吗？”

于筱洁强打精神，说：“小叔，我很无聊，坐在沙发上不知做什么好。”

“哈，你这死没良心的小傻瓜，既然这么无聊，为什么不想我一下？”陈景初的声音总是那么温存，使得他偶尔说出的俏皮话，听来别有一番风味。

于筱洁紧绷的心弦没来由地一松，她忽然发现自己根本就离不开陈景初。“反正又见不到你，想了只会更难受，还不如不想。”

“如果你是真心想我，那我就会马上出现在你面前。”

“我是真的想你了啊。”她是真的想陈景初了。她来陈家的这十年来，他把她照顾得太好了，她早已习惯他给予的一切，她甚至无法想象没有他的日子该怎么过。

“好，那我就出现了。”说到最后一个字时，大门突然打开，陈景初缓步走了进来。他永远都是西装笔挺，谁也休想从他衣服上找到一条褶皱，洁白的衬衣领上也永远找不到一根落发……不管他刚从世界的哪个角落飞回来，也不管他有多累多困，出现在别人面前时，总是那样的光鲜精神，就像是刚从菜地里采摘回来的还沾着露水的茄子，绝没有常人想象之中的舟车劳顿和风尘仆仆。

“小叔？你真的回来了啊！”于筱洁意外多过惊喜，连忙站起身，迎上前去。

“这次出国要谈的几个项目都出乎意料的顺利，所以提前回来了。怎么看上去你不太欢迎我提前回来似的？”陈景初张开双臂，把于筱洁轻轻地拥入怀中。

于筱洁把头轻轻靠在他的胸膛上，说：“不是啊，你提前回来也不和我打个招呼，害我没有去接你的机，错过一个好好表现的机会。”

陈景初狡黠地一笑，说：“我偷偷回来，就是想看看我不在家的日子里，你有没有背着我去和别的男生约会。”

“当然有了，我长得这么漂亮，要是没人追，那才叫天理难容。你要是真的紧张我，最好寸步不离地守着我。”

陈景初笑着骂了声：“死没良心的家伙。”轻轻推开于筱洁，从衣服里掏出一个小小的精美礼盒，递到她面前，说：“知道这里装着什么吗？电视中经常上演这样的桥段。”说完后，他自己打开礼盒，里面放着一枚最新面世的 Cartier 真爱系列钻戒，华光璀璨，美轮美奂。

“哇——”于筱洁惊艳得张大了嘴。“小叔，你这是干什么呀？”

陈景初笑了，心想：于筱洁的骨子里终究只是个小女人，面对戒指、珠宝，和大多数女人一样不能免俗。他说：“我用这枚钻戒向你求婚，筱洁，请你嫁给我，好吗？”

于筱洁似乎怔住了，她明白接受这枚戒指意味着什么。“我……可是，我还没准备好……”

陈景初依然笑容满面，问：“难道你打算拒绝我吗？”

“我要拒绝他吗？这是我十年来一直梦寐以求的幸福，现在真的到了这一刻，我要拒绝吗？”于筱洁看着递到眼前的戒指，在心里不住地问自己。自她十三岁时住入陈家，就无可救药地爱上了陈景初。他俊朗、儒雅，对她千依百顺，几乎是集天下所有男人的优点于一身，她立志要做他的新娘。这十年来，这个念头从没改变过。可是这一刻，她却犹豫了。

“你是不是爱上了罗依农？”陈景初眼中的笑意渐渐冷却。

于筱洁抬头看着他，目光渐渐变得坚定，说：“不。我唯一爱过的男人就是你，今生今世都不可能再爱上其他人。”说着，缓缓伸出手，略微颤抖地接过戒指。

这一刻起，于筱洁明白，从此后她只有一件事可做，就是为他做个好妻子。

陈景初一改以往行事低调的风格，包下《古都晚报》的一个版面，刊登他和于筱洁的结婚照，同时发布结婚预告，婚期定在一个月后。

章义打电话告诉罗依农这个消息时，罗依农足足愣了十多分钟，然后大叫声：“我不相信!”拨通于筱洁电话后，迫不及待地问：“筱洁，报上说的是不是真的?”

于筱洁并不知道陈景初登报公告婚期的事，问明情况后，稍稍沉默，然后语气很平静地说：“是真的，我下午就要飞往巴黎定做婚纱，现在就要出门了。”

陈景初重金邀请巴黎最时尚的新锐设计师 Rose 为于筱洁量身定制婚纱，他将陪她一同前往。

于筱洁说：“依农，请祝福我们，行吗?”

“你真的要嫁给他?你能确定这就是你想要的幸福吗?”

“我确定。我从十三岁开始就天天期盼着这一天的到来，现在我终于可以成为他的新娘了。依农，我和景初说过了，我们想邀请你和田甜担当我们的伴郎和伴娘，等我们从巴黎回来后，会亲自给你们送去请柬，你不会拒绝吧?”

“不，我做不到，我也不想祝福你们。筱洁，你为什么要这么急着嫁人，你是不是有什么事瞒着我?”罗依农恨不得马上飞到她身边，当面责问她。

于筱洁轻声一笑，说：“我只是一个普通的都市小女人，结婚是我人生中最最重要的一次蜕变，景初他对我很好，又那么爱我，我也一直爱着他。几天前他向我求婚了，我当然会答应。依农，人生苦短，要及时抓住眼前的幸福。有些事明知不可为，就不如放弃。所谓的‘舍得’，先‘舍’才有‘得’。好了，我得出门了，拜拜。”

“喂，筱洁，你听我说，你这么草率决定会后悔的……”可是于筱洁已经挂了电话，再打过去，连手机也关了。

罗依农并没有想象中那么难过，反而心头多了更多疑惑，其实在他的内心深处，清楚地知道他和于筱洁之间的距离。她是养尊处优的千金小姐，一向过着锦衣玉食的生活。自己什么都没有，连现在居住的小屋也是租的，他又能拿什么去保障她的幸福呢?也许有人要说真正的爱情可以凌驾于一切物质之上，可是再浪漫的爱情也要回到现实中，肉体凡胎可以不食人间烟火，绕得过柴米油盐酱醋茶吗?

“她一定有什么事瞒着我，否则她的态度怎么会转变得这么快。”几天前还在一心替父报仇的于筱洁，态度急转直下，突然急着嫁作他人妇，而且听她的口气，似乎连她爸爸的事她也想放弃了。“这会不会和陈景初有关?”

罗依农决定找程凌探讨一下。

罗依农从欧阳默为沈伊人远赴云南说起，把事情的经过，包括卧虎谷中的血腥残杀，到于筱洁和陈景初突然宣布结婚，一五一十地全讲了。最后说:“所谓当局者迷，旁观者清。你帮我看看，这里哪个环节出了问题，导致筱洁她突然转变心意。”

卧虎谷中绿野苍龙和虎头帮火拼之事，程凌并不知情，一是因为这事发生在深山老林之中，那场火灾并没有引起外界关注。二是黑帮之间的纷争，都用江湖手段来处理，没人会报警，警方自然得不到任何消息。但听罗依农描述现场的惨烈与悲壮，程凌也不禁悚然动容。

沉默半晌，程凌说:“江湖帮派间的争斗向来就是这样，除非不出手，一旦出了手，就非得打到你永世不能翻身为止。只要虎姑婆还活着，绿野苍龙就不会罢手，他们之间势必还有最后一场你死我活的终结决斗，只是不知道这场决斗会在什么时候，以什么方式出现。”他眉宇间愁云紧锁，仿佛在担心着什么。

罗依农听他这么一说，心中忽然有种不祥的预感，但他到底预感到了什么，连他自己也说不上来。

H市的夏季最能考验人的耐力，悠长、酷热得令人忍不住要怀疑自己是身处在地球赤道，常常立秋过后，依旧热得像三伏天。但秋老虎只能作最后的逞强，随着几场秋雨一下，气温直线下降，仿佛一下子从烈日盛夏进入了秋冬时节。

这天下班后，罗依农陪田甜去心理医生处接受心理辅导后，上街吃过晚饭，两人走在熙熙攘攘的街头，夜风拂面，竟然有了微凉的感觉。

罗依农见田甜衣着单薄，怕她受凉，说:“天气有点凉，要不我送你回家休息吧，别冻着了。”

田甜一笑，说:“这么早回去干什么?难得我今天心情不错，但你的心情却不太好，前面就是街心公园，不如我陪你去那里走走吧，别把你给闷坏了。”

罗依农笑了，明明是她自己这几天不想出来走动，快要闷坏了，偏偏要说反话。说:“那我是不是该谢谢你好心陪伴我?”

没走出多远，就到了街心公园，这里散步的市民不少，两人选了处相对安静的地方，找了个石凳坐下。田甜说："我知道你这几天为什么心情不好，是因为于筱洁要和陈景初结婚的原因吧？"

罗依农一笑，没回应，说真的，他真不想再提起这个话题，甚至不愿想起这件事。

田甜不依不饶，说："我知道你心里肯定在说，真是个傻丫头，哪壶不开提哪壶。那我就明确告诉你，我这个傻丫头天生就是这脾气，明知哪壶不开，就偏爱提哪壶。"

罗依农被她气得笑出声来，拱手说："厉害厉害，对于田大小姐的快人快语，爽快明决，我罗某人一向都佩服得五体投地。"

田甜笑着说："既然你这么崇拜我，那不如把你单恋于筱洁的事说给我听听，我帮你分析一下，也好解开你心头的疙瘩，免得你闷在心里，万一闷出个气胸啊，肺气肿啊什么的，那就不好了。"

"喂，你存心想让我得气胸、肺气肿，是不是？我什么时候单恋她了？我承认，我……我对她是有那么点好感，本来我……唉，这个没什么好说的。"田甜把话挑明了说，罗依农浑身不自在。

"不行，一定得说，把闷在心里的话全说出来，你的心情就会好受些，快说吧。"见罗依农一副死猪不怕开水烫，就是不想开口的样子，又说，"要不这样吧，我来揣摩一下你的心意。你说到'本来我……'就没了下文，我猜你是想说：本来我以为听到她要结婚的消息时，以为自己一定会难过得想跳楼，可事实上难过得并不太严重，有是有那么一点不舒服，跳楼却用不着，也就回家关起门来大哭一场而已……"

"胡说八道，我根本就没哭，你别乱猜，好不好？我对她是有些好感，但和平常说的那种不太一样。"前几天罗依农向于筱洁表白，并在大街之上当众强吻她之后，心中好不后悔，因为他发现自己对她的好感还没强烈到一定要娶她为妻的程度。在通常情况下，他一直认为自己是个比较理性的人。

田甜说："我明白你的意思，于筱洁长得这么漂亮，又温柔聪慧，善解人意，眼中又有种淡淡的忧郁，给人若即若离的神秘感，似幻似真的朦胧美，这样的气质与外形最抓男人心，每次见到她时，我都有种忍不住想呵护她的感觉，何况是你……"

田甜直抒己见，深层次解剖罗依农的情感，让罗依农尴尬得直冒汗，连声叫停。

田甜一笑，说："你紧张什么呀？心病还需心药医，我这是在帮你解开心结。爱美之心人皆有之，看见头顶有天鹅飞过，不想着去咬一口的蛤蟆不是好蛤蟆。"

第 13 章　再遭算计

罗依农跳了起来，大叫："田甜，你行啊！三天不见当真要刮目相看了，骂人都不带一个脏字，有你这样当面骂人癞蛤蟆的吗？"

田甜大笑，说："虽然你是只蛤蟆，那也是只清醒得比较早的蛤蟆。"

罗依农拼命地想装出很生气的样子，最后还是忍不住大笑起来。笑过之后，发现这几天来萦绕在心头的烦闷散去不少，人也感觉轻松多了。心中感念田甜的良苦用心，说："谢谢你，田甜，你的目的好像是达到了。"

田甜见他眉头舒展，知道他的心结已渐渐解开，心想：有些事不能操之过急，能让他先行放下就不错了，看来于筱洁真的很了解他，若不是她打电话来指点我，我还真不知道该怎么开导他。

夜渐深，喧嚣了一天的城市渐渐冷静，公园中也变得安静下来。草丛中的蟋蟀耐不住性子，迫不及待地冒出头来，很放肆地叫开了。

田甜借着路灯光看到有头蟋蟀竟然跳到了自己的脚边，一时玩兴大起，蹲下身去，叉开手掌一扑，没想到那头蟋蟀极其灵敏，马上就闪开了。

罗依农大笑，说："我来捉，上小学时，我可是班上有名的捉蟋蟀大王。"

这是田甜第一次听罗依农主动谈到他小时候的事，兴趣来了，问："你小时候一定很顽皮吧？捉了蟋蟀去吓班上漂亮的女生，对不对？"

罗依农说："你以为每个人的学生年代都会像那些校园言情剧中演的那么浪漫啊？我们捕捉蟋蟀是用来卖的，一头五毛，要是能捕到蟹壳青、青麻头、铁头青背，那就赚发了，品相好点的可以卖到两三元，一周的零花钱都有了。每天早上学校外的小胡同里会有人收购，每次总是我卖得的钱最多。"

田甜大笑，说："没想到你小时这么贪财，长大后这劣根性怎么没表露出来。"

罗依农说："我卖得最多，那是因为我手脚麻利，总能捕到大个的。我这就去给你捕一头大的，还会大声叫的，你给我看时间，绝不超过五分钟。"

田甜大声说："好！"罗依农一下子就钻入树丛中。

田甜捧着手机假装看时间，心中快乐得快要疯了一样。这么开心的日子已经好久没有了，也难得见到罗依农这么童心大发的时候，要是以后的日子能天天这么快乐就好了。

她从云南回来后，情绪不好找心理医生辅导，一方面固然是因为受到了惊吓；另一方面是因为她发现历经劫难后，罗依农和于筱洁的感情似乎更深了一层，她只能顾影自怜，心情如何能好？

没想到陈景初和于筱洁的婚讯传出后，于筱洁找到她，主动表示自己只爱陈景初，希望田甜能好好把握住罗依农，因为他是个重情重义的好男人。

现在没了于筱洁这个情敌，罗依农也解开了心结，一切又回到了从前……不，现在远胜从前，从前和他在一起时，从来没这么开心过……忽然听到身后的树丛响起蟋蟀的叫声，这头蟋蟀叫得特别大声，再仔细一听，笑出声来，说："罗大蟋蟀，你的牛皮是不是吹破了，一头也没抓到吧？"

罗依农笑着从树丛中钻出来，两手一摊，空空如也，说："城里的蟋蟀和乡下的蟋蟀不一样，城里的蟋蟀沾染了城里人的习气，世故、精明、警惕性高，我这个土生土长的乡巴佬很难接近它们。"

田甜笑得快喘不过气来，说："输了就是输了，别找那么多的理由，好不好？明天再给我买个全家桶。就算真的是城里的蟋蟀处事圆滑，那也是因为你这个乡下汉没找到窍门，打不开它们的心锁而已……"正说着，天边有流星划过，她高兴地跳了起来，指着天空大叫："流星，流星！快许愿！"不等罗依农回应，双手抱拳在胸前，大声说："请天使成全，让我今生今世能找到像猪头这样的男朋友。"

罗依农大笑，说："花痴，你就请天上的玉皇大帝把天蓬元帅赐给你吧！"

罗依农送田甜回去后，回家已经很晚，他开门进屋，在关上门的一刹那，闻到屋内有股淡淡的脂粉香味，直觉告诉他屋内有情况，顿时全神戒备，在按下电灯开关的同时，大喝了声："谁在我家里？"

灯光亮起的瞬间，屋中响起一声娇笑。然后，罗依农就看到客厅的沙发上坐着两个人，两个让他想破脑袋，也想不到竟然会出现在他家里的人。

沈如玉和司马归心。

沈如玉斜靠在沙发上，眉间带媚，嘴角含笑，一如既往的风情万种。只是她的脸色略显苍白，却平添了一份弱不禁风的病态美。

司马归心正襟危坐，一脸木然，目光却阴沉，看到罗依农进屋，双眉微微一皱，眼光似乎变得更加阴冷。

罗依农满脸惊愕："你们……怎么在我家里？"

沈如玉露出一副幽怨的神情，说："我们已经走投无路，只得来投奔你了，你该不会不愿收留我们吧？"

罗依农知道她无缘无故地出现在这里，必有用意，说："我这小庙，可

容不下你们这两尊大菩萨啊。”

司马归心终于按捺不住了，“噌”的一下跳起身来，目露凶光，狠狠地盯着他，厉声说：“罗依农，虎头帮落得今天这样的下场，你至少要负三分之一的责任！若不是你凭空出现，扰乱我们的注意力，我们怎么会被龙帮乘虚而入，害得我们损兵折将。你却安然无事，逍遥自在，哪有这么便宜的事?!”

不等罗依农接过话题，沈如玉抢着说：“司马姐，事情已经到了这一步，再计较又有什么用？再说依农也不是有意帮助龙帮，只不过无心成了帮凶而已。后来若不是他和欧阳默引开龙帮的人，我们哪能那么轻易突围逃生啊？”

罗依农心说：你们一个唱黑脸，一个唱白脸，想必定有所图。说：“这确实是我的无心之过……”

哪知道罗依农才说了这么一句，沈如玉又抢了过去，说：“人非圣贤，孰能无过。知道犯了错，只要能将功补过，我们就不会再和你计较了。”

罗依农笑了起来，说：“原来两位在给我设套呢。沈老板，如果真的还来得及弥补，我可以试试，但如果要我做杀人放火这种违法犯罪或违背我本意的事，我是不会答应的。”

沈如玉笑了起来，说：“罗兄弟，你的这声沈老板叫得很生分啊，让姐姐听着心寒。姐姐我自然不会让你做杀人放火这种大逆不道的事……”

司马归心横了沈如玉一眼，冷哼着说：“姐姐弟弟的，叫这么亲热干什么？把话直接和他说了。”

罗依农说：“沈老板，请直说吧，能帮的我一定帮。”

沈如玉说：“好，既然你这么爽快，那我也就不客气了。虎头帮多年的基业，遭奸细出卖，这次几乎全毁了，我们自然咽不下这口气。我想请罗兄弟出手，帮我向龙帮讨回公道。”

罗依农吓了一跳，说：“我说过绝不做违法犯罪的事，你们道上帮派间的恩怨，我不想过问。”

沈如玉说：“我知道，我也绝不为难你。据我所知，龙帮在H市中有落脚点，只要你能帮我找出来，你我恩怨就一笔勾销。”

罗依农说：“我和龙帮从无瓜葛，也根本就不知道他们的底细，你说的这点我依然做不到，请原谅。”

沈如玉一笑，说：“别回绝得这么快好不好？要不我换个条件吧，你帮我盯着于筱洁，这样总可以吧？”

“为什么？这关筱洁什么事了？”

沈如玉说：“龙帮之所以长年隐身在H市，主要目的就是在等‘中野四号’出世，要想解开‘中野四号’的秘密，于筱洁是关键。龙帮迟早还会对她出手，你就不担心她的安危吗？”

司马归心冷冷地说：“我们这次北上共有三人，还有一位是丁卯，他没有和我们一起出现在这里，因为他去了别的地方，也许是章义家，也有可能是田甜家，只要你能和我们好好合作，你的两位朋友都不会有事。”

罗依农大吃一惊，连忙掏出手机分别给章义和田甜打了电话，确认他俩安全无事后，稍稍放心，但依然暗生怒气，大声责问：“你们这是在威胁我吗？”

沈如玉嫣然一笑，说：“如果你一定要这么认为，那我也没办法。”

司马归心说：“还有，你别把我们的消息通报给警方或别的什么人，万一我俩出了什么事，丁卯说不定会把气出在你朋友的身上。”

罗依农怒火中烧，说：“如果我的朋友有什么意外，我绝不放过虎头帮中的任何一人！”

沈如玉说：“罗兄弟，你别这么激动好不好？我们今天是来找你合作的，又不是来吵架的。其实我这个条件并不苛刻啊，你本来就很关心于筱洁，这又没违背你的本意，而且我们可以互相交换消息，你总不能一天二十四小时一步都不离开她吧？”

当然不能，只怕等她结婚后，和她见面都不太方便。说真话，沈如玉这条件开得并不过分，但罗依农讨厌他们要挟自己。

沈如玉见罗依农愣在那里不说话，就知道他已无法拒绝，笑着站起身来，说：“天色不早了，我想睡了。罗兄弟，麻烦你以后就睡客厅吧，还有，明天你帮我们买些日用品回来，司马姐会列单子给你的。”

罗依农大惊失色，叫了起来：“什么，你们要住在我这里？”

司马归心见罗依农一脸震惊，阴冷的脸上终于飘过一丝笑意，说：“说对了，小子，我们是来投奔你的，自然得住在你这里。”

家中突然多了两位不速之客，这让罗依农无奈之余，生活中也多了不少麻烦。他本想偷偷向程凌透露消息，又担心伤及章义和田甜，权衡再三，决定先按兵不动，静观其变。

虎头帮已是一盘散棋，现在真正可怕的人并不是沈如玉他们，而是神龙见首不见尾的龙帮。以布衣少爷夜袭虎头帮的行事作风来看，此人心思缜密，而且不动则已，一动必定是全力出击。那天于筱洁能以她的血肉之躯来熄灭战火，由此可以看出，在布衣少爷的心里，于筱洁的分量绝不亚于虎头帮，一旦他再次出手，将是于筱洁的末日来临。

与其等着挨打，倒不如主动出击。罗依农暗中拿定主意。

沈如玉的伤势还未痊愈。她被子弹打穿肋部，受伤后又不敢去医院救治，只是自己买了些消炎药来外敷和服用，伤口红肿，好转缓慢。她和司马归心待在罗依农的家里，除了每天用电脑收发邮件和上网看看新闻外，几乎足不出户。

罗依农请程凌帮忙打听龙帮的消息，程凌警告他说："你如果想平平静静地过日子，就最好别招惹这条龙，否则你将永无宁日。"

罗依农说："我知道，只要他们不来惹我，我绝不会主动招惹他们。但我必须知道他们的情况，知己知彼，才能立于不败之地。"

程凌在刑侦总队工作，在押人员中说不定就有龙帮的人，他经不住罗依农再三的恳求，只得点头答应，一有龙帮的消息，马上通知他。

如此过了七八天。这天，罗依农教完晚间课后，已经很晚，他赶上最后一班公交车准备回家，车上没几个人，大半以上的座位都空着。他到家只有五站路，就选了靠近车门的座位，哪知道他一坐下，就发现气氛不对，总感觉脑后凉飕飕的，回过头去一看，后面的座位上几乎全空着，只有最后排靠角落里坐着一人。那人抱着双手靠在前一排的椅子靠背上，下巴靠在手臂上，一头长发很随意地散落在面前，遮住了整张脸，看不清长相，也分不出男女。其他的，也就没什么特别之处。

罗依农以为是自己多心了，打算不再理会，可是一回过身，第六感明确地告诉他，背后有杀气。心头诧异到极点，这是怎么回事？自己虽然招惹到了一些人，但沈如玉住在自己家里，虎头帮的人应该不会再为难自己，现在唯一的潜在敌人只有龙帮。

一想到龙帮，他马上想到那位长发青年秦威！

罗依农蓦然回首，靠在座椅上的长发青年已经坐直了身体，满面笑容地看着罗依农，说："你终于想到我是谁了，罗兄，这几天过得好吗？"

"秦威，呵呵，果然是你，怪不得看着眼熟。托你的福，我这几天过得还算太平，你呢？几时来H市的？"罗依农笑着说，心里却暗暗着急，秦威跟踪自己的用意很明显，他倒不是害怕对方，而是担心秦威在公交车上逼自己出手，虽然车上乘客不多，但万一引起恐慌，特别是影响到公交车司机，容易引发交通事故。

幸好秦威似乎只想和他拉拉家常，说："来了不到两天，正想着打个电话给你，找个地方叙叙旧，没想到在这里遇上了，真是相请不如偶遇啊。"

两人神色自如地说着话，相信车上其他的乘客，都只道他俩是久未谋面的好友在车上巧遇。

罗依农哈哈一笑，说："这个容易，你说去什么地方叙旧就什么地方吧。”

秦威一笑，说：“行，等下车后，你跟着我走就是，我会找个清静的地方，包你满意。”罗依农自然无异议，他担心秦威扰民，甚至伤及无辜，能找个清静的所在，当然是再好不过。

乘过三站后两人下车，一前一后往回走出一程后左转进入一条相对冷清点的街道，又走出一两百米后，街边出现一段围墙。秦威说声：“进去。”他自己快速助跑几步，然后纵身跃起，伸手在围墙上一按，翻入围墙内。罗依农想也不想，紧随其后跳了进去。

这堵围墙内本来是市内一所驾校的训练场地，驾校迁址郊外后，这处场地租给了一家物流公司用作露天仓库，围墙内整整齐齐地码着一排排集装箱。场内没有点灯，但现在的城市最不缺的就是光源，从围墙外透进来的亮光，还是能把场地照得通透。这里平时有两个老头轮流看守，但这两个老头一样的脾气，都是嗜酒如命，黄昏时一通老酒灌下去，不到天亮是绝对醒不来的。

罗依农纵身跳上一个大型集装箱，向秦威一招手，说：“尽管放马过来！”

秦威不吭声，跟着翻身跳上集装箱后，向罗依农一抱拳，行了个很标准的江湖礼数，厉声说：“罗依农，你是商洛的唯一传人，商洛已死，家父的血海深仇只得向你讨取！”

罗依农知道这事已无挽回的可能，过多解释只能让对方以为自己胆怯，抱拳说：“罗依农感念师父恩情，恩师身后的所有恩怨，愿一力承担！”

“好！”秦威知道罗依农不会主动出招，他也不客气，突然纵身跃起，凌空一脚，直奔罗依农面门。

罗依农见过秦威的武功，知道他的武功绝不在自己之下，心中不敢大意，打起十二分的精神迎战。见对方来势凶猛，脚法看似朴实无华，却暗藏无数后招，罗依农当即不迎不退，身体微侧，摆出一个类似虚步的架势。虚步通常是前脚虚，后脚实，虚实分明，身体的重量大部分在支撑脚上，虚步占三分。但他的这个步法刚好相反，前脚似虚不虚，脚尖点在地面像钉子一样，牢不可动。后脚则灵活多变，以前脚尖为轴心，身体可以像个陀螺一样旋转，所以有个古怪的名字，叫做陀螺转，这是泰拳中的一种独特身法。

秦威的脚踢到罗依农身前，罗依农突然一转，就旋到秦威的身后，挥手一拳猛击对方腰眼。

秦威的父亲秦双成过世时他才十岁，从小背负父亲的血海深仇，拜名师学武功，吃尽苦头，却也学得一身好武功。他先后共拜过八位师父，南拳、北腿，少林、武当，跆拳道、空手道、柔道、拳击……内外皆修，学贯中西。他以复仇为人生第一要务，所学招式尽是让对手非伤即亡的狠招。在他的人生字典里，没有退与避，只有攻与杀！罗依农的泰拳也属于进攻型的，适合实战。

罗依农和秦威可说是棋逢对手，将遇良材。两条人影在一排排集装箱上跳跃，身形在纷乱的灯光中翻飞，时而交错，时而分开，快捷似闪电，轻盈如幽灵。

两人都是年轻气盛，血气方刚，见对方年纪轻轻，竟然有这等身手，都暗中拿对方和自己作比较，就更加不肯服输，且愈战愈勇。

此前，罗依农和贺无影、丁卯、空勒交手时，碍于当时的各种原因，他都没能尽情发挥。而今晚这一路打下来，施展出毕生所学，痛快淋漓，欢畅至极。他大声说："秦威，可惜我没法交下你这位朋友！"

秦威学艺十年，只道自己武功大成，纵然不能傲视天下，但相信这世上没有几人能抵得住他的锋芒。没想到前几天遇到一个贺无影，对方腿法之高，生平罕见，自己差点就败下阵来。谁知今天又遇到一个罗依农，尽管他有心理准备，但还是没料到罗依农的拳风如此凌厉，自己要想打败对方，只怕也没那么容易。

突然，"咣当"一声响，围墙的大铁门被打开了，然后两道雪亮的光柱笔直射过来，一辆拖着一个集装箱的大货车缓缓地开了进来。

罗依农和秦威对大货车的到来视而不见，两人依然拳来脚往。

大货车的司机显然看到了正在恶斗中的两人，按了一下喇叭，算作警告，见两人没作出任何反应，就向着他们这边开了过来。

秦威骂了声："不知死活的家伙！"见大货车已经到了近旁，突然纵身跃起，跳到大货车上的集装箱顶端，向罗依农一招手，说："你，敢到这上面来打吗?!"

罗依农一笑，心中傲气顿生，说："你也太小瞧我了！"双脚用力一点，腾身而起，看准大货车上的集装箱落下。哪知道就在他的双脚将要落到集装箱顶端的一刹那，集装箱顶端的面板突然从中分开，并快速向两旁移动，露出一个近两米见方的大窟窿。

罗依农身在空中无处借力，情急之下，用尽全力虚空猛击一拳，想借助这一拳之势，扭转身形。

站在顶端的秦威看得清清楚楚，他跳上一步，快速伸出一脚，脚底刚好抵住罗依农的拳面，然后笑吟吟地说声："你就乖乖地下去吧！"用力一踹，罗依农像个秤砣一样，重重地跌入窟窿中。

罗依农的身体一碰到实体，他就奋力再次跃起，只奈头顶的窟窿早已快速愈合，眼前顿时漆黑一片，他跳上去只撞到厚厚的钢板，知道自己中了计，气得大吼："秦威，你这小人，没种的小人！"向四周一摸，才发现集装箱里还套着个四四方方的大铁笼子，自己就掉在大铁笼里，和虎、豹等猛兽一样，成了笼中之囚。

于筱洁结束巴黎的行程，和陈景初一起回国，一到家就得到罗依农已经失踪四天的消息。她当时就一愣，随后问陈景初："怎么会这样？"

陈景初也愣了一下，说："我也不知道啊。不过你先别急，先把事情弄个清楚再说。"

于筱洁连忙打电话给田甜求证。

田甜这几天为罗依农失踪的事，担心得寝食难安，用沙哑的声音告诉她，四天前，罗依农突然没有按时上班，他一向是个很守时的人，这是从没发生过的事，就算前段时间去了云南，他都托于筱洁向俱乐部请了假，打他手机关机，田甜当时就感觉情况不妙，赶去他家里敲了半天门也没人应声，就又打了个电话给章义询问罗依农的下落。章义也不知情，两人连忙通知了程凌。

程凌带人去罗依农家，叫来房东用备用钥匙开门进去，发现屋里也没人。然而警方却发现不少疑点，首先屋里的卫生间里竟然有一些女人用品，而罗依农并没有同居的女友；还有，房间的废纸篓里有一些换下来的纱布，纱布上沾有脓血，带回去经过化验后，可以确定这些带血的纱布并非出自罗依农。

然后，警方查看了各个路口的监控录像，在录像中意外地发现了沈如玉和司马归心的身影。她们现身的第一个视频是在离罗依农家最近的那个监控中，然后由近到远，依次出现。从她俩现身的时间来看，是在田甜赶去罗依农家敲过门后。两人行色匆匆，神情十分谨慎。

由此可以得出结论，沈如玉和司马归心一直藏身在罗依农家里养伤，罗依农早已落在她们的掌控之中。沈如玉和司马归心在田甜去敲门后，担心行踪暴露才匆匆离开，所以都来不及清理现场。

警方当即立案，并全面通缉沈如玉和司马归心。

可是四天过去了，沈如玉和司马归心并没有再现身，而罗依农也如石沉大海，田甜、章义等一干朋友全都急坏了……

和田甜通完电话后，于筱洁心中有个重大疑问：令虎头帮遭受重创的是绿野苍龙，并非罗依农，沈如玉没必要另树强敌，和罗依农过不去。沈如玉十分爱惜罗依农之才，应该极力拉拢他才对，不可能在她自己身受重伤未

愈，虎头帮人才凋零的时候再出手对付他。

于筱洁坐在沙发上，太多的疑团一下子涌上心头，让她挥之不去，欲理还乱。

陈景初走到她身边坐下，问："你在想什么？你是不是有话想对我说？"

于筱洁说："我想不出虎头帮劫持罗依农的理由。如果找不到罗依农，我想……"

"你想取消我们的婚礼，是不是？难道在你心里，罗依农真的比我还重要？"陈景初突然提高了声调，目光如刀，咄咄逼人。

"不是的，小叔，你明知道我不是这个意思。罗依农是我的好朋友，现在他失踪了，我却还想着结婚，好像说不过去吧？"

"我们的婚讯发布在罗依农失踪之前，日期也早已定下，请帖也全都发出去了。此前，你和罗依农就有些说不清道不明的情愫，现在他失踪了，你就提出取消婚礼，难免有瓜田李下之嫌，这让我的面子往哪儿搁？而且罗依农到底是不是真的失踪，现在还不能下定论。他这么好的身手，这世上又有几个人能动得了他？也许他有别的原因，一个人想静静地待几天，也是很正常的。"

于筱洁说："可是他会遇到什么特殊事情，需要一个人躲起来独自思考呢？"

陈景初说："有啊，比如感情的事。如果我的预感没出错的话，他是喜欢你的，而且不是一般的喜欢，你敢说你没感觉到吗？"

于筱洁顿时哑然。

陈景初一笑，说："看着自己心爱的女人马上就要成为别人的新娘，任谁都不会有好心情，做出什么出格的事情，也在情理之中。"

于筱洁说："他不是这种想不开、放不下的人。"

陈景初说："你和他认识多长时间了，就这么了解他？"

于筱洁一怔，说："也对，有时在一起生活了十多年都还看不透，更何况我和他相识才一两个月，又能了解多少呢？"

陈景初哑然。

这时，于筱洁的手机响了，接通后，电话那头响起虎姑婆沈如玉的声音："于小姐，我想和你做个交易，罗依农在我手上，你如果希望他平安无事，请拿'中野四号'来交换。"

"什么?!"于筱洁简直不敢相信自己的耳朵。这倒不是她想不到虎姑婆会劫持罗依农，而是她没想到罗依农遭劫持的原因竟然是因为自己。"你为什么要这么做？我此前给过你的承诺并没有作废，你急什么？"

沈如玉一笑，说："因为我等不及了。如果我多忍耐一天，龙帮的势力就多增添一分，我和他们之间的差距就会越来越大，所以我急需要这笔财富来充当军饷，购买武器。于小姐，今晚十点，浅水湾大厦二十楼见面，一手交人一手交货，拜拜。"

沈如玉爽快明决，说完就挂了电话，使得于筱洁连推辞一下的机会也没有。

陈景初一言不发地关注着于筱洁脸部表情的变化，见她打完电话后默不作声，那样子似乎并不想把电话内容告诉自己，终于忍不住问："是谁打来的？出什么事了吗？"

于筱洁一笑，说："是田甜打来的，她说要赶去云南找虎头帮要人，原来，罗依农真的是被虎头帮的人劫走的。我差点错怪了……错怪了龙帮。"

陈景初盯着她不说话，他是看着她长大的，太了解她的个性了。他分明从她的眼神中看到了慌乱，可以确定她在对自己说谎，心中微微一痛，想：她终究在防着自己了。但他不想和她较真，伸了个懒腰，说："我有点累了，去睡会儿，你也休息一下吧，罗依农的事有警方处理，虎头帮不是你可以招惹的。"

于筱洁点头，说："我知道，你放心吧。我想去劝劝田甜，免得她做傻事。"

陈景初说："行，你去吧，好好劝劝她，傻事做起来容易，但往往要付出惨重的代价。"

于筱洁看看时光还早，上楼洗了个澡，换了身衣服，然后出门。

说到浅水湾大厦，凡是H市的人都知道，那是一个豆腐渣工程，整幢大厦还没竣工就成了危楼。

街上华灯璀璨，良宵美景如画。于筱洁心不在焉地进面馆吃了碗汤面，然后自己驱车直奔浅水湾大厦。三十层高的大楼静默地伫立在夜色中，像位迟暮的英雄，嗟叹着命运的无奈。

楼道黑暗，散落着各种建筑废弃物。于筱洁小心翼翼地爬上二十楼，也不免气喘加急，掏出手机一看时间，离沈如玉约定的时间还有二十分钟。她走到窗前，望着楼下大街上滚动的车流汇成的星河，心中不由得感慨无限。自从她爸爸过世后，这十年来，她最大的心愿就是解开父亲被害的疑团，替父报仇。可是当她在卧虎谷中看到黑道帮派间血腥相拼的残酷后，她忽然明白，若一意复仇，也许会付出惨重代价，她倒不是怕死，而是怕伤到身边的人，特别是一些她在乎的人。于是，她毅然决定放下一切。

可是，她却悲哀地发现，有些事既然已经提起，就很难再放下。

身后突然响起一声轻微的叹息，于筱洁猛然回首，不知什么时候，沈如玉已经悄然出现在黑暗之中。

“沈老板，依农呢？你答应过我绝不伤害他的。”

沈如玉一笑，说：“放心吧，他好好的。‘中野四号’还没到手，我怎么舍得伤害他？”

于筱洁说：“你想要‘中野四号’，我随时都可以给你，但密码还没解开，你那么心急干什么？”

“于筱洁，你当我三岁小孩，那么好糊弄吗？你把‘中野四号’握在手上当做替父报仇的筹码，这本来也没什么，我也本想配合你，帮你完成这个心愿。可是我虎头帮目前自身难保，你先把‘中野四号’给我，帮我找到象墓，取出那批象牙，等我有钱扩充实力，打败龙帮后，自然会帮你找出当年杀害你爸爸的真凶，你看怎样？”

于筱洁说：“可是我真的不知道密码啊。”

沈如玉突然大笑起来，说：“我刚才还在想，于小姐为了罗依农敢孤身犯险，有情有义，也不枉罗依农对你的一片痴情。可惜啊，既然你不肯配合，那我就要下狠手了，姓罗的小子几次坏我大事，这次卧虎谷遭袭，若不是这小子来扰乱我们的注意力，龙帮就休想乘虚而入。来人啊，把罗依农给我抬出来！”

楼梯口应声出现四位大汉，抬着一块大门板，板上躺着一人，依稀便是罗依农。

“依农，是你吗？”于筱洁莫名紧张起来，“沈老板，你想怎么样？”

沈如玉冷声说：“把‘中野四号’给我！”

于筱洁想也不想，说：“好。”从手提包中取出存有“中野四号”文档的U盘，“这个可以给你，但你必须把人放了后，我才会告诉你密码！否则，我宁愿从这楼上跳下去，也绝不受你威胁！”甩手把U盘抛出。

黑暗中，白色的U盘在空中划出一道淡淡的痕迹，眼看着就要飞到沈如玉面前，她伸手刚想把U盘抓住，突然，窗外有人喝了声：“找死！”两道银光疾射而至。一道射向沈如玉的胸口，另一道直奔空中的U盘。

那道银光又快又急，发出尖锐的破空声响，可见威力超强。沈如玉自忖接不下这道银光，若不闪身躲避，势必为银光所伤。但若闪躲，就无法接住U盘。生死关头，来不及多想，相比之下，自然是性命更重要。

沈如玉侧身一闪，那道银光贴着她的肩膀飞过，“突”的一声打入墙体，是一把钢质水果刀。这种刀，刀身狭长，单薄轻巧，极容易折断，没想到打入混凝土墙体后，竟然直没至刀把。发刀之人的手上功力也由此可见一斑。

另一道银光打中U盘后，带着U盘斜飞出去，“当”的一声撞上墙体，倒弹回来掉在于筱洁的身前，竟然是一个不锈钢壶盖。于筱洁弯腰把U盘拾回手中。

沈如玉低声喝道：“谁？滚出来！”随着她的这一声“滚出来”，大楼四面墙体的各个窗户中一下子跳进来三四十人，成环状将于筱洁以及沈如玉等人围在一起。这是在二十层高的楼上，窗外是悬空的，也不知道这伙人怎么能从窗外进来？

“你们……”沈如玉心中暗惊，“于筱洁，你行啊，竟然叫来这么多的帮手！”

于筱洁也吃惊不小，说：“不是的，我不认识他们。你们是些什么人啊？”后半句自然不是对沈如玉他们说的。

那群人中为首之人说：“于小姐，这里已经没有你的事，请你离开。”

于筱洁依稀看出说话那人一头长发，说话的声音也听着耳熟，马上想起一个人，说：“秦威，是你。你想要我离开，就得把罗依农让我一并带走！”

秦威说：“罗依农并不在虎头帮手里，他们是在骗你，你快离开，免得遭殃。”

沈如玉笑了起来，说：“你能这么确定罗依农不在我们手上，这么说来，是你们龙帮对罗依农下的毒手！”

秦威一笑，说：“于小姐想救罗依农并不难，我们老大说了，他只要‘中野四号’，对罗依农一点兴趣也没有，于小姐想明白后随时可以找我。至于你虎姑婆，我们并不想瞒你，你这丧家之犬还能把我们怎么样？”

躺在门板上那人翻身爬起，拍拍衣服上的尘土，说：“秦威，我一直在找你，你能主动送上门来，算你识相。”原来是司马归心。

于筱洁急了，大叫：“秦威，依农在哪里？你快把他放了！”

秦威极不耐烦地一挥手，立刻跑出来两名大汉架住于筱洁。于筱洁拼命挣扎，大叫：“放开我，你们这群混蛋，你们放过罗依农吧！”

秦威冷冷地说：“这里马上要死人了，而且会死好多人，你不害怕吗？”突然屈指一弹，指缝间弹出一物，击中于筱洁胸口要穴，她头一歪就晕了过去。秦威说：“把她抬到她自己的车上，派名兄弟看着，千万别出什么意外。”

两名大汉抬着于筱洁就往楼下跑。

沈如玉大笑起来，对秦威说：“你们老大对于小姐真是不错啊。”

秦威冷冷地说：“那当然，我们老大对于小姐一向敬重有加。沈如玉，你的死期到了！本来念在你是一帮之主，我该给你留些颜面，怪只怪你是小布川那骚货的挂名弟子，那就不要怪我让你死得很难看！”

秦威的父亲虽然死于商洛之手，却是小布川设的局，她才是真正的罪魁祸首。秦威投靠绿野苍龙和虎头帮作对，原因之一就是因为沈如玉是小布川的弟子。

沈如玉大笑：“你们今晚来了多少人？以我们六条命来换取你们这么多的人，真是赚发了，哈哈！”刚才抬门板的四人突然打开手中的手电筒，手电光射在四边墙体上，却见墙上挂着一扎扎的可乐瓶。

秦威一怔，问：“这是什么？”

沈如玉向他一扬手，她手中有个闪着红光的东西，外形有点像遥控器。说：“液体炸弹！”

第 14 章　地下密室

司马归心一声冷笑，补充说：“你们应该从电视中见过美国‘9·11 事件’中，双子楼爆炸倒塌时的场景吧？我们老板只要按下手中的遥控器，这一震惊全世界的场景就会再次重演，除非你的速度能快过我们老板的手指，又能像鸟一样地飞上天去。”

龙帮众人无不悚然动容，他们没想到沈如玉还有这一手。

秦威一笑，说：“虎姑婆果然没让我失望，这一手够狠。不过，你还是说错了一句话，不是你们的六条命来换我们这些人的命，而应该是你们的八条命。”

沈如玉一怔，不解地问：“八条命？我们六个人怎么会有八条命？”

这时，楼梯口上来几个人。有人将手电光照过去，看清走在最前面的人竟然是沈伊人，她身旁跟着欧阳默。

“伊人，你来干什么？还不快走！”沈如玉大喝了声，但她很快就看清，沈伊人和欧阳默是被龙帮的人押上来的。

秦威笑着说：“沈老板做了这么多好玩的玩具，我们应该分些给沈小姐吧。”说着让人从墙上取下一组炸弹，挂在沈伊人的脖子上。

“你们……”沈如玉气得浑身直抖。

沈伊人当然识得这是什么，她感觉自己的脖子都僵硬了，问欧阳默：“默默，你怕不怕？”

欧阳默拉住她的手说：“不要怕，我陪着你。”

沈伊人感受到欧阳默手心中传递过来的温度，心中踏实了不少，她不想在龙帮众人面前丢人，朗声说："妈，宁为玉碎，不为瓦全。你不必顾虑我们。"

沈如玉大笑说："好，果然不愧是我虎姑婆的女儿！秦威，你他妈的有种就来吧！"

秦威哈哈大笑，说："名震南疆的虎姑婆原来是个遇到险境，只会一味求死的无能之辈，可惜啊，当年叱咤中缅老泰，巾帼不让须眉的小布川，只怕做了鬼都想不到竟然会传下这种丢人的弟子！"

一直不说话的司马归心突然大声说："你还好意思提小布川？想你的死鬼老子秦双成，生前位列问花十三郎，一生光明磊落，英雄了得，哪像你只会仗着人多打群架！"

秦威脸上微微一热，说："听说虎姑婆座下悍将无敌金刚司马归心，是虎头帮中的第一高手，既然今天在这里遇上，秦威想讨教几招！"

司马归心要的就是他这句话，也不客气，说："行，我就指点你几招吧！"一步跨出，对准秦威的腰眼就抓了过去。

其实，秦威是有意诱司马归心动手。因为他发现，自己手上有沈伊人，而对方手上有液体炸弹，如果双方都不肯让步，势必胶着成僵局。唯一的办法是先引开对方的注意力，再出其不意地擒下虎姑婆。

司马归心的武功走刚猛路线，招式大开大合，毫不花哨，却非常实用。罗依农在她手下都走不到十招，而秦威的武功和罗依农相比，也就在伯仲之间。动手才几招，他就气馁地发现，自己不是司马归心的对手。只能仗着灵巧的身法，和千奇百怪的招式勉强应对。

司马归心一心想擒住秦威，从而逼迫对方收手，所以出手就用尽全力，稳稳占得上风后，更是得理不饶人，招招打向对方要害。见秦威被自己打得毫无还手之力，冷笑着说："就凭你这三脚猫的招式也敢找我们老板算旧账，真是……"忽然见秦威一个大返身后，纵身跃起，张开双臂向自己猛扑过来。

司马归心身材魁梧，长得像个男人，但她心里却极度厌恶男人，一向视男人如粪土，平时若有哪个男人敢多看她几眼，就会遭她一顿毒打。见秦威这么扑上来，难免会触碰到自己的身体，尽管对方是帅哥一枚，可她对越是长得帅的男人就越厌恶，连忙往旁一闪。

突然，秦威的手中传来一声轻响。司马归心浑身一震，怪叫一声，仰天倒下。但她终究是虎头帮的第一将，倒下去时，虚空一脚，左脚鞋子疾射而出，正好打中秦威的手腕。"当"的一声，秦威手中丢下一把装了消音器的手枪。

龙帮众人有备而来，怕在市区开火惊动警方，随身携带的武器上都安装了消音器。秦威向司马归心开枪时有意背对着沈如玉。沈如玉听到司马归心的惨叫，却没看到她中枪，急得叫道："司马姐，你怎么啦?"

秦威揉了揉手腕，笑道："她没事，只不过是崴到了脚……"突然转身，劈手打出一张CD光盘。光盘高速旋转，就像一个飞旋着的齿轮，划出一道醒目的银光。

俗话说：关心则乱。沈如玉的心思全放在司马归心的身上，对秦威甩出的银光仿佛没看到一样，一旁的沈伊人吓得惊叫起来："妈，小心!"

可惜已经晚了，沈如玉只觉得眼前银光飞掠，本能地举手一挡，手腕处一凉，她握着遥控器的手齐腕而断，手掌连同遥控器一同落在地上。

沈如玉嘶声惨叫，另一手握着断腕痛得蹲下身去。

秦威一步蹿上，飞脚将地上的断手和遥控器踢开，劈手一掌拍向沈如玉的脑门，欲痛下杀手，忽然听到手下齐声惊呼，知道不妙，来不及转身，疾身暴退。可惜还是晚了点，后背上重重挨了司马归心一脚，飞出好几米远，倒在地上，口中鲜血狂喷，终于把持不住，眼前一黑晕了过去。

司马归心从倒地、翻身跃起，到出脚踢中秦威，动作幅度过大，又用力过猛，胸部伤口鲜血喷涌。她一手捂住伤口，快速弯腰拾起地上的遥控器，对围上来的龙帮众人喝道："站住，你们敢再上前一步，我们同归于尽!"

秦威倒在地上生死不明，龙帮众人群龙无首，谁也不敢贸然进攻，面面相觑，一时不知所措。

沈伊人推开身后看押她的人，跑到秦威身前，把挂在自己脖子上的液体炸弹取下来，放在他的怀里，大声说："退后！否则先炸烂这王八蛋!"

秦威是布衣少爷的眼前新宠，龙帮众人自然不敢拿他的性命开玩笑，犹豫之下，只得倒退。

欧阳默挣脱敌手，上前帮沈伊人扶起沈如玉。沈如玉前伤未愈，又遭此重伤，失血过多，面无人色，眼前金星银星闪烁，口中却叫着："司马姐，你……你……"

司马归心血染重衣，简直成了一个血人，颤巍巍地从沈伊人手中抱过沈如玉，说："你不肯听我话，一意犯险，这下可好，这下可好……"嘴角血水直挂下来，滴到沈如玉的胸口。

沈如玉凄然一笑，说："对不起，是我太固执，害你受苦了。"

司马归心惨然一笑，她胸口中枪，伤中要害，只能暂时用功力守住心脉，不让血液流失太多，自知离死不远。她对沈伊人说："伊人，你和欧阳默以及几位兄弟，带着你妈快走，我在这里再坚持一会儿……"

沈如玉强忍着剧痛，说："不，让伊人他们先走，我绝不离开你。"

司马归心满脸怒色，说："都这个时候了，你还不肯听我话，当年……当年……唉!"

沈如玉用没受伤的那条手臂缠住司马归心的脖子，断腕处的剧痛使得她面孔都扭曲变形了。她对沈伊人说："既然你和欧阳默真心相爱，你们就在一起好好过日子，不管我今天是死是活，都不许你再插手虎头帮的事，你们快离开，我们快坚持不下去了!"

司马归心还想劝沈如玉走，但看她一脸释然的表情，就知道她心意已决，自己多劝无用，便将手中遥控器向龙帮众人一扬，厉声说："放他们几个离开，你们给我老老实实地待着别动，我不会为难你们，否则，谁也别想见到明天的太阳!"

龙帮虽然人多，却少了主心骨，况且谁也不想拿命去拼，于是默默地让出一条道。

沈伊人知道她妈妈和司马归心之间那种说不清道不明的关系，一跺脚，拉了欧阳默一把，对其他几位虎头帮的人说了声："走!"带头奔下楼去。

司马归心又等了五六分钟，估计沈伊人等人已经下楼，便在手中的遥控器上按了几下，然后丢在地上，对龙帮众人说："我已经设定了倒计时，五分钟后，这里的炸弹将一起爆炸，想活命的，还不快逃!"她自己抱着沈如玉向楼梯口快步奔去。

龙帮众人一怔，回过神来后"呼啦"一声四处逃窜，谁还顾得上沈如玉、司马归心，甚至连地上的秦威也没人理会，各自向楼下狂奔。

司马归心抱着沈如玉一口气奔下二十楼，伤口处的血越流越多，几乎把沈如玉的衣服渗透了。夜色中没方向感，也不知要到哪里去，恰好见到前面有个路口，转入路口后是条相对冷清些的街道。这时夜深人静，整条街上几乎没有行人和过往车辆。

沈如玉感觉到司马归心的身体越来越冷，知道她快不行了，说："放我下来吧，这里够安静。"

司马归心一口气撑到这里，已是灯枯油尽，奋力又跑出几步，见前面路边的停车位上停着一辆银色领驭，她跑到轿车旁，挥手一拳打在车窗玻璃上，想打碎车窗，劫走轿车，怎奈她头晕目眩出手无力，一拳打在车窗上声音极响，窗玻璃却纹丝不动。她自己却再也坚持不住，双腿一软，连同沈如玉一起瘫倒在地上。

沈如玉轻轻地叫了声："司马姐……"

司马归心连喘了几口粗气，突然笑了起来，说："想到龙帮那群没用的家伙，被你用几瓶可乐假冒的液体炸弹吓得屁滚尿流，我就忍不住想笑，哈哈，没想到我临死……临死还能痛痛快快地出口恶气……”一口气堵在胸中出不来，顿时连咳出几大口鲜血。

沈如玉说：“姐，这些年来，若不是你帮着我，我还真的挺不过来，没想到……唉，这样也好，这样也好，我也累了，以后就好好陪着你……”

“不行，不许你说这样的话……”司马归心又是一阵大咳，“你要给我好好地活着……江湖是条不归路，如果……你累了，可以洗手……”

沈如玉翻身抱住司马归心，整个人都窝在她的怀里，说：“你是这世上唯一真正对我好的人，我不能没有你……”

正说着，那辆银色领驭车门一开，于筱洁晃晃悠悠地走了下来，见到车门外躺着两个血人，顿时吓了一跳，以为自己不小心出了车祸。“哎哟，你们……你们，怎么办啊？”

沈如玉一眼认出于筱洁，叫了声：“于小姐，怎么是你？真是天意啊，呵呵！”

于筱洁被秦威击中要穴后晕倒，被龙帮的人抬回她自己的车上。秦威的隔空打穴功力不纯，于筱洁的穴道没被封死，坐在车上昏昏沉沉，似醒非醒。司马归心刚才击打车窗，结果窗玻璃没打碎，却把坐在车内的于筱洁给震醒了。

于筱洁听着声音耳熟，仔细一看，才认出是沈如玉和司马归心，又见两人身受重伤，回想起前面的事情，知道虎头帮和绿野苍龙又起了冲突，问：“怎么会这样？你们快上车，我送你们去医院。”说着打开后面的车门。

沈如玉摆摆手说：“不用了，谢谢你的好意。于小姐，我向你道歉，我骗你说罗依农在我手上，其实他是被龙帮的人劫走了，你得想法救他出来啊。”

于筱洁说：“这个我知道，你们快上车啊！”

沈如玉一笑，说：“你如果真的想帮我们，那我就求你一件事，希望你能答应。”

于筱洁说：“有什么事还是以后再说吧，救你们要紧啊。”

“只怕以后没机会了。”沈如玉从身上衣服中取出一块像章大小的东西，递给于筱洁，“这个你先拿着。”

于筱洁拿过去一看，这东西有点沉，感觉是银质的，一面铸着一个虎头，另一面刻着一行小字，她没有心思细看，问：“这是什么？”

沈如玉说：“这是虎符，是虎头帮帮主的信物。我把它传授给你，你就是新一任虎头帮帮主……”

“啊！这怎么可以！”于筱洁吓了一跳，连忙把虎符塞回沈如玉的手中。

沈如玉说：“你不想救罗依农了吗？凭你一个人的力量，能从龙帮手中救得出他吗？我虎头帮还剩几百弟子，有了这虎符，他们会听你号令。还有，你若想替父报仇，你就好好和中野先生合作，他是位值得信赖的人。你只要肯接下这虎符，我们就上你的车。”趁于筱洁发愣之时，把虎符又塞回她手中。

司马归心的神志渐渐溃散，浑身发冷，连眼睛也快睁不开了。沈如玉用尽力气也扶不起她，便对于筱洁说：“快来帮忙扶一把。”

于筱洁回过神来，忙上前帮着把司马归心扶入车内。“沈老板，你也快坐好！”

沈如玉说声说：“好！”突然猛推了于筱洁一把。

于筱洁措不及防，冲出去好几米远，一屁股坐在街边的花坛里，叫道：“沈老板，你干什么?!”

沈如玉也不知哪来的力气，抢身坐上领驭的驾驶座，点火启动，摇下窗玻璃对于筱洁喊道：“告诉伊人，江湖是条不归路，让她从此远离江湖，和欧阳默好好地过日子，更加不许给我报仇！”说完踩下油门，车子一下子就冲出去十多米远。

于筱洁爬起身来，看着远去的车，急得直叫：“快停下，快停下！”

“轰！”一道红光从领驭中闪出，紧接着升起一团火苗，沈如玉引爆藏在身上的炸弹，于筱洁的座驾在火光中四分五裂，巨大的爆炸声伴随着强烈的冲击波向四周激荡。

于筱洁脑中“轰”的一声，一片空白，然后两眼一黑，倒了下去。

罗依农睁开眼，头顶上方的节能灯依然苍白无力地亮着。他不知道自己在这里已经待了多少天，反正饿了就吃，困了就睡，软红十丈，俗世繁华，都已与他隔绝。

这是一间地下密室。

那天，罗依农和秦威打斗，误入对方设下的陷阱，被困在一个安装在集装箱中的大铁笼内，铁笼由手臂粗的钢条焊接而成，非人力可以打开。他一陷入其中，集装箱就自动关闭，里面一片漆黑。

罗依农知道中计，大骂秦威小人，可是秦威不再理会他。然后他就感觉货运挂车缓缓启动，一路颠簸，大约行驶了四五十分钟，货运车才慢慢停下来。

罗依农暗中蓄势，等待时机破笼而出。可惜，他等了好久，一点儿机会也没有。头顶传来一声轻响，集装箱的顶部再次打开，他透过铁栏栅可以望见天空中微弱的星光。当即大吼："秦威，你这胆小鬼，你这小人，给你老子滚出来！"

有人跳上集装箱，抛下一大块黑布，把大铁笼遮得严严实实。不等罗依农弄明白他们想干什么，耳边响起机车的声音，然后大铁笼被缓缓吊起。

"干什么？你们想干什么？放我出去！"罗依农大吼。铁笼四周罩着黑布，他看不到外面的情况，只能感觉到大铁笼被吊出集装箱后，放在一辆小车上，小车快速移动，到了某个地方，又有一辆机车把铁笼给吊了起来，然后似乎是放在了平地上。

就在罗依农以为这回该有人出来对付他了时，地面突然下沉，大铁笼带着他一起下降。下降的过程也就几十秒的时间，可是在他的感觉中仿佛从人间直坠落到地狱一样的漫长。

大铁笼四周的黑布终于被掀开，灯光如潮水般涌进来，铁笼也终于可以打开了。

罗依农钻出铁笼，发现自己身处在一间屋子里，应该是间地下密地。密室顶端挂着一只节能灯，室内放着一张桌一把椅和一张床，椅上放着一些水果和糕点，一侧墙边有个小隔间，做成卫生间。对着床的墙上挂着一台34寸液晶电视机，四面墙上都无门无窗，只有大铁笼正上方的顶部开有出口，只是出口已经被一块厚厚的钢板给封了起来。

罗依农跳上铁笼，刚好够得到顶部，用手推钢板，使出浑身的力气，把身下的铁笼踩得咯吱作响，依然没法把钢板推动半分，只得作罢。然后他又不死心地去敲四壁，希望能发现奇迹，可惜四壁后全是实土。

罗依农彻底死了心，干脆躺在床上，打开电视机。

每隔一段时间，顶部的出口处会打开一条缝，然后吊下来一个大方便袋，里面装着一些食物和饮用水，有时还会放上一瓶酒。

密室里手机信号遭屏蔽，没法和外界通话。过了两天后，手机的电池耗尽，他只能从电视机上了解时间。

罗依农不知道龙帮的人把自己关在这里想干什么。他已经作好了最坏的打算。空下来的时候，他会想他的朋友们，章义、田甜、欧阳默、于筱洁，还会想到程凌，以及他所认识的每一个人。他想自己失踪了，他们一定会很着急。特别是田甜，不知她会急成什么样？

如此差不多过了四天。

这天，罗依农从床上坐起身，脑袋有点晕晕的，可能是睡多了。然后开始回想梦中的情景，在梦中他见到了于筱洁，她穿着洁白的婚纱从自己面前走过，他拼命地呼唤着她，却发不出半点声音，而她甚至连头也没扭过来看他一眼。

筱洁她快要结婚了，不知她从国外回来了没有？一想到于筱洁，心里有点隐隐作痛。尽管他一再告诉自己，他和她不相配，应该祝福她和陈景初，可是在内心深处，他多少还是有点怨她的，她怎么可以这么急着出嫁，甚至连解释都不给他一个……

就在罗依农想着于筱洁，心中酸溜溜的情难自禁时，墙上的电视机突然自动打开，然后他从电视画面中看到了于筱洁。

画面中的背景是一间装修豪华的客厅，于筱洁和陈景初各自拉着行李箱，一前一后走入客厅……

由于画面是从一个特定位置摄录，拍下了整个客厅，所以感觉场景有点远，看不清于筱洁的面部表情。但还是从她的肢体动作上能看出，她似乎显得很焦虑。她一放下行李箱，就坐在客厅的沙发上打起了电话。可惜电视机只有视频，没有音频，就像看无声剧一样，听不到于筱洁在说些什么。

罗依农觉得奇怪起来，于筱洁和陈景初的一举一动怎么会遭人拍摄？从画面上看，这应该是一段监控视频，难道他们两人在不知不觉中遭人监视？他们两人都拿着行李箱，似乎是出远门归来，看来他们已经回国了。

画面中，于筱洁已经打完了电话，正在和陈景初说着什么，看陈景初的样子似乎在不停地安慰着她。

罗依农忽然有种预感，他们一定正在谈论着自己，于筱洁在为自己的失踪担心。心中莫名地开心起来："她毕竟还是关心我的，也不枉我对她一片深情。"

"筱洁，你别担心，我活得好好的，你别担心啊！"罗依农对着电视机连喊了几声，可是画面中的于筱洁一点反应也没有，他的声音当然不可能传递出去。

陈景初和于筱洁同时站起身来，陈景初上前搂住于筱洁，然后低头在她的唇上轻轻吻了一下……

罗依农没想到会出现这么暧昧的画面，心里一再对自己说，他们是情侣，马上要结婚了，吻一下是再正常不过的事，可心里依然痛得像被谁咬去一块似的。

于筱洁轻轻推开陈景初，拿起自己的行李箱转身走出客厅。陈景初目送着于筱洁的背影，直至消失不见，才慢慢地回过头来。

这时，电视中出现陈景初的正面图像，而且慢慢变大，最后他的脑袋撑满了整个电视屏……

电视中的陈景初和电视机前的罗依农对视着，也就是说，陈景初直视着视频探头。

“难道他知道探头的存在?”罗依农的心头突然冒出这个疑问。

就在这时，陈景初笑了，笑得很古怪，说不出的邪恶。

刹那间，罗依农的心头灵光一闪，他从床上一下子就跳了起来，指着视频中的陈景初大叫：“原来是你！你就是绿野苍龙的老大布衣少爷!”

陈景初笑得更加邪恶，更加得意，他似乎听到了罗依农的喊话，他已经不怕在罗依农面前暴露秘密。难道在他的心中，认为罗依农已经威胁不到他了吗?

罗依农突然想明白了。他被困的地下密室应该就在陈景初的流云山庄的地底下，流云山庄的客厅上安装着监控探头，和地下密室中的电视机相连。他刚才就像看电视直播一样，看着于筱洁和陈景初回家。再联想到卧虎谷中那位戴着牛魔王面具的神秘人，难怪见到他时总觉得身形有点眼熟，原来是陈景初。看来陈景初对于筱洁还是有点感情的，他情愿放过虎头帮的人，也不愿伤害到她。

一想到于筱洁的处境，罗依农又着急了，她身入魔穴十年，在陈景初身边生活了这么多年，不知她现在知不知道陈景初的真实身份，还想着要嫁给这种阴险的人，这样太危险了。他必须阻止这场婚姻。

可是，陈景初为什么要这么对付自己？就因为自己和龙帮作对吗？如果真是这样，他完全可以不声不响地把自己杀了，为什么要把自己关在下地密室？又为什么要在自己面前和于筱洁大秀恩爱?

稍稍一想，罗依农终于明白，陈景初恨自己，而且不是一般的恨，他要百般折磨自己，最好能把自己逼疯，这样才能发泄他的心头之恨。

因为，罗依农喜欢上了于筱洁，而于筱洁似乎对罗依农也有了那种说不清道不明的情愫，这让陈景初如何不恨？又如何不恼?

如此，罗依农可以断定，于筱洁并不知道陈景初的底细。

“陈景初，你这王八蛋！你欺骗筱洁，不得好死！你这阴险无耻的小人!”罗依农想通其中的利害关系，怒不可遏，他和于筱洁等人全被陈景初玩弄于股掌之间。

忽然，罗依农想到一个很关键的问题。陈景初既然是绿野苍龙的龙头老大，他当初为什么要投在于商道的门下，又为什么要收留于筱洁，难道……难道当年是龙帮的人暗杀了于商道，陈景初才是真正的幕后凶手?

只有这样，所有的一切，解释起来才顺理成章。也许这十年来，“中野四号”文档一直就在陈景初的手上，他把于筱洁养在身边并非出于好心，而是因为他解不开文档的密码，他把希望全寄托在于筱洁的身上，所以他要守着她，等着她去解开文档。当中野先生在网上再度掀起十年前旧案时，于筱洁怎么会那么巧地得到那个存有“中野四号”文档的U盘呢？因为那是陈景初给她的。

当于筱洁在路上差点被虎头帮的人抢去U盘时，陈景初一怒之下，当即就派人把两名抢包贼给做了。

当于筱洁约罗依农于清风茶楼喝茶聊天时，又是他派人在他们使用的盘子底部安装了窃听器，因为他时刻监视着于筱洁的一举一动。

当时于筱洁遭虎头帮劫持，罗依农为营救她，孤身犯险，身陷虎头帮的重围，章义、田甜和欧阳默赶去增援，又是他派人将他们半途拦下，为的就是想借助虎头帮之手除去罗依农……

如果这一切假设都成立，于筱洁和杀害父亲的凶手一起生活了这么多年，这不是太残忍了吗？

他越想越着急，对陈景初破口大骂，直骂到嗓子发痛，几乎说不出话来，也无人理会他。

陈景初敢在他面前暴露身份，说明已下定狠心，不让他再见世面。

罗依农心中记挂着于筱洁，日子就过得更加难熬，每一分每一秒都像一个世纪那么漫长。

偏偏陈景初不让他好过，只要于筱洁出现在客厅上，地下密室中的电视机就会自动切换到监控画面，陈景初总会有意无意和于筱洁弄出些暧昧的举动，总能把罗依农刺激得怒火中烧。

这天，罗依农从电视新闻中看到，昨天半夜，市区街道上发生一起汽车爆炸事件，一辆银色领驭起火爆炸，仅剩残骸，车内发现两具女尸……

罗依农心头一颤，他想到于筱洁的座驾也是一辆银色领驭。

这时，电视画面上出现汽车散落的部件，镜头刚好扫到车尾牌照，牌照虽然被烟熏黑，但上面的号码还能分辨得清。

罗依农脑中一晕，他记得很清楚，这牌照上的号码就是于筱洁的。

新闻的最后没有结论，因为事件还在进一步调查之中。

“筱洁，筱洁！放我出去！快告诉我，筱洁是不是出事了？”罗依农像疯了一样，挥拳拼命地击打着墙壁，他恨不得将地球砸碎。

罗依农不敢睡觉，一直盯着电视看，怕错过新闻的后续报道。所幸的是，第二天的新闻中，对这起爆炸事件作了跟踪报道。报道说，死在车中的两名死者已经查明身份，分别是沈如玉和司马归心，警方怀疑这辆车是被她们劫走的，然后不知什么原因，自己引爆藏在身上的炸药而引发爆炸……

罗依农长舒一口气，于筱洁不在车上，说明她没事，悬着的心总算放下。然后又奇怪起来，沈如玉和司马归心怎么就死了？她们不是藏身在自己的家中吗？她们为什么要劫走于筱洁的车？那天夜里到底发生了什么事？

陈景初已经两天没打开监控视频，罗依农也已经两天没见到于筱洁，心里憋得慌，总是要忍不住担心于筱洁会出什么事。

罗依农从没像现在这样迫切地希望监控视频突然跳出来。

于筱洁再次出现在监控视频中，是在三天之后。这三天的时间，对于罗依农来说简直是三世轮回那么久。当他见到于筱洁的一刹那，激动万分，一度哽咽落泪。

于筱洁手中提着大包小包不下七八个，陈景初紧跟在她身后，他的手中也拿着不少东西。

罗依农顿时就明白，他们这是购物归来，在为结婚作准备。自己已经失踪这么多天了，于筱洁有没有为自己着急？她还一心想着她的婚事，难道就……

他本来担心着于筱洁的安危，现在看到她平安无事，又开始怪怨起她的薄情寡义来了。

以后的几天，罗依农天天都可以看到于筱洁。她就像个没事人一样，每天都在忙着采办结婚用品。罗依农的生死难道她真的忘了吗？难道他真的只是她生命中的过客，和路人甲、路人乙一样，擦肩而过，从此相忘于人海？

罗依农尝到了被遗忘的痛苦。

算算日子，陈景初和于筱洁的婚期已经临近，罗依农的心情越来越不好。他在怪怨于筱洁薄情的同时，又不得不为她着急，她在不明真相的情况下，有可能嫁给自己的杀父仇人，一旦真相大白，陈景初果真是她的杀父仇人，这让她情何以堪？

距离于筱洁和陈景初大婚的日子越来越近，就在他们结婚的前两天，电视机就不再切换到监视画面，罗依农看不到上面的情况，只能耐着性子等待，他有种预感，陈景初既然要折磨自己，就一定会上演更精彩的好戏来刺激自己。

他干脆关了电视，什么都不想知道，包括时间，然后蒙头大睡。也不知过了多久，忽然听到密室中响起嘈杂的人声，把脑袋探出被子一看，才发现墙上的电视机已经自行打开，画面上出现一个精心布置的婚礼现场，现场已经到了不少嘉宾，陈景初一袭黑色礼服，笑容满面，显得儒雅而又不失潇洒，身上透着与往日不同的神采。礼貌、周到地和到场的每一位宾客寒暄。

罗依农已经看清了，这个婚礼现场还是设在流云山庄的客厅里，只不过他们把视频的探头略作调整，角度变得更广，可以透过客厅的大门，看到厅外的花园，以及园中的花柱和飘扬的彩旗，当然还有站在花园中等待观礼的各路宾客。

这次，陈景初不但给罗依农送来视频，还送来了音频，所以他听得到婚礼现场的各种声音。

“筱洁终于要结婚了，我却被她的新郎关在她脚底下的地下室里，只能眼睁睁地看着她穿着婚纱跳入火抗。这真是莫大的讽刺啊！”

就在这时，人群中出现几个熟悉的身影，是田甜、章义、欧阳默和程凌。欧阳默胸前戴着鲜花，他是陈景初的伴郎。

田甜、章义一同上前向陈景初贺喜，陈景初说了声“谢谢”，然后叹了口气，说：“可惜美中不足，罗依农还是下落不明，他可是我们夫妻最好的朋友，唉……哎呀，看我，真不该在这个时候提起这事。”

田甜和章义都没有说话，只是默默地点了下头，然后转身走到一边。由于镜头有点远，罗依农看不清他们两人脸上的表情，但还是能明显地感觉到他俩在转过身去时，迟缓的动作间，不自觉地流露出来的落寞与忧伤。心中不无感慨地想：这世上终究还是有人记得自己的。

音乐缓缓响起，司仪站起身来高声喊道：“吉时已到，请新娘入场！”

如潮般的掌声中，红地毯的那头，身穿白色婚纱的于筱洁，在伴娘沈伊人的牵引下，缓步走来。

婚纱洁白如云，于筱洁婀娜的身姿，踏着轻盈的脚步，裙带当风，仿若凌波仙子飘然出尘。如此曼妙的身形，在一刹那间，让罗依农有种不真实的感觉。

人群中响起对新娘的赞叹声。陈景初好不得意地上前几步牵住于筱洁的手，两人并肩走到司仪跟前。

司仪开始讲一大串的新婚贺词，罗依农一个字也听不进去，双眼紧盯着电视机，似乎是目不转睛，又似乎什么也没看进去。他的脑海中翻来覆去地想着一个问题：筱洁就这么结婚了，她到底有没有爱过自己？如果说她对自己没动心，在卧虎谷中，当陈景初的枪口对准自己时，她是那么奋不顾身地挡在自己身前。她既然可以为自己死，又为什么不肯接受自己的感情而嫁给陈景初呢……

突然，电视中的画面变得混乱起来，有不少人在尖声惊叫。定睛一看，罗依农大吃一惊，只见于筱洁的手中握着一把手枪，枪口却抵在陈景初的脑门上。

第 15 章　绿野苍龙

“筱洁！”罗依农大吼了一声。

婚礼现场的宾客惊慌过后，一下子全静了下来，陈景初和于筱洁的对话听起来更加清楚。

陈景初问：“筱洁，你别开玩笑了，今天是我们结婚大喜的日子，你这么胡闹会吓到客人的。”

于筱洁说：“你知道我不是在开玩笑，我是来真的。小叔，我现在不想知道你的确切身份，更不想追究当年到底是谁杀了我爸，今天我不想和你计较别的什么事，我只要你把罗依农放了，我知道是你把他抓了起来，你放了他吧！”她的声音并不响，却透着坚定，只是泪水却忍不住流了下来。

“筱洁！”突然之间，罗依农全明白了，于筱洁并没有忘记自己，而一直在想办法救自己。可能她已经发现了陈景初的异常，但她孤掌难鸣，不敢轻举妄动。陈景初也一定时刻防备着她，所以她只得等到婚礼现场出手。陈景初再怎么谨慎多疑，到了做新郎时难免会松懈下来，他自然想不到新娘的身上竟然带着枪。而她，宁愿用自己一生的幸福来换取罗依农的平安。

“筱洁，我错怪你了，我错怪你了！”愧疚、自责，一齐涌上罗依农的心头。

陈景初冷笑起来，说：“罗依农不见了，你怎么向我要人？请问他又是你的什么人？”

于筱洁说：“他是我的朋友。我的朋友不多，他恰恰是其中的一位。向你要人，因为我知道你就是绿野苍龙的龙头老大布衣少爷。在卧虎谷中，你用枪对准我时，我就已经知道。虽然你戴着面具，但你无法掩饰你的眼神，我和你一起生活了十年，我读得懂你的眼神。”

陈景初笑了起来，问：“既然你认为我就是布衣少爷，那你从云南回来后，又为什么还要答应嫁给我，难道你不知道龙帮是怎样的江湖帮派吗？”

于筱洁似乎愣了一下，黯然说道：“但我真的希望自己猜错了，我跟了你十年，从不谙世事的小孩到情窦初开的少女，再到……今天，十年情感最终换来的只是伤害……”她已经哽咽得说不下去。

罗依农忽然明白了于筱洁的无奈与挣扎。她舍不得放弃辛苦十年的感情，所以打算放弃一切，用婚姻来挽回陈景初的心。

陈景初说："既然你已经决定放下过去，又为什么不安心地做我的新娘，从此相夫教子，我会尽一切努力让你过得比大多数的女人都要幸福。"

于筱洁说："我是已经决定放下，我更希望你和我一起放下，可是你做不到。你不该对罗依农出手，更不该对虎头帮赶尽杀绝。"

陈景初大笑起来："我让你失望了吧？筱洁，你开枪吧。"

于筱洁握枪的手不住颤抖："你别逼我，你快放了依农吧，我知道你把他囚禁起来了……"

陈景初突然大吼了一声："你为什么还不开枪！是不是你舍不得啊？"猛然转过身，正对着于筱洁，她的枪则指在了他的鼻尖上。

罗依农知道要糟，急得大叫："筱洁快撤！"

陈景初已然出手，一把打落于筱洁的手枪，另一手急抓而出，掐住她的脖子，厉声喝道："这十年来，我视你如珍宝……"耳旁响起一声娇喝，站在于筱洁身侧的沈伊人突然出手，一掌切向陈景初的咽喉。宾客中同时扑出几条人影，其中一人是程凌，他猛虎扑食般扑向陈景初，大喝："放手！"还有几人是田甜、章义和欧阳默。

于筱洁被陈景初掐着脖子，脸涨得通红，拼命挣扎，那样子令人不忍多看。

罗依农又急又怒，在密室里大呼大叫却毫无办法。

田甜、章义和欧阳默还没冲到陈景初身前，就被人群中冲出来的几个青壮男子拦下。这几名男子出手凶猛，抓起章义等三人，甩手扔到客厅外。

陈景初不避不让，而是把于筱洁拉过来迎向沈伊人的手掌，沈伊人连忙收手，见差点打中于筱洁的脑袋，吓得她尖叫起来。

程凌急于救下于筱洁，使出擒拿术想先把陈景初制住。哪知道陈景初看似文弱，身手却极为了得，一个幻影手，使得程凌一把抓空。陈景初趁机在程凌的脉门弹了一指，同时飞出一脚，直踢他的下腹，大叫："程队长，你这算什么？她用枪对准我时，你怎么不出手？"

程凌一时大意轻敌，脉门上被陈景初弹了一下，浑身一软，差点被对方踢中下腹要害，幸好一旁的沈伊人眼疾手快，拉了他一把，才幸免于难。

陈景初一手抓着于筱洁用来抵挡沈伊人的进招，用另一手和一脚来对付程凌，堪堪打成平手。三人在客厅之上恶战，一时打得难解难分。众宾客怕遭池鱼之灾，纷纷向外逃窜，一时场面大乱。

罗依农见田甜、章义和欧阳默被龙帮的人打倒在地，又见于筱洁被陈景初抓在手中当做盾牌，险象环生。把他急得上蹿下跳，飞身跃上大铁笼，对准压在密室顶部出口处的钢板猛击三拳，发出巨大的声响。这块钢板厚达三厘米，上面加了手臂粗的铁拴，非人力可以打开的，他这三拳打上去，纹丝不动。

罗依农已经急红了眼，他也不管自己的拳头痛得像骨裂一样，对准钢板还想再打，忽然听到“砰、砰”两声枪响，那块钢板明显地跳动了一下，裂开一条缝。再用手一推，那块钢板竟然一下子就推开了。

他来不及多想这是怎么回事，纵身跳上去，惊愕地发现洞口边倒着两人，一摸气息还有，只是昏迷了。马上想到有人救了自己，忙问：“谁？是谁救了我？”他连问几声，都没人回答，心想既然人家不想露面，再问也没用，以后慢慢再查吧，现在救于篌洁、章义他们要紧。甩开大步狂奔而出……

客厅上更加混乱，龙帮的人大批赶到，纷纷加入战团，众宾客哭爹叫娘没命逃窜。

陈景初没想到好好的一场婚事竟然搞成这样，最最重要的是，他的身份已经暴露，从此后将成为警方的通缉犯，下半辈子不得不亡命天涯。他隐忍十多年，在H市中辛苦打拼出来的所有事业都将化为泡影。追根究底，这一切都是拜于篌洁所赐，又见沈伊人和程凌死缠着自己不放，不由得恨从心头起，大叫：“弟兄们听着，封闭整座庄园，不得放任何人离开！敢反抗者——杀！”

程凌大喝：“你这疯子！龙帮的兄弟们不要听他的，他十恶不赦，难逃法律的严惩，你们只是帮凶，所犯的罪不重，只要能主动投案，一定能得到从轻发落！”

陈景初“呸”了一声，大笑起来：“你这个小小刑侦队长又能决定什么？弟兄们别听他的，谁信谁倒霉！”

于篌洁一直被陈景初掐着脖子，呼吸困难，两眼翻白，脸色都发青了，意识渐渐溃散，若不是陈景初抓着她，她早就倒了下去。

陈景初见于篌洁快不行了，心中又痛又恨，叫道：“这是你自找的……”

突然，客厅上响起一声暴喝：“放开篌洁！”众人感觉头顶像打了个焦雷似的，震得耳膜发痛，纷纷扭头一看，却见罗依农像天神降临般出现在厅上。半个多月不见，他脸色苍白不少，满脸的胡楂子，仿佛一下子老了十多岁。

陈景初骤然见到罗依农，不由得大吃一惊：“你……你是怎么出来的？”

罗依农扑到他身前，替下沈伊人，挥手就是一拳，同时喝道：“一间小小的密室，你以为真的能困得住我吗？”

陈景初故技重施，想拿于篌洁去挡罗依农的铁拳。哪知道罗依农早就算准了他会这么做，拳到中途突然变招，屈指弹向陈景初抓掐于筱洁的手腕脉门，另一手拳打中路，直击对方心窝。

程凌见到罗依农现身，兴奋地大叫："罗依农，帮我拿下这个家伙！"

陈景初在两大高手的夹攻之下，已无还手之力，而且真要他掐死于筱洁他还做不到。权衡之下，只得把于筱洁往罗依农怀中一推，喝道："给你！"趁罗依农伸手接住于筱洁的当口，闪身避开程凌的飞腿，抽身逃到门外。

罗依农大喝声："哪里逃！"把于筱洁往沈伊人怀中一放，抢步就追，不料才奔出几步，忽然见到门口人影一闪，秦威飞身冲了进来，喝声："找死！"甩手打出十多张CD光碟，刹那间，客厅之上银光飞掠，杀气汹涌。

秦威的暗器手法十分精妙，十几张CD光碟不是打向同一个人，仙女散花似的撒出去，分别打向罗依农、程凌、沈伊人、于筱洁、田甜、章义和欧阳默。光碟在空中飞旋的轨迹也各不相同，有高有低，有的平着飞，有的竖着飞，也有的斜着飞；光影重重，破空声四起。罗依农、程凌和沈伊人固然不怕，但其他几位要应付起来就有点难了。

罗依农不是千手如来，双手接不下这么多的光碟，急得大叫了声："快卧倒！"耳边骤然响起一连串的枪声，那十几张光碟在他们眼前两三米处纷纷炸裂。回过头去一看，只见程凌面色凝重，手持手枪，枪口还在冒着缕缕青烟。坐在地上的章义忍不住叫道："程凌，你这一手移动靶打得真是漂亮啊！"

被秦威的光碟一挡，陈景初趁机跑出门外。

程凌大叫："快追！"

突然，"哗啦"一声，客厅内侧的一大块雕花屏风倒了下来，差点砸到欧阳默，倒塌的屏风上还躺着两个人。这两个人就像叠罗汉一样地叠在一起，压在上面的是位超吨位的大胖子，这个大胖子罗依农和于筱洁曾在于家的老宅里遇到过，当时他来向于筱洁求租房子。

压在胖子身底下的是位青年男子，不过这男子已经被大胖子压得晕了过去，但他的手中还紧紧握着一把冲锋枪。

罗依农和程凌对看一眼，分别从对方的眼中看到了后怕。他们不约而同地联想到，这位手握冲锋枪的男青年定是龙帮的人，他躲在屏风后面可能是想向大伙开枪，却不料闯出这么个大胖子，一下子把他撞晕了不说，还撞倒了屏风。大胖子救了大伙，不知是有意还是无意？

大胖子慢慢腾腾地爬起身来，冲罗依农叫道："你也不拉我一把。哎哟，人长得胖做什么事都不方便，走路也会摔跤，还压坏了人，看来这下闯大祸了，我还是快溜了吧。"在众人惊诧的目光中，施施然地走出门去。

经过这么一折腾，龙帮的人早已逃得无影无踪。程凌担心山庄中还有龙帮的人潜伏，以免发生不测，他让大家先退到门外，不要再和龙帮的人起冲突，余下的事等大批警察赶过来后再处理。

罗依农被陈景初囚禁了十多天，如何能咽得下这口气，可是四下一找，早已不见了陈景初的身影，便大叫："陈景初，你别走，有种我们再好好打一架！"

程凌发现人群中不见了于筱洁的身影，连忙叫住罗依农，问："于筱洁呢？她不能走，她得跟我回去！还有你，也得跟我回去做笔录。"

罗依农没好气地说："你先抓住龙帮这伙人再说，别的急什么？"

程凌说："于筱洁非法持有枪支，已经触犯我国刑法，我得逮捕她归案！"

"什么？"罗依农吓了一跳，他刚才没想到这一层，细想之下，可不是吗？于筱洁这下麻烦大了。

程凌对罗依农说："你最好马上找到她，然后让她自己去投案，主动交代清枪支的来源，争取从轻发落。"

罗依农默不吭声，他忽然有种预感，于筱洁可能早已想到这一点，才会匆匆离开。而她这一离去，只怕不会再轻易现身。他自己也说不清，到底是希望于筱洁去投案自首，还是不要现身，以免落入警方手中，心中好不纠结。忽然听到章义正在呼叫自己的名字，扭头一看，见他在不远处不停地向自己招手，连忙跑过去问他发生了什么事。

章义满头是汗，一脸焦急，上气不接下气地说："老罗，快……快去，默默和沈伊人去找秦威报仇去了，我……"

罗依农大吃一惊，不等章义说完，拔腿就追。

沈如玉和司马归心遇难后，沈伊人不顾沈如玉的临终遗言，一直在找秦威替母报仇，婚礼现场仇人见面，自然是分外眼红，哪里还考虑到她和欧阳默两人根本就不是秦威的对手。

秦威哈哈一笑，说："想找我报仇是吧？好，沈伊人、欧阳默，我一直在等着你们呢！这里不太方便，大批警察马上就要到了，我们不如去你妈的坟前吧，反正她死不瞑目，让她亲眼看着，是你们杀了我，还是我杀了你们！有种就来吧，我先去那边等着，你们慢慢过来，送死不用赶得太急，路上车多，悠着点儿，不见不散哈。"

沈伊人气得破口大骂，秦威早已跳上一辆宝马车绝尘而去。

欧阳默问："怎么办？"

沈伊人说："追！这王八蛋自命不凡，他说去我妈坟前等我们，就一定不会食言，我要用他的狗血祭奠我妈的在天英魂。”

沈如玉和司马归心被安葬在城北的殳山公墓，这里青山环抱，松柏苍翠。一座座墓碑整整齐齐地排列成一行行，灰褐色的碑石在阳光下泛着冷冷的青光，远远望去，这一行行墓碑就像是一排排台阶——通往天堂。

一抔黄土掩风流，三尺青石叹传奇。想那沈如玉生前是何等的美艳动人，风光霁月；司马归心拳打天下，罕逢敌手，何等强势。可惜死后也不过是黄土一抔，石碑一方。

又有几人能依仗生前的辉煌，来延续死后的荣耀呢？

沈伊人和欧阳默打的赶到这里时，秦威好整以暇地坐在沈如玉坟前的墓碑上，神态悠然地吸着烟。

沈伊人大怒，喝道：“滚开！我妈的墓碑是你这人渣可以坐的吗？”旋风般扑到他的身前，十指叉开，抓了过去。

沈伊人十根手指的指甲有半寸来长，平时涂着五颜六色的指甲油，给她平添了几分妖冶。指甲又尖又薄，被她磨得锋利无比，一旦和人动手，就成了她的随身利器。刚才在车上，她又在指甲上特地涂上一层见血封喉的毒汁，打算和秦威拼命。

十指如钢爪，指甲间发出尖锐的声响。沈伊人的武功也许远远比不上秦威，但她所学比较杂。她身为虎头帮帮主之女，在帮中地位独特，平时帮中的长辈都乐得传她一些五花八门的绝招，这些都是那些长辈在打斗中悟出来的精妙招式，十分管用。

秦威见沈伊人咄咄逼人，虽然没怎么把她放在眼里，但在她的凌厉攻势下，不得不起身应对，纵身跳到旁边司马归心的墓碑上，满脸淫邪地看着她，笑着说：“不错啊，沈伊人，真没看出来，你还有这两下！”

沈伊人骂道：“等你死了再数数我到底有几下子。”

秦威大笑起来，说：“牡丹花下死，做鬼也风流。如果能死在你身上，我倒是很乐意！”说罢突然出掌。

秦威的武功高出沈伊人数倍，出招又快又狠。沈伊人明明见他的手掌拍向自己面门，心中冷笑一声，竖起一根食指，对准他的掌心就划了过去。沈伊人心中盘算好了，只要能划破秦威一点手掌皮就行，她涂在指甲中的毒汁足够毒倒几头牛，凭他秦威再怎么厉害，总不能强过蛮牛吧。

哪知道秦威此前虽然和沈伊人打过几个照面，但并没有细看，今天才看得清楚，见她双眉紧皱，似怒似嗔，明艳不可方物，暗中惊为天人。心头欲念萌动，有意戏弄她一番。手掌拍到她面前突然斜划，手指勾住沈伊人上衣的衣领，不等她反应过来，轻轻一撕，一声轻响，竟然把沈伊人的上衣扯裂了一片。

秦威这一指钩，不但撕裂了沈伊人的衣服，还勾断了她文胸上的隐形吊带，半边衣服顿时就掉了下来，露出雪白的酥胸。沈伊人连声惊叫，双手慌乱地捂在胸前疾身倒退。

秦威哈哈大笑，说："沈伊人，听说你人尽可夫，还装什么清纯，好好地陪我玩玩，把老子逗得开心了，说不定就放过你们！"

刚冲到近旁的欧阳默气得脸都白了，大吼："秦威，你这畜生！老子杀了你！"他知道自己不是秦威的对手，四处一张望，见不远处一座正在修筑的墓穴旁插着一根自来水管粗的钢管，快步跑过去拔了起来，拿在手中当做武器，挥舞开来，冲着秦威当头就砸。

沈伊人连声叫道："默默快退下，这畜生丧心病狂，让我来对付他！"

秦威哈哈一笑，叫道："是啊，欧阳默，快退下吧，你这个吃软饭的，连自己的女人也保护不了，干脆把她让给我算了，我绝对比你强！"猛击一拳，迎头打在欧阳默的钢管上。

秦威的功力何等深厚，远非欧阳默可以承受的。他当即被震得连退了好几步，一屁股坐在一座不知名的墓座上，钢管脱手飞出，双手虎口开裂，血流不止。

沈伊人吓了一跳，她急于替母复仇，没仔细考虑和秦威间的实际差距有多大，这时见欧阳默受伤，急得怪叫一声："秦威，我和你拼了！"再也顾不得自己衣不遮体，发疯似的扑上去，好一阵乱攻。

俗话说：一夫拼命，万夫莫敌。沈伊人完全不顾自身的安危，一副要和秦威同归于尽的打法，令他不敢小觑。

欧阳默重新站起身来，顾不得双手上钻心的疼痛，拾回钢管，再次扑了上去。他这次学乖了，知道自己不能和秦威较真，他也不来真的，只在秦威的前后左右不停地晃动，时不时地打上一棍，扰乱他的注意力，以辅助沈伊人。

殳山公墓虽然方圆面积不大，但这时既非清明，又非冬至，不过年不过节的，而且日已过中天，墓地上找不到扫墓客，就连公墓的管理人员，也不知跑去哪里灌黄汤了。这三人在墓地上大打出手，在墓座和碑林之间跳上跳下，不知吵到了多少地下亡魂，也没人出来理会他们。

秦威生性自负，哪里把沈伊人和欧阳默放在眼里，他把他们约来这里，本意是想好好地羞辱他们一番。没想到沈伊人手上有两下子，又要顾忌她指甲上的毒，不敢过于冒险。欧阳默外表俊美，只道是个绣花枕头，谁知他使起性子来有模有样，不失男人风范。在他们两人的联手夹攻之下，自己竟然讨不到多大的便宜，心中不免急躁起来。

欧阳默和沈伊人配合默契，见把秦威打得展不开身手，把两人兴奋得大呼小叫，还时不时地秀一下恩爱，把秦威气得肺都快要炸了。他不由得恨从心头起，恶从胆边生。恰好见到身后的欧阳默挺着钢管当大铁枪使，刺向自己后腰。他俊美的脸上掠过一丝残忍的笑意，猛地向后一退，就像是他自己往欧阳默的钢管上撞一样，只不过在将要撞上钢管时，来了个大扭腰，钢管贴着他的腰部向前刺空，他趁机用手臂和腰紧紧夹住钢管，并快速倒退，后背直撞向欧阳默的前胸。

欧阳默并不指望着能伤到秦威，他本想刺到中途就撤招，哪知道秦威以无与伦比的速度倒退，并向着他撞了上来。他不会武功，缺乏临场应对经验，刹那间乱了心神，手中的钢管反而成了累赘。

沈伊人看得清清楚楚，连忙大叫："丢开钢管，快逃！"纵身猛扑上去，双手同时抓向秦威的脖子，想以此来解救欧阳默的危机。

欧阳默依言丢开钢管，向后疾退。

秦威要的就是他们自乱阵脚，得意地哈哈一笑，反手抓住钢管横扫，重重抽中沈伊人的脚踝。沈伊人疼痛难忍，一个踉跄，稳不住身形，终于跌倒在地。

秦威回头再看，见欧阳默已经退出去好几米远，冷笑着骂了句："记住，小子，明年的今天就是你的忌日！"甩手掷出，钢管带着尖锐的呼啸，如标枪般疾射而出。

欧阳默眼看着钢管向着自己射来，他想闪，可是钢管来得太快，甚至快过了他的本能反应。"噗"的一声，正中他的前胸，欧阳默就像烤羊肉串上的羊肉，被钢管穿胸而过！

钢管上承载着秦威十成的功力，强大的作用力把欧阳默的整个人带出去五六步远，他疼痛难忍，发出一声撕心裂肺般的惨叫，身体向前扑倒，却被透出前胸的那截钢管支在地上，想倒也倒不下去，那样子就像是被一枚巨大的铁钉钉在地面上。

"默默——"沈伊人刚从地上跳起身来，眼睁睁地看着钢管穿透欧阳默的身体，但她来不及相救，发出绝望的尖叫，意识在瞬间溃散，竟然忘了躲闪，被秦威一脚踢中左胯，再次重重摔倒下去，额头撞上墓碑，血流不止。

就在沈伊人大声呼叫欧阳默的同时，罗依农和章义打的刚好赶到公墓门口，两人都是亲眼目睹着好友欧阳默被秦威钉在地上，真是肝肠寸断，目眦俱裂。

罗依农发出惊天动地的一声吼："秦威，老子操你祖宗十八代！"然后像

头出笼的豹子狂冲上去，见秦威又将沈伊人打倒在地，这时他和秦威还相距着二三十米，再也顾不得对死者的敬与不敬，一脚踢在身边的一块墓碑上，那墓碑齐着地面而断，呼啸而起，在空中翻滚成旋转着的风车状，狠狠地打向秦威。

罗依农恨秦威，不仅仅是因为他伤害了欧阳默，还因为此前他诱捕自己，将自己关在陈景初的地下室，害得他差点没能活着出来，旧仇加上新恨，罗依农如何不恨？

秦威见罗依农来势凶猛，知道对方杀气正浓，不敢正撄其锋。再见那块墓碑挟雷霆之势飞卷而来，他可不敢徒手接下，但如果向旁跳闪，感觉在气势上自己先输了一筹。当即依样学样，同样飞脚踹在沈如玉的墓碑上，一声脆响，墓碑也在齐地面处断裂，同样飞旋而出。

“砰——”两块墓碑在空中相撞，发出巨大的爆裂声，大理石铸就的墓碑碎裂成无数块。而此时，罗依农飞身跃过几排墓座，向秦威快速逼近。

罗依农双目赤红，那样子仿佛恨不得一口将秦威嚼得粉碎。他见欧阳默犹自挣扎着，殷红的鲜血沿着钢管流下，自己的心痛得也快碎了。他心头只有一个念头，定要把秦威锉骨扬灰！

秦威的心底有了怯意，他也知道凭真实功夫，罗依农在自己之上，更何况对方现在杀气正盛，于是大喝：“罗依农，找死！”甩手打出十几张光碟，同时疾身倒退。

十几张光碟在空中飞旋出不同的轨迹，光华流转，啸声四起，但殊途同归，最后的目标都是罗依农。

高速旋转的光碟和刀刃一般锋利，罗依农识得厉害，也不敢以血肉之躯去抗衡，无奈之下，只得凌空一滚，向旁滚出去两三米远，才躲过这些光碟。

罗依农被这么一挡，秦威趁机掠过三排坟墓，两人间的距离又拉开了十几米远。罗依农大吼了声：“老子就是上天入地，也要杀了你这杂碎！”他已愤怒到极点，才不管什么法律不法律的，秦威要是这时落在他的手中，必死无疑！

罗依农全力追赶，忽然听到欧阳默大叫了声：“老罗……”连忙刹住身形，回过头去一看，见沈伊人把欧阳默紧紧地抱在怀里，放声痛哭。欧阳默则微微扭头看向罗依农。

“默默！”罗依农无奈，只得先行放弃追赶秦威，快步奔到欧阳默身前。

热血在欧阳默胸膛上的伤口处喷涌着，几乎把沈伊人都染成了血人，他的脸色一点点地变得苍白。“老罗，别追……了，我快不行……你……你要答应我一件事……”说着连咳出几大口鲜血。

罗依农知道欧阳默伤中要害，神仙难救，心如刀绞，说：“默默，你要挺住，我们马上送你去医院。”回头对才跑进公墓的章义大喊，“快叫救护车，快叫救护车，越快越好！”

章义大叫：“已经打过120了，默默……老罗，怎么办啊？怎么这样了啊？”他手足无措，看着欧阳默急得直流眼泪。

欧阳默躺在沈伊人的怀抱里，依然觉得冷，脑中意识渐渐模糊，他狠狠咬了一下舌根，强烈的疼痛感让他的神智在瞬间清醒，用尽力气说：“没用了……老罗，快答应我！”

罗依农见他生命之火渐渐微弱，哽咽着说：“你说，什么事？默默，你不要放弃，我们大伙不能失去你！”

欧阳默咧嘴一笑，嘴角淌下两串长长的血水，说：“认识你们……是我的幸运，我要先走了，你们保……重。老罗，帮我照顾好伊人，她……她其实是个很可怜的人……她妈妈……她妈妈……”

罗依农大声说：“不行！你自己的女人自己去照顾，你要给我活得好好的，然后和伊人结婚，生个儿子出来认我作干爹……”

章义抢着说：“还有我，我也要做你们儿子的干爹！”

欧阳默摇头说：“来不及了，老罗……胖胖……我的好兄弟，我会想你们的，你们……你们帮我照顾好伊人，我在天上……”

沈伊人突然哈哈一笑，说：“默默，你别说了。在认识你之前，我是个魔鬼，在认识你之后，我只想好好地做人。可是老天不答应。哈哈，这世上如果没有了你，我怎么可能独活，我们一起走！”说到最后一个“走”字，突然抬手，用指甲在自己的脖子上重重地划了一下。

“伊人——”欧阳默大急，才叫了声，不料一大口鲜血涌入气管，缓不过气来，顿时双脚一蹬，脑袋就垂了下去。

“默默！默默！”罗依农和章义同时大叫。

罗依农说：“沈伊人，快把默默给我，我这就送他去医院！”想把欧阳默从沈伊人怀里抱出来。

哪知道沈伊人更加用力地抱住欧阳默的脑袋，说：“不，不行，我们不分开……”嘴角竟然有一行黑血流了下去。

罗依农并不知道沈伊人的指甲中含有剧毒，见状大惊，问：“沈伊人，你怎么啦？怎么流血啦？”

沈伊人的体内像有成千上万的毒虫在噬咬一样，痛得已经说不出话来，她努力想笑一下，终于抱着欧阳默双双倒了下去。

等救护车赶来把欧阳默和沈伊人送去医院，两人早已没了气息。罗依农、章义和随后赶来的田甜，在太平间里抱着欧阳默哭得昏天暗地。

欧阳默和沈伊人的死由警方立案，杀人凶手自然是秦威，警方全力通缉。

葬礼在七天后举行。

罗依农把欧阳默的死归咎成两个原因，第一个原因是受他自己的连累。若不是自己惹上虎头帮和龙帮的人，欧阳默八辈子也不能认识黑道上的人，自然就不会英年早逝。所以他内疚得恨不得以死谢罪。

第二个原因，罗依农觉得欧阳默同时受到沈伊人的牵连，他至此还是认为欧阳默不该爱上沈伊人。爱上一个不该爱的女人，后果往往是可怕的。因此，对沈伊人的憎恶并无半点消减，尽管她已死。

不管怎样，良友已逝。罗依农的身心已经完全被悲伤和自责所占据。想起太平巷中，欧阳默那句："兄弟我没钱没房没车没女人，唯一有的，就是兄弟义气。老罗，我挺你！"他的言语尤在耳，心魂却已散在红尘之外。

这让人如何不揪心?!

第16章　生死时速

警方经过对流云山庄的彻底搜查，找到了囚禁罗依农的地下密室，同时还发现不少枪支弹药，以及K粉、冰毒、摇头丸等大量毒品。警方当即布控，全城搜捕龙帮成员，以及于筱洁。

结果，陈景初、秦威等人像从人间蒸发了一样，踪迹全无，就连于筱洁也消失得无影无踪。H市公安机关向上级公安部门申请后，向全国发出A级通缉令，龙帮十三名主要头目名列其中，于筱洁的名字也赫然在列。

罗依农痛定思痛，真正的罪魁祸首是龙帮。在身边朋友的劝解中，才慢慢缓过神来，打算全力配合警方，追捕陈景初、秦威等一伙。他从程凌处了解到，其实在此之前，H市警方就已经在暗中调查陈景初的四方集团。因为国际刑警查获一些线索，怀疑四方集团暗中参与国际犯罪团伙的洗钱活动，而且数目巨大，涉及十多个国家和地区。陈景初应该已经嗅到危险，暗中作好了放弃H市的打算，销毁了四方集团的所有客户资料，只是他来不及转移存放在流云山庄里的一些违禁物品，可能是因为他没料到于筱洁会在婚礼上发难，事情会败露得这么快。

只是于筱洁也成了通缉犯，这让罗依农很揪心，他不知道沈如玉临终前把虎符交给了于筱洁，于筱洁已经成为虎头帮的新一任首领，所以他一直想不通于筱洁的枪是从哪里来的。

还有一事，也让罗依农迷惑，就是到底是谁把他从流云山庄的地下密室中救出来的，那人用枪打断地下密室出口的铁横栓，却不想暴露身份。能够拥有枪支，不是警方的人，就是龙帮的人，可程凌确定不是警方的人做的，那又会是谁呢？

终于，一切恢复了平静，生活似乎又回到了当初，就像罗依农认识于筱洁以前。每个人一如既往地上班、下班，只是他们少了位朋友欧阳默。

如此过了二十多天，于筱洁如石沉大海，杳无音信，罗依农尽管记挂着她的安危，却也无可奈何。他除了经常向程凌打听消息外，一有空就挂在网上，浏览各地发生的新闻，特别是一些警务新闻。他既希望在新闻中得到于筱洁的消息，却又担心看到她的身影，患得患失，纠结难下。他几乎每天都会往于筱洁的电子邮箱里发一封电子邮件，却从没得到过她的任何回复。

这几天的电视中一直在滚动预告着，强热带风暴将在明天下午经过本市的消息。从昨天开始，狂风、暴雨就已经轮番上阵，极尽所能地宣泄着淫威，大街上的行道树、广告牌被吹得东倒西歪，行人明显减少，给人的感觉仿佛世界末日来临。罗依农来到H市已有两年多，他还是没法适应这种多变的恶劣天气。

在这样的狂风暴雨中，出门没走上几步，裤腿就被斜风撇雨打湿一大片，今天有不少学员请假没来上课，俱乐部一下子冷清不少。

中午下课后，罗依农像往常一样去食堂吃饭，按照往日，田甜已经帮他打好了饭菜，可是今天却意外地发现，田甜还没来食堂。他打好饭菜后等她，等了好一会儿也不见她的身影，向同事一打听才知道她今天没来上班，而且连假也没请。

田甜家离俱乐部有点远，每天得早上六点起床，路上挤公交、转车差不多要花去一个半小时。罗依农以为她是因为风暴而没来上班，可是又一想，她虽然爱玩、爱闹，但一向很遵守俱乐部的制度，这么反常的事以前从没发生过。试着打她的电话，刚响了一下就挂了，再打过去发现已经关机。罗依农越想越不对劲，连饭也顾不得吃，打车向田甜家赶去。

罗依农此前去过田甜家一次，她家是一套上世纪八十年代建的公寓房，坐落在一个不大的小区内，这是她爸爸生前单位分配的，几年前她父母先后去世后，就一个人居住在此。小区内居住的全是她爸爸生前的老同事。

罗依农敲了好一阵子门，也不见田甜出来，倒是她的几户邻居纷纷探出

头来问他找田甜有什么事?

罗依农表明身份后，向他们打听今天有没有见到过田甜，知不知道她去了哪里。

邻居们你看看我，我看看你，一个个面面相觑，都说每天都看到田甜站在小区外的公交站牌下等车，可是今天没看到。田甜每天早出晚归，遇到这些邻居也就很礼貌地打个招呼，彼此间很少串门，所以谁也不知道她去了哪里。

罗依农再问他们有没有看到田甜昨晚下班回家，有两个大婶表示昨晚看到她回家了，还能说出她昨天的衣着打扮，这点和罗依农知道的相吻合。

罗依农打电话询问章义知不知道田甜的消息，章义说他也不知道。

最近在警方清剿龙帮一事上，章义由于他身临其境，当时又不忘记者的本职工作，偷拍了好几张现场图片，图文并茂地连发了十几篇重头稿，影响空前，市民们追着看他的连续报道，成绩突出，被主编提拔为编辑部主任。他的工作量大增，几乎每天都要加班到半夜，没时间去向田甜献殷勤。这两天又为了抗击热带风暴，市委市府的所有领导都到岗到线，关注灾情，他们报社自然不能落后，全体人员加班，以饱满的热情迎接风暴的到来。

罗依农考虑再三，给程凌打了个电话，把田甜的情况大致一说。程凌以最快的时间赶过来，和罗依农商量后，又在几位邻居的同意下，强行撬开了田甜家的门。

屋内简朴整洁，田甜父母留下来的一些老式家具摆放齐整，上面一尘不染；两个房间也都收拾得井井有条。唯一碍眼的，就是房门口的地上掉着一只女式小包。

罗依农拾起小包，脸色大变，对程凌说："不好，田甜出事了。"他认得这只小包是田甜上周才买的，喜欢得不得了，每次出门总要带在身边。可是现在却掉在地上，反常得不可思议。

由于田甜居住的小区是几家企业联建的职工居住区，这些企业现在的经营状况都不尽相同，谁家也不愿意率先提出小区整改，所以小区在治安管理上明显落后，除了小区门口装了监控视频外，整个小区内连路灯都亮不到一半，更别说在每个楼道里安装监控探头。

警方只得从小区门口的监控视频中寻找线索，可是一个探头的监控范围有限，而且田甜家所在的那幢楼不在监控范围之内，所幸的是，进出小区的所有车辆都被这个监控探头捕捉到了。

程凌当即决定，联系市交管部门，对进出小区的所有车辆，按照牌照逐一排查。

这又是一项繁重而琐碎的工作。

罗依农心急如焚，偏偏毫无头绪，只能耐着性子等，一直等到凌晨时分，才得到消息，市交管部门终于查到一辆进出小区的黑色桑塔纳轿车有问题，这是一辆已经报案的失窃车，车牌号是邻市的。再一查，又得到一条消息，这辆失窃车今天下午被人丢弃在市郊。

程凌等人打算赶过去时，罗依农的手机响了，一看号码竟然是田甜的。他迫不及待地按下接听键，叫了声田甜，谁知电话那头的田甜才叫声“猪头”，就没了下文。罗依农急得连叫了好几声田甜，那头再响起时已经变成了一个男人的声音，那人冷冷地告诉罗依农，田甜在他的手上，他们已经到了云南，如果罗依农还想再见到田甜，就马上回家打开电脑，然后给中野先生发封电子邮件，申请加入他将要组建的“中野四号”探险队。最后还警告罗依农千万别报警，否则会后悔一辈子。说完后，也不理会罗依农的大声责问，就挂了电话。

罗依农又惊又怒，没想到田甜的失踪竟然又和“中野四号”有关，也就是说，又是自己惹出来的麻烦，却殃及到了无辜的田甜。

罗依农和程凌大致说明情况后，请他帮忙通过电信部门查找田甜刚才打电话时的地理位置。自己则急匆匆赶回家打开电脑，在搜索引擎中输入“中野先生”四字，意外地发现，这位中野先生又发了新帖，说他即将组队探密中野四号象墓，有意者可以通过电子邮件报名，今天是最后的报名时间，并公布了自己的邮箱地址。

中野先生的企图很明显，无非是在吸引某些人的注意。现在和“中野四号”有关的人和事，可以用风声鹤唳来形容，回避都还怕来不及，他却顶风而上，好像生怕别人不知道他一直在折腾似的。

罗依农在心头苦笑，没想到自己竟然不知不觉地被划入了“某些人”的行列，由于自己的热情不高，没有积极参与进去，对方才不得不利用田甜来逼迫自己。

可是中野先生为什么要逼迫自己加入他的探险队呢？自己又不认识他。不知于筱洁会不会得到这个消息，她会不会去参加呢？

不管是为了田甜，还是于筱洁，罗依农都已经无法置身事外，反正自己家人不在身边，无牵无挂，此去云南不管有多凶险，他都决定一试。当即按网上提供的邮箱地址，发了封电子邮件给中野先生，并附上自己的真实信息和一张近照。

罗依农发完邮件后，半躺在沙发上，想冷静一下头脑。然而心底不断膨胀的自责感，让他难过到极点。要是自己多关心田甜一点，昨晚能给她通个电话，也许会早点发现她出了事，还能追得回来，可是自己却把更多的心思用来牵挂于筱洁。

以前有田甜陪在身边时，总觉得她小孩脾气过于玩闹，甚至有点烦她；现在忽然不见了她，心里空荡荡的，仿佛被掏空了一样，才发现她以前的一句玩笑话，一个恶作剧……一颦一笑，一喜一嗔，都是那样的真实可爱！

罗依农今天中饭没顾得上吃，然后一直在为田甜的事奔波和担忧，连水都没喝过一口，居然一直都不觉得饿，听到肚子叫，才想起该祭一下五脏庙了。起身去厨房煮方便面，程凌的电话打了进来，告诉他电信部门已经查到，田甜的手机出现在云南西双版纳傣族自治州。

罗依农说："谢谢你，我马上就去云南！"

程凌说："我和你一起去，你先查一下飞机航班，然后发短信告诉我，我们在机场碰头。"

罗依农上网查询航班，却沮丧地发现，由于受热带风暴影响，H 市机场今晚所有航班全部停航，要等到风暴经过后才恢复通航。无奈之下，只得又去查询列车时刻表，找准中意的班次后，给程凌打了个电话，告诉他飞机停航，自己决定改乘火车过去。程凌说没关系，让他帮自己也预订一张火车票。

罗依农临出门前，决定再给中野先生发封邮件，告诉他自己已经出发赶往云南，警告他不要为难田甜，同时估计了自己大致到达昆明的时间，并把自己的手机号码奉上，让他随时和自己保持联络。

没想到他登录邮箱后，意外地发现中野先生竟然已经给他回复了邮件。信中称由于"中野四号"可能会涉及令人意想不到的财富，因此他们的探险活动已经引起某黑社会团伙的注意，为了使活动得以正常开展，决定将探险队化整为零，请各成员分散行动，到指定的地点集合，七天后组团进山探险。最后还在信的末尾注上一笔，要罗依农出发前发封邮件给他，到时他会派人来迎接。

罗依农当即把拟好的邮件发了过去，然后关了电脑出门。

风更猛烈了，吹得人几乎站不稳身体。罗依农在小区外的街上等了近半个小时，连一辆出租车也没看到，只得步行过两条街，到平时最热闹的街口等车。可是这时已经是午夜时分，又是这样的狂风，哪里还看得见人影，出租车司机们也早早收工回家了。

罗依农正急得不知所措时，程凌打来电话，问他有没有出门，要不要顺道过来载他。罗依农大喜过望，连忙告知对方自己的确切位置，过了十多分钟，一辆警务车开了过来，车上除了驾驶员和程凌外，章义竟然也在。

章义说，他也要随罗依农和程凌一同前往云南。说完后见罗依农眉头一皱，不等他开口说话，又抢着说："我这不完全是为了田甜，我这是出公差，我要采访一组有关'中野四号'的追踪报道。"

罗依农知道多劝无益，也就没说什么。三人到了火车站才知道，受热带风暴影响，他们将要乘坐的火车起码要晚点一个小时以上。

章义笑着说："火车晚点是正常的事，不晚点才是不正常的。"

三人无可奈何，只能耐着性子等待，本来是午夜十二点的班次，一直等到凌晨两点多才进站。

幸好每年的9月开学以后，国庆长假还没来临之前，铁路客运会出现一个小小的淡季，他们三人很幸运地都买到了卧铺票，上车后，三人都很有默契地倒头就睡，因为他们都知道，等到了云南后，不知会面临怎样的突发状况，所以必须在这十几个小时的旅程内，蓄足体力，补足睡眠。

罗依农躺在卧铺上，任由身体随着列车有规律地晃动着，他一点睡意也没有，只要一闭上眼睛，脑海中就会闪出田甜的身影。他并不讨厌田甜，但不想直面她对自己的感情，究其原因，是因为彼此太了解，她只要说出前一句话，他就知道她接下去要说什么。两个人熟悉得像左手和右手，男女间没了神秘感，也就没了吸引力。所以，他一直认为，自己可以云淡风轻地把她当做好朋友。

可是，等她出了事，他才发现对她的担心远远超出自己的想象，甚至从内心深处感觉到前所未有的切肤之痛，如果可以，他会毫不犹豫地用自己的生命，来换回她的平安。

然后，他又开始迷惘，他不知道自己对田甜和对筱洁，到底哪个的感情更特殊一些？

车厢中或高或低的打鼾声此起彼伏，罗依农想着心事更加睡不着。

途经怀化，车上又上来不少旅客，大家上车后都很知趣地上床休息，谁也没有大声喧哗。车又驶出一阵后，罗依农起身上厕所，就在他走到车厢尽头的转弯处时，见有人快他一步进入厕所。那人的动作很快，罗依农眼光掠过那人的背影，看出那位乘客一头长发，却意外地发现这背影有点眼熟，由于看得不太真切，一时不好确定是谁。

可又一想，在火车上遇到熟人的概率不大，更何况是同一节车厢的厕所中，应该是自己眼花了。他站在厕所门外等着，哪知道这一等，竟然等了近半个小时还不见那人出来，担心里面那人会不会出事了，本想叫来列车员打开门来看一下，可是那位列车员也不知跑去哪里打瞌睡了。他试着在门上轻轻拍了一下，问："喂，你好，请问需不需要帮忙？"

里面没人应声，罗依农确定里面的乘客肯定出事了，握住门把试着推了一下，发现里面的插销没插紧，稍稍用下力就把门给推开了，一股冷风迎面而来。厕所内没人，冷风从窗外袭来。

厕所内的窗户不大，但上面的窗玻璃被整块卸了下来，放在蹲坑边上。难道那人跳车了？从快速疾驰的列车上跳下去，生还的可能性很小。再一想，不对，如果那人有心求死，何必小心翼翼地把窗玻璃整块卸下来，而应该直接砸碎才对，再联想到那一闪而没的身影，行动敏捷，绝看不到自杀者临终前应有的木讷或迟缓，也就是说……

猛然间，罗依农想起一个人，秦威。对，就是他！怪不得这背影看着这么眼熟！

一想到秦威，罗依农的眼前又浮现出欧阳默惨死的那一幕，满腔的仇恨“噌”的一下又冒了出来，“不杀这杂碎，对不起默默！”然后又想到一个问题，如果那人真是秦威，他溜出车去想干什么？以秦威的身手，在途中跳下去也许会没事，可如果他没跳车，而是想破坏什么，那岂不是糟了吗？

他越想越不对劲，在空空的车窗框上试了一下，窗框十分狭小，但估计容得下一个人侧身爬出去。他抓住窗框刚想探出头去，不料程凌闪了进来，压低了声音问他想干什么，口气十分的严厉。

程凌听到罗依农起身，知道他去上厕所，然而等了很长时间还不见他回来，就起身过来看看，不料正好见到罗依农要跳窗。

罗依农知道他误会了，把看到的情况说了，程凌也想到这事有点麻烦，小题大做吧，怕惊扰到乘客，不闻不问吧，万一火车出了什么事，那就非同一般。想了一下说：“我爬上去看看，你守在这里。”

罗依农说：“还是我去吧，你是公务员，万一捅了篓子会影响到你的前程。”

程凌说：“我只知道自己是名警察，不放过任何一个疑点是我们的职责，你让开。”一把拉开罗依农，侧过身体钻出车外。程凌有意不让罗依农出去还有另一层用意，他知道罗依农因为欧阳默的死，对秦威的恨非同一般，他担心那人真是秦威，罗依农意气用事，就容易误事。

罗依农想到秦威的身手十分了得，而且出手狠毒，万一那人真的是他，程凌可能会有危险，连忙也跟着爬了出去。

徒手爬上时速近 200 公里的列车顶部，个中的艰难和危险若非身临其境，只怕很难体会。

才把脑袋探出窗外，车外强劲的气流让罗依农有窒息般的感觉，呼吸困难，肺部像要炸裂了一样难受。双眼似被刀割，泪水失禁，几乎连眼睛也睁不开。

罗依农将整个身体紧紧地贴在车皮上，以减少风的阻力，双脚在窗框上一用力，奋力爬上车顶。

风，在耳边发出尖锐的呼啸声，如有实质般刺激着罗依农的大脑神经，让人产生身陷旋涡般无法自拔的错觉。被气流激起的微粒激射到脸上，竟然像钉子钉入身体一样，让人痛到骨髓里。

程凌在他身前几米外的地方，艰难地向前爬行。

罗依农像壁虎一样，叉开四肢趴在列车顶部，手脚交替着向前移动。他功力深厚，手脚有劲，才爬出没多大一会儿，就赶上程凌。他在程凌的脚上碰了一下，算是打个招呼。

程凌回过头见是罗依农，开口喊了句什么，却被气流冲散，罗依农根本就听不到。

两人一前一后向前移动，爬过七八节车厢后，离车头已经越来越近。就在这时，爬在前面的程凌突然停了一下，用脚尖在罗依农的手背上轻轻碰了一下。

罗依农会意，抬起头，眯缝着眼睛一看，只见他俩前方几米外的车顶上趴着一个人，那人的身下就是列车的驾驶室。

罗依农又喜又惊又奇。喜的是，他没有看错，那人果然是秦威，他和程凌的这趟险没有白冒。惊的是，秦威做出这样的举动，显然是想搞破坏，列车一旦遭受犯罪分子的袭击，后果不堪设想。奇的是，绿野苍龙虽然恶名昭著，但从没干过破坏列车等交通工具，祸害普通百姓，引发重大伤亡的恐怖事件。

程凌发现目标后，加速向前爬行，结果被秦威警觉。他见有人追了上来，震惊之余，激起心中的戾气，从身上掏出一大把铁钉，向后一撒。他本身的手劲，再加上气流的加速度，使得铁钉暴射而出。

晃动的车顶之上，趴在上面随时会有被甩出去的可能，如何还能躲避退闪。罗依农和程凌看到秦威一扬手，就知道不妙，连忙用双手护着脑袋，铁钉雨点般落下来。

程凌在前，首当其冲，浑身上下被打中十多枚铁钉，其中一枚将他手掌对穿，还伤到了头皮。罗依农比他略好，但还是有六七枚铁钉打在身上，痛得他直咧嘴。

程凌气得直咬牙，反过手去将铁钉一枚枚拔下来，握在手中，咬牙加速前进。

这时，列车突然发出一声长长的汽笛声，然后速度递减。这里还没到下

一个停靠点，中途减速的原因，一般是避让前方列车。

罗依农和程凌抓紧时间往前爬动，和秦威的距离越来越近，等到了一定距离，程凌猛地往前一纵，手心中的铁钉狠狠地扎向秦威的脚踝。

秦威连忙身体一缩，躲过程凌的一记重手出击，紧接着他的整个人向列车一侧滑了下去。

这时，列车减速明显，难免会有几下震动，秦威下去的速度很快，罗依农还以为他是被震得稳不住身子才滑下去的。

哪知道秦威“砰”的一声，一拳打破驾驶室一侧的窗玻璃，并快速滑了进去。

罗依农和程凌都知道不妙，奋力抢上前去。程凌想也不想，跟着滑入驾驶室。他知道秦威在里面，不等稳住身形，双脚连环踢出，却踢了个空，等他站稳身体，发现驾驶室的地板上躺着一人，已经晕了，秦威手中握枪，指在列车司机的脑门上，司机吓得脸都青了。秦威看着程凌，一脸狞笑。

程凌大喝：“秦威，放下枪，你想干什么?!”

秦威冷笑着说：“程队长，请站住，你胆敢上前一步，我就开枪，你该知道列车司机被杀，会是什么后果吧?”

“你……”程凌气极，果然不敢再动，“你为什么要这么做?”

秦威满脸狰狞，说：“这是对你们的报复和警告！绿野苍龙一向有恩报恩，有仇报仇，你们毁了龙帮在H市的一切，我们如果就此沉默，以后还有脸在道上混吗?!”

程凌突然听到身下传来类似于给车胎放气的声音，心中猛然一惊，大喝：“怎么又要启动了，这是为什么？师傅，这是怎么回事?”

现在的旅客列车基本上采取的是空气制动，机车和列车连挂以后，司机在机头操纵大闸，由机头向整列列车的风管路提供压缩空气，通过调整风压来指挥制动系统工作。当充风充到600千帕时，全车的闸瓦就会全部松开，列车在机头的牵引下向前行驶。其实刚才程凌听到的不是放气声，而是充气声，列车的制动系统开始缓解，马上就要启动开车。

列车司机突然全身抖动起来，哆嗦着说：“要……要……要撞了……马上就要撞上了……”

列车开始加速!!

程凌顿时就明白了。这趟列车接到前方信号，必须停车避让，司机已经操纵大闸开始减速。秦威闯进来后，打晕驾驶室中的另一名列车员，取消减速，让列车再次启动，并用枪挟持着列车司机，令其无法反抗。

秦威哈哈大笑，叫着：“震惊全世界的交通事故马上就要发生了……”

"砰"的一声，驾驶室另一侧的窗玻璃突然爆裂，秦威一惊，本能地回过头去一看。就在这一刹那，程凌纵身扑上去，劈手击落秦威手中的手枪，双手从后面紧紧抱住他的腰，对列车司机大吼了声："快刹车！"

列车司机虽然一副熊样，幸好还没完全吓晕，反应也还算灵敏，猛地跳起身来，用尽全力拉下闸瓦，采取紧急制动。

秦威的武功比程凌高，但程凌这临危一击，关系到整车乘客的生死，他也豁出了性命，拼了命地抱住秦威不放。

秦威一时甩不下程凌，气得大吼："滚开！"不料罗依农从窗外跳了进来，大喝声："还欧阳默的命来！"挥手一拳，重重打在秦威的胸口，只听得"咯嘣"几声脆响，估计胸骨连断了好几根。痛得他怪叫一声，带着程凌连退两步，被晕倒在地上的列车员一绊，两人同时倒地。

程凌尤自大叫着："快停下！快停下！"

让奔驰着的列车马上停下谈何容易？就是采取了紧急制动措施，强大的惯性作用还是会让列车冲出几百米。

列车一般的制动，是将全车的风压减到500千帕；而紧急制动，则要在最短的时间内减至430千帕，闸瓦以更大的力量抱住制动盘，以提供最大的制动力，让整列车尽快停下来。这时，闸瓦死死地抱紧车轮，让车轮无法转动。然而整列车虽然速度剧减，但因为巨大的惯性仍会向前运动。这时候，车轮和钢轨之间就不是滚动摩擦，而变成了滑动摩擦。这个状态会使得车轮踏面被钢轨接触部分磨平一小块，行话叫做"擦伤"。这个擦伤痕迹虽然只有很小一块，但在这种情况下列车要是再次运动起来，车上的乘客能明显感受到台车震动大，严重的时候会感觉车体在跳动，车下传来的噪声就像是在打鼓一样。急剧加大台车各承力件的磨耗，极易出事故。所以不到万不得已，紧急制动不能乱用。

车轮和铁轨产生的磨损，发出尖锐的摩擦声，让人牙齿发酸，心头发颤，列车还是像箭一样向前奔驰。

秦威放弃和程凌的纠缠，突然狂笑起来："来不及了，来不及了！马上要撞上了，哈哈，程凌，你还不快逃命！"干脆扔掉手枪，以示不再反抗。

列车司机突然绝望地尖叫了声，一下子瘫倒在座位上。透过驾驶室正前方的窗户玻璃，可以清楚地看到，就在前面百米处停着一列火车，车尾转动的信号灯，红得像血，刺痛人眼。

秦威猛地一推程凌，大叫："还不快逃，要撞上啦！"

程凌咬紧牙关，张开双臂紧紧地抱住秦威的身体，叫道："要死一起死，谁也别想逃！"

秦威拼命挣扎，怎奈程凌死活不放……

距离越来越近，列车还在前行。

平时乘车时总嫌车慢，现在却忍不住要恨列车为什么要开这么快？

罗依农当然能够想象得到两车相撞所产生的后果，身体中有个声音在喊："停下，快停下！"声音闷在喉咙处怎么也发不出来，紧张得心都要停止跳动似的。

四十米，车在前行，几乎感觉不到减速。

三十米，列车一往无前。

二十米，秦威绝望地怪叫起来。

十米，罗依农和程凌都闭上了眼睛，死神已经降临。

……

就在这生死关头，感觉列车猛地跳动了一下，然后"咔嚓"一声，骤然停下。

罗依农睁开眼，见列车果然已经停下，车头几乎已经碰到了前车的车尾，两车间的距离估计不足五米，这五米就是生与死的距离。他忍不住长舒了口气，心中却是好一阵后怕，冷汗像突然开闸的洪流倾泻而出。

程凌和秦威的身体还纠缠在一起，但两人不再争执，都瞪大了眼睛看着前方，眼中的惊悸还没退去，脸上大滴大滴的汗珠滚滚落下。

最夸张的要数驾驶座上的司机，把劫后余生的虚脱感表演得淋漓尽致，像坨烂泥一样瘫在座椅上，两腿叉开，双臂自然下垂，全身上下一动不动，除了大口的喘息，和死人相去不远。

罗依农率先欢呼了声："我们没事啦！"

程凌也跟着叫了声："哈哈，太妙啦！秦威，你……"猛然想起自己和秦威还处于胶着状态，双手连忙用力。

可是，秦威已经抢先一步发难，反手抓住程凌腰部要穴，将他倒提起来，大喝声："去死吧！"向车窗外狠狠投了出去。他自己一个鱼跃飞扑，紧随程凌身后蹿向车窗外。罗依农快步冲上，挥手一拳打出。

秦威飞身扑到窗外的瞬间，忽然感到肋下发出钻心的疼痛，才想起肋部受伤，已经严重影响到他的身手，飞扑的力度和身法都明显比不上平时，屁股上顿时重重挨了罗依农一拳。

屁股上肉厚，罗依农这一拳来不及用足全力，虽然没把秦威打得屁股开花，却也使得他落地时稳不住身形，摔了个四脚朝天。他连忙翻身跃起，立定后发现左股处疼痛难当，双腿竟然不听使唤，双膝一软，再次跌倒。

程凌在警校中学过格斗和擒拿术，再加上他几年干警做下来，实战经验丰富。被秦威扔出去后，衡量着只要一个空中翻滚，落地时也许能站直身体，只是秦威的出手过于强劲，如果没能有效卸去那股劲道的话，很有可能引起双脚骨折。权衡利弊，当然是身体更重要，也就顾不得狼不狼狈，就地一滚，路基上散落的石子磕得他满脸是血痕，总算没受重伤。他快速站起身来，见到秦威倒在地上爬不起来，猛扑上去将他按倒在地。

按理，秦威就算股骨脱臼，肋骨折断，也不会如此不济，任由程凌掏出手铐把双手铐了起来。原来，程凌这一扑，重重地压在秦威身上，使得他本已骨折的肋部遭受重压，折断的肋骨戳中肺叶，害得他在短时内胸闷气短，呼吸紧张，脸涨成了猪肝色，哪里还有力气挣扎，只得束手就擒。

列车长发现列车的异常，急匆匆赶来，看到驾驶室内一片狼藉，又凭空多出一个陌生人，吃了一惊，冲罗依农喝道："你是谁？你怎么可以在这里……"忽然看到两侧的窗玻璃都碎了，然后又看到车外的路基上还有两人，顿时满脸惊愕。

这时，天色渐亮，晨光驱散笼在天地间的阴霾，一切都变得明朗起来。

程凌递上警察证，对列车长说："对不起，我们在追拿通缉犯，不过现在已经没事了。"

列车司机这时总算缓过神来，对列车长说："这两位是警察，是他俩救了列车，救了我们大家。"把刚才发生的一切大致说了一下，把列车长惊得瞠目结舌。

程凌隔着车窗对罗依农说："我不能陪你们去云南了，得先把这家伙弄回去归案。我会和那边的警方通气，让他们跟你联络，你有什么事千万不要意气用事，江湖是条不归路，那里不适合你。"

罗依农一笑，表示会意。回到自己所在的车厢，一路之上，见旅客们或睡或坐或相互交谈着，一个个神态安详，谁也没察觉到死神曾悄悄地来问候过他们。

章义半坐在铺上，睡眼蒙眬地问罗依农怎么去了那么久。

罗依农把夜里发生的事情和他一说，他拍着脑门大叫："我讨厌我的猪性，怎么睡得这么沉，错过这么精彩的事。老罗，你怎么不把秦威那王八蛋的脑袋拧下来，给默默报仇。"

罗依农说："我也想啊，可是程凌不让，他说要从秦威的身上打开缺口，争取掌握龙帮更多的犯罪证据，警方已经启动跨省行动，并和国际刑警合作，这次是铁了心要摘除龙帮这颗大毒瘤。"

章义想了想，说："秦威会配合吗？我看有点悬。"

列车停了二十几分钟后再次启动，这次途中停顿的时间比较长，估计列车上的工作人员在抓紧维修受损的驾驶室，只是旅客们对这种无故停车早已习以为常，谁也不觉得意外。

幸好此后的旅程一路平安，到达昆明时早已过了晚上八点。罗依农和章义在车站附近找了家宾馆住下，安顿好后，两人上街吃饭。饭吃到中途，罗依农的手机响起信息提示音，打开一看，中野先生的短信如期而至。

中野先生要罗依农在昆明休息一晚后，明天转乘长途客车前往G县，到时他会派人前来接应。

第17章　一夜销魂

从昆明前往G县全长有七百多公里的行程，中途转了六七趟车，越向西南而行，路况越差，一路之上尽是崇山密林，尤其是过了普洱之后，人烟渐少，放眼望去，满目苍翠，到处是风光秀美的南国景致。幸好罗依农和章义上一回追踪欧阳默时曾领教过类似的路况，有充分的心理准备，可依然被颠簸得身体像散了架一样。他俩从早上出发，到达目的地时，天已经全黑了。

两人拖着疲惫的身体，刚走出G县客运中心，一辆人力三轮车快速冲过来，“咔”的一个急刹车，在罗依农和章义面前停下。

骑车的是位二十七八岁，浓眉大眼的小伙子。他向罗依农招了下手，急促地说：“快！上车，我等了你们好久了！”

罗依农说：“你是……”他本想问“是不是中野先生派你来接我的？”转念一想，出门在外，还是多长一个心眼的好，忙改口问：“你在等我们？你知道我是谁吗？”

浓眉青年不耐烦地说：“你怎么有这么多的问题？等一下再问也不迟，但你们如果再不赶快上车，时间来不及，说不定就见不到她了！”

“她？你是说田甜吗？”一想到田甜，罗依农就乱了方寸，着急地问，“田甜在哪里？”

章义也问了句：“是田甜让你来接我们的吗？”

浓眉青年微微一愣，说：“除了她还会有谁？要不是她告诉我你俩的长相，我又怎么会一下子认出你们来？”

罗依农和章义互看一眼，再不犹豫，双双跳上三轮车坐好。浓眉青年双脚一用力，把三轮车骑得比出租车还快。

G县这几年大力开发旅游业，以秀丽的南国风光和新奇的少数民族风情为卖点，把旅游业搞得红红火火，并带动其他相关产业，特别是酒店、宾馆、娱乐场所等服务行业。小小的县城被建设得新颖而气派，大街两旁尽是标新立异的高大建筑，大街之上霓虹璀璨，流光溢彩。来往行人车辆如梭，这份繁华与喧闹绝不亚于H市这样的内地省会城市。

三轮车在大街上骑出一程，一个急转弯后，驶入一片老城区。

G县虽然繁华，毕竟是县城，地域不大。三轮车很快就出了城区，进入城郊结合部。

罗依农想到马上就要见到田甜，心头自然兴奋。可是又忍不住奇怪，田甜被中野先生劫持，按理连人身自由都没法保障，她怎么还能派人出来接他们？忍不住好奇，问浓眉青年要把自己带到什么地方去。

浓眉青年说："等一下到了，你不就知道了吗，急什么？"

罗依农虽然心中起疑，但好不容易有了田甜的消息，自然舍不得放弃。心想：像龙帮这样的江湖帮会自己尚且不怕，还有什么人值得自己害怕的呢？他艺高人胆大，就算身陷龙潭虎穴，也照样眉头都不皱一下。当即静下心来，心想：既来之则安之。

又驶出一程后，眼前出现一个大宅院，高大的宅门乌黑发亮，院墙足有三米多高。三轮车沿着院墙的墙脚绕到一扇偏门前才停下。

浓眉青年说："就在里面！"快步上前，轻轻推开偏门，回过头来又叮嘱罗依农和章义，"小心点，他们有很多人。"

罗依农和章义不敢多说话，跟着他蹑手蹑脚地走进院子。

夜色中，依稀看出这处大宅院飞檐斗拱，前后四进房屋错落有致，中间还有回廊、亭子，古色古香，颇为气派。院中花香浓郁，蕉影婆娑。

浓眉青年小心翼翼地带着他们转弯抹角，最后在一间小屋的门前停了下来，附身在门上听了一会儿，自言自语地说："怎么没了声响？"

罗依农也附在门上听了一阵，确实没听出什么名堂，轻声问："田甜就被关在里面吗？你是怎么知道的？"

浓眉青年压低声音，颇为不耐烦地说："看来不和你说清楚，你是不会相信我的。你没看见我是位三轮车夫吗？就在前天晚上，差不多也是这个时候，有人让我把她送到这里来，她一直低着头，好像说不了话，看她的样子，感觉很不正常，所以我比较留心她，忍不住多看了她几眼。回家后，我才发现后车座的缝隙中夹着一张纸条，里面还有一张你的相片。纸条上写着几句话，要我在车站上等相片中的人，然后再去救她。"

罗依农恍然大悟，感激万分地说："谢谢你，大哥！"用力在门上连推几下，门是从里面拴着的，纹丝不动。章义也上前试了几下，依然推不开。

浓眉青年说："还是我来吧，我懂点开门的技巧。"上前试着在门框四周摸了一阵，又推了几下，还是没有动静，说："看来只能砸门了，只是这样做肯定会惊动院里的人，不知道会不会有危险？"

罗依农说："不怕，只要能找到田甜，不管多大危险我都敢承担！大哥你让开，我来砸门。"提起脚，用尽全力对着门狠狠地踹了过去。

哪知道刚才还怎么用力都推不开的门，这时竟然变成了虚掩着的，毫不受力。等罗依农知道上了浓眉青年的当时，为时已晚。强大的惯性作用，使得他的身体失去重心，向门内直跌了进去。更让他想不到的是，门内竟然也是空的，身体直坠而下，"扑通"一声响，水花四溅……

屋子的门内竟然是一口五六米深的大水井，井里漆黑如墨。才中秋时节，南方的天气依然炎热，而这口井的井水却冰凉刺骨，寒透心底。

罗依农从水底冒出头来，冻得直打冷战，奋力游到井壁边，想往上爬。手指一摸到井壁，心就凉了半截。这井壁用混凝土浇铸，表面上又涂了一层石蜡，不但坚硬，而且光滑如镜，根本就无从攀手。他急得大叫："胖胖快跑！"

由于夜色太黑，罗依农掉进屋里时，章义并没看清楚，还在问浓眉青年："老罗呢？怎么突然不见了？"

浓眉青年笑着说："他在洗冷水澡！"猛地从后面抱住章义的腰，大喝了声，想把他抱起来摔到地上。他却忽略了一件事，章义身胖体沉，不是他想抱就能抱得起的。

章义胆子不大，力气却不小，猛然惊醒过来，知道中计。在浓眉青年将他抱起的瞬间，双脚反过去缠住对方的双腿。浓眉青年用力一甩，结果把自己也带倒了。

两人同时倒地，浓眉青年毕竟经验丰富，身体一触地，马上就弹了起来，再次向章义扑上去。章义倒地后就地一滚，才翻了个身，又被浓眉青年扑个正着。

两人面对面，距离不过两三寸，浓眉青年压在章义身上，叫道："你这死胖子，力气倒是挺大的，还想逃……哎哟！"

章义用脑袋向上奋力一撞，前额撞在浓眉青年的面门上。浓眉青年痛得乱叫，鼻血一下子就流了下来。

章义自己也撞得眼冒金星，趁对方分神之际，奋力将他掀开，爬起身来，大叫了声："老罗，你挺住，我一定会来救你的！"撒腿就跑。

浓眉青年从地上爬起身来，见章义早已逃得不知去向，只得用衣袖擦去鼻血，捂着又肿又痛的嘴唇和鼻子大骂："臭胖子，死胖子，要不是老板关照了不能伤害你们，看老子不扒了你的皮！”然后又想到，老板一再提醒罗依农身手了得，要自己小心行事，没想到罗依农这么轻易地就中了自己的圈套，心中又忍不住地得意起来。走到屋门口，对着井下喊道：“罗依农，井里凉快吗?”

罗依农听出是浓眉青年的声音，气得直咬牙，骂道：“你这混蛋，竟然拿田甜来骗我！”

浓眉青年大笑，说：“我都不知道那位田甜是男是女，是大人还是孩子。不过，看你这么着急，想必是你的相好吧。呵呵，幸好我够机灵，没露出马脚，才能把你骗到这里！”

罗依农仔细一想，这一路上浓眉青年确实说得很小心，并没有主动谈到田甜，反倒是自己先漏了口风。忍不住怒声责问：“你是不是龙帮的人？陈景初呢？让他出来见我，用这种卑陋的手段害人，太无耻了！”

浓眉青年说：“我只是奉命办事，我们老板让我想办法逮住你，我就只能照办！其他的我不管。”

“你的老板是不是布衣少爷陈景初?”

浓眉青年说：“等你见到他时，自然就明白了。”说完，关上门就走。

罗依农在井底大骂，可是没人理会他。心想：这么坐以待毙不是自己的处事风格，得想办法出去。

谁知他心念方动，忽然发觉身下有异动，同时耳边响起轻轻的机械转动声，水底下竟然慢慢升起一张张开的渔网，刚好把罗依农给网住。

罗依农心想该面对的总是要面对，也就放弃挣扎，等渔网升到一定高度，离井口只有两三米的距离时，他寻思着破网而出。哪知道他在网中才挣扎了一下，井壁上突然喷出一股清香，他知道不妙，连忙闭住呼吸。

可是那渔网却停止上升，将罗依农停留在那股清香里，他做不到长时间闭气，无可奈何地吸入一口香气，顿时脑中一晕，就失去了知觉。

也不知过了多长时间，罗依农渐渐恢复意识，只是头脑中依然迷迷糊糊的，眼前漆黑一片，什么也看不清。

刚才他似乎做了许多梦，梦见自己被泡在大海中沉浮，海水是香的，海风吹在身上舒服得像有人在轻轻地抚摸着自己的身体。回想梦中的一切，竟然分不清这一切是幻还是真。

他试着动了一下，感觉自己躺在一张柔软的床上，身上盖着一层薄被。

就在这时，他发现身旁有了动静，才问了声“谁?”突然，一条手臂伸了过来，放在他的胸口，然后快速移动，轻轻抱住他的胸膛。

“啊！你是谁?”罗依农大吃一惊，他忽然感觉到自己的身上似乎没有穿什么衣服。这个场景他并不陌生，此前沈伊人也曾这样对待过他。他连忙伸手抓住那条手臂，大喝了声：“放开!”用力把那条手臂拿开。

不料，那人轻轻叫了声：“依农。”

罗依农大吃一惊，感觉这似乎是于筱洁的声音。“筱洁，是你吗?”想爬起身来，不料才动了一下，有个光滑发烫的身体滚入他的怀中，耳边又起了梦幻般的声音：“依农。”

肌肤相亲，罗依农立刻发现自己身上也是一丝不挂。“啊，筱洁，真是你吗?”

那人不再说话，张开双臂紧紧地抱住罗依农的胸膛，又说了声：“要我。”

“你……”罗依农才说了一个字，两片火热的酥唇堵上他的嘴，一股似曾相识的味道直冲大脑。恍惚间，他想起了不久前的某个夜晚，在行人车流奔腾不息的大街上，他曾霸道狂热地吻过于筱洁。那个令人神迷心醉的香吻，意境悠长，唇齿留芳，香气萦绕在他唇鼻之间，时隔一月有余，依然经久不散。

“筱洁……”罗依农含糊地叫了声。

那人似乎并不想罗依农说话，双手抱住罗依农的头，嘴唇在他的嘴上、脸上、额上疯狂地吻了起来。

罗依农的头脑本来就还有点迷糊，他虽然叫出了于筱洁的名字，终究还是不敢确定到底是不是她。而且又是身处这样的环境下，让人产生不真实的感觉。只是对方的吻让他有点喘不过气来，想推开她的身体，却触碰到她丝绸般光滑的肌肤，心中涌起一股异样的感觉，身体率先作出反应，小腹处一股热浪迅速升起。

她似乎也感觉到了罗依农身体上的变化，发出呻吟般的喘息，说：“依农，对不起，我的心已经给了他，再也收不回来了，唯一能给你的，只有我的身体。”

罗依农血脉贲张，强烈的占有欲在心头扩张，他感觉自己的身体快要炸裂了一样，她的这一句话听在耳中都不愿去细细体味，终于发出一声低沉的吼叫，反过身将她压在身下，然后发疯似的吻了起来。

她，在他的身下战栗；他，在她身上疯狂。罗依农早已抛开一切，也不管身下之人是谁，现在的他只是一个纵欲的男人，发泄着人类最最原始的本能，起伏的身体像潮水般一浪接一浪地冲击着她。

当最后的绝妙达到顶峰时，她突然张嘴在罗依农的肩膀上狠狠咬了下去。而他，当肩膀上的疼痛传来，喉咙里发出一声低沉的颤音，体内所有的激情在这一刹那喷涌而出，畅快至极。

罗依农从她身上滚落，两人热汗如雨，湿透床单，谁也没有说话，都是大口喘着粗气。

激情过后，倦意袭来，罗依农早已使尽了力气，这时再也不想动一下，很快迷迷糊糊地又睡着了。

罗依农再醒来时，看到了亮光。亮光从窗外泻进来，透过细格子木窗还能看到窗外随风摆动的芭蕉叶。

这是一间布置得古色古香的房间，不像现代居室一样吊了顶，木结构的屋顶看得见油漆过的木梁和椽子，横梁下挂着一盏宫灯。床右侧的墙上有一扇雕花细格子窗，左侧的墙边放着一排红木书架，架上摆满了书籍。床对面的墙边放着一个红木衣帽架，他的衣服全挂在上面。而他现在就赤条条地躺在一张宽大的雕花木床上，床上只有他一个人，那个和他共赴巫山云雨、销魂蚀骨的人已经不知去向。

回想昨晚那场情事，依然让他有太多不真实的感觉，可是自己脖子上的吻痕尤在，肩膀上被咬过的地方还在隐隐作痛，被她拥抱过的胸膛上还在发烫……这一切又岂能用一场春梦可以解释？脑中翻来覆去地只想着一个问题，那人到底是不是于筱洁？筱洁为什么要这样？又为什么不和自己见面？耳畔忽然响起她的那一句："依农，对不起，我的心已经给了他，再也收不回来了，唯一能给你的，只有我的身体。"

"筱洁，一定是她。她的心给了谁？是陈景初吗？"她在陈景初身边生活了十年，十年时间堆积起来的情感有多深厚，只怕连她自己都不清楚。

罗依农躺在床上胡思乱想了一阵，忽然想起章义，心中顿时不安起来，自己掉入水井后，不知他怎样了？同时也为自己刚才明显的重色轻友感到内疚。连忙爬起身来，去洗手间匆匆洗了个澡。他的衣服已经干了，只是手机进了水，已经不能使用。

穿好衣服走出房间，才看清这是一幢二层的木结构仿古小楼，檐下挂着块匾额，上书"大雅轩"三字。楼外的院中尽是高大繁茂的热带植物，差不多遮住了整幢小楼。

既然于筱洁不肯和自己见面，自己就是去找也不一定找得到，但起码知道她是自由的，他现在最最要紧的是必须尽快找到章义。

院子中亭台楼阁，小桥流水，绿树掩映，鲜花盛开，竟然十分秀美。可就是静悄悄的不见人影，幽静之中隐隐透着了无生气的诡异。

他小心翼翼地摸到正门口，却见门口台阶上蹲着四头彪悍凶猛的藏獒。在还不知道章义的去向前，他不敢惊扰太大，沿着院墙兜了好一阵，终于发现有扇小腰门。轻轻打开后走出去，院外是条幽静的小巷，小巷的一侧挤满了参差不齐的民房。

罗依农辨不清方向，沿着小巷才走出十多米远，突然有人从背后掩上来，在他的肩膀上重重拍了一下，同时嚷道：“你还想去哪里啊?!”

罗依农这一惊非同小可，来不及细想，更不及回头，反手就是一拳。只听得“砰”的一声脆响，也不知这一拳打在什么物体上？但有一点可以肯定，那就是绝对没有打中人体。

罗依农向旁一跃，这才回过头去，却见一位黑布缠头，身穿黑色短衣和宽脚裤的佤族少年蹲在地上，将一把蒲扇高举过头顶，正笑嘻嘻地看着罗依农。他似乎早就料到了罗依农会打这一拳，所以他拍了拍罗依农的肩膀后，立刻蹲下身，高举着蒲扇来迎接罗依农的铁拳锋芒。

罗依农惊讶地问：“你……你是谁?”

佤族少年笑着说：“我叫沙悦。你叫罗依农，对不对？我昨晚就等在这里，你怎么到现在才出来?”

罗依农心中更加奇怪了，自己到达G县后，先后就接触过两个陌生人，竟然都能叫出自己的名字。他吃过一次亏，这次再也不敢大意，问：“小兄弟，你找我有什么事吗?”

沙悦说：“当然有事了。中野叔叔让我在车站等你，没想到你这么好骗，一下车就被那个坏蛋给骗走了。”昨晚罗依农和章义从车站出来时，沙悦也在车站等他，只是来不及上来打招呼，他们两人就上了浓眉青年的三轮车。沙悦在后面怎么追也追不上，只能眼睁睁地看着他被骗入这大宅院。“大门口有藏獒，挺凶的，我想你应该不会从那里出来。所以就在这里等你，如果你不能活着出来，那就辜负了中野叔叔对你的厚望。”

罗依农问：“中野叔叔是谁?”

沙悦说：“叔叔是我叫的，你们应该叫他‘中野先生’。”

罗依农没想到中野先生会派位佤族少年来接他，问：“中野先生在哪里？到底是不是他绑架了田甜?”

沙悦说：“绑架？不可能！中野叔叔一向讨厌暴力，绝不会做出这样的事。他不住县城里，你想见到他，就跟着我走吧。”

罗依农指了一下不远处的大宅院，问沙悦知不知道这是什么地方。

沙悦斟酌了一下，说：“这院子的大门上挂着文物保护的牌子，是县级文保单位。不过这宅子比较神秘，普通市民一向不敢接近，中野叔叔曾关照过我，如果发生什么意外，实在解决不了时，可以向大宅院求助，好像……好像和虎头帮有关。”其实中野先生是关照他，如果他请不动罗依农可以去大宅院找人帮忙，同时提醒他，不到万不得已千万不要去招惹大宅院里的人。谁知昨晚他没接到罗依农，而罗依农却跟着浓眉青年进入了大宅院，出乎中野先生的预料，让他没了主张，所以停留在院外，不知怎么办了。

罗依农心中更加奇怪，如果这大宅院是虎头帮在G县城中的一个窝点，于筱洁又怎么会在里面？难道她还和虎头帮的人搅在一起？虎姑婆不是已经死了吗？

沙悦说："这大宅院的内情我不太清楚，你去当面问中野叔叔吧。你还去不去找他啊？"

罗依农说："我当然要去找他。不过，我得先找回我的朋友。"

沙悦说："你说的朋友，是不是那位长得有点胖，肉乎乎的，看着挺有趣的大哥哥？"

罗依农连连点头，说："是啊，就是他，他叫章义，就是我的朋友，你看到过他吗？知不知道他在哪里？"

沙悦点头说："看到过啊，就在昨天夜里，我追赶你们到这里时，就看到他扑在围墙的墙脚上痛哭着，口中叫着：'老罗啊，兄弟我对不起你，我救不了你啊。'哭得一把鼻涕，一把眼泪，像死……"他本想说章义哭得像个死了老公的怨妇，话到嘴边马上想到，章义口中的"老罗"应该就是罗依农，连忙打住。

罗依农又好气又好笑，章义的窝囊样应该就是沙悦说的这样，便问："那后来呢？他去哪里了？"

沙悦摇头说："他哭了一会儿就走了，后来去了哪里我就不知道了。"

罗依农想：如果真如沙悦所说，章义是知道自己身陷大宅院中的，按理他应该报警，带人来救自己才对，可是怎么到现在都没有消息呢？这不是好的现象。

罗依农昨天跌入井中时，手机落水，没法用了，只得和沙悦跑到大街上，找到公用电话亭打算报警。谁知他抓住听筒还没提起，电话铃竟然响了。他不由得一怔，心想还有人给公用电话打电话吗？

迟疑了一下，终于拎起听筒，才放到耳边，就听到听筒中有人在叫他的名字："罗依农，你想报警吗？如果你报警，那就准备来给章义收尸吧。"

罗依农一惊，马上意识到有人在跟踪自己，他和沙悦的一举一动全在对方的掌握之中，难怪连电话响起的时间都算计得这么精准，忍不住四处张望了一下。话筒中那人又说话了："别张望了，你是找不到我们的，乖乖地听话，我们会让你见到你朋友的。"

罗依农连忙说："我朋友呢？他在哪里？他和这事一点关系也没有，你

们不要为难他，有什么事就冲着我来！”

那人阴阴地笑了起来，说：“好啊，说得挺够义气的。抬头，向左，看到没有？一辆黄色的奇瑞 QQ3，跟着车走，你很快就会见到你的朋友。嘿嘿，罗依农，祝你好运，别跟丢了哈。”说着就挂了电话。

罗依农依言抬头向左，果然在川流不息的车流中，看到一辆十分显眼的黄色 QQ 车，不紧不慢地开着。连忙叫了声：“快，跟上那车！”丢下话机听筒，拔腿就追。

“怎么啦？发现情况了吗？”沙悦连忙紧紧跟上。

QQ 车知道罗依农舍不得跟丢，有意作弄他，加大油门加速前行。

罗依农甩开大步发足狂追，他功力深厚，健步如飞。在人头攒动的大街上跑得飞快，引得市民纷纷驻足观看，相互打听着是不是发生了什么事？

跑出几百米，沙悦就跟不上了，大叫：“罗大哥……慢点，等等我啊——”

这是罗依农找到章义的唯一机会，他自然舍不得放弃，大叫：“沙小弟，在老地方等我，我会来找你的！”再也顾不上沙悦，紧追着 QQ 车不放。

沙悦喘着粗气直叫：“别追那么急……他们有意来引诱你，自然……不会让你跟丢的……”

其实沙悦说得没错，可惜罗依农来不及细想，再说他急于找到章义，怕再经折腾。跟着 QQ 车闯过四个路口后，转入一片厂房林立的工业区。

QQ 车在工业区内东弯西拐地又转了好一会儿后，才在一座工厂前停下，车上下来两名劲装青年，其中一人伸出一手，用食指向罗依农勾了勾，说：“跟上，马上送你入地狱！”两人掉头就向厂内走去。

眼前的这一片厂房，清一色的红瓦灰墙，灰扑扑的水泥墙体，墙面斑驳，大部分房屋也就三四层高，式样老旧，大门一侧的围墙上，贴着“永新家具厂”五个锈迹斑斑的红色铁字。

围墙内的空地上堆满了各种木料，厂房内传出机械作业的嘈杂声，时而有工人扛着木料在厂房间走过，只是他们对那两名劲装青年和罗依农视而不见，一副熟视无睹，见怪不怪的神态。

罗依农也懒得分析是什么原因，紧跟着那两名劲装青年一连跑过四排厂房，眼前又出现一堵围墙，围墙上两扇大大的铁皮门紧闭着，门框一侧钉着一块白漆板，上面写着“仓库重地，严禁烟火”。

其中一名青年上前用力一推，“咣当”一声巨响，铁门打开，里面是一大间用彩铁皮搭成的简易钢棚，里面堆满了家具。

“罗依农，如果你怕了，现在回头还来得及，不过你那胖子朋友就得永远地留在这里了！”另一名青年回头喊了一句。

罗依农喝道：“不用激我，我罗依农长这么大，还不知道什么叫做临阵退缩。你们到底是什么人？把我的朋友放了，我随你们处置！”

第 18 章　各怀鬼胎

说话的青年冷声一笑，回过身去，双肩一耸，上衣滑至臂弯处，赤裸着上身，露出后背。后背上文着一条张牙舞爪的青龙，腾空欲翔。他双臂一弓，后背上的肌肉块块突起，不无嚣张地说：“都已经是交过几次手的老朋友了，还认不出来吗？”

“果然是你们龙帮，真是阴魂不散！”罗依农恨得直咬牙，想到欧阳默的惨死，双眼喷火，大喝：“陈景初呢？让他出来见我，我和他之间的仇怨，我们面对面亲自解决，不必牵涉其他人！把章义放了，还有田甜，用这么卑劣的手段来对付一个女孩，他还是个男人吗?!”

另一名青年说：“我……我们绑……架人了吗？我怎么……不……知道……”

先前那人不耐烦地说：“少屁话，你不知道，那就说明你不该知道，最好别问！姓罗的，我们老大顶天立地，从没怕过谁！在 H 市他没和你计较，那是他宽宏大量，也是你走了狗屎运，你别嚣张得过分，来吧，我们老大在里面等着你！”说完就快步跑了进去。

仓库内一排排大小不等的包装箱码得整整齐齐，大的有半间屋子那么大，小的也有半人多高。这是间成品仓库，包装好的家具等待发货。

尽管仓储不少，但罗依农一走入仓库，依然感觉到空旷。一股阴冷之气，夹杂着新鲜木料特有的清香扑面而来。他镇定从容地大步往里走，目不斜视，静心凝神，周遭五米以内的一切声响全收入他的双耳之内，就连木板包装箱因干燥而发出的轻微干裂声，也都被他捕捉到了。

罗依农听出这些包装箱后至少藏着二十名好手，个个武功不一般，而且蠢蠢欲动。再向前走出六七米，他听出一个粗重的喘息声，时轻时重，时强时弱，似乎十分倦乏甚至虚弱。他不免心中一动，加快脚步循着声音传来的方向奔去。

越往里走，光线越暗，影影绰绰之中……蓦地，罗依农听到前方空中有人发出一声痛苦的呻吟。猛然抬头，只见一堆木箱上方的钢梁下吊着一团黑影，依稀能辨出是个人形。

那人悬挂在空中，轻微挣扎一下就微微晃动，因而牵动身上的某处伤痛才发出呻吟。从身形上看，那人略显肥胖。

“胖胖？你是胖胖?!”罗依农高声喝问。

悬挂在半空之中那人听到罗依农这声叫，似乎受到极大的震撼，猛烈地挣扎了几下，用含混不清的声音叫了声：“老罗，不要过来——”

刹那之间，章义所受的一切苦痛仿佛在罗依农的身上集中出现，痛得他哆嗦了一下，嘶声叫着：“胖胖——”身形闪电般掠出，腾空跃起，如大鸟般飞上木箱堆。

可就在罗依农的双脚将要落在木箱上的一刹那，那几口堆积在一起的木箱突然炸裂，飞溅开来的木板碎片中寒光飞掠，四把锋利的蒙古马刀分别划向他的左右双腿和左右双肋。

虽然，罗依农见章义被吊在大梁下受尽折磨，心中又惊又怒，但方寸未乱，早就料想到龙帮的人把章义吊在这种地方必有用意，所以在木箱爆裂的瞬间，他双拳直击，一口气连打出四拳。

那四把蒙古马刀是用上好的精钢打造的，虽然说不上吹毛断发，但轻薄、坚韧的刀身锋利无比。刀劈出时发出的细而尖锐的破空声，像根金属丝线般钻入耳膜，可以一下子勒紧人的心脏。

可这四把刀才划到中途，突然遭遇到强劲的冲击波，“啷啷”几声脆响，几乎在同时折断。

罗依农闪电般四拳打中马刀刀背，将四把刀尽数打折，拳势未尽，长驱直入，开口大叫：“左肋！”

“砰！砰！砰！砰！”四条人影倒飞而起的同时，响起四声惨叫，然后，血花如雪花般从空中洒落。

罗依农出手四拳把偷袭的四人尽数打飞，铁拳准备无误地分别打中这四人的左肋，每人的肋骨至少折断三四根，个个口吐鲜血，血沫纷飞。总算罗依农在盛怒之下还保持着一点点理智，才不想轻易取人性命，下手留有余地，否则凭他的拳劲，足以把这四人的肋部打得凹进去一块。

然而，木箱散裂，罗依农无处落脚，不得已之下，只能在散裂的木框上奋力一点，身形倒飞回去，口中大叫：“胖胖你挺住，我马上来救你！”

就在罗依农落定地上的一刹那，“唰、唰”几下，仓库中所有的聚光灯同时打开，雪白的灯光一起照射下来，耀眼刺目，令人的眼睛一时无法适应。

货物堆后、仓库阴暗的角落中，一下子涌出二三十名黑色劲装大汉，个个手持冲锋枪，把罗依农团团围困，黑黝黝的枪口对准他身上的每一处要害。

“你们想干什么？”罗依农的心沉了下去。

“哈哈哈哈——”一连串的长笑从人群后响起。

“陈景初，你摆谱给谁看？出来吧！”罗依农听出那笑声是陈景初的。

包围圈稍稍向两旁一分，空出一条通道，陈景初施施然地走进来，深灰色的西装，斜纹红条领带，黑色的牛皮鞋油光锃亮，穿着打扮一丝不苟，依然是一副温文尔雅的样子。在他的身上看不到半点江湖气息，只是他藏在黑框眼镜后的那双眼睛却闪动着狡黠和残忍。

“罗依农，我已忍了你好久！如果没有你的出现，我和筱洁已经成婚，我龙帮在H市经营了十多年的基业也不会就此垮掉！今天该是我俩算总账的时候了！”

罗依农傲然说道：“行啊，让你的手下开枪吧。你陈景初不就是仗着钱多，弄了些军火而已，除了这些，你还能倚仗什么？”

陈景初大笑起来，说：“你不用激我，我知道如果就这么打死了你，你死不甘心，我也不想你死得太痛快。不让你见识一下我的手段，你以为我陈景初不过是仗着父亲的庇荫，才能坐上龙帮的头把交椅。听着，只要你能打败我，我就放了你的朋友！”

“好！一言为定！”罗依农何尝没听出陈景初话中的意思，就算能打败他，也只能放过章义，而罗依农自己无论如何，都得把命留在这里。

陈景初不再说话，一声怪啸，纵身而起，旋风般扑到罗依农的近旁，两记手刀劈空而出。别看他平时一副文质彬彬的样子，出手却是干净利落，出招又快又狠，真是静如处子，动如脱兔。

罗依农惊诧地发现陈景初的身手竟然在秦威之上，大喝了声：“好！”铁拳直迎而上。哪知道陈景初不等招式使尽，变掌为爪，猛然抓向罗依农的小腹。

陈景初三十好几的人，平时保养得法，看上去三十不到；再加上眉清目秀，举止文雅，刚才这几个动作更是如行云流水，潇洒至极。那些跟在他身边的属下，都没见过他的出手，一见之下，无不为他的绝世风采所倾倒，顿时欢声雷动。

罗依农在众敌环伺之下，毫不气馁，出拳又快又狠。他早已将生死置之度外，现在唯一的目标就是救出章义。他步法沉稳，招式雄劲；而陈景初则身法轻灵，风流洒脱。两种截然相反的个人风格纠缠在一起，一刚一柔，刚的威猛，柔的飘逸，给人完全不同的美感。

陈景初的武功繁复阴柔，虚虚实实，这有点像他的为人作风，令人琢磨不透。罗依农刚开始时过于在意对方招式间的虚实，反而处处受制。后来想到自己身处在对方的枪林之下，自身的安危已经不是他所能顾及的，当下放开手脚，只想快点打败陈景初。陈景初自然能揣摩到罗依农的用心，防守也就更加严密。

罗依农久攻不下，又见陈景初守得滴水不漏，一时之间，只怕自己难以得逞，心中暗急。再见龙帮众人把自己围得水泄不通，纵然能打败陈景初，万一他到时食言，自己和章义除了挨枪子别无选择。有道是急中生智，刚巧陈景初的一掌打到胸前，按理罗依农该侧身闪过才对，哪知道他不退不闪，反而挺着胸膛迎了上去。

陈景初这一掌本是虚招，并不指望能打中罗依农，就在他撤招换式的瞬间，对方竟然主动把胸膛送了过来。“砰”的，正中罗依农的前胸，声音清脆响亮。罗依农却很夸张地大叫了声：“哎哟！”身形倒飞出去，撞倒两名龙帮打手，包围圈顿时就出现了一个缺口。其实，陈景初这一掌的掌力大部分已经收回，劲道最多只有一两成。

龙帮的其他人并没看出其中的端倪，他们只见陈景初一掌将罗依农打翻在地，无不兴奋地怪声叫好。

只有陈景初知道自己的那一点掌劲不可能把罗依农打得这么狼狈，心知有异，大叫：“快拦住他，这小子想逃！”连忙追了上去。

罗依农从地上翻身爬起向外直冲。龙帮打手们这才醒悟，纷纷抢上去围堵罗依农，包围圈不战而乱。

陈景初急了，大叫：“兄弟们不要乱……”忽然见到眼前人影闪动，原来是罗依农突然折回，等他惊觉到不妙，罗依农的大手已经锁在他的咽喉处，同时大喝：“谁敢再动一下，老子就拧断你们老大的脖子！”

众打手像被突然施了定身术，全都惊恐不安地看着罗依农和陈景初，刚刚还乱哄哄的仓库一下子就静了下来。

“你……你使诈，你想怎样？”陈景初拼命地想装作镇静，可罗依农的手指抓在他的脖子上，令他浑身不舒服，脸色终于渐渐变白。

罗依农冷声说：“让你的手下放下武器！”

陈景初气得浑身直抖，却又无可奈何，沉声哼了句：“全都放下！”

听着一连串的金属撞击地面声，罗依农笑了起来，说：“陈老大，麻烦你的兄弟把我的朋友放下来。”

陈景初气得肺都要炸了，只得示意手下把章义从梁上解下来。章义已经被吊了大半天，浑身麻木，放到地上一时站立不稳，但口中仍叫着：“老罗，让陈景初送我们出去!”

罗依农笑着对陈景初说:“陈老大，我朋友的话你听到了吗?”

陈景初咬牙大喝了声:“听到了!”说着挥了下手，示意手下放罗依农他们出去，然后压低声音说:“罗依农，除非你现在杀了我，否则，总有一天我会让你知道什么叫做生不如死!”

罗依农一笑，说:“好啊，那我们找机会再好好斗斗。”

陈景初冷哼一声，说:“会有机会的，你等着吧!”

罗依农说:“行，别让我等太久啊。”

就这样，罗依农劫持着陈景初，两名龙帮打手搀扶着章义，其余众人依然成包围状，将他们围困在中心，一大团的人簇拥在一起往外走，经过几幢厂房，很快就到了厂门口。

突然，门外的公路上远远传来急促的警车鸣叫声，并向这里疾驰而来。

罗依农笑了起来，说:“陈老大，警察来了，你这个通缉犯还想逃吗?你没机会了!”

陈景初冷笑着不搭话，眼中满是嘲讽之色。

三辆警车风驰电掣般地驶到众人面前，车门一开，一下子跳下十多名全副武装的警察，个个手持短枪，对准了罗依农。带头的警察队长三十来岁，面色黝黑，膀粗腰圆，长得十分结实。拿出警察证向罗依农示意了一下，大喝:“我是刑警队长马其成，你还不快放人!争取宽大处理!”

罗依农一愣，说:“你们对准我干什么?我手中这人才是通缉犯，你们快把他抓起来吧!”

马其成说:“放你妈的屁!关正平厂长是永新家具厂的法人代表，一向遵纪守法。我们刚刚接到厂里工人报警，说有人劫持了他们厂长，想索要巨额现金，原来是你这家伙，还不快放人!”

罗依农有点急了，说:“胡说，这位是陈景初，不是什么关正平厂长，是你们公安部网上通缉的要犯，是黑帮绿野苍龙的龙头老大，你看看他的手下，哪个像是普通工人……”

可是当罗依农再次细看围在他四周的人时，顿时就傻眼了。刚才从仓库中围着他们一起出来的那些人，明明一个个都是凶神恶煞似的龙帮打手，现在全都不见了，而是变成了家具厂中的上班工人。这些工人身上穿着工作服，头戴工作帽，衣服上、帽子上沾了木屑灰尘，怎么看都是再普通不过的普通人。

陈景初装出一副受到极度惊吓、可怜兮兮的样子，叫道:“马队长，救救我啊!”

马其成见罗依农倔头倔脑，竟敢这么顶撞自己，感觉在手下面前丢了脸，满脸怒意，喝道："年轻人，听我一声劝，赶紧把人放了，好好配合我们，到时我再帮你说上几句好话，关不了几年，出来后还是可以大有作为的，和我们过不去，就是和正义过不去，就是和法律过不去，吃亏的只能是你自己！"

陈景初"嘿嘿"暗笑几声，压低声音对罗依农说："你死定了，等着瞧吧，嘿嘿。"

罗依农忽然全明白了，陈景初在G县的势力远远在自己的想象之外，和警方的关系只怕也非同一般。明明是陈景初这帮人坏事做绝，可眼前这些警察不仅不能为民伸张正义，还要颠倒黑白，竟然把自己当成了劫持犯。气得他大声对马其成说："你……你们警匪一家……"忽然听到章义也在大声喝斥，回过头去一看，原来有两名警察用手铐把章义给铐了起来。

罗依农大叫："放开他，他是受害者，你们凭什么抓他？没看到他浑身是伤吗?!"

章义叫道："老罗，不必管我，我是记者，不会有事的。田甜最要紧啊！"

章义的这句话让罗依农猛然惊醒，他现在没时间和G县的警察较真，他得赶去营救田甜。章义又没做什么违法乱纪的事，应该不会有事。当即冲马其成一笑，说："我可以把人放了，但你能确保我没事吗？"

马其成仰天打了个哈哈，连声说："那当然，那当然，我说到肯定做到！"

罗依农说了声："好！"把陈景初往马其成的身前一推，陈景初被推得一个踉跄直冲出去，在场所有人的注意力都集中在他的身上，罗依农趁机身形一晃，闪电般掠出，一下子掠到马其成的身边。

马其成骤然见到罗依农闪到自己面前，知道不妙，惊叫了声："你……"双手已被罗依农抓住，手枪当啷落地。只听得罗依农大喝了声："起！"马其成的身体被他凭空甩起，在空中抡了一大圈，落下时竟然和罗依农背贴着背。罗依农将他仰天驮在背上，甩开步子就跑。

其余的警察大惊，纷纷用枪对准他俩，大喝："快停下，开枪啦！"马其成贴在罗依农的背上成了肉盾，众警察当然不敢真的开枪。

马其成吓得连声大叫："别开枪，别开枪，你们想打死我啊！"

罗依农忍不住大笑起来，说："让他们别跟上来，我就不为难你，否则让你出更大的洋相！"

马其成哪里还顾得上自己的面子，扯开嗓门对后面紧跟上来的警察大叫："你们别跟上来，我没事的，不必管我，我……我……很好！"

陈景初看着出尽洋相的马其成，脸上露出不屑的神情，心中却在想：难怪有人说钱能通神，果然没错，自己只不过给G县公安局局长送去六万元，就把整条公安线收拾得服服帖帖。

罗依农背着马其成跑出两三公里，渐渐进入主城区，街上行人多了起来，这才把马其成放下来，说："马队长，不好意思，让你受累了。"

马其成脸色惨白，自忖落在罗依农这个劫匪手中定要吃些苦头，听他这么一说，以为他要对自己下毒手了，吓得他"扑通"一声跪了下去，鼻涕眼泪一下子全涌了出来，哭着说："兄……兄弟，我也是为工作，并不……不是真的要为难你，没办法啊……"

罗依农懒得理会他，无奈地摇摇头，拔腿就跑。

马其成跪在地上，看着渐渐远去的罗依农的背影，从惊恐不安到惊疑不定，再到恼怒不已，见路过的市民都好奇地驻足观看，从地上一蹦而起，大喝："你们想看好戏吗？要不要我请你们进派出所看个够?!"眼角余光扫到街角处有人影一闪，虽然没看仔细，但和他预料的差不多，应该是龙帮的人没错，嘴角浮现出一个意味深长的笑容。

罗依农跑到闹市区，找了家公用电话亭给程凌打电话，把自己在G县的遭遇大致和他讲了一下，并希望他能出手帮助章义。程凌安慰罗依农不要着急，马其成是他战友，他会马上打电话过去，替他澄清误会，至于章义就更加不用担心，一定没事的。

听了程凌的话，罗依农稍稍安心，决定先不想这事，竭尽全力救出田甜再说。凭着记忆回到大宅院，幸好沙悦还等在围墙外，问他中野先生住在哪里，沙悦说："在他家里，他的家就在勐远村那边的山坳里。离这里有点远，如果步行的话，差不多要走一天。"

罗依农说："没事，我们雇辆车吧。"两人先去超市买了些点心、瓶装水路上吃，然后叫了辆出租车，和沙悦一起，直奔勐远村。

勐远村位于G县城北大约五十公里外的深山里，属于南滚河林区。出租车才开出一半多一点的路程，就已经被连绵的群山、茂密的热带雨林挡住去路。

罗依农和沙悦不得不下车步行。两人走在山间小道上，路两旁三三两两的农家小竹楼，在成片的芭蕉林间若隐若现；头顶蓝天白云，空旷而高远。

午后骄阳肆无忌惮地发泄着淫威，才越过一道山梁，两人的衣服都已经让汗水给湿透了。沙悦年纪不大，体能不错，可见从小吃苦耐劳，走在前面步履轻捷，罗依农得费点劲才跟得上他。

走了四个多小时后，面前出现一处空旷的山坳，碧波般舒展开来的竹林，在风中起伏。一间半旧的两层小竹楼，半遮半掩地矗立在竹林深处。

沙悦向小竹楼一指，说："那就是中野叔叔的家。"

罗依农点了点头，快步奔到小竹楼前。见竹门紧闭，伸手在门上敲了几下，朗声叫道："中野先生在家吗？"连叫了几声也无人应答。

沙悦说："中野叔叔腿脚不便，平时难得出门。"轻轻一推，竹门应声而开。

屋中干净整洁，只有一些简陋的竹制家具。沙悦用佤族方言连叫了几声，还是无人应答。他有些奇怪地对罗依农说："中野叔叔每天这个时候应该在家看书，不知他去哪了，怎么连门也没上锁？我们去他书房看一下吧。"

踩着竹制楼梯上到二楼，楼上是一个开放式的大统间，正中央放着一张单人竹床，左侧墙边是一排用竹子做成的书架，书架上摆满了书籍；临窗边放着一张半旧的书桌，一把藤椅；书桌上放着一台笔记本电脑和几本书，有一本书还掉在了地上。

罗依农心中一动，说："中野先生应该是位爱书、惜书的人，怎么……"话未说完，头顶上方突然响起利器袭来的破空声响，危急关头，他一掌将沙悦推到床上，自己疾身后翻，在空中一滚。

屋顶上一道雪亮的刀光匹练般划将下来，贴着他的头皮划过。

罗依农在跌到地上的一刹那，脚尖一挑，那把藤椅"呼"的一声，腾空而起砸向屋顶。他双掌在地上一按，一个鱼跃，翻身退向墙边，大喝："什么人？有种的给老子滚出来！"

突然，身后"砰"的一声巨响，用竹子编成的墙壁上破了个大洞，一把尺把长的马刀，从墙外伸入，闪电般割向罗依农的颈侧大动脉。

罗依农冷哼一声，不躲不闪，返脚后踢，"哗啦"一声巨响，他的脚穿墙而过。

墙外响起一声闷哼，那把马刀在离他脖子三寸的地方戛然而止。

"臭小子，要你少管闲事你偏不听，死定了！"怒骂声中，一位黑衣杀手从楼顶的阴影处飞扑而下，手中马刀飞斩罗依农的咽喉。

罗依农自从到达G县以来，连番遭袭，心头怒极，大喝："那就看谁先死！"迎着刀光猛击一拳。

罗依农的铁拳后发先至，迎面打在杀手的脸上。杀手闷哼一声，手中马刀"当啷"落地，连退几步吐出一大滩鲜血，血污中蹦出好几颗牙齿。这还是罗依农不想伤人性命，才用了一半的力，不然他的全力一拳，足以把对方的脑袋打成烂柿子。

沙悦趴在床上高声喝彩："哇噻，罗大哥，你太强悍了，你是我的偶像啊！"

罗依农对黑衣杀手大喝："你们是不是龙帮的人？"

杀手转身逃向窗边，罗依农快步追上去，疾手抓向他的后背。沙悦在床上侧眼望过去，突然看见杀手的后背上有银光闪动，心头一动，大叫："罗大哥小心！"抓起床上的棉毯扔了过去，刚好罩在杀手的后背上。

罗依农这一把抓下去，却只是抓住棉毯，那名杀手趁机跃出窗外，跳入楼下的竹林中，转眼就逃得无影无踪。

罗依农生气地对沙悦说："为什么要帮他逃走？你们是不是一伙的？"

沙悦一愣，说："我在救你，你还不知道吗？"他跳下床，拿过罗依农手中的棉毯，翻过来一看，棉毯上插着几枚比绣花针还要细小的钢针，迎着窗外的阳光一看，针尖上隐隐泛着青光。他嘟着嘴说："这些钢针用箭毒木的毒汁淬过了，你刚才去阎王殿兜了一回。"箭毒木就是俗称的"见血封喉"树，是生长于西双版纳常绿林中的一种稀有树种，乳白色的树汁含有剧毒，不管是人还是野兽，一旦中毒，见血封喉，必死无疑。

罗依农吃惊不小，但还是心有不甘地说："算我错怪了你，向你道歉。但你说中野先生平时难得出远门，这就奇怪了，这里交通不便，不要说汽车不能进出，连手机都收不到信号，他又是如何上网和外界交流，收发电子邮件的？"

沙悦笑笑说："我只知道中野叔叔有台小型发电机，还有一台卫星信号接收器，有了这两样东西后，不知道你说的那些问题是不是还存在？但就算真的存在也不奇怪，中野叔叔不是常人，所以就算他做出一些不合常理的事，你也不必觉得奇怪。"

罗依农一把抓住沙悦的手腕，没好气地说："你少给我贫嘴，我现在只想知道，田甜在哪里？快把她放出来！"

沙悦大声叫痛："你轻点啊，抓得我好痛！"

罗依农说："你人小鬼大，不说实话，我就不放手！"他话是这么说，手上的力量明显减弱。

沙悦悠然地说："随你爱放不放。这个样子，你抓着我，和我抓着你没什么区别……"

这时，楼下响起敲门声，有个女人在高声叫着："请问中野先生在家吗？"

沙悦苦笑着说："这个地方平时冷冷清清，见到的野兽比见得到的人还多，今天怎么一下子变得热闹起来了，不知来的又是哪路神仙？"

这时，敲门的女子又叫了声："中野先生，你在家吗？"

罗依农这回听仔细了，"哎哟"一声，放开沙悦飞奔下楼。

沙悦惊讶地叫道："怎么啦？罗大哥，叫门的人难道是田甜吗？"

叫门的人不是田甜，而是于筱洁。她身后跟着丁卯，两人都背着登山包，一副要进山的样子。

罗依农惊喜地问："筱洁，丁大哥，你们……怎么全来了？"

"依农，你怎么在这里？"尽管于筱洁拼命地装出很意外的样子，但罗依农还是从她的眼中看出了不自在，甚至羞臊。他解读出来的意思，她在为大雅轩中的那一夜疯狂难为情。可惜身边有丁卯和沙悦，他不能直问。

罗依农问："筱洁，你……你去哪里了？怎么不肯见我。"他是问和于筱洁昨晚尽欢后怎么不见了人影？

于筱洁自然明白他的意思，脸更红了，说："有许多事需要处理，后来又找不到你了，原来你来了这里。你也来参加中野先生的探险队吗？"

沙悦说："罗大哥的女朋友被人绑架了，他是来救人的。"

罗依农顿时满脸的不自在，尴尬地说："不是女朋友，是田甜。"

于筱洁吃惊地问："田甜出事了吗？是什么人干的？"

罗依农把事情的经过向她简单说了一下，然后说："当务之急是先救出田甜。歹徒绑架田甜的目的，竟然是逼迫我加入中野先生的探险队。所以不管是不是中野先生绑架了田甜，都和他脱不了干系。而且他组团的目的，很值得怀疑，我们大家一定要多加小心。"

沙悦很不服气地说："中野叔叔教我读书识字时，有句话：以小人之心度君子之腹。我一直无法理解透彻，现在终于能融会贯通了。"

众人无不忍俊不禁。于筱洁说："等见到中野先生时，问个明白就知道了，不知他去了哪里？"

她这么一问，沙悦又着急起来，说："我想中野叔叔一定是出事了，以前就算他要进山去找'中野四号'象墓，也会和我说的……"

他还没说完，于筱洁就抢着发问："中野四号？他找到了吗？沙小弟，你知道在哪里吗？"

沙悦摇头说："这我不太清楚，我也只是在中野叔叔画的地图上见到过，在野象谷西北几十公里的深山老林里。"

罗依农想了一下，说："我有种预感，中野先生已经落入歹徒的手中，很有可能就是龙帮那伙人，他们劫走中野先生后，又派人埋伏在这里，对打算加入探险队的人痛下杀手！"

沙悦叫了起来："龙帮？这群坏蛋，我恨他们，他们害死我爸爸，现在又要害中野叔叔，罗大哥，他们为什么要这么狠心？"

丁卯接口说："人为财死，鸟为食亡，中野先生掌握了'中野四号'的秘密，龙帮的人想着发大财，自然不会放过他，这叫什么？”他见沙悦机灵，有意考考他。

沙悦想了一下，问：“是不是叫匹夫无罪，怀璧其罪？”

众人都赞许地笑了起来。

罗依农说：“龙帮这次大动干戈，看来他们对‘中野四号’象墓势在必得。如果中野先生真的落入他们手中，那他们一定是逼迫他进山寻找传说中的象墓去了，传说中的财富实在是太诱人了！”

沙悦急得眼泪都快下来了，说：“我要去救中野叔叔。”

中野先生书房的一角，放着七八个登山包，里面放着睡袋、手电筒、绳索，以及饮用水、方便食品等，这是他事先为进山探险的人准备好的，每人一份，每份打成一包。沙悦抓了个登山包，背在身上冲出门去，向着山里就走。

从竹楼出来，一路向西，便是崇山峻岭，高耸入云的大树成方成片，枝叶密不透光，树林中阴沉沉的。树下荆棘满地，杂草丛生。沙悦指引着方向，罗依农披荆斩棘，在前面开道。

一行四人翻过两道山梁，于筱洁就已经累得直喘粗气，只得找了块大青石，坐下休息，喝口水再走。谁知他们刚坐下，突然听到身后有人高喊：“喂，你们这伙不讲信用的家伙，怎么到现在才停下来等我啊，哎呀，真是累死我了！”

众人回头一看，惊讶地发现，在他们身后的来路上滚来一个大肉球。等“肉球”到了近前，才看清来者是位超胖的男人，肥头大耳，大腹便便，那模样就像是一个吹足了气的特大号气球。

罗依农和于筱洁异口同声地叫起来：“怎么是你？”

这个超级大胖男人，他们见过两次。第一次在于筱洁家的老屋里，那时她和罗依农去寻找线索，这位大胖男人擅自闯入她家，说是想租房子，当时她和罗依农就觉得此人形迹可疑。第二次见面则是在于筱洁和陈景初的婚礼现场。那时罗依农、程凌等人和龙帮起了冲突，场面混乱，这位胖男人突然现身，同时还压晕了一位正打算偷袭罗依农等人的龙帮打手，间接救了众人。

罗依农心中早已认定此人绝不简单，没想到他竟然会出现在这里。和于筱洁对看一眼，两人都从对方的眼中读出一个信号：来者不善。

尽管胖男人挥汗如雨，却依然是一副笑容可掬的模样。他把手中的行李包一扔，四平八稳地往大青石上仰天一躺，露出又肥又白的大肚子，活像只底朝天的橡皮艇。

沙悦长这么大，还是第一次见到这么胖的人。他大笑着说：“大叔，你该不会是传说中的弥勒佛吧？”

胖男人连喘几口气，说：“当然不是，弥勒佛有我这么可爱吗？我叫肖寿曙，很高兴和各位结伴同行。”

沙悦更乐了，说：“小瘦鼠？我看你应该叫大肥熊才对！”

肖寿曙大笑着说：“小弟弟，还真让你说对了！肥熊是我的绰号，以后你们就叫我肥熊吧，这名字我听着亲切。”

罗依农心头暗惊，肥熊看上去一副憨样，但眼中精光暗敛，绝非等闲之辈，只是不知他是什么来路。

肥熊说，他也是从网上得知中野先生欲组建探险队，他就报了名，并接到中野先生确认的邮件回复。赶到小竹楼时，远远看见罗依农等人向深山进发，他就一路紧紧跟随，但他身体肥胖，行动不便，怎么追也追不上来，所以落后了一大截。

沙悦笑着说：“肥熊叔叔，你是相扑运动员吧？”

肥熊说：“不是，我是业余模特。”

于筱洁哑然失笑，好奇地问：“模特？真的还是假的？”

肥熊说：“当然是真的，你以为当模特一定得像你这样的漂亮女孩啊？这年头不缺帅哥美女，像我这种特肥特瘦，长相异秉，容貌独特的，才是稀缺资源，只要善于发挥自己的特长，又不怕丢人现眼，准能出人头地，过得有滋有味。”

众人都被他逗乐了。

罗依农随着众人笑着，心中却更加谨慎，肥熊越表现得随和，就越显得可疑。

丁卯上前轻轻拍了拍肥熊的朝天大肚子，似笑非笑，一语双关地说：“不错啊，里面很有货。”

肥熊笑着说：“那当然，里面有一包油，还有一包屎，你要就卖给你。”

丁卯“嘿嘿”一笑，说：“先存在你那，我想要时自然会拿。”

众人休息一阵后，继续向深山中进发。没过多久，天色就暗了下来。沙悦在一处灌木丛中找到一个山洞，让大家“安营扎寨”。山洞里干燥通风，让人意想不到的是，洞中竟然还有铁锅瓷碗等用品。沙悦拿出铁锅，打来山泉，在山洞前的空地上生火做了锅稀饭。

肥熊问：“沙小弟，你和中野先生经常来这里吗？”

沙悦说：“去年的时候，中野叔叔身体不好，但他坚持要进山，就带上了我，这些日用品就是那时留在这里的。”

肥熊又问：“那中野先生到底有没有找到象墓呢？如果他真的找到了，

又为什么要带我们一起去探险，他自己就可以把那些象牙拿出来卖钱，那他不是发财了吗？”

沙悦冷冷地白了他一眼，说：“只要有谁心术不正，想发不义之财，都会得到大象的惩罚，没有谁能例外！”

肥熊讨了个没趣，吃饱喝足后，钻进睡袋，不一会儿就打起了震天响的呼噜，在空荡荡的山洞里回响，把其他人吵得怎么也睡不着。

罗依农独自走出山洞，天边新月如钩，洒下月光如霜。他坐在一块大石上，静听林涛起伏，草间虫蚁呢喃。不由得想到了不久前的某个夜晚，田甜陪他在街心公园里看夜景，捉萤火虫，他还学蟋蟀叫逗她……记得当时刚巧有流星划过，她很大声地许了个心愿，说希望能找到像罗依农这样的男朋友，他还笑她是花痴……罗依农忍不住叹了口气，过去她对他的好，如流水潺潺，静静淌过他的心底。

第19章　跟踪老象

罗依农正胡思乱想着，听到身后响起轻微的脚步声，回过头一看，于筱洁缓步走了过来，笑着问：“你一个人傻坐在这里，是不是想田甜了？”

罗依农说：“她是受我的连累，才会遭受这场劫难，希望她千万别出什么事才好。”

于筱洁淡淡一笑，说：“放心吧，不会有事的。她很爱你，你要好好珍惜她的这一份情义。”

罗依农的心没来由地一痛，她明知道自己对她的感情，以前因为陈景初的存在，他都不敢奢求什么，可是现在于筱洁和陈景初已经反目成仇，而且在大雅轩中自己和她都已经这样了，难道她……忽然想起那晚半幻半真之间，她说的那句话：“依农，对不起，我的心已经给了他，再也收不回来了，唯一能给你的，只有我的身体。”他本来想问她那晚的事，一想到这句话，心就凉了半截，话到嘴边再也问不出口，一时之间心中百味杂陈，沉默了好一会儿，才黯然说道：“我知道，是我辜负了她，也辜负了你。有时，感情的事不是自己可以把握得了的。”

于筱洁默默地说：“易得无价宝，难得有情人。当初我妈要是也能这么死心塌地对我爸，也许我爸就不会死，我也不会成为没有父母的孤儿，所有的一切也就不会发生，我会像大多数的同龄人一样，过着简单快乐的生活。”

“你还恨着你妈吗？”

于筱洁轻轻地摇了下头，说：“我爸过世后，她来看过我两次，但我每次都拒绝见她，她就不来了。那时她已经和别的男人结婚，又生了个女儿。后来在我出国留学期间，她得癌症去世了，听说她临终前一直喊着我的名字，说对不起我……”说到最后，她低声抽泣起来。

她的每一滴泪水，都如冰点般敲击在罗依农的心头。他手足无措地想替她擦去泪水，却见月光洒在她玉石般洁白无瑕的脸上，泛起洁白的光晕，那种美让人感到多看她一眼都是种罪过。

于筱洁哭了一会儿，说：“其实在我心里，我早已不恨我妈了，有时还很想她。我恨我自己当初为什么要那么绝情。要是时光能够倒转，也许我会好好珍惜。有些事，有些人，总是要等失去后才知道对自己有多重要。”

罗依农连连点头，说：“筱洁，你说得对，所以我们要好好珍惜眼前的幸福。我们没法把握的过去已经流失，但可以好好珍惜未来，如果……如果你不嫌弃，我愿意……”

“依农！在我心中，你永远是我最最可以信赖的朋友。”于筱洁知道他要说什么，连忙打断他，“当年我爸遇害时，我才十二岁，家没了，最亲的亲人没了，感觉天塌了，地陷了，我已经被全世界抛弃。后来，小叔……他把我接到了陈家，他像亲人一样地照顾着我，让我重新有了家的感觉，我是那么的依赖他。平心而论，他对我真的很好，在他身上我感受到了父爱的宽厚，也感觉到了情人的温馨……”

“筱洁，这都是假象！你知道吗？这么多年来，他一直伪装着自己，他对你所做的一切都是假的，目的是想从你的手上得到‘中野四号’的秘密。而且他是龙帮的老大，当年你爸被害，应该就是龙帮下的毒手，他就是你的杀父仇人！”

于筱洁痛苦地哆嗦了一下，这是她不敢面对的现实，她既渴望真相，又害怕真相，一旦证实真是龙帮杀了她父亲，她将不知该如何面对。“我知道，有时我忍不住要恨我自己。”她说得很轻，声音中透着无法言喻的疲惫感。

罗依农感觉到她的彷徨和无奈，花样年华，却不得不在仇恨中与命运挣扎。本想再劝说她忘记陈景初，好好考虑一下他们两人的感情，突然，前面不远处的树林中响起一声喝斥声。

罗依农猛然惊醒，心中暗怪自己荒唐，都什么时候了，还老想着这事。于是说：“好像有人过来了，我们快躲起来。”

于筱洁不由得紧张起来，说：“不知来的是什么人？”

罗依农说：“别怕，有我呢。”

丁卯和沙悦在山洞中也听到声响，一齐跑出来。罗依农说："大家快找个地方躲起来。"

沙悦说声："跟我来。"带领大家躲到山洞旁的一簇灌木丛中。

嘈杂的人声越来越响，月光下，只见一行十多人，打着手电筒，正向着这边走来。走在最前面的人仿佛受了伤，腿脚不便，走路一瘸一拐，手中还拄着拐杖。

沙悦激动地说："是中野叔叔！"就要跑出去相认。

罗依农连忙叫住他："轻点，别急，先弄清另外一些人是什么来路再说。其中有位女子像是田甜。"

这时，那群人中有人喝骂起来："死瘸子，你要是再敢耍花样，老子就一枪毙了你！"

沙悦大吃一惊，低声说："果然是坏人，罗大哥，这可怎么办？"

罗依农说："他们手中有枪，我们只能见机行事，千万不能鲁莽。"

那群人在山洞前的空地上停了下来，又有人粗声问中野先生，"中野四号"象墓到底在哪里。中野先生稍微迟疑一下，就挨了那人一巴掌，被打倒在地上。

"住手！你们不要再打他了！"人群中的女子大叫。

罗依农一听到这个声音，激动得差点哭出来。果然是田甜的声音，几天没有听到，这时听来，竟然说不出的亲切。

田甜大声说："他已经在这么用心地找了，你们还要毒打他，真是太没人性了！"

有人怪声狞笑着说："兄弟们，她骂我们没人性，你们说我们要不要好好表现一下，要她知道我们有人性，而且更有男人的雄性！"其他几人跟着淫笑起来，其中一人上前就要动手。

罗依农气得浑身发抖，刚想冲出去，不料中野先生大声叫了起来："我找到啦！就在这里，就在这里！"歹徒们的注意力立刻被他吸引过去，连声问他是不是找到了象墓。

中野先生冷声说："屁话，不是象墓，难道还会是你爸妈的坟墓啊！"歹徒们挨了骂，本想发作，但听说找到了象墓，只得忍气不出声。

中野先生用拐杖一指，说："这些灌木后有个山洞，里面有你们想要的东西。"这句话把罗依农等人吓了一跳，中野先生指的就是他们借宿的那个山洞，洞里除了一些乱石，别的什么也没有。中野先生情急之下骗骗他们也没什么，可要命的是，肥熊还躺在山洞里睡觉呢。

歹徒们拨开灌木丛，果然见到一个洞口。他们怕有什么意外，让中野先生和田甜在前面开道。一行人才走进洞口没几步，听到洞内传来呼噜声，以为洞内栖息着大型猛兽，吓得他们连忙退到洞外，一时间不敢轻举妄动。

罗依农等人暗暗好笑，均想：难怪人们常说肥胖的人睡性好，就算在他床前放鞭炮，也不会受打扰。山洞外吵成了这样，竟然还没有把肥熊给吵醒。

罗依农悄声对丁卯说："丁大哥，要不我俩去把这伙人放倒，敢不敢？"

丁卯冷笑一声，说："我还怕你没这个胆量呢。"

罗依农对沙悦和于筱洁说："你们留在这里千万别出声，我们去救人。"和丁卯一起借着夜色，悄悄掩到歹徒们的身边，两人一起发难，"砰、砰"两拳，打晕两个手中持枪的家伙。

罗依农大喝："你们已经中了我们的埋伏，还不缴枪投降！"忽然，眼前黑影一闪，对方人群中闪电般扑出四人，分别拦下罗依农和丁卯。

接下罗依农的那两人都是搏击高手，一位善于散打，另一位的擒拿手更是练得炉火纯青。这两人配合默契，相得益彰，在罗依农的铁拳面前毫无惧色，连连抢攻。

罗依农没想到会在荒野之地，遇到这等高手，连忙收敛心神，奋力还击。百忙之中偷眼一看，围攻丁卯的两人，一人擅于长拳，另一人精于西洋拳术。这两人的功夫也相当不错，一中一外，相互辉映，将丁卯堵得严严实实。

丁卯一生痴迷武道，遇强则强，打得兴起，连声叫着："好！好！再来！"兴奋得像个受到老师表扬的小朋友。

田甜遭绑架至今已经快一周了，这些天来受尽磨难，心中却始终抱着一个信念，她相信罗依农一定会来救她的。这时见到罗依农，惊喜得泪流满面。再看到罗依农和丁卯双双被歹徒围困，其他的歹徒作围观状，敌我双方力量悬殊，顿时又急得大叫："猪头，你们快走，不必管我们！"

一名观战的歹徒冷笑着说："来时容易去时难！到了这里还想再逃……"话未说完，他突然"啊"的蹲下身，捂着嘴痛苦地惨叫起来，那样子就像一不小心吞了枚子弹。

和罗依农对战的一人厉声喝道："老三，你他妈的鬼叫什么？就你这王八蛋……哎呀！"他面对着山洞口，猛然见到山洞中滚出一个大肉球，不知是何方怪兽？吓得他一愣神，被罗依农一拳打中鼻梁，连他自己都能清晰地听到鼻梁骨断裂的声音。他闷哼一声，顾不得飞流直下的鼻血、鼻涕，转身就逃。

这人是这伙人中的领头人物，他这一逃，把其他人吓得不轻，有眼尖的人也发现山洞里跑出来的怪物，纷纷惊叫起来。同时有人不住地发出惨叫，有人大叫："哎呀，我的眼睛瞎啦！"有人则捂着嘴巴干脆倒在地上，满地打滚，痛苦不堪。

顿时，对方阵脚大乱，罗依农和丁卯大显神威，指东打西，把对方打得七零八落。对方有人大叫了声："快逃！"一个个抱头鼠窜，转眼之间就逃得无影无踪。

沙悦高兴地直叫："罗大哥，丁叔叔，你们真行，让我大开眼界。不过，最最厉害的要数肥熊叔叔，才一现身，就把那伙人吓得没了踪影，原来超级大胖子还有这样的好处！"

肥熊揉着眼睛，走到洞前，嘟囔着说："睡个觉都不踏实，吵死人了！"

丁卯笑着向肥熊直竖大拇指，说："肥熊，你真行！"

罗依农问沙悦："你人小鬼大，刚才用了什么法宝？"

沙悦把手中的皮弹弓一扬，不好意思地说："还是没能逃过你的法眼。"刚才他见罗依农和丁卯在对方的夹攻之下情况危急，就拿出自己的皮弹弓，趁一些歹徒开口说话之际，将一颗石子打入了对方的咽喉……

众人无不赞叹沙悦神勇机灵，把沙悦夸得怪不好意思的。

罗依农上前拉住田甜的手，说："田甜，你没事吧？"

田甜见到于筱洁从树丛中出来，知道她是和罗依农一起来的，满心欢喜化作无比凄苦，鼻子发酸，眼泪都快下来了。她拼命强忍着，淡淡地说："没事的，不是还活着吗？"

罗依农说："那就好，如果你真的有个意外，那我也没法活下去了。"其实他的意思是，田甜是因为他才遭绑架的，如果有个意外，他会抱憾终生。

田甜却会错了他的意思，心头一暖，猛地扑入罗依农的怀中，捶打着他的胸膛，大哭着说："我死了，活了，关你什么事？我不需要你对我好……"

肥熊一把拉过沙悦，说："激情场面，少儿不宜，你躲一边去！"

沙悦"嘻嘻"一笑说："罗大哥神拳无敌，让天下美女尽折腰，情圣耶！"

罗依农被他们取笑得脸上火辣辣的，想推开田甜又不敢，一动不动地僵在原地，却见于筱洁正幽幽地看着自己，顿时尴尬得无地自容。心头灵光一闪，推开田甜，一把抓住中野先生，喝问："你为什么要绑架田甜，逼我加入你的探险队？到底有什么企图？"

中野先生一愣，还没说话，田甜抢着说："不是他做的，绑架我的人应该是位女子。"

"女子？谁啊？你认识她吗？"罗依农好奇地问。

田甜摇头说："没见过。"她遭绑架后，那人曾亲手喂东西给她吃，她虽然被蒙着双眼，却闻到了对方身上的脂粉香。那人还把她戴在脖子上的项链取下来，看了又看，最后又给她戴了回去。"我可以确定绑架我的人是位女人，她没为难我，而且感觉她对我挺好的，真是奇怪。你快放开中野先生吧。"田甜被人送到中野先生家里时，中野先生大吃一惊，马上就把她放了，可她还没来得及离开，就连同中野先生一起，再次被歹徒劫持，并被带进了山。

罗依农连忙向中野先生道歉，问："那伙歹徒是不是龙帮的人？"

中野先生说："这个我也不太确定，不过你可以去问一下那两个家伙。"

刚才被罗依农和丁卯打晕的那两名歹徒这时已经醒了过来，躺在地上不住呻吟。罗依农扯了几根野山藤将两人捆了，可不管怎么问，两名歹徒就是不肯说出他们的来历，最后被问急了，其中一人气冲冲地说："你们别再白费力气了，就算是要我们的命，我们也不会说的。"

中野先生问："你们是怕说了实话后，遭到你们龙头大哥的惩罚吗？"两名歹徒一听这话，不由得打了个冷战。

中野先生说："其实你们不说，我大致也能猜到，这里的地盘上，除了虎头帮，也就只有龙帮的人敢这么胡作非为，虎头帮还不至于对我下狠手，你们应该是龙帮的人吧？"他还不知道虎姑婆已经过世，自认和虎头帮交情不一般，并且私下已经和虎姑婆达成合作协议，相信虎姑婆不会这么急于和自己扯破脸。上前几步扯下其中一人的上衣，那人的后背上文着一条张牙舞爪的青龙。

"龙帮！"沙悦怒吼一声，冲上前对着两名歹徒又踢又打，大叫："你们果然是龙帮的人！我要杀了你们这些坏蛋，你们还我爸爸！"

沙悦家有一套祖传下来的驯象绝技，他爸爸是位出色的驯象师，懂得象语，据说可以和大象通话交流，声名远播。不料树大招风，两年前的某个夜晚，龙帮的人突然闯入他家，绑架沙悦父子，要沙悦的爸爸帮他们寻找象墓。沙悦的爸爸严词拒绝，结果被龙帮的人扔下悬崖，沙悦则被他们丢弃在深山老林中。沙悦在深山中迷失方向，每天只能采野果充饥，直到三个月后，才被进山考察的中野先生救了回来。

于筱洁说："沙小弟，他们只是奉命行事，真正的罪魁祸首是龙帮老大，你就算打死了他们也没有用。"

田甜对于筱洁心怀敌意，说："我看就是有用，打死了他们，这世上就少了两个坏蛋，可以让无辜的人少受些祸害。"

于筱洁淡淡一笑，不再说话。田甜见她被自己抢白得无话可说，心中暗自得意。

中野先生说："现在不是闹的时候，龙帮的人很快会再来，我们得赶快离开这里，免得被他们打乱我们的探险计划。"罗依农这时才看清中野先生的模样，三十多岁，脸上横七竖八地布满了疤痕，长相十分吓人。

众人将两名歹徒丢弃在山洞里后，在中野先生的带领下，连夜向密林中进发。中野先生腿脚不便，队伍中又有于筱洁和田甜两位娇滴滴的姑娘，才走出十多公里路程，天就亮了，又不得不停下来休息。一路上，田甜总是故意找于筱洁的碴儿，这让罗依农夹在她们中间十分难堪。

休息了一阵，继续前进。密林中杂草灌木丛生，不要说没有路，就连落脚的地方也没有。到了中午时分，罗依农见于筱洁汗流满面，已经累得不行了，连忙向中野先生提议，该停下来吃点东西再走。

田甜不冷不热地说："真够体贴人的，要不要背背人家啊？"

罗依农赌气说："谢谢提醒。"抢到于筱洁前面，抓起她的手就往自己的身上背。

于筱洁脸上一红，连忙挣脱罗依农的手腕，说："你……我不累，还能走。"咬紧牙关，抢在前面继续前行。

田甜白了罗依农一眼，说："有力气没处使，就帮大家背行李吧。"说着把沙悦、肥熊的行李取过来，全丢给了罗依农。

肥熊乐得呵呵直笑，说："我以前一直羡慕那些情圣们左右逢源，现在才知道也有左右不讨好的时候。"

又越过一道山梁，在一片山坳的树林里，中野先生才让大家停下来，沉声说："要想找到象墓，得首先找到象群，前面的野象谷中时常有象群出没，只是那段下坡路会很难走。"

沙悦站在一块凸起的大石上，极目远眺，突然叫了起来："中野叔叔，你快来看！"只见他们刚才经过的位于半山腰的树林中，飞出一群群的山鸟。

田甜笑着问："沙小弟，你很喜欢鸟吗？"

沙悦说："甜姐姐，我说的不是这个意思。"

罗依农接过话题说："树林中突然有鸟群被惊起，那就说明林中有大型猛兽或人群经过。"

田甜不相信地说："真的吗？你怎么知道？"

中野先生说："不错，有人在跟踪我们。"向众人环视一圈，又说，"我们这些人中可能混入了奸细，沿途留下暗号，那些人才能在后面远远地跟踪。"

他的话把大家吓了一跳，彼此间互看一眼，气氛立刻变得紧张起来。中野先生淡淡地说："就算真是龙帮的人在跟踪，那又怎样？这里是深山老林，难道龙帮的人真的以为他们有通天彻地之能，管得了这世间万物吗？大家不必理会他们，只管好好休息，前面的山道会更加难行。"

半个小时后，队伍继续向前推进。过了山梁，前面就是野象谷，落山坡果然非常难走。大量裸露的岩石，不但陡峭，而且岩面上长满了厚厚的苔藓，又湿又滑，无从攀手。他们互相帮忙，好不容易才下到谷底，把众人累得精疲力竭，像摊烂泥一样，全躺倒在地上。

谷底平坦了不少，一棵棵几个人才能合抱起来的大树，让人有种回到侏罗纪公园的感觉。

田甜悄悄爬到罗依农身边，轻声说："告诉你一个秘密，但你不许不相信。"

罗依农坐起身来，点头说："你说不说谎，一看你的眼睛就知道。"

田甜说，刚才在山梁上休息时，她见到于筱洁和中野先生躲在一棵大树背后说话，听他们的口气似乎不是初次相识。

罗依农"哦"了声，注视着她的眼睛。

田甜坦然地面对着他，问："我有没有说谎？"

罗依农说："就算你没有说谎，他们说句话又能说明什么？他们之前通过电话、邮件，本来就是相识的。"

田甜见他一再维护于筱洁，没好气地说："色令智昏，不信就算！"躲到一旁生闷气去了。

罗依农心想：难怪有人说，没有女人冷冷清清，有了女人鸡犬不宁。懒得理她，刚想再躺下休息一阵，却见沙悦正在向自己招手，走过去问他有什么事。沙悦神秘兮兮地问："罗大哥，你知道肥熊在干什么吗？"

罗依农一愣，他刚才看到肥熊爬进一棵曼陀罗的树冠下，嘴中不住地嚷着要好好休息一下。

那棵曼陀罗树枝繁叶茂，树冠垂在地面上，足足有半间屋子那么大。罗依农和沙悦分开枝叶，发现树冠下空空如也，哪里还有肥熊的身影？

罗依农吃惊地问："他去哪了？"

沙悦也不说话，带头爬进树冠，然后又从另一侧爬出，一直向前走，罗依农满腹疑虑地跟着他。两人走出百多米后，突然见到前面有人影一闪，连忙躲到一簇剑竹丛中。只见肥熊手中拿着数码相机，从一块突起的岩石上跳下，又飞快地爬上一棵大树，对着四周的地形连按了几下快门。若非亲眼见到，做梦都不会想到，痴肥臃肿、动作笨拙的肥熊，跳上跳下，身手竟会如此矫健。更让人吃惊的是，他现在的目光竟然变得比秃鹰还要犀利。

沙悦附在罗依农耳边轻声说："我本来还认为肥熊叔叔很可爱，原来他这么阴险可怕！"两人悄悄地从原路退回，装作没事发生过一样。罗依农知道，沙悦一定会向中野先生汇报的。

大约半小时后，肥熊从曼陀罗树下钻出来，伸伸懒腰，打着哈欠说："小睡一会儿真是舒服啊。"罗依农暗暗好笑，心想看你还能装多久？

中野先生告诉大家，由于人类的破坏，野生亚洲象数量锐减，就是在大象出没的地方，也难得见到它们的身影，有时等上几个月也见不到它们的踪迹，只能用可遇不可求来形容。他知道前面五六里远的地方，有一个蛛网洞，大家可以暂时在那里栖息，等待野生象的出现。

蛛网洞是一个天然大溶洞，洞中石钟乳、石笋、石柱子，千奇百怪，姿态各异，在手电光的照映下，更是晶莹剔透，光怪陆离。田甜从没见过这样的美景，大声叫好："这么漂亮的地方，要是能在这里安家，该有多好啊！"

中野先生冷冷地说："要是把你一个人留在这里，待上几个月，没有食物和光明，只有绝望做伴，看你还能不能说出这样的话？"

田甜好奇地问："你有这样的经历和感受吗？"

中野先生不再搭话，带领着众人继续向洞的深处走去。越往里走，大家才发现，洞内岔道纵横交错，复杂得像一张网，只要稍不留神走错方向，只怕想要再见天日就难了，难怪叫做"蛛网洞"。

又走了一段，前面出现一点光亮，到了近前才知道，原来是二三十多米高的洞顶上开了个天窗，光线直射下来，把洞室内的一切照得朦朦胧胧。

中野先生说："就先住在这里吧，我先把你们安置好后，再带你们熟悉一下地形。只是你们千万别乱跑，迷失了方向，我也找不回你们。"

洞中有不少石室，中野先生替他们分派"房间"。肥熊的房中有一块平整的巨石，刚好可以当做床用，把他乐得往床上一躺就不想再起来。

中野先生淡淡一笑，领着其他人转身离开。他在前面走了好久也没停下来，罗依农心中一动，问："中野先生，你这是要带我们去哪里啊？肥熊他……"

中野先生说："我们得赶紧离开这里，身后跟踪我们的人马上就要追上来了。"

田甜和于筱洁不解地问他，为什么要丢下肥熊？

沙悦抢着说："肥熊是龙帮的奸细，要摆脱龙帮的跟踪，就必须丢下他！"

田甜叫了起来："怎么可能？肥熊怎么看都不像是个坏蛋！"

沙悦笑笑说："你甜姐姐怎么看都不像是个醋坛子，偏偏你和于姐姐说的每句话都是酸溜溜的。”这句话把田甜抢白得满脸通红，其他的人都忍不住笑出声来。

山洞七转八弯，又走了好一阵，才从另一处出口出来。罗依农问中野先生，怎么会对山洞内的情况这么熟悉?

中野先生说：“因为我在这洞里曾经挣扎了半年。”原来，中野先生也曾是位研究野生物的研究生，十年前进山考察亚洲象时，落入一伙猎杀大象的坏蛋手中，脸上被砍了几刀，还被打断腿骨，丢弃在这山洞中。他每天靠捕食跑进山洞的山老鼠才得以活下来。几个月后，身上的伤是好了，但从此成了跛脚。可他还是无法走出这迷宫一样的山洞，当时他差点被折磨成疯子，后来无意之中想到，这些山老鼠都是从外面跑进来的，自然认得路。他逮住山老鼠后，用细绳拴在一只山老鼠的脚上，跟着它才得以走出石洞，重见天日。

田甜于心不忍地说：“己所不欲，勿施于人。就算肥熊是奸细，也不该把他一个人留在洞里，他会疯的。你当年受过的苦，又何必再让别人去尝呢?”

沙悦说：“错了，不是肥熊一个人，而是一大群人。”

龙帮的人一定会跟着肥熊在石壁上留下的暗号，进入洞中。等他们发现肥熊上了当，想再按原路退回去时，已经晚了。因为洞中潮湿，洞壁上有水渗出，来路上的那些暗号很快就会消失不见……

才走出十多公里的路程，天色就暗了下来，一轮弯月挂上树梢。中野先生找了一处干燥、通风的地方，让大家支起帐篷过夜。

到了后半夜，大家被一种奇怪的声音惊醒，循着声音找过去，无不惊喜地发现，前面树林中的一处积水潭中，有十几头大象正在欢快地嬉水。

中野先生无比激动地说：“真是天赐良机，让我们这么容易就遇到象群。”他提醒大伙千万别惊动象群，野象脾气大，一旦惹怒了它们，说不定会发动进攻，那是很危险的事。然后，他自己一点点地靠近象群，躲在离象群十几米外的草丛中，像老僧入定，紧闭着双眼盘坐在地上。

田甜问：“中野先生这是在干什么呀?”

沙悦说：“中野叔叔应该是在听大象的腹语。”

田甜更加好奇了，不问个清楚，她是绝不会罢休的。“腹语? 我只听到大象的肚子里在咕噜咕噜地叫，没听到别的啊?”

沙悦笑着告诉她，这就是大象的腹语。

大象的肚子里会发出巨大的咕噜声，这种声音和肠胃的运动无关，而是大象之间互相联络的信号，即使是远隔三四公里的路程也毫不碍事。而且大象可以自如地控制这种声音的大小，一旦面临危险，它们会变得寂静无声，危险过去后，又会响起来。中野先生现在就是在收集这种信号，希望能从它们的“谈话”中，弄清“中野四号”象墓的所在位置。

“真的吗？这也太神奇了！”田甜大为折服。

大象们在水潭中玩耍了近两个小时才离开。中野先生从草丛中出来，累得快要虚脱了。

田甜迫不及待地问他有什么收获？

中野先生说：“哪有这么快的，我们必须跟踪象群几天，才有可能找到线索。不过有头老象好像快要不行了，一直待在水潭边，不怎么走动。”那头老象可能已经预感到自己时日无多，和同伴们的永别将至，眼神中流露出对生的向往，和对同伴们的依恋难舍之情。

罗依农等人连忙收拾营帐，背起行囊紧紧尾随着象群。幸好这群大象一路上“游山玩水”，优哉游哉，移动的速度不快。有时遇到水池或野香蕉林，就会停下来待上大半天，每到这个时候，大伙就赶紧停下来休息，尽管如此，严重的睡眠不足，让每个人都戴上了黑眼圈。再加上热带雨林中时晴时雨，天气多变，气候湿热，把众人累得够呛，特别是于筱洁和田甜，明显变黑变瘦。

众人跟着象群停停走走，在树林中早已迷失了方向，也不知已经走到了什么地方。一直到第三天的中午时分，一场暴雨过后，象群才在一大片野香蕉林中停了下来。

大象们争食着树上的香蕉，唯有一头老象，有气无力地站在一块岩石旁，看着它的同伴们，神情黯然。突然，一串熟透了的野香蕉掉在老象的面前。

罗依农刚好看到这个情景，心中十分惊讶，老象身边并没有香蕉树，这串香蕉又是从哪里掉下来的呢？那头老象低声哀嚎几声，终于吃起地上的香蕉来。

就在这时，离老象不远的一簇灌木突然动了一下。中野先生也发现了情况，低声对罗依农说：“那边好像有人……”不等他说完，罗依农早已如豹子般冲了出去。

才追出几十米远，就见到一条人影在树丛中飞奔。

罗依农一边追赶，一边心中好奇，那人为什么要给老象吃香蕉，难道是……突然脚下被绊了一下。他毫无提防，顿时被绊得向前扑了出去，心头暗叫声“不好！”就在他身体倒在地上的一刹那，疾手抓住身旁的一棵小树，奋力一拉，硬生生地扳直了自己的身体。却听得“嘭”的一声，一块大石从上面砸下来，落在他面前的泥地上，砸出一个大坑。要是他刚才跌倒在地上，那这块大石就刚好砸在他的脑门上。他不由得惊出一身冷汗，同时也猛然惊醒，原来这林中埋伏下了人，在暗算自己；再仔细一看，刚才绊自己摔跤的，是一根手指粗的尼龙绳，那是有人特意布下的绊马索。

被这么一耽搁，罗依农已经找不到跟踪的目标，只得原路退回。把遭遇的经过和大家一说，中野先生说："糟了，那串香蕉一定含有慢性毒药，有人想要老象快点死亡！跟踪我们的人应该还是龙帮那群人渣，他们已经从蛛网洞中出来了。这么看来，当年残害我的人也是龙帮，他们熟悉蛛网洞的情况，才会困不住他们。"

沙悦叫了起来："你们快看，那头老象有点反常。"

果然，老象迈开步子，围着象群走了一圈，边走边不住地悲嗥，整个象群也变得安静下来，全都注视着老象。老象默默地转过身，一步一回头，向着丛林的深处走去。它身后的群象似乎意识到什么，纷纷昂起脖子仰天长嗥，丛林中响起一片悲壮的哀叫声，在群山间久久回荡。

众人无不热泪盈眶，于筱洁和田甜早已泪流满面。

中野先生叹口气说："老象吃了毒香蕉后，体内器官加速衰竭，时日无多。它离群后，应该是独自前往象墓，等待死亡。"

罗依农说："我明白了，龙帮的人想让老象早点死亡，他们只要偷偷跟踪老象，就可以找到象墓。"

中野先生的脸上露出不屑的神情，说："那些将要离世的老象通常行踪诡秘，就像是一位具有超强反跟踪能力的特工，一路之上，会不停地变换着路线，甚至会把跟踪者引入泽沼等死亡之地。绝不是利用这种蹩脚的伎俩，就能探清它们的踪迹。若这么容易就能找到象墓，那象墓也就没有神秘可言了。"

罗依农说："这么简单的道理，我想龙帮的人一定也能想到，但他们还是铤而走险投饲毒香蕉，可见他们已经有了必胜的把握。"

中野先生细想了一下，点头说："走，我们跟踪那头老象。"

那头老象虽然年老体衰，步履蹒跚，但行踪依然诡异，不时地变换着路线，同时还制造出各种假象，迷惑身后跟踪的人。幸好中野先生长年和野象打交道，深知它们的习性，善于识别老象的各种伪装，使目标在他们的视线中不会失踪半天以上。如此停停走走，直到七天后，老象终于在一座陡峭的山峰前停了下来。

老象扇动着大耳朵，聆听着周围的动静。中野先生和罗依农等人屏住呼吸，躲在几百米外的茅草丛中，用高倍望远镜，注视着它的一举一动。

老象变得悠然自得起来，踏着碎步徘徊不前，那样子就像寄情山水，闲庭信步。

田甜等得好不耐烦，她内急得快尿裤子上了，只得悄悄向后退出百米远后，躲在树丛中就地解决。站起身来时，发现前面不远处的树背后有白色人影一闪，不由得心头一乐。他们这群人中，只有罗依农是穿白 T 恤的。料想他盯着老象盯累了，溜出来散心的。这几天她都没有单独和他说话的机会，反正那头老象看上去悠闲得很，为什么不过去找他聊会儿呢？

田甜生性顽皮，蹑手蹑脚地走过去，想和他开个玩笑。当她走到大树背后时，突然听到有个男人在低声说话："我都已经交代过你们好几遍了，'中野四号'象墓我是志在必得，国外那边已经催得很紧，再交不出货可能会影响到我们的声誉。那几个傻瓜碍手碍脚，除了于筱洁，一律格杀勿论……"

田甜大吃一惊，竟然有人要向他们下毒手。而更让她惊讶的是，那个男人说话的声音幽雅动听，听着有点耳熟，但不能确定是谁。

她轻轻探出身去，看到大树后并排站着四个男子，全都背向着她，正在毕恭毕敬地听那位男人训话。那男人虽然面向着田甜，但她的视线刚好被那四个男子挡着，看不清对方的长相。

田甜心中一急，就不顾自身的安危，又跨出两步想看看清楚。不料那四个男子突然向两旁一分，露出训话的男人，和她来了个面对面。那男人微微一笑，精致的五官在阳光的折射中散发着迷人的光彩。"你好，我们又见面了。"

田甜看清那人，吓得失声惊呼："陈景初，原来是你……"头顶的大树枝叶间突然伸出一只手，一掌切在她的脑门上，她哼也没哼一下，就晕了过去。

田甜虽然认识陈景初，但和他只见过两三次面，对他说话的声音不熟，难怪她一时分辨不出来。

第 20 章　争夺象墓

时间很快就过去了一个多小时，老象这才沿着山脚向前移动，又走出五六里后，开始向山上攀登。罗依农和中野先生等人，尾随着老象，紧紧跟踪。

大伙只顾盯着前面的老象，谁也没留意到田甜没跟上来。跟出好一阵后，沙悦才发现田甜不见了。

于筱洁着急地说：“田甜去哪了？怎么办?”尽管田甜对她不是很友善，但现在田甜不见了，她却比其他人都表现得要着急。尤其是想到他们身后，还跟着一群龙帮的歹徒，万一田甜遇到他们那可怎么办？于筱洁急得快要哭出来。

罗依农内心的焦急之情也溢于言表。说了声“我回去找她!”掉头就要走。

中野先生连忙叫住他，说：“老象已经要上山了，我们必须紧跟着它，再也不能开小差，我们大伙在这个时候很需要你的存在。田甜如果有危险，你这时去找她也已经来不及，如果没有，那也不急在一时。”

罗依农果断地说：“田甜是因为我才来到这里，我不能丢下她不管。再说，中野先生，不管是人类，还是禽类、兽类，它们各有各的生存规律和方式，不要因为人类的私心而去破坏它们的世界。我觉得我们还是放手吧，把最后的宁静留给老象。”

中野先生冷冷地看着他，问：“就算我们能放手，龙帮的人能放手吗?”

就在他们说话的当口，老象突然加快步子向山上奔去。中野先生无暇理会罗依农，紧跟着老象往山上爬。

于筱洁对罗依农说：“你去找田甜吧，找到她后，马上带她离开这里，不要再回来了。”然后淡淡地一笑，又说，“你说得很对，不要因为人类的私心而破坏大象的世界。”说完和丁卯、沙悦跟随中野先生上了山。

看着于筱洁离去的背影，罗依农犹豫起来。正如中野先生说的那样，龙帮的人随时都会出现，可中野先生这些人中，除了不阴不阳的丁卯身手不错外，其他的几个人根本就是不堪一击。其实这个时候，于筱洁也很需要他的保护……

罗依农不敢再想下去，沿着原路往回找。走出一段路程后，突然听到前面传来几声狗叫，连忙爬上一棵大榕树，隐身在枝叶间。不大一会儿，只见树丛中钻出七八名青壮汉子，向着这边走来。走在最前面的一人，手中牵着两条猎狗；紧跟其后的一名男子，手中捧着一台微型接收器，边走边紧盯着仪器。当罗依农看到走在最后的两人时，当真是目眦俱裂。一个人高马大的中年男子，单手提着田甜。田甜双手被绑，嘴上缠着胶布，她的身材远远比不上中年男子高大，几乎被拖得脚不沾地。

罗依农热血直冲脑门，差点就冲了出去，可心底有个声音一再提醒自己要保持冷静。对方人多势众，其中两三人行动轻灵，显然身手了得，万一自己再出什么事，那田甜就更没有希望了，只能咬牙强忍着。

这时，捧着接收器的人大声说：“光标上移，看来老象上山了，这个定位器真是管用。那群笨蛋在前面探险，我们只要悠闲地在后面跟踪，等他们找到象墓，我们再来个不劳而获，这是不是叫做螳螂捕蝉，黄雀在后啊，哈哈！”其他的几人跟着他笑了起来。

罗依农这才恍然大悟，原来龙帮的人在中野先生、于筱洁这些人中某一人的身上，悄悄安装了GPS定位器。他们知道自己找不到老象的踪迹，但只要接收到定位器上发出的信号，就能跟踪到中野先生他们，也就等于跟踪着老象。

等这伙人走过后，他才从树上下来，悄悄地跟在他们身后，伺机而动。

龙帮的人以树木为掩体，走得十分小心。沿着中野先生等人的路线，很快也上了山。

押着田甜的那名中年男子，手中提着个人走得十分吃力，渐渐地落下其他人一大截。罗依农一步步地向他们靠近，寻找出手的最佳地点。

越往上走山坡越陡，中年男子稍不留神，滑了一下，一屁股坐倒在地上，抓住田甜的手只得先行放开。

田甜受他的拖累，也被带倒在地上，向下滚出四五米远，额角磕到露出地面的树根，鲜血直流。她挣扎着想站起身来，突然听到身旁的岩石后传来蟋蟀的叫声，不由得一愣，大白天的哪来的蟋蟀？马上想起去年的某个晚上，和罗依农一起看夜景时，他曾学过蟋蟀叫。

田甜心领神会，坐在地上用力哼哼，不肯起来。

中年男子不耐烦地说：“快起来，小心我一脚把你踹下山去！”

田甜的嘴被胶布贴住了说不了话，只能嗷嗷叫着，又把反绑着的手使劲动了几下，那意思是说：我的双手被你们绑着，使不出劲，真的站不起来，快来扶我一下吧。

中年男子骂骂咧咧地走到她身旁，刚弯下腰去扶她。罗依农从岩石后突然跳来，不等他反应过来，一掌将他打晕在地。

罗依农解开田甜身上的绳索，撕去她嘴上的胶布，见她身上、脸上划伤了好几处，额角上还在不住地流着血，心痛地说：“快坐下来，我帮你把伤口包一下吧。”

田甜顺从地蹲下身，强忍着泪水，不让它流下来。

罗依农从登山包中找出创可贴，小心翼翼地帮她贴在伤口上。

田甜的心头又酸又甜，她知道罗依农的心不在自己身上后，尽管内心痛苦，也不愿在他面前表现得像个怨妇一样。她拼命地想装出无所谓的样子，泪水却不争气地流了下来。

罗依农连声说："怎么了，很痛吗？是不是还有别的伤口？"

田甜泣不成声地说："不是，我……我只是担心再也见不到你了……"

罗依农悬着的心放了下来，笑着说："别怕，没事的。你以前不是常说，你命大福大造化大吗，这点小小的劫难怎么可能改变得了你田大小姐的美丽人生呢？"

田甜一头扎入罗依农的怀中，哭了起来："我不是怕死。只是怕自己莫明其妙地死后，你都不知道我去了哪里……"

罗依农轻轻地拍拍她的肩膀说："都是我不好，没好好照顾你，从现在开始，我会寸步不离地守着你。"说完把中年男子绑了，塞在灌木丛中。然后和田甜一起，尾随着龙帮那伙人，慢慢地往山上爬。

如此一来，中野先生、于筱洁等人在前，龙帮的人居中，罗依农和田甜押后，老象的身后竟然跟着三拨人。

中野先生腿脚不便，爬山十分吃力，幸好那头老象体力不支，走出一程后，也慢了下来。好不容易爬到半山腰，老象这才停下脚步，站在一块突起的大石上，向着来路极目远眺，把跟在它身后的三拨人吓得全都伏在草丛中，连大气也不敢喘一下。

过了好一会儿，老象才转过身，走到了一处枯树、乱石堆前，用鼻子把枯树和大石卷起来，然后放在一边，做起了搬运工。

所有的人都不知道老象要做什么，再看那堆枯树乱石堆得像小山一样，不知它要搬到什么时候？

老象神态悠闲，不急不慢地搬着枯树石块，好像有意要和埋伏在它四周的人类过不去似的，把龙帮那伙人急得直骂娘。如此过了两个多小时，那堆枯树石块搬开了大半，慢慢地现出一个直径有两米多的山洞口。

尽管罗依农从未觊觎过传说中的象牙，但当他看到这个山洞时，自然明白是怎么一回事，想到千古之谜马上就要揭开真相，一时也忍不住心跳加速。

田甜激动万分地抓住罗依农的手，悄声问："猪头，这就是象墓吗？怎么办？那些人一定会抢的！"

罗依农说："我也不太确定，不过，我总觉得没这么简单。如果这么容易就能找到象墓，还能成为千古未解之谜吗？"

老象缓步走入洞中，然后转过身，站在洞口，向四周看了一下，没发现什么动静，又用鼻子卷起枯树和石块，想把洞口重新封堵起来。

突然，一声枪响，打破了山间的宁静。老象发出一声长长的惨叫，脖子上多了一个枪眼，血流如注，前腿一软跪倒在地上。

中野先生从草丛中站起身来，胸膛一挺，大吼：“不许开枪，王八蛋，不许对老象开枪！”

开枪的自然是龙帮的人。他们见老象挖出了洞穴，不用想也知道那就是传说中的象墓，就迫不及待地想开枪打死老象。带头的是个穿着对襟布褂，裸露的胸口上长满胸毛的男青年。他把手中的枪向中野先生一指，冷笑着说：“谢谢你中野先生，带我们找到了象墓，你功德圆满，也该上路了。”

中野先生平静地说：“请陈景初出来，我临死前还有几句话要问他。”

胸毛青年怪声一笑，说：“你有什么话问我也一样，我知无不言，对临死的人，我一向很大方。”

中野先生说：“我只想知道，十年前到底是不是你们龙帮暗杀了我们的于教授，再诬陷我，害我遭警方通缉，又把我丢弃在蛛网洞中？”

胸毛青年吃惊地看着他，问：“你是施震阳？你还没死啊！怎么变成了丑八怪？”

施震阳和陈景初都是于商道当年最得意的两名学生，也是于商道遭暗杀时的目击证人。于商道死后没多久，施震阳也失踪了。有人说他盗走了“中野四号”学术成果，独自挖掘出象墓，发财后逃到了国外。警方一度将他列为谋杀于商道的重点嫌疑对象。

胸毛青年说：“十年前的事，我不清楚，你去问阎王爷吧！”

“等一下！”于筱洁大喝一声，抢身挡在施震阳的身前，对胸毛青年说，“你们能确定这个山洞就是传说中的象墓吗？”

胸毛青年一怔，心想这话问得不错，要是这山洞不是象墓，而先将施震阳给杀了，无法向龙头老大交待，那自己可就惨了。对身后的两位随从说：“快去洞中看一下，是不是象墓。”

那两人脸色一颤，硬着头皮牵上猎狗，爬进山洞。

老象中了一枪后倒在洞口，不住惨嗥。可就在那两人踏入山洞的一刹那，老象像突然得到神奇力量一样，一下子就从地上蹿了起来，猛地冲上前，鼻子左右一甩，卷住两条猎狗，狠狠地甩了出去。猎狗厉声惨叫，一下子就被甩得不见了踪影。

那两人没想到这头垂死挣扎的老象还这么神勇，吓得愣住了，等他们意识到危险时，老象已经冲到他们身前。长鼻子卷住其中一人，用力一甩。那人飞出去十多米远，跌入树丛中就没了动静。

另一人见状吓得转身想逃，怎奈双腿发软，再也跨不出步子，被老象从后面追上来，用前腿踢翻在地，再一脚狠狠地踏上去。惨叫声中，那人竟然被活生生地踩成肉饼，血肉模糊。

在场所有的人，从没见过这么恐怖的事，全都吓得惊呆了。于筱洁更是被吓得差点瘫倒在地上。

老象站在山洞口，向着远方发出数声嘶哑的声音。

施震阳神色紧张地叫道："它是在呼唤象群，大家快逃吧，要是象群赶来，我们谁也别想活了！"

据说大象的前额上有个器官，能发出一种奇怪的声音，可以传到很远很远的地方，用于象与象之间的远距离交流，就像人类的"传呼器"一样。这是老象在向它的同伴们发出的呼救信号。

胸毛青年总共带来七人，一死一伤后，剩下的几人早已被吓破了胆，这时听说象群要来，转身都想逃。

胸毛青年喝道："怕什么！大象又不是长了翅膀，哪会来得这么快！"举起枪，瞄准了老象又要射击。

就在这时，树丛中突然飞来一块鸡蛋大的石块，正好打中胸毛青年的手臂。他手臂一晃，这一枪只打在石壁上，火星四溅。

胸毛青年气得大喝："是哪个王八蛋？"掉转枪头，对着树丛连开两枪。

沙悦看准时机，从地上捡了颗石子，拿出弹弓，"啪"的一声，打中胸毛青年的手腕，把他的手枪打得掉在草丛中。

胸毛青年痛得大吼："你们不想活了！"对着手下一扬手，"把这些人全处理了，除了于筱洁！"那几人气势汹汹地扑上前。

丁卯大喝声："来吧，老子正好活动下筋骨！"率先迎了上去，中野先生则舞动手中拐棍就打。

龙帮这几人是帮中的精英，个个身手了得。尤其是那个胸毛青年，曾是某届武术锦标赛的散打冠军，他迎上丁卯，一阵抢攻，气势绝不在丁卯之下。

罗依农看出龙帮的实力远远高出中野先生一方，连忙挺身而出，大喝声："你们这群龙帮的狗杂种，有胆量的，都冲着我来！"冲出来挥拳就打。

胸毛青年冷笑着说："罗依农，老子等的就是你！"舍弃丁卯，直扑罗依农。

罗依农大笑，说："好！给你一拳！"

胸毛青年一向自负，听同伴们把罗依农说得神乎其神，一直心里不爽，总想找个机会锉锉罗依农的锐气，没想到对方这么看似平淡无奇的一拳，拳劲之霸道为生平仅见，大惊之下，总算他福至心灵，慌忙扑倒，再就地一滚，堪堪躲过这一招。罗依农的拳风掠过他耳旁，竟然浑厚雄壮得仿若天地之气，他总算明白和对方之间的差距何止天壤之别，急得大叫："快！快快，拿下罗依农!”

龙帮的这群愣头青一向眼高于顶，虽然见到胸毛青年不到一个照面就狼狈而逃，依然有三四人不信邪，同时向罗依农围了上去。

一旁观战的沙悦不开心了，大叫：“你们也太瞧不起我了，竟然没人理我!”拉开弹弓，连珠发射，专打那些人的头和脸。把龙帮众人打得上蹿下跳，狼狈不堪。

胸毛青年气得大喝：“先把这小鬼给做了!”

沙悦得意地叫道：“你来试试看呀!”转身爬上石壁。他自幼长在山间，从小机智顽皮，翻山越岭如走平地。他身形一晃，在岩石间穿梭，比猴子还要灵活。那几人根本就抓不住他，反而被他用弹弓打得哭爹叫娘。

沙悦哈哈大笑，说：“你们快给我滚，否则我要打你们的眼睛了!”

有位打手骂了起来：“小王八蛋，我扒了你的皮……哎哟!”捂着左眼翻倒在地上，痛得直打滚，指缝间有鲜血流了下来，他的左眼已经成了血洞。

沙悦说：“不要怪我，只能怪你自己太霸道!”其他的人见状，纷纷从衣袋里取出墨镜戴上。

沙悦叫声：“打耳朵!”话音刚落，已经有人捂着耳朵惨叫起来。沙悦又喊声：“打鼻子!”又有人中弹，鼻血直流。

罗依农、丁卯等人纷纷停下手，给沙悦观战。沙悦弹无虚发，大显神威。龙帮的人被吓破了胆，转身就逃。罗依农哈哈大笑，叫道：“沙小弟，好样的!”一步蹿到胸毛青年面前，叫道：“陈景初呢?让他滚出来见我!”一把抓了过去。

胸毛青年的身手其实并非如此不济，刚才是因为轻敌，才会出洋相。这时他静下心来，沉着应战，以己之长，拼命抢攻，特别是他的腿法，虚虚实实，神出鬼没，变化无常。罗依农摸不准他的招数，一时之间竟然也拿他没办法。

沙悦笑着说：“罗大哥，我帮你对付这个大坏蛋吧!”

罗依农说：“不必，我好久没打得这么过瘾了!”

施震阳沉声说道：“现在不是逞英雄的时候，象群马上就要到了!”

罗依农大喝声：“好!”出拳如风，拳拳不离对方的要害。

胸毛青年见罗依农越战越勇，又见自己的手下全都败下阵来，心头怯意越来越浓，稍不留意，被罗依农一拳打中肩头，就势倒在地上，滚下山去。

沙悦高兴地大叫：“罗大哥，好样的!”

施震阳说：“那伙人还会再来的，可怜的大象们连死都得不到安宁，看来我又做了一件大错事!”

于筱洁安慰他说："施小叔，那些人贪婪的本性，才是真正的起因，和你无关。"

施震阳看着她似乎想说些什么，最后只是叹了口气，说："我们先离开这里吧。"

谁知就在这时，老象突然怪叫着猛冲下来。田甜躲闪不及，被老象用鼻子卷住。吓得她大声尖叫："依农，救我！"众人全都被吓傻了，老象只要把鼻子轻轻一甩，田甜就成了"空中飞人"，非被摔得粉身碎骨不可。

罗依农冲到老象跟前，大叫："把田甜放下，冲着我来！"情急之下，忘了老象根本就听不懂人话。

沙悦急得大叫："罗大哥快闪开，不要再激怒老象。"老象抬腿就踢，罗依农躲闪不及，屁股上被踢了一下，滚出好几米远。不等他爬起身来，老象已经把田甜高高地举了起来。

于筱洁绝望地大叫："不要啊！"吓得捂起了眼睛。

就在这千钧一发之即，沙悦把拇指和食指放入嘴中，发出一声怪异的哨声，奇迹就在这一刹那发生。老象听到哨声，稍稍犹豫一下，然后把田甜慢慢地放在了自己的背上，并松开了鼻子。众人一愣，然后齐声欢呼，田甜从象背上滑下来，依然惊魂未定，罗依农上前把她拉到一边，轻声安慰着她。

于筱洁上前抱住沙悦，激动地在他脸上不住亲吻，说："沙小弟，你太可爱了！"把沙悦羞得满面通红。原来，沙悦的爸爸曾教过他驯象秘诀，但他一直没使用过，没想到危急关头派上了用场。

老象向众人环视一圈后，默默地转过身，步履艰难地走入石洞，用鼻子卷起枯木、乱石重新把洞口掩盖住，也把它自己封入洞中。

于筱洁叹了口气说："希望它从此不再受到人类的打扰。"

施震阳说："是啊……"突然"砰"的一声枪响，施震阳的胸口上多了个血洞，他晃了晃，跌倒在地上，把众人吓得惊呆了。

沙悦惊叫了声："中野叔叔！"罗依农最先反应过来，大叫："大家快卧倒！"

一阵密集的枪声响起，火力大多集中在罗依农的身边，幸亏他反应够快，伏在一块大石后，毫发无伤。田甜、于筱洁、丁卯和沙悦，及时躲到一棵大树后，总算谁也没再受到伤害。

罗依农心中大急。龙帮的人这么快就杀了回来，他们人多势众，手中又有枪；而自己这边除了所占的地形，居高临下比较有利外，力量明显要薄弱许多。到了这时他也豁出去了，不住地将身边的大石往下推。龙帮的人处于下方，被滚落下来的大石砸伤了好几个，吓得他们赶紧躲到岩石后，一时之间也不敢轻举妄动。

罗依农大叫："我在这里抵挡一阵，你们赶快离开这里！"

田甜说："你不走，我也不走！"搬起石头就往下砸。

于筱洁笑笑说："我们一起出来，自然得一起回去。"

沙悦对龙帮本就怀有刻骨的仇恨，现在施震阳又被龙帮的人打伤，旧恨添新仇，他也不肯先离开。

罗依农急了，说："你们就别闹了，现在我们面对的不仅仅是龙帮，象群马上就要赶到，再拖延时间，只怕我们谁也回不去！"龙帮的人同样想到时间紧迫，他们仗着手中有枪，再次抢攻。

子弹在头顶呼啸而过，把罗依农等人压得抬不起头。于筱洁说："依农，和这伙亡命之徒拼命不值得！"

罗依农想了一下，说："好，我们撤！"奋力推下十几块大石，使龙帮的人不得不稍稍退缩。他看准时机，背起施震阳，由他断后，大家在山石、大树的遮掩下，边砸石头边撤走。幸好龙帮的人志在象墓，没有时间追赶他们。

罗依农等人才走出几百米远，猛然听到身后响起爆炸声。估计是龙帮的人用炸药炸开了被老象重新封闭起来的象墓洞口。

趴在罗依农背上的施震阳突然叫了起来："不好，象群来了，我们得赶快躲避。"他被子弹射穿右胸，生命垂危，昏迷了一阵后才刚刚醒来。罗依农等人停下脚步，侧耳倾听。

田甜说："我怎么听不到？"

施震阳着急地说："快！快！快爬到大树上躲起来……"

这时，大家已经发现几公里外的树林中尘土飞扬，仿佛有千军万马在奔腾一样。这片尘土正向着这边飞速蔓延。

于筱洁吃惊地说："那是象群吗？我们快逃！"

罗依农放下施震阳，从登山包中拿出绳索，找了棵合抱粗的大树，用绳索将于筱洁、田甜和沙悦先后拉到树上，藏在枝叶中，然后背起施震阳，在丁卯的帮助下也爬到树上，众人刚刚藏好身，就听到狂风骤雨般的声响，由远而近飞驰而来。

施震阳提醒大家千万别弄出声响，发怒的象群破坏力极大，像他们藏身的这棵大树，在它们的眼中只能算是株小草。

若不是亲眼见到，永远都无法想象，平日里一副慢悠悠模样的大象们，竟然会变得比豹子猛虎还要可怕。几十头大象发了疯一样狂奔而来，所过之处飞沙走石，狂风平地而起，碗口粗的大树被撞得齐根折断。罗依农等人躲

在树上有种地动山摇的感觉，心头的震撼可想而知。

象群来得快，去得也快，那感觉就像是刮过一阵狂风。大家担心象群会回杀过来，躲在树上不敢下来。

罗依农说："龙帮的人虽然可恶，但要是全丧生在大象的巨蹄之下，那也太残酷了。"

施震阳用微弱的声音说："这算什么，死在人类手中的大象，远远比死这几个人，还要多上成千上万倍！"

众人在树上足足等了个把小时，见没什么动静，这才爬下树来。商量了一下，决定冒险回去象墓的地方看看。

象群已经不知去向，被龙帮炸开的象墓，被大象们重新用大石封住。洞口外的草丛中，躺着三具被象群踏得血肉模糊的尸体，惨不忍睹。

罗依农在四周的树丛中找了一遍，没发现龙帮其他的人，不知他们是被大象扔下了山，还是各自逃生去了，便说："经过这次教训，希望绿野苍龙的人从此能少做些伤天害理的事……"话未说完，突然听到头顶的大树上有动静。一抬头，一条人影从树上猛地跳下，落在他的身边，黑黝黝的枪口已经抵在他的脑门上。

"陈景初！"罗依农失声惊呼，身体却突然僵住。

陈景初"嘿嘿"一笑，说："经过这件事后，我的确是不想再做什么伤天害理的事。算你到霉，成为我枪下最后的活祭吧！"

"你……陈景初，你想怎样？！"看清那人后，于筱洁喊出声来。

陈景初"呵呵"一笑，说："我睡梦里都放不下的'中野四号'象墓，现在终于找到了，我怎么可以不来呢？这场玩了十年的游戏总该善始善终吧？"

施震阳说："我没有料错，陈景初，当年主谋杀害教授的人果真是你，你终于露出了你的豺狼尾巴了！"

于筱洁浑身直抖，脸色比纸还白，用绝望的眼神看着陈景初，说："你……真的是你干的吗？为什么……"

陈景初面无表情，淡淡地说："因为我是绿野苍龙的少当家，我得重新撑起龙帮，完成我爸来不及完成的事业。"他缓缓地看向于筱洁，默默地注视了她好一会儿，目光中终于有了些许暖意，"筱洁，对不起，我并不想伤害你，可是你爸太迂太固执，所以，我不得不……"

"你不得不杀了他是不是？你可以去做你的布衣少爷，你也可以去做你的龙帮老大，我爸又没碍着你什么，你为什么非得杀他不可？"于筱洁伤心欲绝，厉声怒斥。

陈景初说："因为我爸遭警方杀害，龙帮面临生死存亡，我迫切需要一笔资金重振龙帮。若能找到象墓，启出墓中的象牙，无疑是最好的捷径，可惜你爸不肯配合。”他突然连着冷笑数声，眼中露出阴冷而残忍的目光，“就是因为他不识抬举，害得我龙帮雌伏了十年，当年的地盘尽数让虎头帮抢去，像这种不知变通的老顽固，为什么要留着？”

施震阳气得大骂：“你这丧心病狂的王八蛋，恩师对你那么好，你也下得了手，我和你拼了！”他这一激动，逆血上涌，连吐出好几口鲜血。

于筱洁咬牙再问：“既然你已经杀了我爸，又为什么要在我面前装好人，装得像什么事也没发生过一样，害我这十年来把仇人当做亲人，你……你怎么这么可怕！”

陈景初说：“因为我已经接手了绿野苍龙。我虽然派人杀了你爸，并得到‘中野四号’的全部资料，但我并不知道密码，没法解开文档，所以只能借助于你。而且，那时警方一直在暗中调查我和施震阳，我不敢轻举妄动。”

第21章　前尘往事

陈景初的父亲布衣先生是位高智商、高学历、出身豪门的黑道枭雄，以经商为手段巧妙地掩饰着他黑道龙头老大的身份，甚至连他的老婆孩子等家人都不知道他的这些背景。他的家庭表面上和许许多多的殷实小康人家没什么差别，就连他出事后，警方依然无从查实他的真正身份，因此几乎没影响到家人的正常生活。

走私象牙是龙帮所从事的主要业务之一，在国际上大多数的国家都明令禁止象牙交易，使得象牙价格直线飞涨。而在野生象数量锐减，获取象牙越来越难的情况下，陈景初的父亲急于突破瓶颈，他打听到于商道是位研究野生象的专家后，费尽心思让自己的儿子陈景初投在于商道的门下，同时向陈景初表明了自己的身份，并希望得到儿子的支持，尽最大努力窃取野生象的各种信息，以便掠取更多的象牙，为龙帮的犯罪活动服务。陈景初不负他老爸的厚望，果然窃取到不少有用的资料，不知让多少野生象丧生在他们的枪口之下。

陈景初终于发现走私象牙所能带来的巨大利润，使得他欣喜若狂的同时，也更加深陷其中。

在学校里，陈景初是个品学兼优、谦虚好学、勤奋上进的好学生，深受老师和同学们的喜欢。于商道并没有察觉到陈景初的险恶用心，把他当做自己最可信赖、最最得意的门生之一。

在于商道破解出野生象的生理密码，并发现“中野四号”象墓后，龙帮曾多次想向于商道购买“中野四号”资料，都被他断然拒绝。陈景初在布衣先生的授意之下，费尽心机地想搞到“中野四号”的全部资料。然而于商道把自己的学术成果看得很紧，陈景初花了半年的时间依然一无所获。

偏偏在那时，布衣先生在一次非法交易活动中发生意外而身亡，龙帮面临散伙的巨大危机。那时才年仅 23 岁的陈景初，毅然挑起了龙帮龙头大哥的重任。他虽然年轻，但手段比他爸爸更加毒辣。在连续几次无法从于商道手中窃取“中野四号”成果后，果断地派人将于商道谋杀于咖啡屋中，并成功得到“中野四号”绝密文档，然而令他没想到的是，他花费了十年的时间，依然无法打开这个绝密文件。

施震阳咬牙切齿地大骂：“你这狗杂种，我们都被你虚假的外表给骗了！”

于商道遭暗杀后，警方查不到半点线索，成了悬案。施震阳发誓要替恩师找回公道，经过明查暗访，种种疑点都将矛头直指向陈景初。但陈景初并无异常现象，一如既往地热情、友善，勤奋好学，尽管施震阳有所怀疑，却找不到任何有力的证据。恰巧在这个时候，他接到一个神秘电话，称如果想弄清于商道被杀的真相，就赶快去西南野象谷。当他千里迢迢赶到野象谷后，就遭到一伙不明身份歹徒的劫持，并将他打伤后丢弃在蛛网洞中。

施震阳说：“我现在终于明白了，当年那个电话是你派人打给我的，目的是想除去我这个心头大患，再为你背黑锅！”

陈景初哈哈一笑，说：“自古以来，成王败寇，是颠扑不破的王道真理，你既然斗不过我，自然就只能成为我的替罪羊！当年我念及我们同学一场，不忍对你痛下杀手，让你在蛛网洞中自生自灭。没想到你的命还真是硬，十年后再来兴风作浪！”

施震阳重见天日后，改名中野先生，留在勐远村疗伤，一边继续从事着他深深喜爱的野生象研究，一边暗中寻找谋杀于商道、残害自己的真凶。但他又不得不悲哀地承认，凭他一个人的力量，复仇之日遥遥无期。

直到半年前，虎头帮老板虎姑婆突然找上门来，表示愿意和中野先生合作，成功后各取所需。

回到阔别近十年的 H 市，施震阳发现所有的一切都已物是人非，再加上他自己面目全非，就是站在昔日的同窗好友面前，也无人认得出他来。他几经周折终于找到于筱洁时，才知道她和陈景初生活在一起，而且他们两人的关系已经超越了“叔侄”情感。经过这几年的在外漂泊，他的性情也有了极大的改变，不再像以前那么冷静沉稳，而是变得偏激而容易动怒。他在震惊之余，直斥她的薄情寡义，忘了杀父之仇。

于筱洁一直认定施震阳才是她的杀父仇人，定要把他送入警局。施震阳百般解释，信誓旦旦地表示要查清十年前的旧案，替她报仇。最后说：“如果我真是当年杀害恩师的凶手，今天就不会出现在你面前，你不想想我现在这个样子，你还能认出我是谁吗?”

于筱洁静下心来一想，施震阳说得不无道理，又想到他如果真是凶手，没有必要在十多年后再露面。再三犹豫，最后答应和施震阳合作。

施震阳要求于筱洁全力配合他的行动，更不能向陈景初和其他人泄露半点消息，并要全力配合他的行动计划，其目的就是引狼现身……

田甜横了罗依农一眼，说：“我没料错吧?”此前她曾发现于筱洁和中野先生私下秘密交谈，提醒过罗依农，可他并不相信。

陈景初的脸色变得十分难看，对施震阳怒目而视：“筱洁好好的一个女孩，都让你这家伙给带坏了!”说着用枪管在罗依农的脑门上狠狠敲了一下，骂道：“不过，我最最讨厌的还是你这家伙！自作多情，仗着自己会些功夫，就把自己当做蜘蛛侠、救世主啊?!”

“别!”

“不要啊!”

于筱洁和田甜几乎同时叫起来。

陈景初大笑，说：“罗依农，女人缘不错啊，不就是仗着年轻吗?”

田甜大声说：“你永远都比不上罗依农，因为你早已丧失了人性!”

陈景初哈哈大笑，说：“说得好！我视人命如草芥，现在就让你亲眼看着你的意中人脑浆迸裂!”

于筱洁突然也笑了起来，说：“我还是那句话，你真的能确定这个山洞就是传说中的象墓吗?如果凭你们用这种下三滥的手段就能达成目的，我爸何必穷尽多年的心血，专研‘中野四号’?”

陈景初又是一笑，笑得从容而又绅士。于筱洁忍不住在心底叹了口气，这个笑容曾经是那么让她迷恋，从少女情窦初开之时，就无可救药地爱上陈景初，要不是天意弄人，她会义无返顾地嫁给他……回首往事，当初对他有多爱，现在就有多恨。

于筱洁怔怔地看着陈景初说不出话来，心头痛得如刀割一样。自从她知道陈景初的真实身份后，就已经猜到他可能就是杀害自己父亲的凶手，这些日子以来，她设想着种种理由，拼了命地去恨他。然而当他出现在自己面前时，又忍不住想起过去他对自己的种种好，不管是真是假，都曾经让自己痴迷沉醉。然后又痛苦地发现，积攒了十年的仇恨并不如她想象中的那么强大，她整个少女时代堆积起来的情感也不是轻易就能忘记的。

陈景初哪里想得到于筱洁的心情这么复杂，见她神情木然，说："筱洁，其实你心里也知道，这处山洞十有八九就是传说中的象墓，而且那头老象还封在里面呢。你爸当年曾经提到过象墓可能存在的方位，差不多就在这个地方。施震阳，你应该还记得吧？"

施震阳沉着脸不说话，那样子等于是默认了。

于筱洁努力平复下心潮，问："就算这里真的是象墓，请问陈总，凭你一个人的力量又能怎样？就算你杀了依农，又能杀得了这里所有的人吗？"

陈景初又笑了，说："既然你们已经离开这里，为什么还要回来？虽然我俩有缘无分，但毕竟共同生活多年，我还是希望你能过得幸福。"

施震阳冷笑着说："陈景初，闭上你的臭嘴！这么一大把年纪还想玩小情小调骗小女生吗？别以为我不知道你心中是怎么想的，我们这些人都知道了象墓的位置，你当然不能留我们在世上！"

陈景初放声大笑，说："你说得没错！这里的财富是我一个人的，所有知道这秘密的人，都得死！"说着就要扣动扳机。

"小叔！"于筱洁突然尖叫一声，这是她和陈景初反目成仇以来，第一次这么称呼他。

陈景初颇为意外地看向于筱洁，恍惚间，似乎又看到了当年他把她领回家时，那个青涩而又不失清纯的少女。"筱洁，原谅我吧。"

"小叔，这些年来，虽然你表面上对我很好，几乎是有求必应，但其实你是一直防备着我的。"于筱洁毕竟年轻，没经历过大事，她和施震阳有了秘密约定后，虽然表面上装得若无其事，但还是没能逃过陈景初的眼睛。"我只想知道，你……你……你到底有没有真心地对待过我？"于筱洁很艰难地问出这最后一句话，问完后大汗淋漓，有种虚脱了的感觉，似乎耗尽了所有的力气。这些天来，这个问题一直盘桓在她的脑海中，挥之不去，此时此地，此种环境下，她终于鼓起勇气问了出来。

陈景初见于筱洁表情古怪，自然无法理解她爱恨情仇交织在一起的少女情怀，一时沉默半晌，不知该怎么回答。

罗依农忍不住说："筱洁，他这种人禽兽不如，以前在你面前表露出来的种种好，不过是虚情假意，想诱骗你上当，帮他找到'中野四号'的密码，怎么可能真心对你？"

"找死！"陈景初气得脸都青了，大声说："你也不要以为筱洁对你会有好感，她接近你，和你交朋友都是有目的的，那是她感觉自己势单力薄，需要你这样身手不错的人相助，所以才百般引诱你。呵呵，听明白了吗？她只是想利用你，猪头！”

罗依农叫得更大声：“我不在乎！就算筱洁想利用我，那又怎样？我愿意帮助她！”

陈景初轻蔑地一笑，再问：“那你知道是谁绑架了田甜吗？”

罗依农还没开口，于筱洁接口说：“是我！就算你现在不提，日后我也会向依农和田甜道歉的。”

这话一出，让罗依农和田甜大吃一惊。陈景初则得意地大笑不止。

田甜叫了起来：“你？你为什么要绑架我？我得罪你了吗？”

于筱洁说：“没有，对不起，但我为了复仇，别无选择。”

于筱洁自从逃离H市后，她发现自己孤掌难鸣，有心拉拢罗依农，又怕他把欧阳默的死迁怒到自己的身上。左思右想，只得派人绑架田甜，逼迫罗依农加入中野先生的探险队。

可惜这一切还是在陈景初的预料之中，他派出大批人手，找到施震阳的住处，将施震阳和田甜劫持。当陈景初发现施震阳在野生象的研究上有了新突破后，心中另有打算，想借助施震阳的力量，找到野生象群或象墓，从而得到象牙。

罗依农说：“筱洁虽然绑架了田甜，但她并没有为难田甜，而你们龙帮，还有虎头帮，才是害死欧阳默的罪魁祸首，就算筱洁不以田甜逼我来云南，我也会来向你们这些混黑道的混蛋讨还血债！”

“混黑道的混蛋?!”陈景初怪声大笑起来。“罗依农，看来你心中念念不忘的于大小姐还没把她的特大喜讯通报给你吧?”

于筱洁的脸色一下子变得苍白。

陈景初更加得意，说：“筱洁，你从虎姑婆的手中接过虎符，成为虎头帮的新一任帮主，在云南黑道上将会叱咤风云，统领一方，这样的特大喜讯，怎么还没告诉你的蓝颜知己啊?”

罗依农大吃一惊，叫道：“筱洁，这是真的吗?”

丁卯接口说：“当然是真的，不然我像个影子一样地跟着她干什么？你以为我很喜欢挨你的白眼啊?”

田甜则说：“怪不得，以她一个人的力量，怎么可能绑架得了我！”

于筱洁说：“这只是暂时的，等找到合适的人选，我会让出帮主之位。依农、田甜，请你们相信我，在我在位期间，绝不会让虎头帮再干违法乱纪的事。”

陈景初冷笑几声，说："你和施震阳勾结，非法探寻象墓，这难道不是违法乱纪的事吗？哈哈，不过，我倒是要真心地感谢你们，竟然真的帮我找到了象墓。"

于筱洁痛苦地说："小叔，财富对你来说真的那么重要吗？"

陈景初终于叹了口气，说："你对我来说也同样重要！如果你能忘掉父仇，安安心心地在家过快乐的日子，就不会……唉，可惜啊……"

于筱洁接口说："可惜啊，我不是你想象中的那种懦弱女子！"

陈景初无比遗憾地说："筱洁，你刚才问我有没有真心对待过你，那我可以明确地告诉你，其实我真的爱你，本以为我们会有一个很美好的未来。可是……知道我秘密的人，都得从这世上消失！"他用枪在罗依农的头上狠狠敲了几下，说："这家伙是我最痛恨的人！你是第一个上路的人！"说着又要扣动扳机。

于筱洁大叫："等一下！小叔，你知道吗？这些年来，你对我百般呵护，不许我乱交朋友，害得我连可以说说知心话的朋友都没有。自从认识依农和田甜后，我好羡慕他们可以率性地活着。但我为了复仇，利用了他们，也害了他们。不知道他们还能不能原谅我，把我当朋友，其实我真的很寂寞。"

田甜生性单纯而豪爽，虽然此前对于筱洁颇有微议，但听她这么一说，心中的不快也就不好再表露出来，同时感怀她的身世坎坷，大声说："筱洁姐，我们是朋友，永永远远的朋友！"

罗依农也说："筱洁，自从认识你的那一天起，我就把你当成了朋友！"

于筱洁眼中一热，泪水滚滚而下，却依然笑得花样灿烂。她对陈景初说："我就再自私一下，小叔，请你先送我上路吧，有这两位好朋友为我送行，这一生总算还有值得欣慰的，此去黄泉路上应该不会再寂寞了。"

陈景初犹豫了一下，掉转枪头指向于筱洁，说："好！爱我的人和我爱的人，却无缘和我共度此生，希望来世和你再续前缘……"

"砰！"枪声骤然响起，然后是一声惨叫。只不过中枪的人不是于筱洁，而是陈景初。他的手腕上多了个枪眼，血流如注，手中的枪被打得飞了出去。

罗依农当然不会放过这样的好机会，回肘撞在陈景初的肋下，反手抱住他的头颅，双手一用力，大喝声中，陈景初倒飞出去，仰天摔在地上。肋骨被罗依农撞断两根，"哇"的一声，口中鲜血喷涌。

看到陈景初的惨状，于筱洁心痛地叫了声："小叔！"就想扑上去。

田甜连忙拉住她，说："筱洁姐，这样的坏蛋，你忘了他吧。"

于筱洁放声大哭。

不远处的灌木丛中有人高叫："喂，你们也太不够朋友了，把我丢在蛛网洞中不说，现在我救了你们，也不过来帮我一下！哎哟，累死我了，在这蹲了大半天，你们这些人全是话痨，说了这么久的话。"

沙悦高兴地大叫："是肥熊叔叔！"肥熊肥胖的身体被灌木丛给卡住了，怎么也出不来。

罗依农跑过去把他拉出来，见他手中拿着枪，惊讶地问："你这枪是……你怎么会有枪?"

肥熊哈哈一笑，从身上拿出证件向众人一扬，说："我是国际刑警，专门负责跨国走私案件，你们没想到吧?"龙帮的走私活动，早已引起国际刑警组织的关注，这几个月来，肥熊一直在暗访，比如第一次和罗依农、于筱洁碰面，就是在于家的老宅里，那时他在搜寻证据，以查实十年前于商道被杀一案的真相。然后就是没多久前，于筱洁和陈景初的婚礼现场，他又再次现身，并救了罗依农等人。那时他趁乱混入流云山庄，搜集龙帮的犯罪证据。

田甜看着肥熊大笑起来，说："你这身肥肉怎么看都不像个警察，难怪我们会把你当成奸细。"

肥熊说："在你们的固定思维中，警察一定是俊朗威武的，是不是？呵呵，这身肥肉可以帮我掩饰身份，便于开展工作。"他被施震阳丢弃在蛛网洞中后，知道自己的身份已经暴露，干脆安心等待。没过多久，陈景初带着龙帮的人，沿着罗依农等人的路线也进了洞，肥熊就悄悄地跟在他们的身后……

罗依农突然想起一件事，问："我被陈景初关在流云山庄的地下密室时，有人打晕看守把我救出后就不见了踪影，应该又是你做的吧?"

肥熊哈哈一笑，表示默认，取出手铐，走到陈景初面前，看着他不无嘲弄地说："陈总，陈老大，你年纪不大，却是只狡猾的老狐狸，这些年来，国际刑警组织花费多少的精力和财力，都没能把你给揪出来。呵呵，但不管你隐藏得有多好，最终还是逃不脱你家肥爷的手掌心。"

丁卯怪声一笑，抢在肥熊之前，冲上去踢了陈景初一脚，骂道："你刚才不是很嚣张吗？龙帮的龙头老大，老子马上让你这条龙变成蛇！"挥手一拳对准陈景初的脑门就打了过去。

于筱洁吓得尖叫了声："别——"

肥熊也吓了一跳，没想到丁卯说出手就出手，连忙伸手想架开他的手臂。哪知道丁卯拳到中途，突然转变方向，反手迎向肥熊的脑门。

丁卯的武功何等厉害，出手又快又狠，肥熊又是毫无防备，更是做梦也想不到他会向自己出手。等他惊觉到危险，丁卯的拳头已经抵在了他的太阳穴上。

丁卯的手掌中握着一把小型手枪，冷冷的枪口抵在肥熊的头皮上，丝丝凉意让他额头直冒热汗。

陈景初大笑起来，不料牵动肋部伤口，痛得他忍不住呻吟了下，强忍下痛楚，说："你想逮住我，只怕没这么容易吧？"

其他众人都惊呆了。于筱洁大声喝道："丁卯，你干什么？"

罗依农如梦方醒，说："我明白了，丁卯，你是龙帮打入虎头帮的卧底，你才是真正的奸细！"

丁卯尖声长笑，说："是，可惜你们知道得太晚了。"其实在好几年前，丁卯就已变节投靠绿野苍龙，长期以来他一直暗中替龙帮传递情报。前不久，龙帮夜袭虎头帮的老巢卧虎谷，虎头帮沿途的各道暗卡形同虚设，就是丁卯暗中使的手脚，从而使得虎头帮遭受致命一击。

再后来，虎姑婆和司马归心约于筱洁于浅水湾大厦见面，又是丁卯向陈景初通报了消息。陈景初巧妙安排，让秦威率众伏击，终于把龙帮的死对头虎姑婆连同司马归心送上不归路。

中野先生的探险队深入丛林深处，怎么也甩不掉龙帮的跟踪，那是因为丁卯随身带着 GPS 定位系统的发射器……

肥熊落在丁卯的手中，罗依农等人投鼠忌器，纷纷怒视着丁卯，谁也不敢轻举妄动。

陈景初说："俗话说：识时务者为俊杰。虎头帮让一个女人当家又能成得了什么气候，虎姑婆不过是用她的姿色服众，真正的男人怎么能甘心拜服在她的裙下。丁先生弃暗投明，又没做错什么。哈哈，丁先生，好好看着这头肥猪，谁敢轻举妄动就先拿他开刀！"

于筱洁怒视着丁卯，问："你就那么恨虎姑婆，非要把她往死里整吗？"

丁卯沉着脸，眼神变得幽远而游离，似乎正在回首往事，咬着牙说："我是恨沈如玉，恨她的薄情寡义，水性杨花，不过我更恨司马归心！你们都在背地里骂我变态，其实真正变态的人是司马归心这只老妖妇！"

当初，丁卯和沈如玉在一起时，可说是郎才女貌，一对璧人，让人只羡鸳鸯不羡仙。那时的虎头帮还只是一个小小的黑道组织，沈如玉也只是帮中一名并不起眼的小角色。可是当时帮中的二号人物司马归心对沈如玉宠爱有加，见她和丁卯在一起醋劲大发，一怒之下割掉了丁卯的尘根。

沈如玉知道司马归心对自己的用心后，以身相许，两女不清不楚地相处了一段时间，沈如玉再利用她对自己的感情，借她之手帮自己登上虎头帮帮主的宝座。所以，与其说虎头帮众屈服于沈如玉倒不如说众人更敬畏司马归心的铁腕强势。

丁卯遭此巨辱自然不甘心，但他也知道自己不是司马归心的对手，只得忍辱负众，一忍再忍，等待时机为自己一雪前耻。他怕司马归心看破自己的不轨之心，有意玩弄男色，装出一副变态样。直到他得知绿野苍龙死灰复燃，就迫不及待地投到陈景初的座下，有意借助龙帮之力，彻底摧毁虎头帮。

丁卯说："沈如玉这贱人为达目的不择手段，和司马归心尽做些龌龊事。想当初我对她那么好，我受到伤害后，她对我不闻不问，毫无半点情分，既然如此，就不必怪我绝情。"

陈景初不耐烦地说："这种陈年旧事就不要再提了，你说着不脸红，我还听着恶心，天色已经不早，快让罗依农他们打开象墓吧！"

肥熊喝道："不可以，象墓和地下文物一样受法律保护，更何况走私象牙是违法的事，你们不可以挖掘象墓！"

丁卯冷笑说："犯法？哈哈，好，你给我第一个动手挖墓，你是国际刑警，有种就治自己的罪吧，过去！"他一手用枪指着肥熊的脑袋，另一手狠狠地推着他往象墓走去。

肥熊不情愿地叫着："你们不可以这样……哎哟！"脚底踩中乱石，一个踉跄向后滑倒。

丁卯显然没料到会出这样的意外，想也不想连忙伸手想扶住肥熊。哪知道这一切都是肥熊装的，他顺势往后，痴肥臃肿的身体整个撞入丁卯的怀里。

丁卯一直防备着肥熊逃脱，防备着左、右、前各个方位，如果肥熊敢逃出去，他就会毫不犹豫地开枪，然而他唯独没防到肥熊会往后倒。

肥熊在撞上丁卯身体的一刹那，回肘狠狠地撞在他的软肋上，趁他痛楚难当分神之即，再一掌切在他握枪之手的手肘处的软麻筋上。

丁卯手中的枪虽然没被打落，但整条手臂又酸又麻，舒展不灵。他知道不妙，怪吼一声，飞脚直踢。

肥熊似乎早已算准了丁卯会这一手，身体一倒下，马上就地一滚，一下子滚出去好几米远。

丁卯怒不可遏，大叫："哪里走……"

"砰——"

枪声骤然响起，丁卯浑身一震，晃了几下，扭头缓缓看向于筱洁，开口想说些什么，终于喷出一大口鲜血，然后推金山倒玉柱般轰然倒下。

于筱洁双手握枪，浑身不住颤抖，瞪大了眼珠看着丁卯血淋淋地倒下，吓得她用力扔掉手枪，尖声大叫："我杀人了，我杀人了！"身体摇摇欲坠。

罗依农和田甜双双冲上去扶住她。田甜说："筱洁姐别怕，这种人死有余辜！"

丁卯在地上挣扎了几下终于没了动静，一双眼睛瞪得死鱼一样圆，嘴角似乎含着一丝淡淡的笑意，也许他是在嘲笑自己，自命风流，却难逃死在女人手中的宿命。

陈景初傻了，随着丁卯的倒下，他的最后一丝希望也随之破灭。脸色由白转青，再由青变成死灰色。喃喃说道："命运对每个人果然是公平的，我认栽了，筱洁。"

于筱洁的情绪还没平复，听到陈景初叫她，微微一震，这声"筱洁"她听了近十年，早已听熟了，恍惚间，又回到了过去和他朝夕相处、耳鬓厮磨的日子。不由自主地叫了声："小叔。"等叫出口后，才惊觉到自己应该恨他，双眼一瞪，厉声喝道："你……你还想玩什么花样？"

陈景初拚命装出满脸痛楚的样子，说："我已经认栽了，我愿意接受法律的制裁，但我还想弄清一件事。筱洁，你手上那个存有'中野四号'绝密文档的U盘，是我给你的，这个文档的密码我花了近十年的心思，尝试了上万种可能，依然无法解开，本来是想借助你的手得到我想要的东西，没想到你也不知道。最近我一直想了又想，你爸爸当年除了对野生物感兴趣外，第二大爱好就是研究计算机，所以才能计算出象墓的地理坐标，因此我在想，他当初设定的密码会不会是随着时间改变而自动更新，不掌握住更新的规律自然就永远也解不开。"

于筱洁一愣，细想之下，不是没有这个可能。她拿到"中野四号"文档后，曾试过她自己的生日、于商道的生日，住址门牌号……凡是能想到的，她全都试过了，还是打不开。

"筱洁，我知道你随身带着笔记本电脑，你拿出来再让我试试，好不好？我功败垂成，真的不甘心啊！"陈景初见于筱洁犹豫不决的样子，又说，"我现在都这个样子了，你还怕我什么呢？"他的右手腕被肥熊的子弹打穿，还在血流不止。肋骨被罗依农撞断了好几根，只要稍稍动一下身体，就会痛得他龇牙咧嘴。"你来操作电脑，我就在旁边看看，要是还不能打开，我也只能死心了。"

陈景初说这些话时，于筱洁都不敢正面看着他，怕看到他这副惨淡落魄相自己会受不了。这时听他说话的声音满含痛苦，想起自己刚到陈家那年的冬天，有一次雪下得很大，街面上积起半尺厚的积雪，自己放学回家时，刚走出校门就狠狠摔了一跤，衣服湿了一大片，手上的皮都擦破了，流了不少血，又痛又冷，还被同学们取笑。当时自己想到爸爸不在了，再也没有亲人心疼自己，心里哭得稀里哗啦，却拼命地强忍着不让泪水流下来。谁知没走出几步，陈景初就出现在她面前，见她衣服湿了，就把自己的羽绒衣脱下来裹在她身上，并拿起她又红又肿的双手，包裹在他厚实温暖的掌心里，捧到自己的嘴边，用力地哈着热气……她终于像火山喷发一样，扑入他的怀里哭得天昏地暗。从那时起，只要遇到不开心的事，她总会像只躲在沙子里的鸵鸟一样，躲进在他的怀里疗伤……

过去种种，不管是真是假，于筱洁的整个少女时代，都留下了陈景初太多的痕迹，挥之不去，驱之不散。

"好，你稍等一下。"于筱洁拿起自己的行李包。

田甜连忙提醒说："筱洁姐，别理他，谁知他又要耍什么花样？"

于筱洁淡淡地一笑，她终究还是硬不起心肠对他恶脸相向。从行李包中取出笔记本电脑和 U 盘，开机连接后，显示出"中野四号"文档，但打开这文档却需要密码。陈景初连报了几组数字，于筱洁依次输入，页面上总是跳出"密码错误"。

陈景初心有不甘，挣扎着坐直了身子，说："你把电脑给我，我来试试。"

于筱洁把笔记本电脑递到陈景初身前，见他右手上的枪口处血肉模糊，于心不忍，说："要不要我先帮你包扎一下伤口？"

陈景初抬头看着她，微微一笑，说："好，你不恨我了吗？"

于筱洁咬牙说："恨！但是我不想你死在我面前……"话还没说完，陈景初突然从地上一跃而起，用受伤那手的手臂箍住于筱洁的脖子，另一手拿着一把短匕，抵在她的咽喉上，强忍着剧痛，狂笑不止。"想要我服罪，可没那么容易！"

第 22 章　弹指红颜

于筱洁惊叫一声，笔记本电脑跌落在地。

罗依农等人无不大惊，他们刚才见陈景初一副伤重不支的样子，没想到他竟然会玩这一手。

于筱洁心痛地说："你……你又骗我……"

陈景初得意地一笑，说："筱洁，你太善良了，根本就不应该出来混。江湖上没有永远的敌人，同样也没有真正的朋友，更没有亲人。哈哈，保存自己最好的方法，就是不择手段地消灭对方！"

肥熊大声喝道："陈景初，别再做梦了，就你这样子，还想离开这里吗？"

陈景初说："我知道我已经完了，我也不敢奢求什么，我只想找到象墓。你们帮我打开象墓，就算是死，我也要亲眼看看，让我朝思暮想了十多年的满地象牙！快，把山洞打开！"

众人又气又恨，但见陈景初双目赤红，目露凶光，知道他已经不可理喻，若不依着他的话做，只怕真的会伤害到于筱洁。

陈景初吼得更大声："快，还不快动手，我的耐心有限！"

罗依农等人无可奈何，人人动手，搬开堆积在洞口的大石、树木，足足忙了近半个小时，才挖出一个可供两人通行的缺口。

陈景初像头红了眼的豹子，向众人又大吼了声："你们全都给我闪开！"押着于筱洁缓步进入山洞，罗依农等人在他们身后几米远处，紧紧跟随。

山洞腹内中空，越向里走，越变得空旷。洞外烈日炎炎，洞内却十分阴凉，还有风从那头吹来。入洞才十多米远，光线便越来越暗，罗依农等人打开手电筒，继续跟着陈景初和于筱洁向山洞深处走去。

山洞七转八弯，向内行走了几百米，除了成堆的乱石，并没有见到传说中的象牙，甚至连大象死后的残骸或枯骨也没见到一具。

陈景初有点沉不住气了，不停地嚷着："象牙呢？我的象牙呢……"

于筱洁见他临近疯狂的样子，说："小叔，你不要这样……"

陈景初大吼："你给我闭嘴！你那个死鬼老爸，自诩是野生物专家，破解了亚洲象生理密码，找到了象墓。可是象牙呢？在哪里啊……"

山洞连转了两个弯后，前面不远处出现一片白光。

陈景初又高兴起来，直叫："在那里，在那里！那里才是真正的象墓，一定有堆积如山的象牙，哈哈，我要发财了，我要发财啦！快走！"推着于筱洁快步向那片光明奔去。

山洞内高低不平，于筱洁好几次被绊倒在地上，陈景初总是蛮横地拉起她，完全不在乎她的痛楚。

那片白光越来越大，终于看清那其实是山洞另一头的出口。

等陈景初挟持着于筱洁出了山洞口，终于逮住那片白光时，才绝望地发现，山洞口外竟然是断崖。头顶是朗朗青天，远处是绵绵青山，脚下却是无底深渊。不要说没有象牙，就连那头封在山洞里的老象也早已不知去向。

陈景初费尽心机苦苦追逐的“财富”，到头来不过是镜花水月一场空。他气得浑身直抖，歇斯底里地大吼：“我不相信，我不相信！象牙呢？我的象牙呢?!”

罗依农、田甜、肥熊和沙悦（施震阳伤重留在洞外）跟着走出山洞，看清眼前的状况，心中都是不胜欷歔。

罗依农说：“陈景初，还不放开筱洁，这世上根本就没有象墓！”

肥熊也说：“你清醒一下吧，主动认罪伏法，争取宽大处理！”

众人一步步地向前逼进，陈景初拖着于筱洁一步步地向后倒退，很快就退到了悬崖边上。

陈景初回头向悬崖外看了一眼，云雾缭绕，猴猿难攀，掉下去定然尸骨无存。突然仰天长笑，说：“死在我手上的人不计其数，我还敢奢求宽大处理吗?”

罗依农说：“你以前造下了无数的罪孽，现在就不要再造孽了，还不快放开筱洁！”

罗依农这话不说还好，这么一说反而提醒了陈景初，他马上想到，只要于筱洁在自己手中，罗依农他们就不敢对他怎么样。“嘿嘿”一笑，冲肥熊指一指，对罗依农说：“你不是很喜欢筱洁吗？只要你把这个死胖子推下深渊，我不但可以放过筱洁，还可以把她让给你，再用上千万元的豪宅、法拉利名车作嫁妆，你看怎么样?”

罗依农说：“虽然我曾经喜欢过筱洁，但我现在只把她当朋友。她真正爱过的人是你，你就不要再伤害她了。”

陈景初大吼：“我不管，你快把肥熊杀了，否则我就当着你们的面，一刀一刀地把筱洁慢慢杀死！”说着，手中短匕稍微一用力，于筱洁的脖子上立刻出现一条伤口，鲜血直流。

田甜和沙悦吓得惊叫起来，陈景初则疯狂地大笑不止。

罗依农心中急得快冒烟了，他知道陈景初已经失去理智，什么事都做得出来，如果自己表现得太过在意，也许他会更加得意，说不定还会做出更加疯狂的事来，便说：“肥熊是国际刑警，杀了他，对于你我都不太好。只要你肯放过筱洁，我绝不为难你，放你归去。”

陈景初哼了一声，说：“你答应放过我有个屁用！肥熊肯放过我吗？废话少说，快把他推下深渊！”

于筱洁突然开口说：“小叔，自从我爸爸被你杀害后，虽然我没有了爸妈的疼爱，但在我心中并没有太多的遗憾，那是因为有你。就连我的同学们都羡慕我，有你这么一位比爸妈还要好的小叔。在我眼中，你是那么的优

秀，那么的出类拔萃，这世上再也没有一个男人能比得上你。等我长大懂事后，不知不觉中，早就认定了你是我这一生的依靠……”她嘴角挂着微笑，脸上神色自若，娓娓道来，唯有两行清泪却已无声无息地直挂到胸前。

陈景初的嘴角抽搐几下，黯然说：“筱洁，对不起，小叔……小叔不是不爱你，只是我……只是我……”

于筱洁惨然一笑，说：“只是你更爱荣华富贵，更爱那种在黑道上呼风唤雨、叱咤风云的感觉，是不是？”

陈景初说：“其实我也想过放下一切，和你过平平淡淡的日子，我主外你主内，我们再生个孩子，一家三口其乐融融，晚上出去逛街散步，周末一起出游，可是……我爸留给我的使命我不能不顾，身为人子……”他正说着，于筱洁突然用手肘往后用力一撞，刚好撞在陈景初的肋下断骨处。

陈景初毫无防备，痛得他惨叫一声，不由自主地向后退了一步，却忘了身后就是万丈深渊。

陈景初一脚踏空，发出绝望的号叫，就在他跌下深渊的一刹那，本能地张开双手猛地向前一扑，竟然刚巧抱住于筱洁的双脚。

于筱洁纤纤弱质，如何能承受得住他的下坠之势，尖叫声中，身体跟着陈景初坠向深渊。

罗依农一直注视着陈景初和于筱洁的一举一动，大叫了声：“筱洁！”腾空而起，飞扑到悬崖边，疾手一抓，一把抓住于筱洁的上衣衣领。

总算于筱洁福至心灵，反应够快，连忙张开双臂，紧紧地箍住罗依农的脖子。

罗依农扑在崖头，于筱洁和陈景初挂在崖下，三人像一串翻晒的咸鱼干晾晒在悬崖绝壁上。

要命的是，悬崖边只有光滑的石头，罗依农无从攀手，找不到支撑点，他一个人的身体重量，抗不住于筱洁和陈景初两人的体重，顿时连他自己也被拖着滑出悬崖。幸好肥熊、田甜和沙悦见情况不妙，争先恐后地扑上去，死死地抱住罗依农的双腿不放。总算止住了他们的下坠之势，但罗依农的前半身还是倒挂在了悬崖外。

肥熊、田甜和沙悦三人，用尽全力也无法将罗依农、于筱洁和陈景初三人同时拉上来。而且田甜和沙悦力弱，这一折腾，已经累得气喘吁吁，力不从心。

罗依农大叫：“陈景初，你自己坏事做绝，那是恶有恶报，你若是真的爱筱洁，那就放开她！不要拖累她！筱洁，抱紧我，千万别松手啊！”

陈景初知道自己的一线生机全在于筱洁身上，罗依农一定舍不得让她死，于是把于筱洁的双脚反而抱得更紧，怪笑着说："我和筱洁相亲相爱，生死与共，怎么能分开呢？"

于筱洁在心头惨然一笑，爱一个人和恨一个人，到底哪一个更难？爱到不能爱，恨到不忍恨，事到如今，她还是无法对陈景初恨到深恶痛绝。微微扭头望向远处，天边夕阳西下，晚霞似锦，满目江山如画，柔声说："小叔，今生已了，但愿来世我们远隔天涯，不要再相遇了。"抬起头来深情地看了罗依农一眼，"依农，我错爱一生，又辜负了你的隆情厚意，真是对不起。田甜是位好姑娘，你要好好珍惜。若有来世，希望能再遇到你们。保重！"奋力仰身上前，在罗依农的脸上深深一吻，然后毅然松开自己的双臂。

罗依农吓得魂飞天外，大叫："不要啊……"只听得"嗤"的一声轻响，他的手中只剩下于筱洁的一片衣领。

陈景初发出绝望的惨叫，惊得山间群鸟纷纷飞起。

于筱洁和陈景初双双坠向深渊。过往所有的情耶，怨耶，恩耶，恨耶，是耶，非耶……在这一刹那，随云烟飘散。

肥熊、田甜和沙悦三人一起奋力把罗依农拉上来，想到于筱洁的惨死，无不难过得落泪。

罗依农看着手中的一片衣领，呆如木雕；留在他脸上的红唇香吻似烈焰在烧，火辣辣地灼痛他的五脏六腑。吻香犹在，佳人已去，从此阴阳相隔，天上人间。

田甜等三人见罗依农脸色铁青，知道他心中难过到极点，有心安慰他吧，找不到合适的话，只得默默地看着他，等他自我疗伤。

过了好一会儿，罗依农长叹一声，看着手中的那一片衣领，说："筱洁恨陈景初，也爱陈景初，没有了他，她也过不下去，这也许是最无奈也是最圆满的结局。"

"这是什么？"田甜指着罗依农手上的衣领叫了起来，"这不是一条项链吗，怎么和我的一模一样？"

罗依农手上的衣领中裹着一条翡翠项链，那是他从于筱洁的脖子上，连同衣领一块儿扯下来的。

田甜从自己的脖子上取下项链，和于筱洁那条放在一起比较，色泽、大小，就连翡翠挂坠上的图案和文字，也全都一模一样。

"怎么会这样？"田甜脸色苍白，双手不住地颤抖。"筱洁姐她……她是我姐姐，她是我的亲姐姐！"

田甜的外公年轻时得到一块翡翠原石，请人解开后磨成两串一模一样的项链，都留给了她妈妈。她妈妈临终前告诉她，另一条项链在她从未谋面的、同母异父的亲姐姐身上。

“她是我姐姐，我的亲姐姐!”田甜扑到悬崖边，对着崖下又哭又叫。“姐，你怎么可以这样？你怎么可以这样？我们还没相认，我都没机会叫你一声姐姐……”

罗依农、肥熊和沙悦无不感慨万千，世事竟是这么奇巧，偏又如此无常。

罗依农怕田甜伏在悬崖边出什么意外，连忙把她拉回山洞里，安慰她说：“仔细想想，筱洁可能早就已经知道你是她妹妹了，只是没和你相认而已，她一路上对你呵护有加，只是你没有感觉到而已。”

田甜仔细一想，连连点头，流着泪说：“在我被绑架时，有个人曾经拿着我脖子上的项链看了很久，当时我虽然被蒙着双眼，但我闻到那人身上的脂粉香，所以猜想是个女人，现在想来，那人一定是姐姐，她早就认出我是谁了，可是她为什么不认我啊？怪不得进山以来，我对她那么不友善，她还处处维护我，对我那么好。我却没想到……我好傻啊!”说着又哭了起来，“我好想有个爱我、疼我的亲人啊，我想姐姐……”说完扑在罗依农的怀里放声痛哭起来。

肥熊担心施震阳在山洞外等得太久，万一象群折回来会有危险，和罗依农一起好说歹说，才劝说田甜止住哭泣。

一行四人从山洞中出来。施震阳见他们脸上挂着泪痕，却不见于筱洁和陈景初，不用问也猜想得到，说了声：“冤孽啊。”仰天长叹，“恩师啊，对不起，我有负你的临终重托，没能照顾好筱洁，对不起啊——”泪流不止。

罗依农站在山洞前，举目远眺，天边残阳胜血，浓烈得令人心醉。回想起和于筱洁相识以来的点点滴滴，她的一言一行，一举一动，再次鲜明而又生动地浮上心头。再想到大雅轩中一夜销魂，既然她愿意对自己以身相许，又为什么还不能忘记陈景初？放下一段感情就真的那么难吗？可惜，她再也不会给他一个明了的答案，前尘往事只能留待梦中回味。

田甜想到自己好不容易找到亲姐姐，来不及相认，就这么永远地分开了，悲从中来，眼圈又红了。见到于筱洁的笔记本电脑掉在地上草丛中，就轻轻地拾了起来，抱在怀里，睹物思人，更加伤怀。刚刚还是活生生的一个人，才多大一会儿，就天人永隔，再无相见之日，悲难自禁，又痛哭起来。

罗依农自己伤感得不行，不知该用什么话来安慰田甜，只能轻轻地将她拥入怀中。说：“田甜，你还有我，我会好好陪在你身边。你就别再伤心了，筱洁在心里早已认下了你这个妹妹，她希望你过得好。”于筱洁在临终前，曾叮嘱罗依农好好对待田甜。

田甜靠在罗依农坚实的胸膛上，心头踏实了不少，只是想到姐妹相见却不相认，满腹遗憾，依然泪流不止。哭了一阵，见电脑还处在开机状态，页面上依然显示着，打开“中野四号”文档时，跳出来的密码输入框。心中一动，在框内飞快地输入几个数字，然后按下确认键，奇迹在瞬间发生，“中野四号”文档竟然没有再出现“密码错误”的字样，而是被层层打开，

田甜震惊得几乎不敢相信自己的眼睛，又不无兴奋地大叫起来：“打开了，我打开‘中野四号’文档了！”

众人都不敢相信。罗依农跑过去一看，见整整困扰了陈景初十年，就连于商道的亲生女儿都打不开的“中野四号”，竟然让毫不相干的田甜给打开了，他惊愕得说不出话来。

施震阳半信半疑，说：“打开了，真的吗？快拿给我看看。”

“中野四号”文档里面收录的，竟然是于商道当年写下的工作日记。

罗依农不解地问田甜：“为什么筱洁她爸爸留下的东西，她打不开，你却打开了，你输入了一组什么数字？”

田甜刚才的兴奋已经褪尽，神色黯然地说：“是我妈妈的生日。”

“你妈妈？”罗依农稍稍一愣，马上想到她妈妈就是于筱洁的妈妈，也就是于商道的老婆。于商道编写“中野四号”文档时，他和筱洁的妈妈已经离婚好些年了，他竟然还用前妻的生日作为密码，那份痴情由此可见一斑。他马上想起那天和于筱洁一起去于家老宅找线索，回来后一直觉得于商道的书房中有点不对劲，却一直想不通到底是什么，现在才豁然开朗，那就是书房正中的墙上挂着的于商道和筱洁妈妈的合影照片。

按理，两人离婚后，感情破裂，有关两人间的一切美好回忆统统消失，像这样的相片早就该取下来了。可于商道还是把和前妻的合影当做宝贝一样，挂在书房正中的墙上，那他用她的生日日期作为密码也就没什么可奇怪的了。

田甜被于商道的痴情感动得再次落泪，说：“这大概就是所谓的‘大爱’和‘小爱’吧，于叔叔着眼于‘大爱’，而我妈更在意‘小爱’……其实，我妈和我爸再婚后，过得并不快乐，我爸喜欢喝酒，经常喝醉，喝醉后就骂我妈还想着前夫，是个朝三暮四的女人……”

罗依农连忙安慰她说：“你爸这么骂你妈，也就说明你爸在乎你妈。”

“不是的，”田甜摇头说，“我知道我妈妈是真的后悔抛下筱洁和她爸爸，然后跟我爸走。在我懂事后，她常常私下对我说，如果你长大后真的喜欢上一个人，就要耐得住寂寞，不到万不得已，千万不要轻言放弃，所以我……”

突然，施震阳像发疯了一样，哈哈狂笑起来，大叫："教授啊，哈哈，好你个教授……哈哈!"大笑几声，笑得过于用力，牵动伤口，"哇"地吐出一大口鲜血，一头栽倒在地上。

其他的人不知发生了什么事，连忙跑过去，七手八脚地扶起施震阳，只见他牙关紧咬，已然晕了过去。罗依农说："不行，我们得马上把他送去医院，否则他这个样子随时会有生命危险。"

田甜说："我们进山这么多天了，早已迷失了方向，想出去哪有这么容易?"

沙悦说："也许肥熊叔叔有办法，我看他一路之上一直在做记号，肥熊叔叔……"

谁知肥熊突然大叫了声："好啊！好你个于商道，哈哈……"他陪着施震阳一起看于商道的日记，这时竟然和施震阳一样，用差不多的口气大叫，然后也是大笑了几声。

田甜问："怎么啦？出什么意外了吗?"和罗依农、沙悦一起走到笔记本电脑前，仔细阅读打开的"中野四号"文档，一看之下，顿时面面相觑，无不惊愕不已。

于商道在日记中清楚地写着，他并没有发现象墓，所谓的"中野四号"只不过是他设下的一个局，因为他发现自己身边出现了内贼，有人不停地窃取他的亚洲象研究成果，转卖给国际走私象牙组织，使得野生象遭受着前所未有的灭顶之灾。他设下此局的目的，无非是想借用"中野四号"之名，让那名奸细现出原形……

众人欷歔良久。于商道怎么也不会想到，他当年轻飘飘的一个局，不知折腾出了多少风波，虽然剔除了绿野苍龙、虎头帮这两大毒瘤，却也因此葬送了好几条无辜的人命，包括他的亲生女儿。

就在这时，四周的树丛中突然响起轻微的脚步声。肥熊低声说："罗依农，快帮我把施震阳抬起来，又有人来了，我们得先躲一下，龙帮的家伙真是……"

话还没说完，树丛中有人大喝了声："都不许动，你们已经被包围了!"暮色中一下子涌出二十多人，个个手持短枪，将罗依农等人团团围困，其中一人还朝天开了一枪。

众人的心一下子就沉了下去。

罗依农发现刚才那一声喊听着有点耳熟，也跟着大喝了声："谁？你们是什么人?"

"罗依农?!"

“程凌!”

这二十多人全是G县的警察，为首的是程凌和马其成。

马其成上前拍拍罗依农的肩膀，说：“小子，冤家路窄啊，这回你又落入我的手中了。”

罗依农一下子紧张起来，大声说：“马队长，你……”

程凌哈哈大笑，对马其成说：“你就别再忽悠他了，他挺不容易的。依农，告诉你实话吧，龙帮在G县中的所有犯罪窝点已经全部被摘除了，共逮到龙帮骨干四十八人，这次打黑行动大获全胜，马队长是第一大功臣。”

原来，G县警方早已发现龙帮在其境内的一些窝点和犯罪活动线索，为了收集到他们更多的违法犯罪活动的证据，警方按兵不动。警察局局长甚至故意收受陈景初的贿赂，马其成也故意在陈景初面前表现出一副熊样，目的就是要麻痹对方。在罗依农等人进山期间，G县警方终于搜集到所有证据，一鼓作气，将龙帮的所有窝点和犯罪人员一网打尽……

程凌也拍拍罗依农的肩膀，说：“再告诉你一个好消息，章义的伤已经好得差不多了，他一直吵着要和我们一起进山来找你们，但我没答应。他现在还在G县城中，等着你们一同回去。”

“好，那就好。”一想到章义，罗依农的心头总算泛起一点暖意。

在下山的途中，沙悦问罗依农：“罗大哥，你说这世上到底有没有象墓?”

罗依农答不上来。

肥熊想了一下，说：“也许有，云深不知处；又也许没有，所谓的象墓只不过是那些别有用心的人，编造出来的一个幌子，这样一来，他们就可以将非法猎杀大象所得的象牙，说成是从象墓中得来的，替自己掩饰罪行。但是……”

“但是，不管你掩饰得多好，隐藏得多深，总有一天会现出原形，因为多行不义必自毙!”沙悦接口说。